NIEDERRHEIN KRIMI 12

Thomas Hesse, Jahrgang 1953, ist Redakteur bei der Rheinischen Post in Wesel. Vor 18 Jahren hat es ihn vom Bergischen Land an den Niederrhein verschlagen. Er mag das »platte Land« ebenso wie das Schreiben von Niederrhein-Anekdoten und -Krimis. Bei Emons hat er – zusammen mit Thomas Niermann – die Krimis »Der Esel«, »Der Rabe« sowie »Mord vor Ort I und II« veröffentlicht.

Renate Wirth, Jahrgang 1957, lebt in Xanten und arbeitet im therapeutischen Bereich als Heilpädagogin, Referentin und Gestaltberaterin. Sie veröffentlichte bisher Kurzkrimis in Anthologien.

HESSE / WIRTH

DAS DORF

NIEDERRHEIN KRIMI

Emons Verlag

© Hermann-Josef Emons Verlag
Alle Rechte vorbehalten
Umschlagzeichnung: Heribert Stragholz
Druck und Bindung: Clausen & Bosse GmbH, Leck
Printed in Germany 2005
ISBN 3-89705-376-4

www.emons-verlag.de

Für Eva und Martin, unsere besseren Hälften,
die genau wissen, wie viel Zeit ein Krimi benötigt,
und für Ben, den Jüngsten der Berater,
stellvertretend für alle anderen, die unsere Fragen
mit Geduld und Fachwissen beantwortet haben

I.

An und für sich bot die Siedlung am Ortsrand von Bislich paradiesische Bedingungen für das relativ kurze und unspektakuläre Leben einer Wegschnecke. Die Gärten der Einfamilienhäuser lockten mit einer Vielfalt an Nahrung und Möglichkeiten zum Unterschlupf, jedoch äußerst selten mit reellen Überlebenschancen. Hinter dem Ortsschild, am Feldrand oder im kleinen Wald, dem Büschken, lebte es sich wesentlich primitiver, aber länger. Sogar die kargen Vorgärten der beiden Mehrfamilienhäuser an der Ecke Himmelsstiege und Alte Ziegeleistraße waren relativ sichere Orte für die Spezies Arion rufus. Der allgegenwärtige Wolle Kaschewski fluchte zwar lauthals über Kreaturen, die ihm kriechend, krabbelnd oder surrend zu nahe kamen, schritt jedoch nur selten zur Tat. Er verbrachte die warmen Tage auf seinem weißen Gartenstuhl unter dem windschiefen Kunststoffpavillon thronend und proklamierte täglich ab mittags, Hansa Pils in der rechten, gestopfte Zigarette in der linken Hand, seine neuesten Erkenntnisse, die ihm den Weg zu Höherem ebnen sollten. Hausmeister war er ja schon fast. Von seiner Position aus ließ sich das dörfliche Leben bequem überblicken. Ständige Anwesenheit war wichtig, um dieses kleine Viertel im Auge zu haben. Angesichts einer Schleimspur, die sich spätabends im Laternenlicht vor seinen Füßen dahinzog, kam ihm die bahnbrechende Idee.

»Alles betonieren und grün streichen hier, oder Asphalt wär auch nich schlecht. Kannze gut sauber halten und zieht nich so viel Kroppzeug an. Werd ich dem Alten mal vorschlagen.«

Wolle Kaschewski, Meister im Geiste, schritt innerlich zur Tat. Im Gegensatz zu ihm lösten die passionierten Gartenbesitzer links und rechts der engen alten Himmelsstiege das Problem auf pragmatische Weise.

Im Eckhaus lebte die Witwe Maria Steinbrink unscheinbar und zurückgezogen mit ihren geistig zurückgebliebenen Zwillingen. Maria schwor seit Jahr und Tag auf das bewährte Schneckenkorn, um ihre sorgsam gehegten Gemüsebeete zu schützen. Sie war auf die Ernte angewiesen und übertrug einen Teil der Gartenarbeit ihren Söhnen, die sich einen Spaß daraus machten, vertrocknete, schrumpelige Leichen zwischen Kohl und Bohnenstangen zu sammeln.

»Zweiunddreißig beim Radieschenbeet«, triumphierte Jakob, den jeder hier Köbes nannte, überlegen zu seinem Bruder blickend.

Theodor, im Dorf nur Tiez genannt, verharrte still und starr. Leichte Zuckungen des linken Mundwinkels verrieten humorvoll zurückhaltende Überlegenheit.

»Einundvierzig beim Salat. Sieger! Sieger!«

Soweit es seine zu enge, kurz geratene Hose zuließ, tänzelte er betont locker um Köbes herum, dessen Unterlippe in seinen Hemdkragen zu kriechen drohte.

»Hast schon wieder gewonnen. Du mogelst bestimmt.«

»Gar nicht, gar nicht. Du bist nur ein schlechter Verlierer.«

Maria Steinbrink beobachtete hinter der Wohnzimmergardine das kindliche Treiben ihrer bulligen Söhne, die mit Ach und Krach die Sonderschule beendet hatten und nicht in der Lage waren, ihren Alltag zu meistern. Sie erledigten Gelegenheitsarbeiten auf den Bauernhöfen der Umgebung und brachten so ein paar zusätzliche Euro in die schmale Haushaltskasse. Zuverlässig und stark waren sie und wegen ihrer Naivität zu gut für diese Welt. Ihr Vater hatte in den ersten Jahren noch mit Stolz von sorgenloser Zukunft geträumt und war mit zunehmenden Problemen immer depressiver geworden. Er ließ die Zwillinge seine Ablehnung bis zu seinem Tod deutlich spüren. Für Maria war klar, dass ihre Pflicht nun darin bestand, ein Leben lang mit Gottergebenheit für ihre Söhne zu sorgen. Zufrieden waren sie ja. Meckerten nie darüber, Vaters Kleidung auftragen zu müssen, und waren wunschlos glücklich, wenn es nur Eintopf gab.

Maria löste ihren Blick von dem Geschehen im Garten, griff ein Staubtuch aus ihrer Kitteltasche und widmete sich dem Wohnzimmerschrank. Immer diese Fingerspuren, immer so viel Arbeit mit den Zwillingen.

Von Tiez' und Köbes' Ausgelassenheit gereizt, kläffte der Schäferhund von Bert Schreiber, während er zwischen Tannen und Zaun auf und ab rannte und in ihre Richtung geiferte.

»Rocky, aus!«

Berts Stimme veranlasste den Hund zum sofortigen Senken des Kopfes, und mit eingezogener Rute verschwand er aus dem Steinbrink'schen Blickfeld. Nichts durfte Bert in seinem Refugium stören. Blickgeschützt durch Tannen, die er persönlich auf drei Meter Höhe hielt, saß er auf der Bank vor seinem Gartenhäuschen und bewunderte den prachtvollen Rasen mit der Fahnenstange in der Mitte. Hier hatte Rocky das Parieren gelernt und seine Isolde das Rasenmähen und Kantenschneiden. Still sein und nichts kaputtmachen beherzigten Christian und Ingrid inzwischen, und spielen konnten sie schließlich auf dem Spielplatz. Kurz geschorener Zierrasen und benadelter, trockener Boden unter den Tannenbäumen waren selbst für Wegschnecken nicht sonderlich attraktiv. Entdeckte Bert trotzdem ein verirrtes Exemplar, gab es zwei unterschiedliche Reaktionen, die in unmittelbarem Zusammenhang zu seiner Tagesform standen. In ausgeglichener Verfassung warf er das Weichtier in hohem Bogen gekonnt in Alma Argonds Garten. Heute war er gereizt, entdeckte Arion rufus auf einem der Trittsteine vor dem Gartenhaus. Er blickte angewidert hinab, hob den linken Fuß und beschrieb mit dem stabilen Absatz seiner professionellen Gärtnerschuhe kraftvolle, knirschende Drehbewegungen. Hier hatte er alles unter Kontrolle.

Jeden Morgen, bevor er zur Arbeit nach Dinslaken fuhr, hisste er die Fahne, und abends, punkt neunzehn Uhr, holte er das schwarz-rot-gelbe Tuch wieder vom Mast. Bei Wind und Wetter, Isolde treu an seiner Seite. War er fort, löste sie ihren Zopf und wechselte den Sender des kleinen Küchenradios. Hatte schon merkwürdige Hobbys, ihr Berti.

Exotisches Vogelgezwitscher drang aus Alma Argonds Voliere, als sie die Tür öffnete, um die Futternäpfe und den Wasserspender neu zu füllen. Sie lebte nach dörflichen Maßstäben zurückgezogen und einsam, fand sich selbst jedoch stets in bester Gesellschaft. Elf Katzen und fünf Hunde bildeten ihre häusliche Lebensgemeinschaft, und die Zebrafinken und Wellensittiche lebten in einem eigenen Haus im Garten hinter Schreibers Tannen. In ihrem Garten ließ Alma wachsen, was sich ansiedeln wollte, und so beherbergte sie nicht nur eine reichhaltige einheimische Flora, sondern auch eine beachtliche Igelpopulation, die sich das Katzenfutter sicherte, wenn die Stubentiger nicht aufpassten. Fressen und Gefressenwerden bestimmten das nicht domestizierte Leben in diesem urwüchsigen Dickicht.

Alma betrachtete ihren Nachbarn zur Linken nicht ohne Argwohn. Er warf Schnecken oder tote Maulwürfe über seine leblosen Nadelbäume. Sie traute ihm alle Schlechtigkeiten der Welt zu, nachdem sein Hund eine ihrer Katzen so schlimm zugerichtet hatte, dass sie eingeschläfert werden musste. Schreiber hatte seine Kampfmaschine angefeuert, und wenig später fand sie ihren Schnurri zerbissen neben der Voliere. Alma ging diesem Gernegroß aus dem Weg.

Gut, ein wenig passte sie sich an. Niemand würde ihr ins Gesicht sagen, was er von ihrem verwilderten Garten hielt. Es gab die stille Post, zufällige Dialoge vor dem Haus.

»Hat auch was, so mehr wild.«

»Also, ich weiß nicht. Ich persönlich brauch ja Struktur und ordentliche Bepflanzung. Aber wem es gefällt …«

Hinter dem Küchenfenster erreichte Alma die Botschaft. Zeit, ein wenig zu entkrauten. Nur vorn, um des lieben Friedens willen.

Die Nachbarn zu ihrer Rechten waren ruhige, friedliche Leute. Redeten nicht viel, jedenfalls nicht miteinander, grüßten immer höflich und warfen ihr keine Toten über den Zaun. Ein stattlicher Mann, der Friedrich Kaldewei. Machte irgendwas mit Spekulationen, Anlageberater oder so, jedenfalls sahen er und seine Gertrud nach viel Geld aus. Einen riesigen Swimmingpool hatten sie sich anlegen lassen, und das halbe Grundstück war plattiert. Um die winzige verbliebene Gartenfläche kümmerte sich zweimal im Monat ein Landschaftsgärtner. Gertrud hasste es, wenn die Wegschnecken nachts in den Pool fielen und ihre Filteranlage verstopften. Nichts war ihr so widerlich wie totes Getier. Sie ließ sich in Fachgeschäften beraten und kaufte schließlich ein garantiert biologisch verträgliches Schneckenkorn mit dem zweifelsfreien Vorteil, dass sich Arion rufus nach Kontakt zum Sterben ins Versteck zurückzog. So streute Gertrud, die Hände in gelben Gummihandschuhen, zweimal wöchentlich Mengen der leuchtend grünen Körnchen, um ihren Garten hermetisch abzuriegeln. Ein vergeblicher Versuch, den die Natur ignorierte.

Den ganzen Tag lang organisierte sie den Augenblick der Heimkehr ihres Mannes. Wenn sich abends das Tor ferngesteuert zur Seite schob, die Garagentür auf Knopfdruck zusammenfaltete und die Außensensoren die Beleuchtung zur Haustür regelten, stand innen eine elegante, frisch frisierte Gertrud lächelnd vor dem gedeckten Esstisch. Die abgekauten Fingernägel verbarg sie durch gekrümmte Haltung, wobei die Kuppen die Daumen berührten. Friedrich Kaldewei war ein viel beschäftigter Mann, der es des Öfteren versäumte, seiner Frau mitzuteilen, dass er später oder gar nicht kommen würde. An solchen Abenden wurden aus den verkrampften Händen kraftvoll geballte Fäuste, und das Lächeln mutierte zu einer wutverzerrten Miene. Das Essen landete in der Mülltonne. Gertrud ahnte jedes Mal, wo ihr Mann war. Ihre Gefühle versteckten sich seit Jahren wie die sterbenden Tiere in ihrem Garten. Am nächsten Morgen ging sie mit einem strahlenden Gesicht Brötchen holen.

Den muskulösen jungen Landschaftsgärtner beobachtete sie verstohlen durch ihre verspiegelte Sonnenbrille, während sie am Terrassentisch frühstückte.

Gegenüber von Kaldeweis stand das liebevoll dekorierte Haus von Johanna Krafft. Quer durch die Welt war sie mit ihrem Mann gereist, und Souvenirs wie Riesenmuscheln, Holzstelen mit Eingeborenenmalerei, Skulpturen und beschnitzte Baumwurzeln bildeten Schwerpunkte in den lebhaften Blumenbeeten. Der Garten war ein Ort lebendiger Erinnerung an ihren Leonard, der vor knapp drei Jahren tödlich verunglückt war.

Johanna hatte im Grunde nichts gegen Schnecken. Ihr Einsatz gegen sie begann erst, wenn die Tierchen sich zu rabiat von ihren Pflanzen ernährten.

»Ach nee, Frau Krafft kauft Bier! Isset wieder so weit?«

Die Kassiererin an der Supermarktkasse wusste genau, was zum Standard ihrer Kunden gehörte, und Frau Krafft befand sich in der Eierlikör- und Weißweinkategorie.

»Tja, Frau Behle, die haben mir heute Nacht das Kreuzkraut klein gekaut, da muss ich mal energisch durchgreifen und meine Bierfallen aufstellen.«

»Ist bestimmt ein schöner Tod, so bierselig an dem Ort, der so verlockend roch.«

»Na ja, Frau Behle, ob man das schön nennen kann? Ich weiß nur eins: In jedem Frühjahr rede ich mit den Tieren über mäßige Verluste, warne sie vor Überschreitung meiner Toleranzgrenze, und spätestens im Juni buddele ich die Löcher für die Bierfallenbecher. Wie eine Horde Siebtklässler lernen sie es einfach nicht.«

Beide lachten herzhaft, während Johanna ihre Einkäufe in Stoffbeuteln verpackte. Vor der Tür traf sie Gertrud, die aus der Bankfiliale nebenan kam. Gemeinsam machten sie sich über den Brunnenplatz auf den Heimweg.

»Gertrud, schau mal, was hängt denn da aus dem Fenster?«

Die Umgebung der Mehrfamilienhäuser befand sich mal wieder in bedenkenswertem Zustand. Aus einem ungeputzten Fenster mit schräg baumelnder Gardine hing ein rotes, bedrucktes Stoffrechteck.

»Das ist eine Ferrarifahne. Kennst du die nicht? Sonntags werden immer die Formel-1-Rennen übertragen, und wenn Ferrari siegt, hängen die Fans ihre Fahnen raus.«

»Passt gut zu dem ganzen Sperrmüll.«

In Höhe des Hauses der jungen Familie Lürsen erweckte eine helle Frauenstimme die Aufmerksamkeit der beiden Frauen.

»Schneck, Schneck, komm heraus, strecke deine Fühler aus ...«

Silke Lürsen hockte neben ihrer kleinen Tochter im Gras, ein gelb geringeltes Schneckenhaus auf der Handfläche tragend, und sang diesen alten Reim.

»Da, Merle, schau, da kommt das Schnecklein hervor. Sei ganz ruhig, sonst erschrickt es und versteckt sich wieder.«

»Widerlich«, flüsterte Gertrud im Vorübergehen, »die weiß doch gar nicht, wie viel Last man mit den Viechern hat.«

»Komm, Gertrud, haben wir in dem Alter auch nicht gewusst. Die sind doch erst vor drei Monaten eingezogen und sehen ihren Garten noch mit ganz anderen Augen.«

»Hast ja Recht. Du, und die passen vorzüglich zu Uhlenbooms mit ihrer Naturschutzeinstellung. Werner und Käthe adoptieren doch auch alles, was kreucht und fleucht.«

»Stell dir vor, die beiden hätten auf der Seite noch so einen Nachbarn gekriegt wie den Alfred.«

Beide kicherten bei der Vorstellung. Ein kleines Lachen mit leichtem Schauer auf dem Rücken, denn einen zweiten Alfred Paessens würde niemand in dieser Siedlung ertragen. Einer reichte. Wenn jemand die Bezeichnung »Pedant« verdiente, dann er, der akribisch genau Längenwachstum von Rasen und Hecke beihielt und mehrmals in der Woche den Bürgersteig fegte.

»Johanna, weißt du eigentlich, wie er mit der Schneckenplage fertig wird?«

»Nein, ich werde ihn auch nicht fragen. Ich hasse Antworten, die sich über Stunden hinziehen.«

»Habe ich auch nicht von ihm, sondern von Herta.«

»Herta spricht?«

»Ich nehme sie manchmal im Auto mit nach Wesel, da ergibt es sich. Stell dir vor, der Kerl hat gegen Schnecken eine alte Schere neben der Mülltonne liegen. Ahnst du, was er damit macht?«

»Nein, du meinst doch nicht, dass er …«

»Doch, genau das macht er. Jede einzelne, die er spätabends mit der Grillzange in einer Blechdose sammelt, schnipp und schnapp!«

Johanna überkam ein leichtes Schütteln.

»Iih, erzähl bitte nicht weiter, sonst wird mir schlecht.«

Als Gertrud bereits vor ihrer Haustür stand, rief Johanna über die Straße. »Sehen wir uns heute Abend bei der Versammlung?«

Gertrud schüttelte den Kopf.

»Da geht Friedrich hin. Ich habe abends genug in der Küche zu tun.«

Sie hockten zu Tausenden unter flachen Steinen, in Erdmulden, unter Blättern, die den Boden berührten. Braun und orangerot, feucht glänzend warteten die gefräßigen Weichtiere auf die Dämmerung.

Zu diesem Zeitpunkt konnte niemand ahnen, dass die Zeitungsbotin ein paar Wochen später im Morgengrauen die Siedlung mit einem gellenden Schrei wecken würde. Die bedauernswerte Frau würde lange brauchen, um den Anblick der Wegschnecken zu vergessen, die im fahlen Licht gemächlich ihre schleimig glänzende Spur über ein lebloses Gesicht zogen und ein makabres Schneckenrennen veranstalteten.

Kneipenmief schlug Werner Uhlenboom entgegen, als er im Eingangsbereich der Gaststätte »Zum Schützen« die Finger ordnend durch die Frisur zog. Vereinzelte Gäste hockten an Tischen mit steif gemangelten Decken und Kunstblumenbuketts. Die vergilbte Tapete zierten gerahmte Fotografien ganzer Dynastien stolzer Schützenkönige nebst Throngefolge. Mit schweren Königsketten behangene Männer, von den Strapazen des Kampfes gezeichnet. Das Unbehagen, ausgelöst durch Schlips und Kragen, konnten sie nur knapp verbergen. Frauen in pompösen Kleidern, seidig glänzend, standen einmal im Leben im dörflichen Mittelpunkt. Über den Tresen lappten die Banner der ortsansässigen Vereine und Verbände. Demnächst würde ein neues Prachtstück dazukommen. Der Verein zur Verschönerung des Dorfes e.V. wartete auf die Auslieferung des eigens entworfenen Emblems, welches zukünftig seine Aktivitäten kennzeichnen sollte.

»Guten Abend, Wilma.«

»'n Abend, Werner. Bist aber spät dran heute.«

Wilma blickte kurz auf, ging routiniert und gewissenhaft ihrer Montagstätigkeit nach. Sie leerte die einzelnen Kästchen des Sparclubs, zog jedes heraus, zählte, notierte fein säuberlich den Betrag in einem eigens dafür angelegten Heft und schob es zurück. Pro Sparer zog sie bei der wöchentlichen Leerung fünfzig Cent für die Vergnügungskasse zur Finanzierung der jährlichen Clubfeier ein. Sie ließen ungefähr fünfzigtausend Euro in jedem Jahr hier, Wilmas Stammkunden, die mit dem Trinkgeld knauserten. Kaum zu glauben, eine solche Sparsumme. Sie staunten selbst jedes Mal über das Ergebnis ihres zwanghaften Gruppenverhaltens.

»Ich musste noch zu einer außerordentlichen Konferenz, die ausnahmsweise nicht zum obligaten Punkt, zehn Minuten vor Beginn der Tagesschau, endete. Die Sitzung da drinnen dürfte schon fast vorbei sein, oder? Unsere Zusammenkünfte dauern doch nie länger als eine Stunde.«

»Zu Ende? Und wovon träumst du dienstags? Hinter dieser Tür ist der Teufel los.«

Sie wies mit dem Kopf zur geschlossenen Doppeltür des Hinterzimmers, in dem alle hiesigen Vereine im Laufe des Jahres ihre Versammlungen abhielten.

»Gibt es Streit wegen des Vorschlages, sich am diesjährigen Wettbewerb zu beteiligen?«

»Ach was, wenn ich die Bruchstücke richtig zusammengesetzt habe, hält euer Nachbar Paessens den Verkehr mit unzähligen Fragen auf. Die Volksseele kocht. Was kann ich dir bringen?«

»Ein Alt, wie immer.«

Werner Uhlenboom begab sich in den Hexenkessel. Frank Lürsen, sein neuer Nachbar, schien glücklich, ein bekanntes Gesicht zu entdecken, und wies auf den leeren Platz neben sich. Die Luft war zum Schneiden verqualmt und vibrierte vor Anspannung. Erhitzte Häupter blickten ernst zum Podium unter der Dorffahne, zu Friedrich Kaldewei.

»Der Verein zeichnet sich durch uneingeschränkte Gemeinnützigkeit aus und verbietet jegliche Zahlungen von Aufwandsentschädigungen an die Vorstandsmitglieder.«

»Moment mal …«

Alfred Paessens war in seinem Element heute Abend. Vereinsrecht, genau sein Fachgebiet. Die jährliche Mitgliederversammlung des Vereins zur Verschönerung des Dorfes und Traditionspflege e.V. wurde seit mehr als einer Stunde hartnäckig durch seine Fragen blockiert. Von den etwa vierzig zahlenden Mitgliedern war knapp die Hälfte anwesend und lehnte sich beim kleinsten Ton von Alfred abgenervt in den Stühlen zurück. Ein Raunen ging durch den Nebenraum der Gaststätte »Zum Schützen« im Bislicher Ortsteil Büschken.

Der amtierende Vorsitzende Kaldewei befand sich nach vier Alt und diversen Versuchen, Satzungsinhalte zu rechtfertigen, eindeutig im Bereich des Bluthochdrucks. Rotgesichtig und schwitzend fingerte er an dem viel zu engen Kragen seines Hemdes, während er Alfred feindselig anblitzte. Was hatte dieser Querulant jetzt schon wieder einzuwenden? Friedrich kochte, denn aufgrund seiner Überzeugungskunst war Paessens diesem Verein beigetreten. Ein Fachmann für Vereinsrecht in den eigenen Reihen wäre nicht schlecht, hatte er gedacht. Zwei neue Mitglieder gab es zu begrüßen, ihn und den jungen Lürsen. Gleich heute, in Alfreds erster Versammlung, verzögerte er den ordnungsgemäßen Ablauf durch penetrante Zwischenfragen. Zehn Tagesordnungspunkte standen in der Einladung. Punkt drei war die Vorstellung der neuen Satzung, eine reine Formalie, und da blieben sie unerbittlich kleben. Für Friedrich war dies mittlerweile ein Akt blanker Willkür. Paessens war kein Fußballfan, schlicht nicht daran interessiert, die Übertragung des UEFA-Cup-Spiels um einundzwanzig Uhr zu sehen. Hoffentlich würde Gertrud den Rekorder klarmachen und diesmal auch an die Kassette denken. Das hier konnte dauern.

Alfred Paessens kannte sich als Oberjustizangestellter mit Paragraphen und deren Auslegung aus und war einzig darauf bedacht, bei der neuen Satzung keine Punkte zu akzeptieren, die er später bereuen würde. Alles musste seine Ordnung haben, gerade in Vereinen. Er hatte sich Stichpunkte an den Rand der Satzung notiert, die der Einladung beigefügt war. Mit einem Filzstift hakte er jeden geklärten, jeden fragwürdigen Punkt ab.

Für die anderen Mitglieder war besagtes Papier notwendiges Beiwerk, ausgetüftelt von vertrauenswürdigen Köpfen und keiner Diskussion wert. Alfreds Einwände stießen auf Unverständnis. Bert Schreiber, das fünfte Glas Bier in der Hand, warf ihm einen giftigen Blick zu und wäre am liebsten mit ihm vor die Tür gegangen. Exakt das hatte seine Isolde ihm nachdrücklich verboten. Er sei doch allmählich zu alt für Kneipenschlägereien. Hatten doch beide keine Ahnung, weder seine Frau noch Paessens. Die konnten nicht erahnen, was es hieß, den Anpfiff eines wichtigen Spieles zu versäumen.

»Mensch, Paessens, kannst du nicht endlich deinen Rand halten? Du blöder Hornochse hältst den ganzen Betrieb auf.«

Zustimmendes Gemurmel von allen Seiten, flankiert von unterschwelliger Erbostheit über die dreiste Bemerkung. Alma Argond meldete sich fingerschnippend aus dem Hintergrund.

»Ich finde, Herr Schreiber sollte den blöden Hornochsen zurücknehmen. Das ist eine Beleidigung, denn Tiere sind im Allgemeinen sehr schlau. Den Rest kann ich unterstützen.«

Tiez und Köbes saßen schenkelklopfend da und amüsierten sich prächtig, da sie in Mutters Abwesenheit ganz männlich zwei Pils und zwei Korn konsumiert hatten.

»›Hornochse‹ hat er gesagt.«

»Und ›blöd‹.«

»›Böses Wort‹, wird Mama sagen, Alfred und ›blöder Hornochse‹.«

Wolle Kaschewski strich sich mit der Rechten den Bierschaum aus dem Schnäuzer und kam in Fahrt.

»Macht ihr euch nur lustig, ihr zu groß geratenen Kindsköppe. Wat meint ihr, wie oft ich über euch lachen könnte, wenn ich dat genau so machen tät wie ihr. Nix inne Birne, aber über andere ablachen.«

Friedrich waltete energisch seines Amtes als Vorsitzender.

»Damit es überhaupt ein Fortkommen gibt, schlage ich vor, Bert nimmt den ›Hornochsen‹ zurück, und wir vertagen die Satzung auf die nächste Versammlung, damit wir zeitig Schluss machen hier.«

Zustimmendes Geplauder, drängende Blicke verfolgten Bert Schreiber.

Wilma stand mit einem vollen Tablett nachbestellter Getränke kopfschüttelnd im Türrahmen. Was für ein Kindergarten!

Frank Lürsen wandte sich flüsternd an Werner.

»Sag mal, geht das hier immer so ab?«

»Nein, in der Regel verlaufen diese Treffen einträchtig und relativ harmonisch. Traditionsbewusste Schöngeister beschimpfen sich nicht. Du siehst, wohin es führt, einen Verein für alle zu öffnen und gleichzeitig die Sitzung auf einen Fußballabend zu legen.«

Bert schlug mit der rechten Faust auf den Tisch, dass die Gläser wackelten, und schrie:

»Euch geht der doch genauso auf den Senkel wie mir. Nu seid auch ehrlich genug und gebt es zu. Na gut, Hornochse war falsch. Besser wäre …«

»Bert! Lass jetzt gut sein«, mischte sich Johanna Krafft in die Szene, die erneut zu eskalieren drohte, »du bist Friedrichs Vorschlag nachgekommen. Ich lass es jedenfalls so gelten, und nun lass Alfred einfach in Ruh, sonst kommen wir garantiert heute nicht mehr nach Hause. Alfred, vielleicht erklärst du uns mal allgemein verständlich, warum dich all diese Kleinigkeiten in der Satzung stören.«

Der biedere Mann in dem braun karierten Jackett mit den Lederflicken auf den Ellenbogen saß grübelnd vor seinen Papieren.

»Komm, Alfred, sag was.«

Werner Uhlenboom wusste sofort, was hier ablief, nachdem er Stifte, Papiere und Mineralwasserflasche in Reih und Glied vor seinem Nachbarn aufgebaut erblickt hatte. Vor Jahren hatte er mit ihm und den einseitig talentierten Steinbrinkbrüdern Doppelkopf gespielt. Er musste aufgeben, weil mehr über Spielregeln gezankt als Karten gekloppt wurde. Korinthenkacker nannten die Zwillinge den Alfred seither, und Werner hatte beschlossen, nur noch über unverfängliche Themen wie Blumen, Wildgänse oder das Wetter, aber niemals mehr über konfliktträchtige Inhalte mit ihm zu reden. Sie lebten zufrieden nebeneinander, plauderten über den Zaun hinweg oder mit einem Bierchen vorn an der Mauer. Jetzt saß er da, Oberjustiziar Paessens, ein stolzer Fuchs von der Meute in die Enge getrieben, und sprach kein einziges Wort mehr.

»Vorwärts, Mann, die Zeit läuft.«

Bert wurde zusehends unruhiger und rutschte auf der Sitzmulde des Holzstuhls hin und her. Johanna brachte das Problem schließlich auf den Punkt.

»Mal anders formuliert, Alfred: Alle hier haben die Satzung in ihrer Post gehabt, haben sie zu Hause durchgelesen und sind mit ihr einverstanden. Alle, außer dir. Wenn du deine Zeit partout lieber mit der Auslegung von Paragraphen verbringen willst, mach es, aber bitte nicht hier. Nu gib dir einen Ruck, erkenn das Dingen an, damit wir noch über die Aufgabenverteilung wegen der Bewertung durch die Kommission reden können. Die Alternative wäre, gleich wieder auszutreten, was, Moment, laut neuer Satzung, zu diesem Zeitpunkt noch ohne Kündigungsfrist geht.«

Tosender Beifall, zustimmende Rufe, Wilma blickte erstaunt zur Tür herein. Euphorische Geräusche passten nicht zu der ungewöhnlich gereizten Stimmung.

Die Bäuche der Steinbrinkbrüder wogten in pubertär gackernden Lachsalven und spannten die begürtelten, viel zu engen, hochgezogenen Hosenbunde zum Bersten. Beide Burschen fanden kein Ende, selbst als alles rundherum wieder zur Ruhe kam.

Wolle fühlte sich bestätigt.

»Da, wat sach ich, in so ein Verein gehör'n nur Leute mit wat inne Birne, die wo auch wat erreichen können. Bei den beiden is der Docht einfach zu kurz für dat Licht.«

»RUHE!«

Friedrich befand sich haarscharf am Rand eines cholerischen Anfalls, klopfte wild mit seinem edlen Waterman-Kugelschreiber auf die Tischplatte.

»Ich unterstütze Johannas Eingabe. Alfred, deine Entscheidung bitte.«

Alfred strich sich im Zeitlupentempo mit beiden Händen das schüttere Haar zum Hinterkopf, stapelte ebenso mit Bedacht seine Utensilien, stand auf und ging. An der Tür drehte er sich noch einmal um.

»Ich trete hiermit aus diesem Verein aus und werde dies auch noch in schriftlicher Form dem ersten Vorsitzenden mitteilen und entsprechend begründen. Ihr werdet sehen, was ihr davon habt, alle, wie ihr da sitzt.«

Die Erfüllung des insgeheim kollektiv gehegten Wunsches traf die Vereinsmitglieder unvermittelt. Alfred war fort. Bert Schreiber richtete sich zufrieden lächelnd auf.

»Los, Friedrich, mach voran, dann schaffen wir es noch zur zweiten Halbzeit.«

Derweil begann das Spiel Juventus Turin gegen Schalke 04 ohne die anderweitig beschäftigten Fans aus Bislich Büschken.

»Sollte irgendjemand auch nur im Entferntesten vorhaben, weiter an der Scheißsatzung herumzumeckern, könnt ihr euch gleich einen neuen Vorsitzenden suchen.«

»Ach was, Friedrich. Einstimmig angenommen, oder?«

Johanna wollte ebenfalls nach Hause, aber mehr wegen des Zusammentreffens von rheumatischen Gelenken und unbequemen Sitzmöbeln. Keine einzige Gegenstimme, keine Enthaltung, Aufatmen. Körperhaltung und Gesichtszüge der Anwesenden entspannten sich leicht.

»Gut. Lasst uns über das Projekt ›Unser Dorf soll schöner werden‹ beraten. Wir sind vom Kreis angeschrieben worden, ob Büschken an dem Wettbewerb teilnehmen möchte. Wie im letzten Jahr besprochen, habe ich uns angemeldet.«

Zustimmendes Tischklopfen, vereinzelte Ja-Rufe.

»Hurra, hurra, wir machen mit, hurra …«

Köbes freute sich wie ein Lottokönig, riss seinen Bruder halbwegs mit, dessen Kopf sich bereits mit halbgeschlossenen Augen zur Seite neigte, und wieder fand Johanna der Situation angemessene Worte.

»Köbes, setz dich und hör gut zu, damit du der Mama nachher alles genau erzählen kannst. Wilma, ich glaube, die beiden möchten ab sofort nur noch Mineralwasser.«

Friedrich fuhr fort mit seinen Erläuterungen.

»Ihr wisst, worum es geht. Bewertet werden attraktive, liebevoll, mit viel Eigeninitiative gestaltete Siedlungen. Ihr erinnert euch an die Fotoaktion im letzten Frühsommer. Ich habe eine kleine Broschüre zusammengestellt, die uns zur Präsentation sehr nützlich sein kann. Gemeinsame Aktionen werden ebenfalls positiv gepunktet. Ich dachte mir, die Mitglieder der Kommission zu unserem diesjährigen Brunnenfest einzuladen.«

Alma Argond meldete sich mit erhobenem Arm aus der Hinterbänklerposition.

»Bevor ihr anfangt zu mosern, ich werde meinen Vorgarten auf Vordermann bringen, so leid es mir auch um ein paar der Wildkräuter sein wird. Den Zaun streiche ich ebenfalls.«

Diesmal gab es Applaus, da Alma sonst stundenlang von gemeinschaftlichen Vorhaben überzeugt werden musste.

»Danke für dein Entgegenkommen, Alma. Viel mehr liegt mir der verlotterte Zustand der beiden Häuser am ›Goldenen Eck‹ im Magen.«

»Mann, so schade, dass die Pinte damals abgebrannt ist. Wisst ihr noch, wenn man durch die alte Eichentür reinkam, der alte gefliste Boden, die niedrigen Holzdecken und der Biergarten im Sommer. Das war ein richtiges Schmuckstück, da an der Ecke. Kaschewski, hörst du, ein Schmuckstück!«

»Wat meins du damit, he, wille mich vonne Seite anbaggern?«

»Komm, Kaschewski, sei friedlich. Erinnere dich ans letzte Jahr, da wolltest du unbedingt in diesen Verein und hast uns versprochen, für ein bisschen Ordnung zu sorgen. Und? Guck dich um. Nichts als Sperrmüll und verwilderte Anlage. So schwer kann das doch gar nicht sein, ein wenig Disziplin in diese Häuser zu kriegen.«

Wolles Gesicht wechselte die Farbe.

»Hab ich die Pinte abgefackelt und die Mietshäuser dahin gesetzt, oder wat? Ey, wenn mich hier einer fertig machen will, lernt der mich ma kennen.«

Werner Uhlenboom entdeckte mit fachmännischem Lehrergespür aufkommendes Konfliktpotenzial. Gebotene Distanz und Sachlichkeit würden beruhigend wirken. Erprobte Oberstufenstrategie.

»Herr Kaschewski, niemand will Sie hier angreifen, nur als inoffizieller Sprecher der insgesamt zwölf Familien in den beiden Häusern verfügen Sie über nicht unerheblichen Einfluss auf das Verhalten Ihrer direkten Nachbarn. Ihre Intervention könnte eine Veränderung des bedauernswerten Zustandes der Vorgärten bewirken.«

»Wat will der mir damit sagen, he?«

»Aufräumen, Wolle, Sperrmüll weg, Unkraut rupfen, ein paar Euro vom Vermieter locker machen zum Blumenpflanzen und dann auch darauf achten. Deine Bleibe liegt gegenüber vom Brunnenplatz. Wenn die Bewertungskommission zu dem Fest kommt und stundenlang euren Müll vor Augen hat, ist sie gleich wieder weg.«

Bert wusste, wie und was Wolle verstand. Johanna setzte noch ein unschlagbares Argument drauf.

»Mensch, Wolle, du mit deinem Grips kriegst das doch den anderen verklickert, oder?«

»Klaro, wird schon schief gehen.«

Davon schienen einige skeptische Gesichter fast überzeugt.

Im Schankraum saß eine Hand voll Gäste mit hochgerecktem Hals vor der Theke und verfolgte das Spiel auf dem kleinen Fernseher, der über der Tür zu den Toiletten auf einem Schwenkarm befestigt war. Bert vergaß sein drängendes Bedürfnis sowie die Versammlung und gesellte sich spontan dazu. Wilma zog beiläufig Gläser über die Spülbürsten. Eine Kippe hing gekonnt in ihrem linken Mundwinkel und gab der sonst hausbackenen Frau im mittleren Alter etwas Verrufenes. Sie drohte bei jeder Bewegung aus den Lippen zu fallen, worauf manch ein Stammgast seit Jahren wartete. Vergeblich, denn selbst sprechen konnte Wilma, so fingerlos rauchend, und, wenn es darauf ankam, sogar brüllen.

»Keine Sorge, hast nichts verpasst. Unsere spielen wie die Luschen. Immer noch null-null. Sag mal, Bert, was habt ihr denn mit dem Paessens gemacht? Der zitterte ja richtig, als der sein Wasser bezahlte. Und murmelte die ganze Zeit was von: Ihr würdet schon sehen und hättet es so gewollt.«

»Da, Tooor! Von wegen Luschen, hast du das gesehen? Genau in die freie Ecke. Superpass. Was sagst du, Wilma? Ach, der Alfred, der ist freiwillig gegangen, und keine Ahnung, was er damit meint.«

»Seid ihr bald fertig da drinnen?«

»Nein, wir sind gerade – hast du das gesehen? Warum pfeift die Flasche von Schiedsrichter nicht? Foul, glattes Foul!«

An diesem Punkt mischte sich der schwerbauchige Club der anonymen passiven Thekenfußballer ein. Die Fachmänner mit unbewegten Gesichtern, hart antrainiertem Sportwissen und Stemmvermögen für das Bierglas in Reichweite.

»Quatsch, der ist von hinten in die Beine gerutscht. Da konnte der gar nichts zu.«

»Guck, hat sich selber verletzt, ziemlich, da, das schmerzverzerrte Gesicht.«

»Alles nur Theater bei den Italienern.«

»Ist kein Italiener, ist Brasilianer.«

»Egal, spielt in einer italienischen Mannschaft und passt sich den Sitten an.«

»Mann, Mann, Mann, das war aber verdammt knapp.«

»Wieso, hat er doch souverän gehalten.«

»Guck dir die faule Sau an, noch keine fünfhundert Meter gelaufen bis jetzt. Beweg deinen Hintern endlich mal!«

Wilma wunderte sich immer wieder über die Kommunikationsfähigkeit von Fußballfans, die sich zehn Minuten nach dem Spiel nicht mehr kannten.

Mittlerweile trat Bert unruhig von einem Bein auf das andere. Werner bemerkte ihn erst, als er von der Toilette kommend an ihm vorbeilief.

»Mensch, Bert, wir brauchen dich da drinnen. Es geht langsam um die Aufgabenverteilung, komm, die paar Minuten wird die Mannschaft auch ohne dich spielen.«

Bert war erst nach einem weiteren Tor, das seiner Mannschaft den Sieg in greifbare Nähe brachte, in der Lage, seine Aufmerksamkeit vom Spielgeschehen zu lösen.

Im Hinterzimmer herrschte pure Sachlichkeit. Die Steinbrinkbrüder lehnten ihre geplagten Köpfe aneinander und schnarchten leise. Wolle blickte gelegentlich kopfschüttelnd hinüber. Friedrich beschriftete ein vorbereitetes Organigramm mit Namen und Daten.

»Johanna, du kümmerst dich auch in diesem Jahr um die dekorative Ausrichtung des Brunnenfestes, in Ordnung? Blumenschmuck, Lampions und so, du weißt schon. Und, bitte, frag im Supermarkt, ob der Azubi wieder die Anlage beim Parkplatz richten kann.«

Johanna nickte nur kurz.

»Und du kennst dich so phantastisch mit allem aus, was Leib und Seele zusammenhält. Organisierst du das Essen?«

»Auch das, wenn ihr mir das anvertraut. Rechnungen an den Verein, richtig?«

Werner Uhlenboom übernahm die Vorbereitung des Festplatzes inklusive Stromversorgung und Wasseranschluss. Frank Lürsen meldete sich, um den dahinter liegenden Spielplatz in Ordnung zu halten. Der grenzte an sein Grundstück und wurde auch von seinen Kindern regelmäßig frequentiert.

Bert Schreiber wurde zum Ansprechpartner für die Bepflanzung der Beete zu Füßen der kugeligen Ebereschen ernannt. Vor jedem Haus befand sich eine teilweise bereits liebevoll gepflegte, rechteckige Anlage zwischen Gehsteig und Straße. Alles sollte für die Kommission gehörig aufgepeppt werden.

Alma Argond raunte ihren Unmut über Friedrichs zweifelhafte Entscheidung in Johannas Ohr.

»Da hat er glatt den Bock zum Gärtner gemacht. Unser Förster vom abgebrochenen Schwarzwald soll bunte Blumen säen. Mal sehen, was er darunter versteht.«

Wolle Kaschewski nickte unentwegt bei der Übernahme seines Aufgabenbereiches, den kein anderer auch nur scheibchenweise geschenkt haben wollte. Kein Zuckerschlecken, im Goldenen Eck für Ordnung zu sorgen, Sisyphusarbeit, nicht hundertprozentig bedenkenlos in seine Hände gelegt.

»Dann haben wir es fast. Ach, hätte ich beinahe vergessen.«

Friedrich zog einen Pappkarton unter dem Tisch hervor.

»Im letzten Jahr haben wir doch die Fähnchengirlanden geplant. Wisst ihr noch? Jedes Haus sollte eine erwerben, um sie bei besonderen Gelegenheiten quer über die Straße zu spannen. Hier sind sie nun, vor zwei Wochen angekommen. Bert, du verfügst über Erfahrung mit Fahnen, und weil es dein Vorschlag war, bin ich dafür, dass du der Fahnenwirt der Siedlung wirst.«

Bert Schreiber wuchs über seine durchschnittlichen körperlichen Ausmaße hinaus, hörte imaginären Applaus, sah sich genötigt aufzustehen, sich dem huldigenden Volk zu stellen, die nicht enden wollenden Ovationen anzunehmen. Seine Fahnen, seine Idee, abgekupfert vom Schützenverein in Büderich-Gest, weit genug weg auf der anderen Rheinseite. Sein Lebensmotto würde bei festlichen Anlässen die gesamte Siedlung schmücken, an wetterfesten Kordeln jeweils fünfzehn grün-weiße kleine Fähnchen, jedes dritte mit dem Schriftzug »Glaube, Sitte, Heimat« neben einem Bildnis des heiligen Johannes. Dazu waren das Kapellenhäuschen, das außerhalb des Dorfes am Wäldchen steht, sowie die Eberesche mit roten Beerendolden symbolisch für die Himmelsstiege aufgedruckt. Mit glasigen Augen stand er da.

»Bert, hallo. HALLO!«

Es bedurfte letztlich eines heftigen Rucks an seinem Ärmel, um lebenswichtige Funktionen wie das Durchatmen wieder in Gang zu bringen und ihn auf den Boden des Hinterzimmers zurückzuholen.

»Es ist euch klar, dass nichts im Leben umsonst ist. Ich habe die preisgünstigste Variante gewählt, gedruckt auf Drachenstoff, gefertigt im Ausland. Dadurch haben wir eine Menge gespart, aber es bleiben für jedes Haus achtundsechzig Euro zu zahlen.

Wolle erwachte schlagartig aus seinem Dämmerzustand.

»Wat, achtundsechzig Moppen? Willze 'nem nackten Mann inne Tasche packen?«

Bert weilte rein rhetorisch wieder unter ihnen.

»Reg dich ab, Kaschewski, das gilt nur für Hausbesitzer, nicht für Vorgartenbesetzer.«

Friedrich schob geräuschvoll seine Papiere zusammen, legte den Stapel in eine Mappe und ließ die Verschlussgummibänder auf den Kunststoffdeckel knallen. Die Aufmerksamkeit des Komitees war ihm sicher.

»Ich schlage vor, dass alle Verantwortlichen sich ab jetzt jeden Montag hier treffen, um sich über den Stand der Dinge auszutauschen. Ich selbst werde die Festauslegung koordinieren und über die Finanzen wachen. Lasst uns Schluss machen für heute. Bis nächste Woche, zwanzig Uhr.«

Müdes Tischklopfen.

Das Spiel war abgepfiffen. Schalke 04 hieß der Sieger, und die schwergewichtige Thekenmannschaft hatte das Stadium der Spielanalyse bereits lallend hinter sich gelassen.

In kleinen Grüppchen, zu zweit oder allein wie Wolle Kaschewski, begaben sich die Vereinsmitglieder auf den dunklen Heimweg. Allen voraus torkelten eng umschlungen und einander brüderlich stützend die Zwillinge. Jeder Schritt war eine Herausforderung an Schwerkraft und Fliehkraft, und mit dem verbliebenen Minimum ihrer Wahrnehmungsfähigkeit bemerkten sie nicht die Scharen aus dem Schutz der Dunkelheit kriechender Wegschnecken, deren einziges

Bestreben in der Überquerung des Gehsteigs lag. Mit jedem Schritt kam vielfach der Tod. Denen, die das Schicksal verschonte, begegnete Minuten später ein euphorisch gestimmter Bert, der, erst in Höhe seines Grundstückes nach unten blickend, schnell und gezielt zutrat, obwohl seine Laune mehr nach Weitwurf verlangte. Zu viele Zeugen.

Als die letzte Haustür ins Schloss fiel, kehrte noch lange keine Ruhe ein.

Die Frau wich mit angstverzerrtem Gesicht, rückwärts gehend, sich seitlich duckend, den Fausthieben aus, die sie auf sich zukommen spürte, obwohl die Hände des Mannes noch nicht geballt waren. Es würde geschehen. Heute, gleich, wie immer, wenn er nicht mehr ansprechbar war, sie anstarrte, sich langsam auf sie zubewegte, bis sie nicht mehr weiterkonnte, mit dem Rücken zur Wand der Willkür und Gewalt ausgeliefert war.

»Bitte nicht, nein, tu es nicht, bitte. Ich kann doch nichts dafür. Bitte, lass mich gehen, mach den Weg frei, bitte …«

»Zartjunger Dienstag, drei Minuten nach Mitternacht. Hier ist Radio KW mit dem Programm bis in den frühen Morgen. Wie gewohnt an dieser Stelle heißt es ›Seelentalk nach Mitternacht‹. Mein Name ist Fee von Schlarenberg, hellwach und in der kommenden Stunde mit dir auf Sendung. Liebeskummer, Frust oder Freude zum Platzen, und niemand da, mit dem du quatschen kannst? Ruf an, wir reden drüber. Die Telefonnummer gibt der Ingo vom Ton nach der aktuellen Straßenlage durch. Kommt sicher an den Radarkontrollen vorbei nach Hause und macht es euch gemütlich. Nur Mut, tief durchatmen, das Telefon griffbereit legen. Wir hören uns, bis gleich.«

Nichts los auf den niederrheinischen Straßen. Ingos Ansage war kurz und belanglos. Nach der Telefonnummer blendete Fee das erste Musikstück ein. Jazz vom Feinsten stellte als musikalisches Erlebnis die Fahrt durch eine nächtliche Großstadt dar. Ingo hob den

Daumen hinter der Scheibe. Fee bewies einen guten Geschmack und entdeckte regelmäßig außergewöhnliche Stücke, die ihren Talk untermalten und unaufdringlich, aber einprägsam ganz verschiedene Altersstufen ansprachen.

»Für alle, die es genau wissen wollen, und damit die Leitung frei bleibt für dein Gespräch mit mir: Dies war ›Drive Time‹ von Chris Botti. Ihr habt seine Trompete schon mal gehört, wetten? Er spielte unter anderem in der Band von Sting. Gleich mehr von City Jazz.«

Die ersten Anrufer waren Teenager, die sich kichernd produzierten und zum Schluss den Versuch unternahmen, ihre unzähligen Freunde zu grüßen. Ein Wettlauf mit Fees linkem Zeigefinger, der den Regler für die Musik rasant hochschob, um zu verdeutlichen und zu beenden, was nicht in ihr Konzept passte.

Ingo bohrte mittlerweile in der Nase, was nicht seine einzige schlechte Angewohnheit war, als der Anruf kam, der Fees Fähigkeiten herausforderte.

»Guten Abend, Frau von Schlarenberg.«

»Fee, bitte sag Fee zu mir. Dir ebenfalls einen guten Abend. Mit wem spreche ich?«

»Bitte, legen Sie nicht auf. Ich kann meinen Namen nicht nennen. Ich weiß genau, dass Sie das nicht mögen, denn ich verpasse keine einzige Sendung. Aber verstehen Sie bitte meine Situation. Ich komme in Teufels Küche, wenn bekannt wird, dass ich mit Ihnen spreche. Ich weiß doch sonst nicht, wohin.«

Die blitzschnelle Entscheidung, die Anonymität dieser Frau zu akzeptieren, traf Fees Stimme, ohne den Kopf eingeschaltet zu haben.

»Okay, du bist hier richtig. Atme tief durch, gemeinsam mit mir. Jetzt, so, ja, gut so. Erzähl mir deine Geschichte.«

»Mir persönlich geht es gut, wirklich. Sie müssen nicht glauben, ich hätte Probleme. Ich brauche einen Rat wegen einer Freundin.«

»Deine Freundin hat Sorgen?«

»Ja, ziemlich große. Wie soll ich bloß anfangen?«

»Erzähl einfach, was dich am stärksten berührt.«

»Ihr Schmerz, ich glaube, mich berührt ihr Schmerz.«

»Welcher Schmerz?«

»Der körperliche und gleichzeitig der seelische. Wissen Sie, ihr Mann verprügelt sie.«

»Deine Stimme ist ganz belegt, du hast einen Kloß im Hals.«

»Ja.«

»Lass dir Zeit.«

Schwere Atemzüge wurden hörbar leichter.

»Geht es wieder?«

»Ja, danke, Sie sind so aufmerksam.«

»Wie fühlst du dich?«

»Ein wenig ruhiger.«

»Magst du noch einmal beginnen?«

»Ja, also ich habe da eine Freundin. Eigentlich meine einzige Freundin. Sie ist sehr schüchtern und zurückhaltend. Zuerst habe ich mich immer gewundert, wenn unsere Verabredungen von ihr abgesagt wurden.«

»Ihr seht euch regelmäßig?«

»Ja, außer wenn sie sich nicht bewegen kann. Er schlägt sie nie so, dass man etwas sieht, immer auf den Körper, Brustkorb, Rippen, Bauch.«

»Das ist ja furchtbar. Du fühlst richtig mit, stimmt's? Ich höre deine Betroffenheit zwischen deinen Worten, sag …«

»Ich muss aufhören, ich darf mich doch wieder melden, ja? Bitte, ich …«

Fee spielte das nächste Stück ein. »Dancing in the sunshine of the dark« von der Gruppe Fury. Nachdenklich nahm sie einen tiefen Atemzug und hatte das Gefühl, ihren Kopf frei zu bekommen, um diesem Dialog nachzuspüren. Fees Methode. Nach aufreibenden Gesprächen hätte sie sich eigentlich gern mit Ingo ausgetauscht. Sie sah auf. Er saß auf seinem Platz und verdrückte gerade einen nächtlichen Snack aus einer Fastfood-Box, schleckte seine Finger ab, heftig schluckend, um den nächsten Anruf entgegenzunehmen. Wenigstens diese Tätigkeit übte er vorwiegend mit leerem Mund aus. Ingo reagierte auf visuelle Signale oder akustische Reize, hörte jedoch niemals bei den Talks zu.

Während sie telefonierte, lagen Karins Beine bequem übereinander geschlagen auf ihrem Schreibtisch.

»Ach Karin, du wärst schreiend aus der Sitzung gelaufen. Wie die Kinder haben die sich benommen, teilweise noch schlimmer, und ein paar fähige Hände müssen doch tatkräftig an der Golddorf-Ehre arbeiten, oder?«

»Klar, aber müssen das unbedingt deine sein? Weißt du was? Melde dich, wenn ich dir helfen kann, versprochen? Im Moment ist es relativ ruhig hier, und mein berühmter Aktenberg misst weniger als zwanzig Zentimeter reale Höhe, ist also ignorierbar. Moment eben ... Mensch, Burmeester, verzieh dich, siehst du nicht, dass ich telefoniere? Hast du noch nie Frauenbeine gesehen, oder warum glotzt du so? ... So, da bin ich wieder. Das war unser neuer Assistent, Mann, geht der mir jetzt schon auf den Geist.«

»Sag mal, bringst du mir den Moritz am Wochenende? Wir wollen doch nach Wesel ins Kino. So etwas Fortschrittliches gibt es ja bei euch drüben nicht.«

»Ja, lästere du nur. Dafür gibt es in Xanten prima Angebote in der JuKuWe.«

»Wo?«

»In der Jugend-Kultur-Werkstatt, da wird den Kids Spannung ohne Kommerz vermittelt. Irgendwas ist da los am Samstag, das hat er schon angekündigt. Ich frage ihn nachher, okay?«

»Gut, meine Liebe, dann lass uns Schluss machen. Ich habe noch einige Gärtnereien abzuklappern, bis ich alle Preise zusammenhabe, und draußen geht irgendwas Außergewöhnliches vor sich. Ich muss mal nachschauen, wer da so herumlärmt. Wir hören uns, pass auf dich auf.«

So ganz konnte sich Johanna Krafft immer noch nicht damit anfreunden, dass ihre Tochter bei der Kripo arbeitete. »Mordkommission« hatte seinen anfangs spannenden Klang für sie verloren und war nach dem Tod eines Kriminalbeamten aus Hamminkeln vor einigen Jahren nur noch bedrohlicher und voller Gefahren. Es war die freie Entscheidung ihrer quirligen Karin, seinen Posten zu übernehmen. Im Betrugsdezernat würde sie versauern, hatte sie damals gesagt, und er würde nicht wieder lebendig, wenn ein anderer seinen Job übernehmen würde. Also tat sie alles, um ins K 1, zuständig für Kapitalverbrechen, zu kommen. Sie war zufrieden mit ihrem Beruf, das war die Hauptsache.

Der Lärm auf der Straße entwickelte eine schärfere Tonlage. Johanna nahm sich einen schmalen Streifen Streuselkuchen auf die Hand und ging mit ihrem dickwandigen Kaffeepott in der anderen hinaus. Eine ungewöhnliche Szene tat sich auf. Werner Uhlenboom und Alfred Paessens stritten sich auf dem Gehsteig.

Werner fuchtelte aufgeregt mit den Armen, schritt auf Alfred zu, wich wieder zwei Schritte zurück.

»Verrate mir bitte, was dich, nach all den Jahren nachbarschaftlicher Eintracht, dazu veranlasst hat, mir das Ordnungsamt zu schicken, weil mein Schneeballstrauch über den Zaun ragt!«

»Er ist eben zu groß, dein Strauch, behindert den freien Durchgang und verdreckt den Bürgersteig, der bei dir sowieso nur zu Ostern und Weihnachten gefegt wird.«

Werner kam erneut näher.

»Warum, bitte schön, kannst du mir derartige Kritik nicht selbst sagen, sondern schickst stattdessen einen Amtsbüttel her?«

»Nur, damit alles seine Ordnung hat.«

Alfred ließ Werner stehen und fegte weiter, mit regelmäßigen, routinierten Bewegungen, um letztlich das winzige Häuflein verirrten Laubes und Staubes per Kehrblech in seine Mülltonne zu befördern.

Johanna verstand die Welt nicht mehr, blieb jedoch weise im Hintergrund. Sie hockte auf der blauen Bank vor dem Haus, die einen kräftigen Kontrast zu den maifrischen Blättern der alten Hortensien darstellte, die sie einrahmten. Von hier aus konnte sie, die Abendsonne genießend, die Himmelsstiege gut überblicken. So entging ihr nicht, dass Werner sich resigniert zurückzog. Die Steinbrinkbrüder beschäftigten sich intensiv mit der Fassade des Eckhauses und hatten hörbaren Spaß dabei. Mehrere Kinder tobten ausgelassen vom Feldweg neben ihrem Grundstück auf die Straße. Der silberne Sportflitzer mit dem Stern vorn und hinten und mit Friedrich Kaldewei am Steuer rollte in gemäßigtem Tempo in seine Einfahrt. Kaldewei stieg aus und rief die Kinderbande zu sich, statt wie sonst umgehend im Haus zu verschwinden. Offensichtlich schickte er alle bis auf den Kaschewskijungen schnell wieder fort, sprach mit ihm, ließ sich etwas erklären, einen Gegenstand geben. Aus der Ferne betrachtet eine diffuse Situation, bis der Junge, triumphierend die Arme schwenkend, den anderen folgte. Johanna wunderte sich über die Szene, da Kaldewei mit Kindern rein gar nichts zu schaffen hatte. Er war der typische kinderlose Karrierist mit dem Zweisitzer und dem Krokodil auf dem Polohemd, der seine Golftasche auf dem Beifahrersitz Platz nehmen ließ, bevor er rasant davonbrauste.

Wolle Kaschewski erschien auf der Bildfläche, seinen Kevin hinter sich herzerrend. Er schellte bei Friedrich, und kaum, dass dieser öffnete, entfuhr Wolle eine gut hörbare Tirade.

»Wat hast du den Kevin zwanzig Euro inne Hand zu geben, he? Wat hat der dafür machen müssen? Der erzählt so 'ne erstunkene Geschichte von ein kaputten Becher, den er im Wald gefunden hat und den du ihn abgekauft has. Mit mir nich und mit mein Kevin auch nich! Lass bloß deine dreckigen Finger von mein Kind und pack den nie wieder an, sonst lernze mich ma kennen!«

Wolles Handy klingelte in der Tonfolge von Big Bens Glockengeläut, was seinen Auftritt bei Friedrich endgültig beendete. Der schloss kopfschüttelnd die Tür, ohne ein einziges Wort gesagt zu haben.

»Ja, wo bisse? Ich bin gleich zu Hause. Ja, is gut, zweimal ›Herr der Ringe‹, kannze am Abend abholen. Eins-a-Qualität, wie üblich. Jau, gleicher Preis. Bis dann, Alter.«

Er scheuchte während des Gespräches seinen Jungen vor sich her.

»Und wehe, du nimms noch mal Geld von den Kerl. Klar kannze dir die Terminatorfigur davon kaufen, schieß ab. Und lass dir nich in den Kopp kommen, davon Zigaretten zu holen!«

Johanna musste unweigerlich grinsen. Dieser Mann war so herzerfrischend eindeutig im Umgang mit seinen Mitmenschen, dem würde niemals einfallen, das Ordnungsamt zu schicken.

Sie ging zurück ins Haus und setzte sich mit Branchenbuch, Stift und Papier ans Telefon.

»Was war denn?«

Gertrud kam mit einem Strauß Frühjahrsblumen aus dem Garten, arrangierte ihn auf dem bereits eingedeckten Esstisch.

»Ach nichts. Bin noch eben im Büro und will nicht gestört werden.«

Friedrichs Arbeitszimmer befand sich im Souterrain. Es war Büro, Herrenzimmer, Rauchersalon in einem, sein Refugium und Fluchtort vor dem Ordnungswahn seiner Frau. Hier wurde nichts nach Größe sortiert, etagenförmig drapiert, paarig aufgestellt und mit Spitzendeckchen unterlegt. Derbe, undekorative Sachlichkeit, technisch voll aufgestattet, Hi-Fi, TV, PC, seine Videosammlung mit Uschi Glas auf dem Cover und Dolly Buster auf dem Band. Früher durfte Gertrud hier schon mal putzen, nackt mit kleinem Schürzchen. Derartige Aktionen hatten leidenschaftlich auf dem altenglischen Ledersofa geendet oder auf dem schweren Schreibtisch. Heute mochte er nicht mehr daran denken. Und zum Saubermachen schwenkte irgendeine Putzservicefrau ab und zu ihren Hintern hier durch, natürlich nur in seiner Anwesenheit. Er hatte sich angewöhnt, sein Heiligtum zu verschließen, egal, ob von innen oder außen.

Mit leicht zittrigen Händen stellte er seinen Schatz in den Lichtkegel der ultramodernen Schreibtischlampe. Aus dem Augenwinkel heraus entdeckt, in einer Kinderhand an ihm vorüberschaukelnd, ganz hier in der Nähe gefunden. Viel verstand Friedrich nicht von Altertümern. Noch nicht, aber dass dieser Becher verdammt alt war, sah man ihm an. Das machte Sinn. Bislich und damit Büschken waren nur wenige Kilometer von der alten Römersiedlung bei Xanten entfernt, auch wenn durch den Rhein von ihr getrennt. Heute. Es war noch gar nicht so lange her, dass der Fluss bei Hochwasser sein Bett wechselte und die geografische Trennlinie verlagerte. Funde waren also an vielen Stellen möglich, schlussfolgerte Friedrich.

Er wählte sich ins Internet ein und gab den Begriff »Römische Ausgrabungen« in die Suchmaschine. Nach einigen Umwegen gelangte er auf die Seiten des Archäologischen Parks in Xanten und erkannte den Becher wieder. Römisch also, verdammt alt, in der Tat, und bestimmt auch sehr wertvoll, denn Sammlerherzen zahlen jeden Preis. Wäre doch gelacht, wenn da nicht noch mehr zu holen ist. Der Geschäftsmann witterte Berge von Euroscheinen, die an der Steuer vorbei in seine Taschen flatterten.

»Ich geh noch mal raus.«

»Wohin gehst du denn?«

»Spazieren.«

»Aber das Essen ist gleich fertig.«

Die schwere Haustür fiel ins Schloss.

Insgeheim liebte Bert Schreiber eine Reihe kleiner Besonderheiten an seiner Frau, was er ihr gegenüber niemals erwähnen würde. Dazu gehörte ihre ausgeprägte Wachsamkeit.

»Ich werde nie begreifen, wie man gleichzeitig mit dem Rücken zum Fenster Kartoffeln schälen, sich unterhalten und mitkriegen kann, was auf der Straße los ist. Irgendwie seid ihr Frauen ja ziemlich gestört.«

»Pass bloß auf, sonst kriegst du keine Tipps mehr von mir.«

Isolde hatte ihren Mann darauf aufmerksam gemacht, dass Friedrich Kaldewei die Nachbarskinder zu sich zitierte, woraufhin Bert mit Stift und Papier ganz flott mal eben die Anlagen kontrollieren gegangen war. Mit verschränkten Armen hockte er am Küchentisch. Sie schaute ihn erwartungsvoll an.

»Und?«

»Wie, und?«

»Mensch, Bert, jetzt lass dir nicht alles aus der Nase ziehen. Was war los mit den Blagen? Erzähl mir nicht, Kevin Kaschewski hätte nichts angestellt.«

Isolde band sich die glatten, schulterlangen Haare zusammen und rieb die geschälten Kartoffeln auf einer Metallreibe mühevoll zu Brei.

»Weiß ich nicht genau. Ich konnte Friedrich verdammt schlecht verstehen, der sprach wohl extra leise. Kevin blökte wie seines Vaters Sohn. Irgendwas hat er im Wald gefunden, bei einem umgestürzten Baum. Alter Kram, für den sein Opa Kurt Geld abdocken würde. Da hat der Kaldewei ihm glatt fünf Euro geboten.«

»Was für alter Kram aus dem Wald?«

»Warte, es kommt ja noch besser. Der Kleine ist wie sein Erzeuger, hat freiweg geschachert und ist, sage und schreibe, mit zwanzig Euro davongehechtet.«

Isoldes Augen füllten sich mit Tränen, während sie zwei große Zwiebeln auf der Reibe zerkleinerte.

»Da ist doch was faul. Deshalb hat sich Wolle anschließend höchstpersönlich blicken lassen. Und der Junge musste auch wirklich nichts tun für das Geld?«

»Frau, hör doch zu. Nein, wenn ich's dir sage. Unser Finanzexperte aus der Siedlung hat gerade mitten auf der Straße ein Geschäft mit einem zwölfjährigen Rotzlöffel gemacht. Sonst nichts, noch nicht, denn da steckt bestimmt was hinter, da verwett ich meinen

Hintern drauf. Vielleicht sollte ich mal mit Rocky einen Spaziergang machen, solange es noch hell ist.«

Die Erwähnung seines Namens und der Begriff »Spaziergang« trieben den Hund schwanzwedelnd an die Haustür.

Mit Salz, Pfeffer und Muskatnuss würzte Isolde die abgetropfte Breimasse, fügte mit einer Hand aufschlagend und ausleerend zwei Eier dazu.

»Bleibt nicht zu lange, es geht jetzt los mit den Kartoffelpuffern.«

Bert zog seine Freizeitjacke über, Rocky tänzelte bereits aufgeregt, und als er die Leine vom Haken nahm, klingelte das Telefon. Seine Tochter ging dran. Wie Teenies so sind, neugierig und immer erreichbar.

»Papa, Telefon für dich, Opa.«

Seinen Vater am anderen Ende der Leitung zu wissen, löste bei Bert einen ähnlichen Drang loszupreschen aus, wie ihn sein Hund bereits mit jeder Sehne verkörperte. Nur wurde Herrchen von seiner alten Begleiterin, der strengen Erziehung, ausgebremst.

»Tag, Vatter, na, wie isset? Nein, du störst nicht. Ja, die Fahne hängt eins a. Ich weiß, ist bald Zeit, sie reinzuholen.«

Rocky tigerte winselnd um ihn herum. In der Küche brutzelten die Reibekuchen in zwei Pfannen gleichzeitig.

»Essen ist fertig!«

Bert winkte ab und verzog sich mit Hörer und Hund in den Garten. Seine Frau blickte ihm kopfschüttelnd nach.

»Wie vor zwanzig Jahren. Nichts hat sich geändert. Wenn der Alte anruft, springt er.«

Vor dem Steinbrink'schen Haus spielten sich Szenen ab, die für Johanna aus der Entfernung keinen Sinn ergaben. Den ganzen Nachmittag über waren Tiez' und Köbes' Stimmen in unterschiedlichen Wellen von Anfeuerung bis Euphorie zu hören gewesen. Vereinzelte Begeisterungsrufe wie »Super« oder »Das ist Spitze« hatten ihre Aktion an der Hausfassade begleitet. Zu diesem Zeitpunkt war ihnen bereits ein geringes Maß an schmunzelnd staunendem Publikum gewiss. Die zunehmende Lautstärke sich spontan bildender Zuschauergrüppchen ließ Johanna neugierig werden. Sie traf etwa zeitgleich mit Maria Steinbrink ein, die mit dem Rad vom Einkauf aus Flüren kam. Beide Frauen standen völlig perplex vor dem Zaun und schauten auf die Fläche zwischen Küchen- und Schlafzimmerfenster oberhalb der stolz geschwellten Brustkörbe der grinsenden Zwillinge. Im deckenden Türkisblau alter Badezimmerwände erstreckte sich die Silhouette eines prähistorischen Flugsauriers über ungefähr anderthalb Quadratmeter Hausfassade. Die Proportionen stimmten nicht ganz, die Ränder waren unregelmäßig. Eingerahmt vom Zufallsmuster verschieden großer Kleckse, erhob sich, unmissverständlich erkennbar, ein Eudimorphodon in die niederrheinischen Lüfte. Marias Gesicht wechselte die Farben von aschfahl bis puterrot, sie zitterte, rang heftig nach Luft, hustete und begann zu wettern.

»Was habt ihr da wieder angestellt, ihr Kindsköpfe! Ihr solltet die Farbe ausbessern, wo sie nachgelassen hat. Und jetzt?«

»Aber Mama, der Tiez hat doch gefragt, ob wir malen dürfen, und du hast Ja gesagt.«

»Ausbessern, klar, aber nicht so was! Wie sieht das denn aus? Meine Güte, hinterher machen sie mich noch dafür verantwortlich, wenn wir bei dem Wettbewerb verlieren. Und das ist gute alte Ölfarbe, die kriegen wir so schnell nicht übertüncht.«

Johanna stützte Maria, die kurz vor einem Zusammenbruch stand. Köbes lief schuldbewusst zu ihr hin, öffnete die Tür, während Tiez vor seinem Werk verharrte. Ihm blieb verschlossen, weshalb im Garten auf den Schuppenwänden und sogar über der Terrasse die wunderbarsten Dinosaurier existieren durften und Mama sich ausgerechnet darüber aufregte, dass diese langweilige Wand zur Straße hin ebenfalls belebt wurde. Irgendwas hatten sie falsch gemacht, bloß was?

Johanna setzte Maria auf ihrem Sofa ab, lockerte ihr Halstuch und brachte der armen Seele einen Schluck Wasser.

»Nu reg dich nicht so auf, die haben es bestimmt gut gemeint.«

»Sie meinen es immer gut. Die beiden denken einfach nicht nach, bevor sie handeln. Hätte ich ihnen bloß nie erlaubt, diese Viecher auf irgendwelche Mauern zu malen. Weißt du eigentlich, wie viel Papier die in den letzten Jahren mit Dinosauriern gefüllt haben?«

»Maria, beruhig dich. Bestimmt lässt sich das überpinseln. Und eigentlich sind die beiden doch ganz brav, oder? In Gegensatz zu den Kindern vom Eck. Du, irgendwas haben die angestellt, speziell der Kevin. Da hat sich selbst Friedrich eingemischt. Dann doch besser harmlose Fassadenmalereien von deinen beiden Rembrandts.«

Maria musste unweigerlich lächeln.

»Hast ja Recht. Aber erschreckt hab ich mich gehörig. Wo doch im Moment alles für die Kommission aufgepäppelt wird.«

»Machste eben aus deinem Haus ein Gesamtkunstwerk und sorgst so noch für Extrapunkte.«

»Nein, das gehört sich nicht. Was sollen denn die Leute von uns denken.«

Johanna fand die Zwillinge nebeneinander auf der Kellertreppe hockend, was aufgrund ihrer Proportionen noch knapp gelang.

»Hier habt ihr euch versteckt. Da habt ihr als Kinder schon gesessen, wenn es Ärger gab, richtig? Los, jetzt mal rein mit euch und redet mit Mama. Und lasst den Kopf nicht hängen, vielleicht lässt sich euer Dino noch retten.«

Schwerfällig trotteten beide mit hängenden Köpfen ins Haus.

Johanna schaute auf die Uhr. Es blieb gerade noch Zeit, die Unterlagen zu holen, wenn sie pünktlich im Vereinstreff sein wollte.

Überflüssige blöde Fragen zu den Vorkommnissen des Nachmittags waren das Letzte, was Friedrich jetzt hören wollte. Außerdem ging es niemanden etwas an. Zeig ihnen, wer der Boss ist. Er setzte sich in Position.

»Damit eines klar ist: Es geht hier nur um die Koordination für den Wettbewerb, um nichts anderes. Wenn also jemand unbedingt über was anderes reden will, dann bitte nicht jetzt und hier. Noch Fragen? Gut, dann also los. Johanna, was macht die Festplatzausschmückung?«

Friedrich hatte in meisterhafter Manier allen Beteiligten den Wind aus den Segeln genommen. Dieses Vereinstreffen in kleiner Runde verlief dementsprechend sachlich und mit ersten kleinen, jedoch zufrieden stellenden Ergebnissen.

Karin Krafft warf einen Blick in den Glaskasten auf dem Schreibtisch ihres Sohnes und wich zurück.

»Iih, was ist das denn?«

»Das ist eine Weinbergschnecke. Obercool, nicht? Ich kann sie doch behalten, ja, Mama, bitte! Ich darf keinen Hund und keine Katze, und gegen Vögel bist du allergisch, da dachte ich, die Schnecke ist genau richtig. Sie flattert nicht und ist ganz leise. Die verliert keine Haare und frisst nur Grünzeug. Schau, sie kann auch nicht weg aus dem alten Aquarium.«

Wie er so dasaß, die fransigen dunklen Haare bis zu den Brauen, die bernsteinfarbenen Augen, der fragende und zugleich siegessichere Ausdruck: So hätte er ihr einen Elefanten aufschwatzen können.

»Schon gut, Moritz, hast mich ja überzeugt.«

»Und sie ist so pflegeleicht, dass Oma sie bestimmt füttert, wenn wir in Urlaub sind.«

»Da wird sie sich riesig drüber freuen. Sag mal, hat sie schon einen Namen?«

»Na klar, ich nenn sie Speedy, denn sie ist schneller als die von Jens und David.«

»Ach, Weinbergschnecken sind wohl gerade in, was?«

»Logo, man kann sie selbst suchen, und wenn man sie richtig behandelt, werden sie dreißig Jahre alt.«

»Gut, du nimmst sie aber mit, wenn du irgendwann ausziehst. Versprochen?«

Karin wuselte ihrem Sohn durch das Haar, eine Berührung, die Zehnjährige sich nur noch widerstandslos gefallen lassen, wenn sie mit ihren Müttern allein sind.

»Los, Großer, leg deine Rennschnecke an die Kette und mach dich bettfertig. Ich komm gleich noch mal. Ach, und morgen rufst du Oma an und sagst Bescheid, ob du am Wochenende zu ihr kommst. Okay?«

»Mal sehen. Samstag geht nicht, da zeigt mir Henner die Schiffstypen auf dem Rhein.«

»Henner?«

»Ja, mein neuer Freund. Sonntag geht. Ich werd's sofort sagen.«

»Moritz, Bettfertigmachen ist angesagt. Jetzt kannst du Oma nicht erreichen, die sitzt wieder im Vereinstreff. Schieb ab, sonst helfe ich dir.«

Moritz sauste mit gespieltem Entsetzen, untermalt vom Geheul eines amerikanischen Polizeiautos, ins Badezimmer.

Er ist viel allein, dachte Karin, zu viel. Gegen einundzwanzig Uhr, als sie zu einem Einsatz rausgeklingelt wurde, nagte das schlechte Gewissen einer allein erziehenden, berufstätigen Mutter endgültig spürbar an ihrer Magenwand. Sicher, Moritz konnte zur Nachbarin, falls irgendwas wäre, aber trotzdem würde er zunächst vor ihrem leeren Bett stehen.

»Stell dich nicht so an.«

Die Frau lag reglos, mit zusammengebissenen Zähnen, völlig verkrampft in ihrer Betthälfte. Es gab keine Stelle an ihrem Körper, die nicht schmerzte und blauviolett oder sogar aufgeschürft war nach der letzten Attacke des Mannes. Heftiger als bislang war sie gewesen, und noch nie hatten Ausgeliefertsein und Hoffnungslosigkeit so lange angehalten. Der Mann rückte immer näher und verlangte sein eheliches Recht. Tränen liefen lautlos über ihr Gesicht, als er auf ihr lag – es würde nicht lange dauern, das wusste sie –, und nachdem er sich seitlich von ihr fortgewälzt hatte, kauerte sie sich zusammen, immer kleiner und kleiner, rollte sich zurück wie in den schützenden Mutterleib.

Sie wachte fröstelnd auf. Er hatte ihre Bettdecke im Schlaf zu sich gezogen. Sie brauchte einige Minuten, bis es ihr gelang, sich lautlos aufzurichten.

Ohne das Licht einzuschalten, saß sie im Morgenmantel am Küchentisch. Es musste etwas geschehen, so oder so.

»Freunde des Late-Night-Talks von Radio KW, hier meine Botschaft für wehmütige Seelen: Sehnsucht kann man zum Glück nicht verlernen. Feine Zeile, nicht? Sie ist aus ›Lache, wenn es nicht zum Weinen reicht‹ von wem wohl? Genau, Herbert Grönemeyer. Ja, es gibt noch andere tolle Stücke auf der CD ›Mensch‹. Überzeugt euch selbst.«

Ingo starrte Fee unverblümt an. Gut, dass die Scheibe sie trennte, sonst hätte sich sein verächtliches Schnauben störend auf die Sendung ausgewirkt. Ein paar Mal pro Jahr griff Fee für seinen Geschmack gehörig daneben. Grölemeyer war nicht sein Ding. Sein Frust schrie nach leiblichem Trost. Er widmete sich dem Zehnerpack Dickmann's und testete mit kindlicher Freude, ob ein ganzer Mohrenkopf, leicht mit dem Zeigefinger an der Waffel geschoben, komplett in seinen Mund passte. Im genussreichen Augenblick des Erfolges läutete das Telefon. Das Leben ist eine lange Kette unterschiedlichster Herausforderungen. Haps!

»Hier ist Fee, hallo, mit wem spreche ich?«

»Hallo, Frau von Schlarenberg, ich bin es wieder, Sie erinnern sich?«

»Aber natürlich, die Frau mit der traurigen Geschichte ihrer Freundin, richtig? Wie geht es dir?«

»Mir?«

»Ja, natürlich, mich interessiert, wie es dir im Moment geht.«

»Gut. Wie sonst? Ich kann nicht klagen.«

»Erzähl mir dein Anliegen.«

»Also, Sie wissen ja, es geht um meine misshandelte Freundin. Sie wird immer depressiver, kommt überhaupt nicht mehr ohne ihren Mann vor die Tür. Höchstens mal zum Einkaufen in den Supermarkt.«

»In jedem Supermarkt, den ich kenne, gibt es mittlerweile ein kleines Stehcafé. Wie wäre es, wenn ihr euch da trefft?«

»Ach Fee, Sie meinen, das wäre so einfach. Dazu müsste ich ja den ganzen Tag am Fenster stehen, um den Moment abzupassen, wenn sie das Haus verlässt. Das geht nicht, ich habe so viel zu tun.«

»Du bist also durchgehend beschäftigt.«

»Ja, es macht sich nichts von allein, und ich will doch, dass er es schön hat.«

»Das klang jetzt fast schon nach Stress.«

»Nein, ich – mir geht es doch gut.«

»Natürlich.«

»Sie haben immer so gute Ideen, Fee, können Sie mir sagen, wie ich meiner Freundin helfen kann?«

»Liebe Unbekannte, hast du mit deiner Freundin schon mal offen über ihr Problem gesprochen?«

»Nein, nicht so direkt. Es gibt halt Dinge, die man nicht gern ausspricht.«

»Du kennst diese Form von Geheimnis, nicht?«

»Ja, aber nicht so, wie Sie bestimmt denken. So etwas gibt es bei mir nicht. Nein, es geht um meine Freundin.«

»Deine Freundin weiß hoffentlich, dass sie die Polizei informieren und ihren schlagkräftigen Gatten des Hauses verweisen lassen kann?«

»So etwas geht?«

»Ja, seit neuestem geht das. Ein neues Gesetz, das war auch überfällig. Er muss das Notwendigste einpacken, ab ins Auto und fort. Am nächsten Tag wird eine richterliche Anordnung erwirkt, wonach er sich über einen festgelegten Zeitraum deiner Freundin und dem Haus nicht mehr nähern darf. Sie wird zur ärztlichen Erstversorgung begleitet, wo ihr unter anderem die Verletzungen attestiert werden …«

»Das macht sie nie!«

»Was, glaubst du, wird sie nie machen?«

»Na, ihren Mann abholen lassen und zum Arzt gehen.«

»Wie reagierte sie denn bisher?«

»Mit Kühlkissen und Aspirin, notfalls mit Salbe gegen Prellungen und Bandagen.«

»Sie ist noch nie mit ihren Blessuren in ärztlicher Behandlung gewesen?«

»Nein, nie. Man erträgt mehr, als man sich vorstellen kann, Fee.«

»Mir fehlt es, dich namentlich ansprechen zu können. Meine Frage an dich ganz persönlich lautet: Muss ein Mensch wirklich ertragen, was ein anderer ihm antut, oder gibt es nicht immer eine Alternative?«

»Ich muss aufhören für heute und danke.«

Fee fasste sich schnell, obwohl ein Gefühl der Enttäuschung blieb. Sie war so nah dran gewesen an der Unbekannten, und wieder war sie ihr entglitten.

»Das nächste Stück habe ich für dich ausgesucht. Udo Lindenberg mit ›Einsamkeit‹, einem Gedicht von Rainer Maria Rilke. Es wird dich anrühren, ich weiß. Lass dich hineinfallen.«

Ingo durchlitt diesen Sprechgesang in engem Kontakt mit den letzten drei Dickmann's und ohne Störung durch unpassende Anrufe.

»Für alle, die es mögen: Es heißt Rilke Projekt. Ihr findet diese CD in der Buchhandlung. Sie trägt den poetischen Titel ›In meinem wilden Herzen‹.«

»Sie haben Post«, säuselte die nette Frauenstimme beim Einklicken ins Programm. Klar. Täglich gab es eine Flut von E-Mails, kein Grund für Friedrich, in Hektik zu verfallen. Die Auswahl bewegte sich zwischen aktuellen Börsendaten, Angeboten, Anfragen aus dem Finanzsektor, jeder Menge Aufforderungen zu supergeilem Web-Sex und Dubiositäten, die besser ungeöffnet gelöscht wurden. Das alles interessierte ihn in den letzten Tagen nur am Rande, weil er auf etwas ganz Bestimmtes wartete: Auf die Reaktionen auf sein Eintauchen in einen zwielichtigen Markt. Friedrich hatte gewagt und hoffentlich auch gewonnen.

Bei seinem ersten Spaziergang zu der Fundstelle des römischen Trinkgefäßes waren ihm Fragmente aus unterschiedlichen Materialien aufgefallen, die minimal aus dem Boden ragten. In der darauf folgenden Nacht war er mit Klappspaten und Taschenlampe fündig geworden und mit den relativ gut erhaltenen Resten zweier Amphoren, metallenen Teilen einer Legionärsuniform und einer Art Schwert nach Hause geschlichen. Er ahnte, er war auf einen Schatz gestoßen. Sich im Internet über Bedeutung und Handhabe der fast zweitausend Jahre alten Stücke zu informieren, stellte kein Problem dar. Das Schwert war ungefähr vierzig Zentimeter lang, grobschlächtig geschmiedet für muskulöse Arme und wies an Griff und Parierstück ornamentale Verzierungen im Schwung einer Ranke auf, mit blattförmigen roten Edelsteinen an deren Enden. Karneole, vermutete Friedrich.

Offensichtlich ein Kleinod, wie den aufgeschlagenen Fachseiten auf seinem Flachbildschirm zu entnehmen war. »Gladius« wurde es genannt und war vermutlich allein aufgrund der reichhaltigen Verzierung sehr wertvoll, wobei der leicht korrodierte Zustand der Klinge unerheblich war. Sammler wollen nicht kämpfen, sondern schauen, staunen, stolz sein und das auch genießen. Sie wollen etwas Authentisches, etwas Echtes in der Hand halten. Sie wollen es besitzen.

Friedrichs Seite mit Abbildung, Kontakthinweis und Mindester-steigerungsgebot bei der Verkaufsbörse Buy Watch, in der Antiqui-tätensparte unter »Specials«, war von mehreren Interessenten be-sucht worden. Friedrich klickte mit zittrigen Fingern von einem Angebot zum nächsten, konnte nicht glauben, was da auftauchte, sich vor seinen Augen zusammensetzte. Der Preis für das Schwert war durch akzeptable Gebote auf ein Sümmchen mit Pfiff gestiegen. Einundvierzigtausend Euro waren kein Pappenstiel.

»Ja!«

Seine angespannte Faust sauste auf die Tischplatte nieder, ver-harrte knapp darüber. Nicht auffallen, bei lauten Geräuschen würde Gertrud sofort besorgt vor der Tür stehen. Er stand auf, bewegte seine Hüften leicht tänzelnd, setzte sich breitbeinig, mit über dem Kopf verschränkten Armen, zurück vor den PC.

Überzeugt von einer unteren Wachstumsgrenze mit einer Fünf am Anfang wollte Friedrich sich lächelnd zurücklehnen, als er auf die Einladung stieß. Er wurde begrüßt als neuer Freund antiker Ästhetik und exklusiv zu einer Vorstellung der jüngsten Funde eingeladen. Den Treffpunkt würde man zu gegebener Zeit bekannt geben. Dort könne er sein Exponat einem fachkundigen Publikum präsentieren. Im direkten Kontakt mit staunenden Sammlern wür-de sich der Preis garantiert weiter zu seinen Gunsten in die Höhe treiben lassen. Selbstverständlich würde er dort hinfahren. Das Passwort für den Einlass lautete Novalis. Der Name kam ihm be-kannt vor. Wer war das noch mal? Klar, im Deutschunterricht beim alten Breyl wurden Literatur und Lebensläufe gleichermaßen eingehämmert. Novalis, Dichter, starb vor zweihundert Jahren an Tuberkulose.

Der Termin lag eine Woche nach dem Dorffest an einem Samstag, spätabends, Rückmeldung erforderlich. Es blieben ihm somit noch fast drei Wochen Zeit, um zu überprüfen, ob er irgendwas im Wäld-chen übersehen hatte. Friedrich besaß seit kurzem einen Metallde-tektor, klein, handlich und mit Signalen, die per Kopfhörer empfan-gen werden konnten. Fein leise für die Nachtschicht. Mal schauen, was die guten alten Römer noch so auf der rechten Rheinseite verlo-ren hatten.

Natürlich meldete sich Friedrich Kaldewei zu dem konspirativen Treffen an. Sein Name im Netz lautete »Kaufmann von Venedig«.

Klang besser als »Investmentberater vom Niederrhein«, fand er. Und so gebildet.

Dienstagvormittag erhielt Wolle Kaschewski Besuch vom Gewerbeaufsichtsamt. Ein Mann und eine niedliche Frau in hautenger schwarzer Lederhose, rotem Top mit V-Ausschnitt und dem gleichen, kussecht schimmernden Lächeln wie Madonna. Wolle machte ihr sofort schöne Augen. Sein Charme prallte von ihr ab wie ein schlaffer Basketball von der Garagenwand. In Ausübung ihrer Pflicht verwandelte sich »Püppi«, wie er sie innerlich nannte, schleunigst zurück in Gewerbeaufsichtsoberamtsfrau Drechsler. Die stellte sachlich fest, das Herstellen und der gewerbliche Vertrieb von Raubkopien in Form von CDs, DVDs und Videos verstoße gegen das Urheberrecht, sei strafbar. Dass er eine Genehmigung hätte, auch nur ein Kaffeeböhnchen verkaufen zu dürfen, würde sie bezweifeln. Aus mit Püppi, endgültig, als sie ihm angesichts seines Vorrats an fertigen DVDs aktueller Kinofilme mit Preisetiketten eine Anzeige androhte. Wolle wunderte sich noch darüber, wie ruppig dieses Zuckerschneckchen reagierte, als er ihr, ganz versöhnlich, »About a boy« mit Hugh Grants jungenhaftem Charme zustecken wollte, umsonst, quasi geschenkt. Er verfluchte nach dem Besuch den Tag, an dem er hier eingezogen war. Welcher Nachbar, wer von diesem missgünstigen Pack ihn verpfiffen hatte, würde er schon noch rausfinden. Zunächst verstaute er seinen kompletten Nebenerwerb in eiligst besorgten Kisten und stapelte sie in Matzes Garage. Unter dem Zeichen des Vertrauens und der Freundschaft, versteht sich, und für zehn Gratisfilme seiner Wahl.

Vorerst Schluss mit den paar Euros extra. Wolle hockte im Vorgarten und verfiel in eine Art depressive Starre. Dabei hätte er heute so viel geschafft hier rundherum. »Kein Grund zur Panik«, dudelte Wolfgang Petrys Stimme aus dem ersten Stock.

Sollte dieser hundsgemeine Verräter ihm jemals in die Finger geraten, dann gnade ihm Gott. Jeder Mensch, der in der Nähe des Goldenen Ecks auch nur hustete, alle Erwachsenen, die sein Haus betraten oder verließen, mutierten in Wolles Augen zu niederträchtigen

Denunzianten. Einer war es. Er würde allen tief in die Augen gucken, und wer seinem Blick nicht standhalten würde, hätte allen Grund, sich vor der Dunkelheit zu fürchten. Wolle sah sich selbst, mit einer Kapuze, ähnlich einem Visier, als Wegelagerer, wie im tiefen Mittelalter. Mit Streitaxt und Morgenstern würde er aus dem Hinterhalt springen, dem Verräter keine Chance geben. Zack, erst mal eins auf die Mütze, hingestreckt. Unten, auf den Rheinwiesen, an eine Weide gefesselt, würde dieser Scheißkerl um Gnade winseln, sich vor Angst in die Hosen machen. »VERRÄTER« würde er ihm in die Haut ritzen. Solle er doch um sein Leben betteln, kein Pardon. Einen Kaschewski schwärzt niemand ungestraft an. Das würde er hoffentlich begreifen, kurz bevor der Sensenmann kam.

Klar, man würde ihn verdächtigen, aber seine Alte bekäme den Befehl, Stein und Bein zu schwören, einen Eid auf die Bibel abzulegen, dass er die ganze Nacht abwechselnd auf ihr und neben ihr gelegen hätte.

Und wehe, sie verplapperte sich.

Am Mittwochvormittag kurz nach elf beschäftigten sich zwei dunkelblau gekleidete Frauen auf der Himmelsstiege mit dem Wohnmobil von Bert Schreiber. Sie hantierten mit einem Maßband, notierten Abstände zwischen Fahrzeug und Fahrbahnrand.

Bert war zur Arbeit und Isolde gerade zurück aus dem Nagelstudio, wo sie sich in langwieriger Prozedur Acrylnägel hatte aufkleben lassen, die fünf Millimeter über jede Fingerkuppe ragten. Sie saß am Küchentisch und gewöhnte sich an das künstliche Klappern der Nägel, wenn sie auf den Tisch trommelte. Einmal Fingernägel wie Verona Pooth, das war lange schon ihr Traum. Es half nichts, der Haushalt rief. Sie probierte gerade, mit möglichst ausgestreckten roten Krallen ein Spültuch auszuwringen, als sie Stimmen auf der Straße vernahm.

»Nee, Gerdi, so nicht. Du musst vom Spiegel aus messen. Der Spiegel ist der äußerste Punkt, der in die Fahrbahn ragt.«

»Verrat mir mal, wie ich das Ding hier anlegen und schräg drüben den Straßenrand treffen soll, ohne dass et verrutscht.«

»Lass mal, mach ich schon. Halt du beim Spiegel fest.«

Die Aktion befand sich außerhalb von Isoldes Blickwinkel. Trotzdem war es ihr nicht geheuer, und sie ging raus, wobei gleich an der Klinke der Haustür ein Stück ihrer neuen Pracht absplitterte. Das war superärgerlich.

»Siehste, Gerdi, hab ich doch Recht. Genau wie vermutet, zwei Meter achtundneunzig. Fehlen ganze zwölf für einen reibungslosen Verkehrsfluss.«

»Ich tipp schon mal das Knöllchen ein.«

Erst jetzt begriff Isolde, dass es um ihren Hymer und um ihr Geld ging. Jetzt wurde die Lage richtig ernst.

»Moment mal, das ist unser Wohnmobil. Was machen Sie da?«

»Ich habe ein digitales Foto des Sachverhaltes aufgenommen und eine Verwarnung mit Bußgeld eingegeben. Wird Ihnen in den nächsten Tagen per Post zugestellt.«

»Aber warum denn? Wir parken doch immer hier.«

»Eben.«

Isolde verstand die Welt nicht mehr.

»Wie, eben?«

»Gerdi, warte, ich glaub, wir müssen das kurz erläutern. Also, uns ging ein Hinweis ein, dass dieses Wohnmobil hier unerlaubterweise über längere Zeiträume hinweg steht. Das ist selbst kurzzeitig nicht erlaubt, da diese Straße nicht breit genug für parkende Fahrzeuge und Straßenverkehr ist.«

»Das glaub ich einfach nicht! Unser Mobil steht hier seit fünf Jahren, wenn die Einfahrt anderweitig genutzt wird, und es hat noch nie Beschwerden oder Unfälle deshalb gegeben. Und jetzt?«

»Jetzt stellen Sie es weg. Wenn es morgen noch da steht, gibt es wieder einen Bußgeldbescheid.«

»Nachher kommt mein Mann. Der wird sich über Sie beschweren.«

»Soll er tun, was er nicht lassen kann.«

Die beiden Politessen liefen zum Supermarktparkplatz, und als sie längst fort waren, starrte Isolde immer noch auf die orangefarbene Postkarte, die schräg hinter dem Scheibenwischer auf der Fahrerseite klemmte.

Der Kommentar von Bert war gut verständlich, nicht übel, aber auch nicht jugendfrei. Wegsetzen würde er den Wagen nicht, schließlich gäbe es nach so vielen Jahren bestimmt so etwas wie Gewohnheitsrechte, und sollten sie ruhig kommen, diese Aasgeier, er würde nicht zahlen und seinen Anwalt einschalten.

»Und du bewegst die Karre auch nicht von der Stelle, hörst du? Und überhaupt, was hast du da mit deinen Fingernägeln gemacht? Das sieht ja total verboten aus!«

Die Auseinandersetzung zog sich hin bis zum Fahnenappell, die orange Postkarte klappte im lauen Maienlüftchen immer wieder leicht gegen die Windschutzscheibe.

Bert war felsenfest davon überzeugt, dass für derartig pedantisches Verhalten nur einer in Frage kam. Es gab nur einen Dorfsheriff, einen Paragraphenreiter, Dünnbrettbohrer, Türdoppelabschließer.

Am Donnerstag klemmte Gerdi kopfschüttelnd die zweite Mitteilung auf die leicht lädierte erste Karte.

Isolde schmollte derweil über die nächste Macke in ihren Hollywoodnägeln und stellte zudem fest, dass ein gezieltes, effektives Kratzen auf der Kopfhaut mit den Dingern nicht mehr möglich war.

Währenddessen klopfte Herr Scholten vom Ordnungsamt bei Maria Steinbrink an die Tür, um sich zu erkundigen, welche Anbauten sie im Garten hätte und ob dafür Genehmigungen vorlägen. Nachdem Maria sich vom ersten Schrecken erholt hatte, führte sie den grauhaarigen, leicht gebeugten, anscheinend netten Mann in den Garten und zeigte ihm die diversen abenteuerlichen Konstruktionen ihrer Söhne. Holzschuppen, Unterstände für Geräte, teilweise windschief, auf keinen Fall für die Ewigkeit gebaut. Nichts war direkt mit dem Haus verbunden oder berührte irgendwo eine Grundstücksgrenze.

»Ach, Frau Steinbrink, wir vergessen das hier. Machen Sie sich keine Sorgen, ich zerreiß die Anfrage gleich im Büro. Wie kann sich jemand so kleinkariert darüber aufregen?«

»Ich habe keine Ahnung. Wissen Sie, die Jungs basteln doch so gerne.«

»Und malen können sie auch.«

Herr Scholten blickte schmunzelnd auf einen gewaltigen Tyrannosaurus, der mit angriffslustig erhobenen Klauen von der Terrassenwand auf ihn herunterblickte. In drei Metern Höhe tropfte Blut von seinen Zähnen. Über seinem Kopf rankte Efeu, ein schützendes Dach, von dem eine Schar Spatzen krakeelend aufflog.

Der Beamte musste unweigerlich lachen.

»Der hat nicht nur einen Vogel.«

»Nee, wer uns angezeigt hat, muss einen ganzen Schwarm im Oberstübchen wohnen haben.«

»Seien Sie unbesorgt. Wir müssen solchen Hinweisen nachgehen. Inzwischen hat sich der Anrufer aus Ihrer Straße bei uns einen Namen gemacht, und die Kollegen lästern schon, wenn er sich meldet. Ich werde denen Bescheid sagen, dass es sich offensichtlich um einen armen Choleriker handelt.«

Maria, überglücklich, davongekommen zu sein, wurde mutiger.

»Kommen Sie, Herr Scholten, nur unter uns beiden, wer isses?«

Herr Scholten beugte sich ganz nah zu ihrem Ohr.

»Aber Frau Steinbrink, Sie können sich doch denken, dass ich Ihnen keine Auskunft geben darf. Schauen Sie ganz einfach mal nach, wer hier den saubersten Bürgersteig hat.«

»Hab ich mir doch gedacht.«

Nachdem Herr Scholten sich verabschiedet hatte, verschwand Maria fluchend im Waschkeller. Die Jungen lauerten oben an der Kellertür. Ihnen liefen die Wangen rot an, als sie verstanden, welche Schimpfworte ihrer Mutter über die Lippen kamen. Was machte Mama da? Sie hätten längst schon Stubenarrest geerntet, wenn nur eines dieser unanständigen Wörter aus ihren Mündern gekommen wäre. Ihre Mama war wütend, sehr wütend auf Alfred Paessens. Sie auch. Ab sofort!

Am Freitag, als bereits drei farbige Kärtchen Bert Schreibers mobiles Heim verzierten, hielt ein Fahrzeug mit der Aufschrift »Tierhilfe Wesel« vor Alma Argonds Haus. Es lägen Hinweise auf nicht artgerechte Tierhaltung vor. Da waren sie bei Alma richtig, die beiden Frauen in Jeans und Schlabberpullis ohne beschreibbare Frisuren, aber mit viel Engagement in der Stimme. Sie wirkten aufgebracht in ihrer Haltung, die Ärmel bis zu den Ellenbogen hochgeschoben, bereit, dem Entsetzen ins Auge zu blicken, bereit, unter widrigsten Umständen die gepeinigten Kreaturen zu retten. Sie fuhren ihre Krallen aus. Erst gestern hatten sie mit ungebremster Überzeugung gegen das geplante Weseler Tierkrematorium in der Nähe ihres Tierheimes gekämpft. Mit allen erdenklichen Mitteln hatten sie erreichen wollen, dass die Seelen der lebenden Kreaturen keinen Schaden durch die benachbarte Gegenwart des Todes nehmen konnten. Jetzt, nach kurzer Verschnaufpause, waren sie wieder bereit, andere gedemütigte Tiere gegen übermächtige Quäler zu verteidigen.

Die in den ersten Sekunden entstandenen Vibrationen ließen drei Katzen fauchend das Weite suchen, und Nero, der betagte Labrador, der niemals bellte, kläffte, was seine alte Kehle hergab.

»Na, dann kommen Sie mal rein und schauen sich um. Ich habe nichts zu verbergen. Schuhe aus, dies ist ein ordentliches Haus.«

Das hätte sie besser nicht verlangt, denn vier Füße in Polyamidsocken, die widerwillig aus Kunstlederturnschuhen befreit wurden, muffelten schlimmer, als die drei Katzenklos es jemals tun würden.

Zurück vor der Haustür entschuldigten sich die Frauen für ihren Besuch und wollten gleich noch zwei Dauergäste aus dem Tierheim Lackhausen an Alma vermitteln, die sich jedoch dagegen aussprach.

»So ist es gut. Eine funktionierende Gemeinschaft. Man soll so etwas nicht leichtfertig aufs Spiel setzten. Verraten Sie mir nur noch eines. Wer hat Sie alarmiert?«

»Ein Nachbar.«

»Doch nicht der Schreiber von nebenan?«

»Nein, Paessens, sagte er.«

»Ist ja ungeheuerlich. Dieser kleine, fiese Schmutzbuckel!«

Am Samstag beim Einkauf erfuhr Johanna den größten Teil des Wochengeschehens von Frau Behle an der Kasse. Sie malte sich die Größe der Zorneswolke aus, die über ihrem Nachbarn schwebte. Sie sah ihn von weitem, wie er seine Bahnen kehrte. Mit verbissener Miene, unablässig den Boden fixierend, säuberte er gewissenhaft die Reihen der grauen Gehwegplatten, eine nach der anderen.

»Treib's nicht zu bunt, Alfred, du verdirbst es dir mit allen.«

Alfred Paessens hielt in seinem Kehrrhythmus inne und schüttelte den Kopf.

»Ich brauche niemanden und sorge nur für Ordnung. Schau, das Wohnmobil ist weg.«

»Und mit ihm dein letztes Stückchen Kontakt zu Schreibers, das garantiere ich dir. Alfred, man kann nicht ganz ohne Nachbarn leben in so einer engen Siedlung. Hast du dir für mich auch schon was Feines ausgedacht? Vielleicht überprüfst du mal, ob eine meiner Skulpturen aus geschütztem Tropenholz ist, und überführst mich dann des Schmuggels.«

»Du verstehst nichts, rein gar nichts.«

Er ließ sie stehen, widmete sich wieder voll konzentriert seiner Tätigkeit, fegte weiter, den sauberen Gehsteig noch sauberer.

Hinter Gardinen verborgene Blicke begleiteten jeden seiner Schritte.

Am Sonntag, zur Zeit der Formel-1-Übertragung, durchschlug ein faustgroßer Stein das Küchenfenster der Paessens'. Scherben prasselten auf den gefliesten Boden, Herta schrie kurz auf, Alfred rannte hinaus auf die Straße. Es war niemand zu sehen. Kein Lüftchen regte sich, die Ferrarifahne im Goldenen Eck hing saftlos aus dem Fenster im ersten Stock.

»Mein Name ist Alfred Paessens, mit ae und doppeltem s, wohnhaft an der Himmelsstiege in Bislich Büschken, genau, die alte Siedlung ist das. Jemand hat versucht mich zu ermorden. Schicken Sie bitte umgehend eine Funkstreife raus.«

Zwei Polizisten der Kreispolizeibehörde an der Reeser Landstraße warfen sich in den Einsatzwagen und gaben Gas. Es empfahl sich, zügig bei dem entnervten Anrufer aufzutauchen, sonst würde es wieder endloses Palaver über unfähige Behörden geben, die ihre Bürger nicht schützen könnten. Blaulicht, Martinshorn, die B 8 bis zur Reeser Landstraße, durch Flüren auf die Bislicher Straße. Vorbei an der Grav-Insel mit ihrem riesigen Camping-Freizeitzentrum. Mehrfach wären die Einsatzkräfte mit schöner Aussicht auf den Rhein belohnt worden, hätten sie denn einen Blick dafür gehabt. Durch ein Stückchen Diersfordter Wald ging es weiter entlang der Abgrabung Westerheide, die zu einem Naturkleinod geworden war. Auf dem Radweg an der Straße bewegte sich ein ganzer Pulk von Radlern und Inlineskatern, die es sonntags aufs Land zog. Schwierig wurde es, als sie, weiter im Pulk, die Durchgangsstraße queren wollten, um auf den ausgebauten Deich mit seiner Fernsicht zu kommen. Ein Wunder, dass hier noch kein Unfall passiert war. Eng wurde es auch, als die Polizei dann links in die Himmelsstiege einbog. Keine neun Minuten, absolute Rekordzeit, da konnte keiner meckern.

Für die Beamten stand der Begriff des Dumme-Jungen-Streichs im Vordergrund, was sie auch dokumentierten. Anzeige gegen unbekannt wegen Sachbeschädigung.

Das Brunnenfest rückte näher. Bislich Büschken, angrenzend an Marwick, idyllisch gelegen hinter den Deichen, bereitete sich geschäftig auf die Golddorf-Ehre vor. Die Vorgärten der Himmelsstiege boten einen prächtigen Anblick, die meisten jedenfalls, und die Organisationstalente des Vereins trafen sich zur wöchentlichen Lagebesprechung. Mit zehnminütiger Verspätung begann die Sitzung in unentschuldigter Abwesenheit von Wolle Kaschewski.

»Leute, die Kommission wird zu unserem Fest erscheinen, unsere Einladung ist gut angekommen. Die Fotodokumentation ist vervielfältigt und als Broschüre gebunden, man sieht vor Ort, dass sich eine Menge tut. Auf zum Endspurt, in knapp zwei Wochen ist es so weit.«

Nickende Köpfe, zustimmende Gesten.

»Nun zur aktuellen Situation. Frank, was macht der Spielplatz?«

Frank Lürsen berichtete voller Begeisterung von der Aufräumaktion zwischen Rutsche und Schaukel, bei der sich seine gesamte Familie beteiligte.

»Merle und Lucius haben auch mitgeholfen. Die waren ganz toll, die beiden.«

Werner Uhlenbooms Beitrag war weniger emotionsgeladen, aber

trotzdem sehr zufrieden stellend. Alles war organisiert: der Wasseranschluss, die transportable Theke, Stromanschlüsse und Kabel, Lichterketten, der Geschirrmietservice, einfach alles, bis hin zu einem Toilettenwagen, für Männlein und Weiblein getrennt.

»Die Biertischgarnituren und das Küchenzelt leihen uns die Pfadfinder. Deshalb habe ich eigenmächtig den Stammesvorsitzenden und ihren Kuraten, Pastor Meulen, eingeladen. Wer informiert die Presse und das lokale Radio? Übernimmst du das, Friedrich?«

»Ja, lass mich das mal machen, in der Woche davor, das wird reichen. Johanna, was macht das Grünzeug?«

»Ist ja entzückend, wie du unser Aushängeschild bezeichnest. Nun, die Gebinde sind bestellt. Wenn wir die Kränze für den Brunnen selbst binden, wird es um einiges billiger. Die benötigten Tannenzweige könnten wir aus dem Wäldchen holen. Ich habe vor, Alfred zu fragen, ob das in Ordnung wäre.«

Kein Geräusch, nichts, nur angespannte Stille war durch die bloße Erwähnung des Namens entstanden. Friedrichs Wunsch nach diszipliniertem Verhalten während der Treffen wurde respektiert, jeder hielt seine Meinung zurück. Er selbst wollte wissen, wo Johanna den Zusammenhang zwischen Alfred und dem knapp zwei Hektar großen, deichabgewandten Wald sah, der Büschken von den Kiesseen vor dem Flecken Loh trennte.

»Na, weißt du das etwa nicht? Dieses Stück Erde gehört ihm. Hat er vor Jahren geerbt. Ich finde, er kann uns diesen Gefallen erweisen und die Zweige stiften. Ich werde ihn schon überzeugen.«

Das glaubte Friedrich aufs Wort und fasste insgeheim den Entschluss, zunächst den Metalldetektor zum Einsatz zu bringen, bevor zu viele Leute am Fundort auftauchten.

Bert Schreiber stellte, allen Unkenrufen zum Trotz, eine prachtvolle Bepflanzung aus früh blühendem Storchenschnabel, Lavendel und kleinblütigen Heckenröschen vor.

»Bietet zu jeder Jahreszeit ein anderes Bild und ist pflegeleicht. Die Farben vertragen sich gut mit unseren Ebereschenkugeln, und gleich nach der Pflanzung bietet das Ganze schon ein attraktives Bild. Ich habe bereits eine Gärtnerei an der Hand, die uns bei der benötigten Menge einen Sonderpreis macht. Friedrich, hier sind die Unterlagen dazu. Sie können in zwei Tagen liefern, und das Pflanzen schaffen wir wohl ohne fremde Hilfe.«

Werner war tief beeindruckt.

»Mensch, Bert, ich dachte immer, du wärst Schlosser. Hast du heimlich zum Gärtner umgeschult? Respekt, ein weitsichtiger Vorschlag, und Stauden statt Saisonblumen haben etwas Beständiges. Das wollen wir schließlich auch darstellen: traditionelle Beständigkeit.«

Wenn Alma das erfährt, wird sie staunen, dachte Johanna, und klopfte wie die anderen Beifall.

Bert verschwieg, dass Isolde sich um den Auftrag gekümmert hatte. Farbe war nun mal nicht sein Ding, und die Namen der Pflanzen musste er tagelang auswendig lernen, um sich heute nicht zu blamieren.

Den einzigen Wermutstropfen sah jeder pfützengroß vor sich. Das Goldene Eck war und blieb der Schandfleck des Dorfes. Keine Lösung in Sicht. Wolle hatte bis dato nichts Sichtbares auf die Reihe gekriegt. In den Gesichtern spiegelten sich Resignation, weil man »es gewusst hat«, und Wut, weil »diese faule Sau« das Arbeiten nicht erfunden hatte. Verbal blieb man sachlich distanziert.

Bert durchbrach die vornehme Zurückhaltung.

»Den hol ich mir, den nehme ich mir vor! Der Kerl hockt seit Tagen unter seinem Baldachin und rührt keinen Finger. Ich wollte ihn mir bei der Vollversammlung schon vorknöpfen, aber nein, ihr müsst ihm auch noch diesen Job geben.«

Unruhe machte sich bemerkbar, Friedrich trommelte mit seinem Waterman auf die blank gescheuerte Tischplatte.

»Mal ehrlich, wer von euch geht freiwillig in die Höhle des Löwen und sorgt da für Ordnung?«

Schweigen.

»Seht ihr, es gibt Entscheidungen, die man ganz pragmatisch an anderen vorbei trifft, die dennoch allen entgegenkommen. Ich kann momentan aufgrund privater Differenzen nicht mit ihm reden. Bert, du bist mir zu impulsiv und würdest den Klassenkampf neu anfachen. Werner, deine Sprache versteht er nicht, und den Frank raucht er vor dem Frühstück in der Pfeife.«

Alle Blicke richteten sich auf Johanna Krafft. Die schaute ungläubig in die Runde, bevor sie begriff.

»Einstimmig beschlossen?«

Vier Männer nickten ihr stumm zu.

»Versprecht euch nicht zu viel von meiner Mission. Ich bin nicht allmächtig. Ich kann mit ihm reden, ja, und Sperrmüll für nächste Woche anmelden. Weiß einer von euch, wo ich den Besitzer vom Eck finde? Der kann sich auch mal um die Anlagen kümmern.«

Friedrich lehnte sich zurück, wies auf Johanna und schaute in die erleichterten Gesichter.

»Genau das meinte ich. Wenn jemand Einfluss ausüben kann, dann du, Johanna.«

Die Steinbrinkzwillinge standen auf dem Gehsteig und blickten verzückt hinauf zu ihrem Eudimorphodon, der trotz des fahlen Laternenlichtes gut zu erkennen war.

»Gute Nacht, Eudi!«

Mama hatte erlaubt, dass der Flugsaurier bleiben durfte, wenn die Zeichnung gehörig verfeinert und als Wandbild ordentlich farblich eingerahmt wurde. Sie mussten dafür hoch und heilig versprechen, dass nichts anderes mehr an die vorderen Hauswände gemalt wurde.

Tiez und Köbes blickten verliebt zu ihrem Urzeitflieger und schlugen ihre rechten Hände in Siegermanier aneinander.

»Giff mi fünf, Bruder.«

Der Mann stand mit herabgelassener Hose in Feinrippunterwäsche im Schlafzimmer und starrte auf das frisch bezogene Bett.

»Was ist das?«

»Neue Bettwäsche. Das war schon längst mal fällig. Die Aussteuergarnituren sind allmählich verschlissen. War ein Sonderangebot.«

»Du wirst sofort aufstehen und diesen Mist hier verschwinden lassen. Darin schlafe ich nicht. Du hast zehn Minuten Zeit, ich bin müde.«

Er zog sich wieder an und verließ den Raum.

Sie stand auf und begann hastig, Knöpfe zu öffnen, Bezüge abzuziehen. Was er nur hatte? Grün beruhigt, stand in der Zeitung. Das Grün der Natur würde sich entspannend auswirken. Die Bettwäsche war lindgrün mit einem schmalen Streifen aneinander gereihter, dunkelgrüner Blätter, deren Stiele und Spitzen sich fast berührten. Bei den Kopfkissen zog er sich links, beim Bettzeug an der rechten Seite lang. Erst jetzt, beim genaueren Hinsehen fielen sie der Frau auf. Winzige Schneckenhäuser, auf jedem Blatt eins. Wo er doch Schnecken nicht leiden konnte.

Sie schloss gerade die letzten Knöpfe an ihrem Kopfkissen, als die Tür aufging. Der Mann bewegte sich langsam, mit einem Gürtel in der Hand, auf sie zu.

»Wie kannst du es wagen, für so einen Dreck Geld auszugeben?«

»Aber ich hab die Schnecken gar nicht bemerkt, ehrlich, glaub mir, auf dem Bild der Verpackung waren das kleine Punkte. Ich hätte doch niemals, bitte nein.«

»Strafe muss sein, dreh dich um!«

Als er von ihr abließ, erreichte ihr Schmerz ungeahnte Dimensionen. Sie schlich ins Bad, streifte sich das Nachthemd vom Körper. Es war blutig, der Stoff war an mehreren Stellen eingerissen. Sie stellte sich rücklings zum Alibert und versuchte, mit ihrem kleinen Taschenspiegel einen Blick auf ihren Rücken, ihr Gesäß zu werfen. Angesichts der blutenden Striemen brach sie zusammen, kauerte vor der Badewanne auf dem Teppich, schluchzte, weinte, konnte nicht aufhören, weinte, schniefte, schluchzte, wunderte sich, wie viele Tränen ein Mensch weinen konnte.

Die Wanduhr schlug elf, als sie sich aufraffte, einen Teil ihrer Wunden versorgte, den Bademantel überzog. Sie lief rastlos durch das dunkle Wohnzimmer, auf und ab, und mit jeder Bahn steigerte sich ein völlig neues Gefühl in ihr. Wut. Grenzenlose Wut.

Auf Ingos Lederjacke prangten diverse historische Andenken von Rockkonzerten, Demos, nächtlichen Bahnhofsvorplatzerlebnissen, und Farbe von frisch gestrichenen Parkbänken war ebenfalls dabei. Die Futterseide lugte fransig hinten links unter dem aufgerauten Bund hervor, am rechten Revers steckte ein »Atomkraft? Nein danke!«-Button, der rings um die Kante Rost ansetzte. Ingo war viel herumgekommen und in Rheinberg hängen geblieben. Nicht, dass er die Stadt besonders mochte, der Nachtjob bei Radio KW war es, was ihn hielt. Jeweils sechs Stunden pro Nacht, fünf mal in der Woche, arbeitete er hier. Das hieß für ihn, zusammen mit realer Anfahrtszeit per Rad, sieben Stunden weniger Dunkelheit, die ansonsten einsam ertragen werden wollten.

Mit einer Fastfood-Tüte in der Hand schlenderte er über den kahlen Flur des Senders, bemerkte Fee erst, als sie seinen Ärmel berührte. Er nahm die Walkmanstöpsel aus den Ohren und grinste sie an.

»Na, meine Glücksfee, würdest du heute meine Einladung zu Wein, Kerl und Gesang annehmen?«

Fee boxte ihm freundschaftlich auf seine gut gepolsterte Brust, links, rechts, links im schnellen Wechsel.

»Vergiss es, mein Bester, ich werde nicht mit dir schlafen. Was schleppst du da schon wieder an? Sieht ja ganz dekadent aus. Etwa genmanipulierte Sojasprossen an gequirltem Kängurufleisch in appetitlich gefärbter Geschmacksverstärkersoße unter welkem Salat?«

»Quatsch, doppelte Chickennuggets mit süßsaurem Dip, große Pommes und Cola.«

»Da bin ich ja verdammt nah dran. Glaub mir, das Zeug wird dich eines Tages umbringen.«

Ingo kannte Fees Einstellung zu seinen Essgewohnheiten, musste trotzdem über ihre unermüdlichen Versuche der Bekehrung lachen.

»Wenn im letzten Film unseres Lebens alle Lieblingsspeisen im Zeitraffer vor uns auftauchen, werde ich tagelang mit Abschiednehmen beschäftigt sein. Bei dir dauert das drei Sekunden: Salat, Mineralwasser und Hagebuttentee mit Süßstoff.«

Fee gefiel seine Schlagfertigkeit. Sie flachste gern mit ihm, nur zu ernsthaften Auseinandersetzungen war er nicht in der Lage. Er hat Angst vor der Nacht, dachte sie, ist zu stolz, sich einzugestehen, wie sehr er darunter leidet.

»He, wenn du Probleme hast, ruf mal an. Tagsüber, meine ich.«

»Schon klar.«

Ihm dieses Angebot mit auf den Weg zu geben, glich einem Ritual, bevor sie hinter schalldichten Türen verschwanden, auf sich gestellt mit gelegentlichem Blickkontakt durch die Scheibe.

Heute war Fee vorbereitet auf die Unbekannte, der sie mitgeben wollte, ihr eigenes Leben kritisch und ehrlich zu betrachten. Was uns am tiefsten anrührt, ist oft Teil des eigenen Erlebens oder der Erinnerung. Die Namenlose schien keiner Berufstätigkeit nachzugehen, war gebildet, bestimmt verheiratet, im mittleren Alter und lebte in geordneten Verhältnissen. Ein Gefängnis, dachte Fee. Nein, eher ein geschmackvoll eingerichtetes Puppenhaus. Genau, sie würde der Frau den Namen aus Ibsens Stück geben, sie ist die umhütete, begüterte Unglückliche, die zum Schluss erkennt, dass sie fortgehen muss, um leben zu können: Nora. Ab jetzt hatte sie einen Namen.

»Ein herzliches Hallo an alle Nachtschwärmer im Sendebereich von Radio KW, hier ist ›Seelentalk nach Mitternacht‹, hier ist Fee von Schlarenberg. Ich bin bereit für deinen Anruf. Melde dich, wir sprechen über deinen Kummer oder über deine Freudentränen. Der Ingo vom Ton signalisiert mir gerade, dass er euch noch vor mobilen Kontrollen warnen muss. Er verrät euch auch unsere Nummer gegen nächtlichen Kummer, also, bis gleich.«

Zwischen den einzelnen Fastfood-Fresswellen piepste das Telefon ununterbrochen. Ingo sortierte einen Mann aus, dessen Problem zu intim auf Fee fixiert erschien, und stellte nacheinander eine verzweifelte junge Mutter mit Eheproblemen, einen verlassenen, verschuldeten Dachdecker, zwei junge Frauen mit Liebeskummer, was sich als deren gemeinsames Dilemma herausstellte, und einen magersüchtigen Mann durch, der *on air* zum ersten Mal über seine Sucht sprach. Ingo hielt ihn in der Leitung. Während »Moon« von George Winstons CD »Autumn« lief, Pianomusik, dunstig schwebend, geheimnisvoll und einen Hauch melancholisch, versorgte Fee den Anrufer mit Kontaktnummern einer Selbsthilfegruppe und einer spezialisierten Therapeutin.

Neumond, es war eindeutig eine Dienstagnacht in einer Neumond- oder Vollmondphase. Da erreichte die Flut an der Küste immer höhere Pegelstände als normal. Er beeinflusst die Meere und die Gemüter.

Um ein Uhr legte Fee erschöpft den Kopfhörer zur Seite und lehnte sich zurück. Sie nahm die Brille ab und massierte mit Daumen und Zeigefinger die Auflagepunkte auf ihren Nasenflügeln. Was für eine Sendung!

Nora vom Niederrhein war nicht unter den Anruferinnen gewesen. Hoffentlich lebt sie überhaupt noch, dachte Fee und wurde sich ihrer Anteilnahme bewusst, die in Sorge überging. Hoffentlich liegt Nora nicht verletzt in einer Zimmerecke, weil der Mond nicht nur romantische Gefühle weckt.

Es war eine helle Nacht. Vereinzelte Wolkenfetzen verhüllten den prallen Mond in ungleichmäßigen Intervallen, kurz und knapp, sehr reizvoll.

Wie die Sommermode, die in den Auslagen der Geschäfte in den Städten lag, dachte der Mann, bauch- und schulterfrei, der Rest hauteng. Hoffentlich würde es bald knackig warm werden.

Er saß in dem alten Saab auf dem Parkplatz der Gaststätte »Zum Schützen« und beobachtete das Haus der Kaldeweis. Der winzige Lichtschimmer, der durch die obersten Ritzen der großen Rollläden drang, verlosch nach und nach.

Der Mann stieg aus, drückte die Autotür sacht ins Schloss. Er stellte den Mantelkragen hoch, der im Nacken an die breite Krempe des Hutes stieß. In der Hand eine digitale Kamera, schoss er lautlos Fotos vom Kaledewei'schen Haus. Von gegenüber, um die Sensoren der Bewegungsmelder nicht zu aktivieren, nahm er noch die Einfahrt in den Fokus. Er lugte durch die Sträucher, über den Zaun in den Garten, blickte aufgeschreckt über die Schulter, als der Lüftungsventilator der Gaststätte sich mit einem Knistern abstellte.

Hier lebte er also, ländlich, sittlich, und leichtsinnigerweise nicht alarmgesichert.

Zunächst wollte Johanna Krafft das Telefon ignorieren.

Sie lag auf dem alten rotbraunen Sofa, das selbst gestickte Kissen im Nacken, um mit der aktuellen Reader's-Digest-Ausgabe in ein verspätetes Mittagsschläfchen hinüberzuleiten. Das würde tadellos funktionieren, wenn nicht das Telefon stürmisch schellte. Das kann nur wieder so ein lästiger Callcenter-Anruf zwecks werbeträchtiger

Kundenpflege sein, dachte sie, krabbelte unter ihrer Patchworkdecke hervor, um denen gepflegt ihre Meinung zu sagen.

»Krafft hier.«

»Gott sei Dank, Mutter, du bist doch zu Hause, ich dachte schon …«

Karin klang verzweifelt.

»Kind, beruhig dich, was ist passiert?«

»Mutter, hör genau zu, ich kann nicht lange reden. Ich steh auf dem Flur vom Weseler Amtsgericht und muss gleich eine Aussage machen. Ich kann hier nicht weg, aber Moritz …«

»Was ist mit Mo?«

»Erschrick nicht, er ist in Xanten im Krankenhaus. Die Ambulanz hat mich angerufen. Er ist wohl mit dem Rad gestürzt und hat sich am Handgelenk verletzt. Sein neuer Freund, Henner Soundso, hat ihn begleitet und wartet dort. Kannst du schnell hin?«

Johanna war bereits dabei, in ihre Schuhe zu schlüpfen.

»Natürlich. Ich werde die Fähre nehmen und auf der anderen Seite ein Taxi. Das geht schneller als über Wesel.«

Karin wurde zunehmend ungeduldiger.

»Mensch, Mutter, ich muss gleich rein. Wie willst du mittwochs eure Minifähre nehmen, die nur am Wochenende fährt?«

»Seit Anfang Mai fährt die Keer Tröch auch mittwochs, das ist neu. Und jetzt konzentriere dich auf deine Arbeit. Ich mach das schon. Wir sehen uns nachher sicherlich bei dir.«

Mit dem Rad die Himmelsstiege runter, am Schützenplatz vorbei, oben auf dem Deich links, die Lindenallee runter zum Anleger. Sie hatte Glück, die kleine Fähre für Fußgänger und Radler befand sich in der Mitte des Stromes, breitseits zur Fahrtrichtung, um ein Schubschiff mit vier Frachtleichtern talwärts fahren zu lassen. Die braunen Frachtträger lagen tief im Wasser, die Motoren dröhnten, die Keer Tröch schaukelte in den Heckwellen wie eine Nussschale und setzte ihre Fahrt unbeirrt fort. Johanna parkte ihr Rad neben der Bank am Zaun und lief den grob gepflasterten Anleger hinab. Ein Dutzend Radfahrer verließ das Schiff, als sie es über die Metallrampe betrat.

Sie zahlte ihren Obolus. Johanna kannte den jungen Kassierer und bat ihn, per Handy, er habe doch wohl eines, ein Taxi an das Restaurant »Zur Rheinfähre« auf der Xantener Rheinseite zu ordern.

Als sie eiligst die Uferbefestigung hinauflief, wartete der Wagen bereits zwischen Gaststätte und Privathaus. Zunächst schmunzelte die Fahrerin über diesen ungewöhnlichen Auftrag.

»Von der Fähre per Taxi zum Airport Niederrhein oder wie der nach all diesen Auseinandersetzungen heißt. Vom Schiff aus ab nach Laarbruch. Oh, Mann, das wäre die Verknüpfung der Provinz mit der Welt.«

Sie wurde ernst, als sie das Ziel erfuhr, und steuerte unter exakter Ausnutzung aller Höchstgeschwindigkeitsgrenzen über die Gelderner Straße und den Veener Weg das St. Josef-Hospital am Rande der Hees an.

Auf den Stühlen vor der Ambulanz saßen weder Moritz noch sein Freund. Von der Schwester in der Anmeldung erfuhr sie, er sei eine Etage tiefer zum Röntgen. Der Flur dort war ebenfalls menschenleer, und Johanna überlegte, an welcher Tür sie anklopfen sollte, um ihren Enkel zu finden.

»Entschuldigen Sie bitte, suchen Sie den Moritz?«

Johanna blickte in das wettergegerbte Gesicht eines älteren Mannes, der von der Warteecke her auf sie zukam.

»Ja, ich suche meinen Enkel.«

»Der ist da drin. Tapfer, der Lütte, hält sich wie ein Großer. Keine Sorge, wird nichts Schlimmes sein. Ich wollte nur sichergehen, dass er nichts verschleppt.«

Johanna schaute irritiert in die freundlichen blauen Augen, was ihrem Gegenüber nicht verborgen blieb.

»Wie nachlässig von mir, entschuldigen Sie bitte. Gestatten, gnädige Frau, mein Name ist Henner Jensen. Ich habe bestimmt das Vergnügen mit Frau Krafft, richtig?«

Der »neue Freund« von Moritz war in ihrem Alter. Während sie immer noch nach Worten suchte, öffnete sich eine der Türen, und Schwester Rita, mit Röntgenbildern in der Hand, die sie Jensen übergeben wollte, begleitete Moritz, der seinen linken Arm schonend abstützte.

»Oma! Wie kommst du denn so schnell her?«

Moritz schien erleichtert, schmiegte sich an ihre Seite.

»Junge, Junge, was machst du für Sachen?«

»Ach Oma, ich wollte zu Henner. Der arbeitet im Schiffswachthäuschen ein Stück hinter dem Fähr-Anleger. Du weißt doch, das kleine Haus auf Stelzen direkt am Rheinufer. Von Bislicher Seite her sieht man das links vom Xantener Anleger. Da bin ich dann auf dem Kies ausgerutscht und voll hingeknallt. Weil das so dick wurde und wehtut, hat Henner mich hergebracht.«

Henner Jensen hielt sich dezent im Hintergrund, räusperte sich kurz, als sie im Aufzug zurück zur Ambulanz fuhren.

»Ich dachte mir, besser ist besser. Kenne was von verschleppten Brüchen auf See. Ich habe dann die Schwester gebeten, seine Mutter zu informieren. Die ließ ausrichten, dass Sie wahrscheinlich kommen würden.«

Moritz wurde in den Behandlungsraum gerufen. Jensen deutete vor Johanna eine Verbeugung an.

»Gnädige Frau, an dieser Stelle werde ich mich verabschieden. Moritz ist in Ihren guten Händen. Mach's gut, Buttje, und mach dir keine Sorgen um dein Rad. Ich stelle es ins Häuschen.«

Ein fester, warmer Händedruck für Johanna und ein aufmunterndes Lächeln für Moritz, dann zog er sich mit kraftvoll federnden Schritten zurück, seinen dunklen Stoffschal mit dem Paisleymuster lässig über die Schulter werfend, während sein weißes Haar im Gegenlicht schimmerte. Ein faszinierender Mensch, dachte Johanna.

Mit bandagiertem Handgelenk und dem Hinweis, tüchtig zu kühlen, verließ der Junge den Behandlungsraum.

»Und da ist bestimmt nichts gebrochen?«

»Omas sind manchmal nerviger als Mütter«, flüsterte Moritz.

»Nein, Frau Krafft, seien Sie ganz beruhigt. Er soll zwei Wochen keinen Sport machen, kann aber zur Schule. Dicke Prellung, Dusel gehabt, tschüss.«

Gegen siebzehn Uhr, als Karin, hektisch und mit besorgtem Unterton ein »Hallo« in ihre Diele rief, fläzten sich Oma und Enkel auf dem extra tiefen Kuschelsofa und amüsierten sich über einen spitzfindigen, schlagfertigen Heimwerker in einer amerikanischen Fernsehserie.

Karin hockte sich zu ihnen.

»Mein Armer!«

Moritz duckte sich vor den Händen, die in seinen Haaren wühlen wollten, und hielt den weiß eingehüllten Unterarm hoch.

»Prellung, kein Sport, aber zur Schule muss ich. Und Oma findet Speedy wohl cool!«

Erst spät, als Moritz schon schlief und Karin ihre Mutter über den langen Landweg zurückbrachte, konnte Johanna nicht länger schweigen.

»Kennst du eigentlich Henner, den Freund von Mo?«

»Nein, noch nicht. Ich dachte, irgendwann bringt er ihn mit, wie die anderen auch.«

»Wird er nicht tun. Du kannst hinfahren und dich bei ihm bedanken. Er hat sich großartig gekümmert. Du findest ihn tagsüber im Schiffswachthäuschen.«

»Wo, bitte?«

»Du hast richtig gehört. Henner Jensen arbeitet dort und könnte vom Alter her sein Opa sein. Weißt du, er ist wirklich nett und zuvorkommend. Mach dir selbst ein Bild. Ist schon ungewöhnlich, oder?«

Hoffentlich hatte sie nicht zu viel gesagt. Karin war überempfindlich, wenn es um ihre Kompetenzen als Mutter ging. Trotzdem regten sich Sorgen um ihren Enkel bei Johanna. Klar, Jensen war in Ordnung, aber Mo gehörte unter Gleichaltrige.

Johanna sah immer noch das Bild dieses aufrechten, stattlichen Mannes, der den Paisleyschal mit der unglaublichen Eleganz einer in Jahrzehnten erworbenen Selbstverständlichkeit über die Schulter wirbelte.

»Gnädige Frau.« Wer sprach heutzutage noch so?

»Na, was gibt es hier im Dunkeln zu finden, Herr Nachbar? Waldmeister für eine Maibowle?«

Friedrich Kaldewei hielt sich die Hand schützend vor die Augen und starrte wie ein hypnotisiertes Kaninchen in den Lichtstrahl einer Taschenlampe. Die Stimme dahinter kam ihm bekannt vor.

»Werner, du hast mich vielleicht erschreckt. Na, kannst du auch nicht schlafen?«

Werner Uhlenboom richtete den Strahl seiner aufladbaren Lampe auf Friedrichs Equipment, das locker verteilt auf dem belaubten Waldboden lag. Auf einer Decke befand sich eine Kunststoffkiste, in der er ein rundes, irdenes Gefäß mit Deckel sowie Fragmente anderer Gegenstände ausmachte. Ein erdverkrusteter Klappspaten lehnte an der emporragenden Wurzelscheibe, und das Gerät in Friedrichs Hand konnte nur dem Aufspüren von Metall dienen.

»Nennst du das kleine Nachtwanderungen, was du hier seit Nächten treibst? Du musst nicht denken, deine Mitmenschen seien alle blind und naiv. Erst wunderte sich Käthe über die Lichtreflexe, die sie in der Ferne wahrnahm, bis wir uns mal vorne in der Küche auf die Lauer legten, als es im Wäldchen wieder finster wurde. Da kamst du mit eingehüllten Gegenständen heimgeschlichen, und wir gingen am nächsten Tag zu einem Verdauungsspaziergang hierher, um festzustellen, dass du mit aller Wahrscheinlichkeit einer sehr lukrativen nächtlichen Beschäftigung nachgehst, Herr Nachbar. Du bist, nüchtern betrachtet, ein Raubgräber.«

»Ach, komm, Werner, ich buddel hier ein bisschen zur Entspannung. Aber du kannst dir denken, dass nicht viel dabei herumkommt.«

Werner lachte, klopfte sich ein zuckerfreies Fisherman's-Friend-Bonbon aus einer zerbeulten Tüte in die Hand, steckte es in den Mund und deutete auf die angestrahlte Kiste.

»Du erzählst mir hier keine Geschichten von Tom Sawyer und Huckleberry Finn. Ein Mann wie du gräbt nicht nachts in fremden Böden, wenn diese schmutzige körperliche Tätigkeit keine erfolgsversprechenden Perspektiven hat. Auf einen Blick habe ich hier letztens drei Scherben gefunden, die mir von früheren Imperien berichteten. Das da ist eine Urne, in der sich mit Sicherheit noch die sterblichen Überreste eines römischen Kriegers befinden. Ich weiß Bescheid, und abgesehen davon, dass du hier zu Beginn der Brutzeit im Nachtigallengrund störst, werden wir uns mal darüber unterhalten, wie du den hiesigen Naturschutz mit einer großzügigen Spende unterstützen kannst.«

Friedrich ging ein paar Schritte auf Werner zu, strauchelte, hielt sich auf den Beinen.

»Sag mal, was soll das hier, he? Willst du mir irgendwas?«

Werners Stimme wurde leiser.

»Magst du auch ein Fisherman's? Fördert das freie Durchatmen.«

Friedrich lehnte kopfschüttelnd ab.

»Ich will dir persönlich nichts Schlechtes. Du gräbst hier auf dem Besitz von Alfred Paessens nach Altertümern. Da hast du dir bestimmt, damit alles mit rechten Dingen zugeht, seine Einwilligung eingeholt, oder?«

»Ach, Werner, du kennst den doch.«

»Siehst du, deshalb dachte ich mir, wenn ich ebenfalls schweige, dann für einen guten Zweck und um meinem Nachbarn klammheimlich eins auszuwischen. Ich hoffe, dass wir uns an diesen Punkten treffen können.«

Das Hecheln eines Tieres brach durch die windflaue Stille und ließ beide Männer atemlos auf den Weg schauen. Lampen erloschen, hinter der leichten Biegung um die alte Liebesbuche mit den vielen eingeritzten Initialen wurde das Hecheln lauter, kam näher, wich einem bedrohlichen Knurren. Die Männer standen starr nebeneinander, Fluchtreflex durch zu viele Gedanken ausgeschaltet, keine natürliche Reaktion mehr möglich. Starre lähmte die Muskeln. Schritte bewegten sich auf knirschendem Waldboden, dem Knurren folgte ein wildes, tiefes Bellen, und die Männer spürten, wie der Hund ihnen die Zähne zeigte.

»Rocky, aus! Und jetzt sagt was. Hallo, ich weiß, dass ihr hier seid. Zeigt euch, sonst lass ich den Hund los.«

Taschenlampen wurden angeknipst, erleichtertes Aufatmen. Friedrich fischte ein Tempo aus seiner Outdoorweste und wischte sich den Schweiß von der Stirn.

»Sag mal, Bert, hast du sie noch alle beisammen, uns mit deinem Hund zu drohen?«

»Nachts geh ich nie allein durch den Wald, immer nur mit meinem starken Kumpel. Wer weiß, was für Lumpen einem da begegnen. Ihr seid ja ganz schön mutig, oder seid ihr zwei etwa das Gesindel?«

Werner band sich den Schal dichter um den Hals, es war unangenehm kühl, und Feuchtigkeit zog vom Boden hoch.

»Bert, was soll das? Vielen Dank für deine Präsentation der erzieherischen Erfolge bei deinem Hund, aber nun musst du uns nicht als Zugabe noch beleidigen.«

Bert lachte auf.

»Passt mal auf, ihr Galgenvögel. Ich steh mit meinem preisverdächtig abgerichteten Hund seit einer halben Stunde hinter der Liebesbuche und kann nicht glauben, was ich hier im Wald so alles höre. Jetzt tut mal nicht so scheinheilig. Raubgräber. Altertümer. Alfred eins auswischen. Alles gut und schön und spannend und alles ab sofort mit Bert Schreiber zusammen. Na, mitgekriegt, dass wir jetzt zu dritt hier absahnen?«

Friedrich scharrte mit seinen Gummistiefeln gedankenverloren im Laub. Verdammt, er wollte nur einen kleinen Nachschlag holen, heute Nacht. Mal eben gucken, was noch zu finden ist. Jetzt befand er sich in einer misslichen Lage und musste sich einen diplomatischen Schachzug überlegen, um ohne große Verluste davonzukommen.

»In Ordnung. Treffen wir uns morgen Abend bei mir, sagen wir, gegen acht. Jeder bringt mit, was er bisher gefunden hat, und wir erläutern gemeinsam unser Vorgehen. Ist das ein Vorschlag?«

Die beiden anderen stimmten zu. Bert blieb misstrauisch.

»Aber alles kommt auf den Tisch, oder?«

»Klar, alles.«

Bis auf das Schwert und die Münzen, dachte Friedrich, die teilen wir uns leider nicht. Na, vielleicht die arg beschädigte Münze, mal sehen. Die Amphore befand sich bereits, dank des Kaufmanns von Venedig, in glücklichen Sammlerhänden in Rüdesheim.

»Da schleicht er wieder um die Ecke. Der feine Mann in dreckigen Gummistiefeln, schaut sich hastig um, als würde der Leibhaftige ihn verfolgen. Was trägt er da? Nicht zu erkennen, eingewickelt in eine Decke. Der hat es aber eilig heute.«

Alma Argond flüsterte. Dunkel gekleidet mit ihrer langen grauen Strickjacke, die über dem Bauch spannte, war sie nicht zu erkennen, im Schatten ihrer Einfahrt. Sie kraulte den alten Labrador hinter den Ohren, der neben ihr saß, und beobachtete das Geschehen im matten Schein der Laternen.

»Na, Alterchen, da staunst du, wer alles unterwegs ist, wenn brave Leute schlafen, was? Wo sind die anderen beiden? Sind doch noch zwei Männer zum Feldweg, mitten in der Nacht in den Wald, als gäbe es dort Sonderangebote. Die haben normalerweise nicht viel miteinander zu schaffen. Jedenfalls nicht nachts. Ah, da kommt der Erste. Sieht durchgefroren aus, hat aber nichts in den Händen.

Komm, Nero, gehen wir rein, bevor uns kalt wird. Gleich taucht Rocky auf und wittert bestimmt unsere neugierigen Nasen. Dann schlägt er Krach wie ein Bekloppter, und unser Beobachtungsposten fliegt auf. Wir zwei schauen uns vom Küchenfenster aus an, wie der Schreiber heimkommt.«

Nero gähnte ausgiebig und endete mit einem leisen Jaulen, als er sein Maul wieder schloss.

»In Ordnung, ich schaue, und du gehst auf deine Decke.«

So lautlos, wie sie nach vorn geschlichen waren, verschwanden sie wieder zur Hintertür.

Alma versteckte sich mit einer Tasse Tee hinter der Gardine, sah Schreiber mit Hund von weitem sehr langsam die Straße entlangschlendern.

»Was macht der da, guck mal, Nero, wieso bleibt der andauernd stehen? Der sucht bestimmt seinen Schlüssel. Ha, Isolde schläft schon, und der hat seinen Schlüssel verloren. Nee, völlig falsch, der würde seine Frau wecken, um ins Haus zu kommen, die ganze Nachbarschaft würde der wecken.«

Langsam dämmerte Alma, was ihr Nachbar auf dem Gehsteig, kraftvoll, in unregelmäßigen Abständen, mit dem rechten Fuß machte.

»Schaut euch das an, dieser Dreckskerl zertrampelt alle Schnecken, die ihm über den Weg kriechen.«

Sie setzte die Tasse ab und knipste das Licht an, stellte sich demonstrativ ans Fenster. Alma hatte erreicht, was sie wollte. Mann und Hund gingen die letzten Meter zügig an ihr vorbei.

Gemordet wurde heimlich und ohne Zeugen.

Nur eine kurze Bemerkung, ein Wort von ihm hätte gereicht, aber nein, dass man Gäste nett bewirten könnte, darauf kam Friedrich nie von sich aus. Gertrud war nicht einmal über die Tatsache informiert worden, dass er Besuch erwartete. Schnittchen hätte sie gemacht, herzhaft, mit Parmaschinken und französischem Käse, einen kleinen griechischen Bauernsalat, ein paar Lachsröllchen, Goudawürfel mit Trauben gespickt, alles ansehnlich serviert. Sie hätte sich natürlich dezent zurückgezogen. Stattdessen saß Friedrich mit den beiden Männern in seinem Keller und trank Bier aus der Flasche. Jemand rauchte da unten, das konnte sie im Wohnzimmer deutlich riechen. Morgen musste sie gewiss die Sitzecke mit Geruchskiller einsprühen.

Gertrud band sich die weiße, gestärkte Küchenschürze um und überprüfte ihre Vorräte, bis hin zu den Möglichkeiten, einen kleinen warmen Imbiss zu zaubern. Alles da, prima.

Sie ging ins Wohnzimmer, setzte sich sprungbereit auf die sandfarbene, samtige Sofakante, um die Sendung über ihren Lieblingssänger zu verfolgen. Jedes Geräusch aus dem Untergeschoss lenkte sie ab, sodass sie nicht in der Lage war, sich auf die Dokumentation über das Leben und Wirken von Helmut Lotti zu konzentrieren. Ein durchgestylter Saubermann, singender Schwarm aller potenziellen Schwiegermütter mit Töchtern im heiratsfähigen Alter. Heimlich angehimmelt von volksmusikliebenden, schmachtenden Frauen und schamlos verschlungen. Gertrud sprang zwischendurch auf, huschte in ihren Filzpuschen durch die marmorgefließte Diele, lauschte an der Treppe, ob sie nicht doch gerufen wurde, ob sie sich nicht doch nützlich machen könnte. Das Herrenzimmer blieb verschlossen. Unten ging es laut her. Vielleicht spielte das Trio doch nicht Skat?

Friedrich, zornig und kompromisslos, rotgesichtig mit Unheil verheißendem Rauschen im Ohr, hätte Bert und Werner am liebsten an die Luft gesetzt. Schamlose Parasiten waren das, alle beide, wie sie sich mit gelassener Selbstverständlichkeit in seinen tabakbraunen, englischen Ledersesseln lümmelten und äußerst fragwürdig auf den Anteil seiner nächtlichen Nebenbeschäftigung spekulierten. Wie die Geier, dachte er. Sie hocken auf dem Ast und hacken zu, wenn sich die Gelegenheit bietet.

»Ihr glaubt nicht ernsthaft an eine Drittellösung, oder?«

Bert zog hastig an seiner Zigarette.

»Klar, was denkst du denn? Ist mir völlig wurscht, wer was gefunden hat. Ich hab mal gehört, dass die reichen Spinner Tausende ausgeben, um Zeug zu besitzen, das von alten Römern angefasst wurde. Da willst du uns mit läppischen zehn Prozent abspeisen? Jetzt verkauf uns mal nicht für blöd, du Kaufmann, Investmentfachmann, Broker, was immer du bist. Fakt ist, du weißt am besten, wo Knete zu machen ist. Erzähl mir nicht, du hättest keine Ahnung vom Wert der Klamotten!«

Er wies auf Tongefäße in unterschiedlichen Größen, teilweise zerbrochen oder beschädigt, manche gut erhalten. Da lagen zwei Trinkgefäße, eine kleine Amphore ohne Griffe, in einer Kunststoffschachtel eine halbe Münze mit römischen Ziffern in der Prägung, eine bläuliche Phiole aus Glas, eine Urne mit Deckel, deren bauchige Seite ein stilisiertes Gesicht zierte. Friedrich hatte Stunden mit der Säuberung zugebracht und alles bruchsicher auf flauschigem Frottee präsentiert. Werner verglich seine Scherben mit dem Schatz auf dem Mahagonitisch.

»Eindeutig Terra Sigillata. Handwerkliche Leistung, zweitausendjähriger, gebrannter Ton. Essgeschirr aus gehobenem Haus. Die Urne weist auf ein Brandschüttungsgrab hin. Die Toten wurden abseits der Straßen bestattet und mit Proviant und Kostbarkeiten für ihre letzte Reise ausgestattet. Da, dem hat man sogar Schalentiere mitgegeben. Das ist eindeutig das Haus einer Meeresschnecke. Sagenhaft. Friedrich, abgesehen von blankem finanziellen Profit, ist die Tatsache, dass durch unseren Wald hier offensichtlich eine römische Straße führte, von immensem archäologischen Interesse.«

»Wie meinst du das?«

»Du durchwühlst systematisch eine unbekannte Fundstelle, die Aufschluss über rechtsrheinische Aktivitäten der Römer geben könnte. Ich darf gar nicht weiter darüber nachdenken.«

»Dann lass es doch!«

Bert zündete die nächste Zigarette am Stummel der vorigen an und wirkte verloren im dunklen, genieteten Lederpolster.

»Mache ich auch, sonst hätte ich schon längst drüben im Archäologischen Park in Xanten angerufen. Für mich steht hier das Geld im Vordergrund. Nicht zur persönlichen Bereicherung, vielmehr zur Unterstützung hiesiger Naturschutzprojekte. Die Krötenzäune müssen ausgebessert werden, Nistkästen für Eulen sind Mangelware, und mein Traum ist eine ornithologische Beobachtungsstation am Diersfordter Waldsee. Da, wo die neuen Wander- und Radwege hinkommen. Ein wunderbares Fleckchen, da lernen die Leute, Natur zu verstehen.«

»Darauf noch ein Alt.«

Friedrich ging nebenan im Vorratsraum Nachschub besorgen. Seine Frau stand unvermittelt hinter ihm.

»Kann ich euch was Kleines für zwischendurch zubereiten?«

Friedrich drängte sie unwirsch zur Seite.

»Nein, verdammt noch mal, geh nach oben und lass mich in Ruh.«

»Aber, ich mein ja nur …«

»Ich auch, hau ab.«

Er knallte die Tür seines Arbeitszimmers hinter sich zu, drehte demonstrativ den Schlüssel um.

Gertrud schlich nach oben, nagte am Nagelrest des rechten Ringfingers, nahm den metallischen Geschmack von Blut auf, ohne einen Schmerz zu spüren. An der Hausbar lud die schlichte Flasche mit kubanischem Rum sie zu einem Trösterchen ein. Einem großen Trost, prost.

Unten wurden die Verhandlungen konkreter, bewegten sich nachdrücklich in die Richtung der beiden Quereinsteiger.

»Fünfundzwanzig für jeden von euch. Mensch, ich trag das Risiko, ich steh im Rampenlicht, wenn so eine Transaktion schief geht.«

Werner verschränkte die Arme vor der Brust.

»Dreiunddreißig für jeden. Du verstehst anscheinend nicht, wie brisant deine Situation bereits zu diesem Zeitpunkt ist. Wenn Alfred erfährt, in welcher Form du in seinem Wald Luft schnappst, zeigt er dich eiskalt an, das sag ich dir.«

»Genau, und dann gucken wir alle in die Röhre. Wir zwei ins Leere, und du beendest deine Karriere wegen einer Vorstrafe.«

»Das ist Erpressung!«

Friedrich knallte sein Alt mit derartiger Wucht auf den Tisch, dass der Schaum aus dem Flaschenhals quoll.

»Ich nenne das Erpressung, was hier gerade läuft. Das ist ebenfalls illegal.«

Werner, emotionslos, gelassen, beugte sich vor.

»Willst du dir anmaßen, eine moralische Messlatte an die Motivation jedes Einzelnen in diesem Raum zu legen?«

»Scheiße, nein, aber …«

»Dann willige ein. Dreißig Prozent des realen Gewinnes für jeden von uns. So bleibt dir eine zusätzliche Summe für Auslagen und erhöhte Risikobereitschaft. Mein letztes Angebot, bevor ich rüber zu Alfred gehe. Und?«

Friedrich starrte auf die Pfütze, die der Schaum auf dem Tisch hinterlassen hatte. Gut, dass sein Gladius im Safe lag. Er erkannte die Ausweglosigkeit und willigte ein.

Später fiel er schwerfällig und schlecht gelaunt neben Gertrud ins

Bett, die flach atmend und regungslos eine Tiefschlafphase simulierte. Friedrich wälzte sich von Seite zu Seite, bis ein leichter Schlaf ihn übermannte. Schweißnass wachte er auf. Was würde geschehen, wenn Werner, gewieft wie er war, sein Internetangebot zurückverfolgte? Quatsch, dieser intellektuelle Öko verbrachte mehr Zeit mit dem Feldstecher in Wald und Aue als vor dem flimmernden, energiefressenden Computerbildschirm.

Was, wenn doch?

Der Flugsaurier an der Steinbrink'schen Hausfassade gewann täglich an erschreckend realistischem Aussehen. Die Brüder lieferten mit der Verbesserung der Wandmalerei ein Meisterstück ab. Die seitlich gespannten gelben Flügel hingen an Armen mit drei gefährlichen Klauen, die Brust wurde weiß. Beine und Füße glichen denen eines Adlers, statt Federn hatte Eudimorphodon einen rattenähnlichen Schwanz mit diskusartigem Ende. Der Kopf schien bis zum Augenansatz überstülpt von einem riesigen, gezahnten Schnabel, auf dessen Oberseite die einzigen Reste des vormals türkisblauen Gemäldes in Querstreifen zu sehen waren. Ein gelbes Auge schaute hungrig in Richtung Goldenes Eck.

Dieser grimmige Blick traf Wolle Kaschewski täglich aufs Neue, wenn er gegenüber im Supermarkt seine leeren Dosen gegen volle austauschte. Kaum ermöglichten die Eschenwipfel freie Sicht auf das Eckhaus, war für ihn der Tag gelaufen. Zumindest in den nächsten Stunden litt seine Umwelt unter den Tiraden dieses ordnungsliebenden Dorfbewohners.

»So 'n fieset Geschmiere. Dat die Alte dat erlaubt. Na ja, wat willze erwarten, bei Grips unterhalb vonne Wasserkante.«

Alfred Paessens beschäftigte sich rein juristisch mit der Frage der Wandmalereien in Wohnsiedlungen. Er fand jedoch keinen Paragraphen, auch kein Präzedenzurteil, welches in diesem Fall die freie Gestaltung auf einem Quadratmeter Hausfassade verbieten könnte. Selbst das Ordnungsamt wusste keinen Rat. Die wurden immer unfreundlicher dort. Er zog in Erwägung, sich bei Gelegenheit beim Amtsleiter zu beschweren.

Bert fluchte jedes Mal. Ein anständiges Porträt von einem hübschen deutschen Schäferhund hätte er akzeptieren können, aber so einen Kinderkram. Nur sein Vater gab ihm als einziges Familienmitglied völlig Recht, als Bert ihm berichtete, was es Neues in »Deppendorf« gab.

Beim letzten Treffen der Dorffestorganisatoren bot dieser giftige Saurierblick jedoch Anlass zu einem auflockernden Gelächter, bevor es ernst wurde. Der Countdown lief. Friedrich stellte voller Zufriedenheit fest, dass Bert und Werner sich verhielten, als sei nichts geschehen. Wolle Kaschewski war beleidigt, weil eine Frau seine Aufgabe übernommen hatte. Und weil sie diese wesentlich besser erledigte, als er es jemals geschafft hätte. Tatsächlich erntete Johanna auch hier Beifall für den sichtbaren Erfolg ihrer Intervention. Der Sperrmüll war weg. Die Rasenfläche war gemäht, und an den geraden Wegen zu den Haustüren blühten Tagetes und Lobelien. Orange und Blau wirkten gediegen vor den tristen Backsteinbauten. Aus dem Möbellager des BFZ in Wesel hatte sie Gardinen besorgt, die eine Familie in der ersten Etage dankbar angenommen hatte. Wolles Pavillon stand nun im Hof, sodass man ihm nicht mehr bei gepflegtem Nichtstun auf den Bauch schauen konnte. Jetzt herrschte er über Garagen und Mülleimer, die angemessene Kulisse für sein inneres Tief.

Die Stauden an der Straße waren bereits gepflanzt, jeder werkelte an seinem Haus, Zaun oder in seinem Vorgarten. Selbst die Bediensteten des Supermarktes ließen sich von Euphorie und Tatendrang anstecken und dekorierten ihr Schaufenster festlich um.

Das Essen war bestellt, der Schwenkgrill stand gesäubert unter Werners Carport. Dort stapelte er auch die Apfelsaftkisten, die sein Freund Klostermann für die Kinder gestiftet hatte. Die restlichen Getränke lieferte Frau Behle, Abrechnung nach Verbrauch. Friedrich verschickte eine Veranstaltungsankündigung mit Bitte um Druck und Einladung zum Fest an die Rheinische Post, die NRZ und an Radio KW. Alles erweckte einen zufrieden stellenden, perfekten Eindruck. Donnerstagnachmittag würde der Aufbau am Brunnenplatz beginnen, für Freitag hatten sich einige Vereinsmitglieder Urlaub genommen, um für die offizielle Ankunft der Bewertungskommission gegen sechzehn Uhr parat zu stehen. Das Brunnenfest von Bislich Büschken sollte um achtzehn Uhr losgehen. Mit

Pauken und Trompeten, fröhlich, feucht, mit Schmaus für das leibliche Wohl, mit Glücksrad, Fähnchen und Luftballons für die Kinder.

»Gute Nacht, Eudi!«

»Wehe, du verlierst Farbe bis Freitag, das geht nicht. Wir haben sooo viel Arbeit. Mama sagt, wir müssen noch mehr aufräumen und noch mehr Unkraut rupfen.«

»Wegen dem Fest. Da kriegen wir vielleicht einen Preis.«

»Weil wir so toll malen können.«

»Und weil Mama die Fenster so blitzblank geputzt hat.«

»Und weil ich dem Köbes noch die Haare schneide. Damit der Jung anständig aussieht.«

Köbes schaute seinen Bruder entsetzt an.

»Tust du nicht.«

»Tu ich doch.«

»Wetten nicht?«

»Doch, so, wie der ekelige, fiese Alfred jetzt seine Haare hat. Steht dir bestimmt auch: superkurz.«

»Will nicht aussehen wie dieser Stinkstiefel.«

»Köbes wird auch verschönert …«

Der brüderliche Dialog drang noch hinaus auf die dunkle Straße, nachdem die beiden von Maria ins Haus gerufen wurden. Hartnäckig waren sie. Stark und mit einem Gedächtnis wie Elefanten ausgestattet, wenn es um die Erinnerung an Kränkungen ging. Mama war furchtbar böse auf Alfred gewesen und hatte Worte gemurmelt, die sie niemals aussprechen durften.

Sie trug Schwarz. Heimlich, im Hauswirtschaftszimmer, probierte sie alle Kleidungsstücke durch, die im Laufe der Zeit für unterschiedliche Anlässe, größtenteils Beerdigungen, angeschafft worden waren. Eigentlich unpraktisch, weil jeder einzelne Fussel, von der Farbe magisch angezogen, sie ärgerte. Der Rock schlackerte um die mageren Oberschenkel, hing lose auf den Hüften. Vor zwei Jahren, als Tante Hermi starb, passte er noch wie angegossen. Sie würde ihn ändern, damit er tadellos saß, wenn sie ihn bräuchte. Die Frau schaute in das müde, verbrauchte Gesicht, das ihr mit glanzlosen Augen aus dem Spiegel entgegenblickte. Schwarz macht blass.

Fee benötigte für diese Sendung ein hohes Maß an Konzentration und jede Menge Kaffee, um mit allen Sinnen anwesend zu bleiben. In den letzten Nächten hatten sich Alpträume beharrlich in ihren kurzen Schlafphasen eingenistet. Immer wieder diese alte Geschichte. Die Erinnerungen kamen sporadisch, quälten sie eine Zeit lang und ließen sie völlig zermartert zurück. Kaffee war gut, Fee fühlte sich hellwach. Leider würde dieser Zustand erfahrungsgemäß bis zum Morgen andauern. Okay, würde sie eben den ganzen Tag verschlafen.

Der nächste Anruf beendete ihre Grübeleien.

Ein verlegenes Räuspern.

»Ich bin es. Darf ich heute mit Ihnen reden, oder sind Sie mir böse?«

Fee von Schlarenberg fixierte einen Punkt im CD-Regal, um sich völlig auf die Anruferin zu konzentrieren.

»Wie meinst du das?«

»Na, ich habe mich so lange nicht mehr gemeldet.«

»Dazu bist du auch nicht verpflichtet. Wenn du das Bedürfnis hast, dich auszusprechen, musst du dir selbst trauen und wirst dem richtigen Impuls folgen.«

»Da bin ich aber froh. Ich werde immer so ruhig, wenn Sie mit mir sprechen.«

»Wo merkst du das?«

»Ich versteh nicht, was Sie meinen.«

»Horche einen Moment in deinen Körper und beobachte, was passiert, wenn du dich entspannst.«

»Meine Hände sind ganz warm. Und meine Wangen glühen.«

»Ist das angenehm?«

»Ja, total schön.«

»Ich habe mir etwas ausgedacht, um dich namentlich ansprechen zu können. Da dein Vorname geheim bleibt, nenne ich dich Nora.«

»Nora, wie kommen Sie auf Nora?«

»Das ist die Hauptfigur in einem Theaterstück von Henrik Ibsen. Der war ein berühmter norwegischer Dichter und Dramatiker. Seine Nora ist eine Frau in der Klemme, die …«

»Wie kommen Sie darauf, ich säße in der Klemme?«

Fee ringelte ihren dünnen Haarzopf um den Finger. Vorsicht, sonst legt sie auf.

»Ich erklär es dir. Du leidest mit deiner Freundin, die misshandelt wird, richtig?«

»Das stimmt.«

»Du kannst ihr nicht recht helfen.«

»Stimmt auch.«

»Nora, niemand kann die emotionalen Probleme eines anderen Menschen lösen.«

Stille.

»Du kannst deine Freundin beraten, begleiten, sie umarmen, trösten.«

»Wenn ich sie sehe, mach ich das auch.«

»Gut. Du klingst aber viel trauriger.«

Eine vibrierende Pause entstand. Die Unbekannte unterdrückte ihre Tränen. Fee forderte sie auf, tief durchzuatmen, bot ihr Anwesenheit, Nähe.

»Da spüre ich eine Zwickmühle bei dir, Nora. Ich spreche das einfach aus, okay?«

»Ja.«

»Du bist selber furchtbar unglücklich, stimmt's?«

Die tränenerstickte Stimme war kaum zu hören.

»Ja.«

Der Zopf um Fees Zeigefinger war zu eng, sperrte das Blut ab. Sie lockerte die Fessel.

»Nora, was ist dein eigenes Problem?«

»Er ist ein Schwein!«

Noras Stimme überschlug sich, klang hysterisch, schrill und laut.

»Ein schreckliches Arschloch!«

Die Unbekannte beendete den plötzlichen Gefühlsausbruch, bevor Fee reagieren konnte. Sie lag richtig mit ihrer Intuition. Diese

Frau berichtete stellvertretend von der Freundin und litt selbst, wahrscheinlich einen offenbar schon langen und für sie ausweglosen Beziehungstod. Der taffen Fee von Schlarenberg fehlten die Worte. Es hatte sie wieder eingeholt. Verdammt.

Ingo starrte sie entgeistert an. Nichts, Fee sagte und machte nichts, hockte versteinert vor ihrem Pult. Er sprang auf, rannte hinüber ins Studio, griff zielsicher in die alphabetisch geordneten CDs und legte auf. »Always suffering« von den Stones. Er blendete das Mikro aus, nahm Fee in den Arm.

Langsam lockerte sich die Blockade.

»He, Dickerchen, gutes Stück. Hätte ich nicht besser aussuchen können.«

Ingo löste die Umarmung ganz behutsam, schaute ernst in ihre Augen.

»Wenn du ein Problem hast, ruf mich an. Tagsüber, meine ich.«

Beide lachten herzhaft. Fee war zurück.

»Das ist mein Part. Und jetzt, husch ins Häuschen.«

Ingo zog sich zurück.

Mitten im Stück schaltete Fee sich auf Sendung, ohne Anrufer im Ohr.

»So ist das, ihr Lieben, keiner kann dem anderen sein Päckchen abnehmen. Was einen Menschen tief anrührt, hat mit ihm selbst zu tun. Zuhören, trösten, da sein, das ist ›Seelentalk nach Mitternacht‹ auf Radio KW. Danke, Ingo. Er weiß, wofür. Und, Nora, ich bin im Studio. Melde dich, ich muss dringend mit dir sprechen. Mein spezieller Aufruf gilt Nora. Melde dich. Gleich.«

Johanna kam sich ein bisschen kindisch vor. Mit dem alten Fernglas in der Tasche fuhr sie mit ihrer Fiets auf dem Marwick in Richtung Heck'sche Woy und hielt kurz vor der Kurve. Niemand in der Nähe. Gar nicht so einfach, das Glas einzustellen, um gleichzeitig mit beiden Augen klare Sicht zu haben. Sie blickte zum anderen Rheinufer, die Konturen wurden schärfer. Da stand es, das alte Schiffswachthäuschen. Drei Fahrzeuge parkten dahinter am Rand des Eyländer Weges. Die Rollläden der flusszugewandten Fensterfront waren hochgezogen. Unterhalb, auf der Grauwacke, die das Ufer befestigte, standen zwei Angler. Sie visierte die Brüstung des einstöckigen Stelzenhauses an und zuckte zurück.

Da stand Henner Jensen, breitbeinig, beige Hose, braune Jacke, seinen Schal in der einen, einen Feldstecher in der anderen Hand. Er winkte ihr zu.

Wie peinlich, er hatte sie erkannt. Johanna fühlte sich ertappt, winkte schüchtern zurück, nahm ihr Glas wieder vor die Augen, musste lächeln. Verlegenheitsröte überzog ihre Wangen wie zuletzt in ihrer späten Jugend.

Um dieser ungewöhnlichen Situation noch ein Sahnehäubchen aufzusetzen, erschien Moritz im Türrahmen neben Jensen, bekam von ihm das Fernglas, winkte wie wild. Er war glücklich, seine Oma zu sehen.

Johanna rechnete sich aus, wann ihre Tochter sich spätestens melden würde und wie sie das Verhör wohl aufbauen würde.

»Gestehe, Mutter, er gefällt dir!«

Als das Telefon abends klingelte, rechnete sie mit Karin.

»Ja, ich gestehe alles.«

Eine sonor lachende Männerstimme schallte in ihr Ohr.

»Nun mal langsam, Gnädigste, gestehen Sie nichts ohne ihren Anwalt. Henner Jensen hier, darf ich unverbindlich Ihr Rechtsberater sein?«

Sie plauderten lange, über Gott und die Welt und wie Jensen vom Kapitän eines Kreuzfahrtschiffes zum Wächter über die Rheinschifffahrt wurde.

In ihren Leben ging es um die große Liebe, das Glück, den Tod, gefolgt von Einsamkeit.

»Herr Jensen, haben Sie Lust, am Freitag zu unserem Brunnenfest zu kommen?«

»Nichts lieber als das, Gnädigste, wenn ich davon ausgehen darf, in Ihrer Nähe sitzen zu können.«

Karin Krafft gab es gegen dreiundzwanzig Uhr auf, ihre Mutter anzurufen. Ständig besetzt.

Ohne erkennbares Startsignal begann am Donnerstagnachmittag der Countdown. Köbes stand wackelig auf der ausgefahrenen Metallleiter, die bis zum Dachfenster im First reichte. Er klammerte sich mit beiden Händen an die Sprosse über seinem Kopf.

»Siehst du, ich trau mich wohl.«

Tiez dirigierte von unten.

»Jetzt musst du das Band durch die Schlaufe ziehen und verknoten.«

»Geht nicht.«

»Warum nicht?«

»Meine Hände wollen lieber die Leiter halten.«

Die aufgeräumte Himmelsstiege wurde mit Fahnenbändern dekoriert, die quer über die Straße, von Haus zu Haus, gespannt wurden.

In Uhlenbooms Einfahrt standen Männer um einen Arbeitstisch herum und banden den Kranz für den Brunnen. Eine Kiste Alt befand sich strategisch gut postiert zu ihren Füßen.

Das Dorf für dieses große, wichtige Fest vorzubereiten, schweißte die Nachbarn zu einer euphorischen Gemeinschaft zusammen. Die sehr pragmatische niederrheinische Tugend des Vergebens ohne Worte ließ selbst kritisch beäugte Mitmenschen mithelfen. Isolde, die bei der Vorbereitung des Brunnenplatzes beteiligt war, verteilte die nächste Runde. Einen leckeren Schluck gab es zur Vorbereitung, einen zur Feier und einen beim Aufräumen. Auch das war hier Tradition.

»Prösterchen!«

Gekühlter Pflaumenschnaps rann durch durstige Kehlen.

Johanna warf einen stolzen Blick auf das Goldene Eck in seinem neuen Glanz und nickte Alfred wohlwollend zu, der mit einer Schubkarre kleiner Tannenzweige aus seinem Wald kam. War doch weich geworden, der harte Knochen.

Ein emsiges Fegen und Harken. Gartenscheren knipsten Tannenzweige passend, die mit Blumendraht um ein dickes Hanftau gebunden wurden. Die Frauen saßen bei Maria in der Einfahrt und formten Röschen aus Krepppapierstreifen, die in den fertigen Kranz geknüpft wurden. Grün und weiß wie die Fahnen. Hier machte eine Flasche Appelkorn die Runde, gefüllte Pinnchen stießen aneinander.

»So jung wie heute kommen wir nicht mehr zusammen, Mädels.«
Sieben kleine Pfadfinder in beigen Klufthemden mit orangefarbenen Halstüchern luden mit ihrer Leiterin – gleiche Kluft, bunte Perlen an der Brusttasche, graues Halstuch – Biertischgarnituren aus einem alten VW-Bulli. In null Komma nichts war das Küchenzelt aufgebaut, denn dieser Wölflingstrupp war zum Bezirkssieger beim Wettbewerb um den schnellsten Zeltaufbau gekürt worden.

»Prima gemacht. Kommt, einsteigen, die Gruppenstunde ist gleich zu Ende. Wir müssen los, Tabea, komm, wir können hier nicht noch weiter helfen.«

Ein alter Hanomag-Traktor, Baujahr '61, zog das rollende Toilettenhaus auf den Parkplatz bei der Bank. Der Fahrer, der durch Vermietung des Häuschens sein PS-starkes Hobby finanzierte, durchpflügte beim Zurücksetzen eines der neu bepflanzten Beete unterhalb einer Esche. Der Schreck war größer als der Schaden, alles ließ sich wieder richten.

Wolle Kaschewski lag vor seinem Haus auf den Knien. Er stach Löwenzahnpflanzen aus der Rasenfläche.

»Dat stört nur, wo sonst hier alles tipptopp is.«

Friedrich Kaldewei kam spät, fuhr langsam nach Hause, zeigte den hochgereckten Daumen der linken Hand aus dem offenen Wagenfenster.

»Einfach Klasse. Wir treffen uns gleich hier, sagt allen anderen Bescheid.«

Er ließ eine Kiste Kleiner Feigling herumreichen.

»Ich muss euch noch was sagen. Heute Morgen habe ich erfahren, dass die Kommission von Politprominenz begleitet wird. Haltet euch fest: Unsere Landrätin, Frau Mergesheim-Bratzweiler, wird morgen bei der Dorfbegehung dabei sein.«

Niederrheinisch verhaltene Freude, gemischt mit einem Pfund Stolz, murmelte durch die Reihen.

Friedrich schraubte sein Fläschchen auf, hielt es hoch. Jetzt kam die Ansprache, die jeden begeistern würde.

»Prost, Leute, auf den Erfolg von Bislich Büschken.«

»Hopp, hopp, in de Kopp!«

»Auf ex!«

Scherben klirrten plötzlich, eine Frau schrie, Kinder weinten, ein Mann brüllte aus vollem Hals.

»Du alte Schlampe, dir werd ich's zeigen!«

Ein Fernseher flog aus dem zerbrochenen Fenster im ersten Stock. Nahkampf im Goldenen Eck. Das Gerät zerbarst im Vorgarten. Diverses Mobiliar landete auf diesem Haufen Elektroschrott oder knapp daneben. Bevor auch nur ein Mensch reagieren konnte, lag die halbe Wohnungseinrichtung zu Füßen der emsigen Dorfbewohner. Zersplittert, zerfetzt auf der Wiese ohne Löwenzahn, unweit der lebhaften Blumenreihe.

»Da muss doch jemand was tun.«

Genau daran krankte das Land.

»MATZE, DU HIRNI!«

Wolle stürmte ins Haus. Männer brüllten sich an, Faustschlägen folgte ächzendes Stöhnen.

Stille.

»Mein Gott, warum tut denn niemand was?«

Mit blutiger Nase, sein linkes Auge mit der Hand verdeckend, hinkte Wolle durch die Eingangstür mit dem Sprung in der Scheibe ins Freie.

»So, dieser Bekloppte gibt erst mal Ruhe. Kleiner Familienzoff, sagt die Alte.«

»Aber da haben Kinder geschrien.«

»Klar, weil er die Glotze zerdeppert hat. Alles paletti.«

Nichts war in Ordnung. Das Image von Bislich Büschken verlangte nach stundenlanger Nachtarbeit.

Am Freitagmittag strahlte Büschken in festlicher Ordnung. Johanna band mit der Gewissheit, dass alles perfekt war, ihre Schürze ab. Sie griff zum Telefon, berichtete Henner Jensen von der zusätzlichen Arbeit bis in den frühen Morgen. Krisen waren da, um sie zu bewältigen.

Büschken hatte es geschafft.

»Da kommen sie, sie kommen.«

In der Ferne war eine Gruppe Menschen erkennbar, die von Bislich aus die Himmelsstiege hochlief, mal links, mal rechts verharrte. Mittendrin, nicht zu übersehen, Frau Mergesheim-Bratzweiler, ihre Rubensfigur in wallendes, hellgraues Leinen gehüllt, mehrlagig, asymmetrisch geschnitten, mit überdimensionierten Beuteltaschen an den Seiten des knöchellangen Rocks. Ihr Oberkörper war eingehüllt in eine Naturwollweste, die rundum die Farben des Regenbogens interpretierte. Eine Kette aus riesigen Schaumkorallenperlen zierte den kurzen Hals. Der rot geschminkte Mund stand nicht still. Sie genoss das Bad in der Menge, schüttelte Hände von Dorfbewohnern, verstand sich auf Pose und Bildmittelpunkt. Ihr undurchdringliches Dauerlächeln im kosmetisch porentief durchgestylten und dadurch maskenhaft wirkenden Gesicht zog sich von Ohr zu Ohr. Der aktive Rest der Kommission, mit Klemmbrettern und Stiften, verkümmerte in ihrem Schatten.

Vor dem Goldenen Eck plünderten Kinder die fein hergerichteten Blumenbeete, Tagetesblüten zerfielen zwischen kleinen Fingern. Eine Beetreihe näherte sich der Einfarbigkeit, als Johanna einschreiten wollte.

Frau Mergesheim-Bratzweiler kam ihr zuvor.

»Nein, wie reizend, Kinder, die Blumen für die Mami pflücken.«

Sie ging in die Hocke, legte ihre massigen Arme um die kleinen schmuddeligen Kinder, lächelte in die Kameras der anwesenden Reporter. Alle Politiker lieben Kinder, solange sie dabei keinen Schaden nehmen. Der kleine Junge griff in die Rabatte, zog eine komplette Pflanze aus der Erde und legte sie der lieben Tante in den Schoß. Sie sprang entsetzt auf.

»Ungezogenes Gör, du.«

Ihre Laune besserte sich bald wieder, jedoch nahm sie Abstand von den Kindern. Ein volksnaher Kontakt pro Tag reichte, und die Pressefotografen waren auch schon weitergefahren.

Die Begehung war beendet, das Ergebnis würde in Kürze mitgeteilt, das Brunnenfest konnte beginnen.

Nach Mitternacht saßen die letzten Mohikaner zusammen an einem der Biertische und tranken einen Absacker.

»So ein tolles Fest gab es hier noch nie.«

»Mensch, Bert, das sagst du jedes Mal, wenn wir hier als Nachhut sitzen.«

Johanna hatte sich die dicke Wolljacke geholt und hockte neben Karin. Henner war schon gefahren, musste morgen früh raus. Ihre Tochter stupste sie in die Seite.

»Netter Kerl, der Henner, nicht?«

»Im Gegensatz zu eurem Assistenten ganz bestimmt. Der sah ja zu lächerlich aus in seiner schrillbunten Rennfahrermontur. Wie so ein flüchtender Schillerkäfer, der unter einem Stein aufgescheucht wird.«

»Ja, guter Vergleich. Ich weiß nicht so recht, ob ich dem Burmeester glauben soll, dass er aus purem Zufall hier langgefahren ist.«

Isolde kam mit der letzten Grillwurst und reichte sie ihrem Mann.

»Habt ihr eigentlich bemerkt, dass der Friedrich ab und zu verschwunden ist?«

»Na und, ich war auch mal zum Klo.«

»Und die Gertrud ist gegen elf aufgesprungen und wortlos gegangen.«

Johanna gähnte, wollte diese illustre Gesellschaft jedoch noch nicht verlassen.

»Mir ist nur aufgefallen, dass der Alfred von einigen Wind von vorne gekriegt hat. Wolle hatte ihn zwischendurch fast am Kragen. Werner und du, Bert, ihr standet auch zusammen. Sah nicht harmonisch aus.«

Bert wischte sich den Mund am Ärmel ab.

»Mein Gott, ich kann schlecht einen auf Frieden und Freude machen, wenn dieser Pedant in der Nähe ist.«

»Und, Alma, was hattest du mit ihm?«

»Ach, nichts weiter. Ich wollte bloß was klären.«

Isolde, Reporterin der Herzen, ließ nicht locker.

»Sag mal, Johanna, wer war denn dieser gut aussehende Mann an deiner Seite?«

»Ein Bekannter.«

»Soso, ein Bekannter. Das sagten damals allein stehende Lehrerinnen und wurden dabei ganz verlegen.«

»Der Friedrich wirkte irgendwie nervös, zum Schluss hin jedenfalls.«

»Jetzt lenk nicht ab. Außerdem, wenn der wieder fremd geschmust hat, hat er allen Grund, nervös zu sein. Gertrud ist doch nicht blind.«

»Nee, aber zu gut für diesen Luftikus.«

Karin fröstelte.

»Ich fahr jetzt los. Ich brauch noch eine Mütze Schlaf. Hab Bereitschaft übers Wochenende. Drückt mir mal die Daumen, dass es so ruhig bleibt.«

Bert schlug vor, als letzten Absacker noch einen Jägermeister zu trinken.

»Einer geht noch, einer geht noch rein.«

Er sang allein und falsch. Bert sang so gern, hatte noch nie in seinem Leben zwei richtige Töne hintereinander gebracht.

»Lass gut sein, Nachbar.«

Der stimmstarke Rest der Nachbarschaft schlief schon, die Stimmchen am Tisch prosteten ihm zu.

»Igitt, guckt mal.«

Am Nebentisch kroch eine lange braune Wegschnecke, ein Prachtexemplar, über den dünnen Rand eines Bierglases.

»Donnerwetter, die hat es zu Höherem gebracht.«

Gegen drei löste sich die kleine Gruppe auf, schnatterte noch bis zu den Haustüren.

»Aufräumen heute früh gegen neun. Gute Nacht.«

»Schlaft gut.«

Johanna konnte noch nicht einschlafen, tigerte mit der Teetasse durch das Haus. Der Tag war zu ereignisreich gewesen. Alle hatten ihren guten Geschmack gelobt und sich über den Blumenschmuck am Festplatz gefreut. Und dann erst dieser charmante Henner Jensen.

»Gnädigste, lassen Sie mich Ihr persönlicher Berater, besser, Ihr Pressesprecher sein. Notfalls mach ich auch den Kellner oder den Fahrer, um bei diesem Rummel möglichst viel in Ihrer Nähe zu sein.«

Sie fühlte sich wohl wie schon lange nicht mehr, blickte verträumt aus dem Fenster. Schräg gegenüber auf dem Parkplatz der Gaststätte bemerkte sie ein Fahrzeug. Nichts Ungewöhnliches, nur, dass der Fahrer von irgendeinem bläulichen Licht angestrahlt wurde. Komisch, dachte sie, aber vielleicht ist das ein Navigationssystem, und der sucht den Weg.

Noch während sie dastand, setzte das Auto zurück und fuhr rasant an ihrem Haus vorbei. Ein Saab, ein ganz alter 96 GL. Sie erkannte ihn genau, weil das ihr erstes Auto gewesen war, nachdem Leonard den Führerschein gemacht hatte. Da schau, dass es die noch gibt. Das künstliche Licht strahlte den Fahrer vom Nebensitz her an, ein markantes Profil mit Hut, Bruchteile von Sekunden lang sichtbar. Computer im Auto? Na, hoffentlich wickelt der sich bei seiner Raserei nicht um irgendeinen Baum, wenn der zusätzlich abgelenkt ist, ging es ihr durch den Kopf. Wie gesehen, so vergessen, alles versank in Unwichtigkeit.

II.

Oh, Mann, die haben aber gut gefeiert, sinnierte die Zeitungsbotin, als sie gegen halb fünf den Brunnenplatz passierte. Es war schon vorgekommen, dass die letzten Dörfler ihr die Zeitung aus der Hand nahmen. Diesmal schienen alle brav zu schlafen. Merkwürdig. Die Frau schaute umher. Statt ausgeruhter Stille empfand sie gespannte Ruhe. Kein gewöhnlicher Morgen.

In Paessens' Vorgarten stimmte etwas nicht. Unsicher schaute sie sich um. Nichts, was auffällig anders war als sonst. Sie hatte drei weitere Briefkästen beliefert, als es ihr aufging. Sie hatte ein diffuses Bild im Kopf, etwas Vages. Die Botin lief zurück. Dann erkannte sie im fahlen Laternenlicht hinter dem makellos weißen Staketenzaun eine Jacke unter dem dunkelblättrigen japanischen Ahorn. Aus dem Ärmel ragte eine Hand. Schrecklich malerisch in dieser gepflegten Prachtstaudenrabatte.

Die Zeitungsbotin prallte zurück, panisch riss sie die Arme hoch. Sie wollte schreien. Doch ihre Lippen blieben lautlos zusammengepresst. Sie bewegte ihre Füße zentimeterweise näher heran an das morgenfeuchte Gebüsch. Die Hand, die so dalag, als hätte ein Witzbold eine Schaufensterpuppe arrangiert, um sie das Fürchten zu lehren, gehörte zu einem Mann, der sie aus leblosen Augen anstarrte. Quer über sein Gesicht hatten Wegschnecken silbrig-schleimige Spuren gezogen. Ein Tier saß im Mundwinkel des Mannes. Der war zweifellos tot.

Mit irrem Blick schreckte die Zeitungsbotin zurück. Sie begriff und schrie, schrie endlich, bis irgendwer alarmiert aus dem Haus stürzte.

Beethovens »Für Elise«, von einem Musikdilettanten elektronisch aufgearbeitet, weckte Karin aus ihrer ersten Tiefschlafphase. Sie griff schlaftrunken, jedoch zielsicher nach ihrem Handy.

»Einsatz, Frau Krafft.«

Als der Leiter der Einsatzzentrale ihr die Adresse nannte, war sie schlagartig hellwach.

»Eine männliche Leiche im Vorgarten.«

Karin saß in Rekordzeit hinter dem Steuer ihres smaragdgrünen Honda CRX und gab Gas. Gut, dass Moritz bei einem Freund übernachtete.

Vor dem Backsteingebäude der Kreispolizeibehörde in Wesel startete zur selben Zeit ein Einsatzwagen, bog mit quietschenden Reifen und unter Blaulicht über die Rot zeigende Ampel nach links auf die Reeser Landstraße in Richtung Bislich ab.

In der Morgendämmerung überzog zarter Dunst die Flussebene. Karin sah von weitem, wie das zuckende Blaulicht, in unzähligen Tröpfchen vervielfältigt, über dem Dorf schwebte.

Der Fundort war weiträumig abgesperrt. Das Haus der Paessens'. Hinter dem rotweißen Trassierband drängten sich Nachbarn dicht beieinander. Unfrisierte Köpfe, hastig übergezogene Jacken, Beine in gestreiften Pyjamahosen und nackte Füße in Hausschuhen.

Getuschel.

»Da kommt Karin. Hallo.«

»Hallo.«

»Karin ist zuständig.«

»Hätte sie nicht im Traum gedacht, wegen Alfred in aller Herrgottsfrühe wieder hier zu sein.«

»Furchtbar, alles feiert schön, und Stunden später, zack, lebt einer nicht mehr.«

»Wie es Herta wohl geht? Ob jemand bei ihr ist?«

»Und die Zeitungsfrau. Der Rettungswagen war ja flott da. Ist ja quasi zusammengebrochen, die Arme.«

»Er hat et ja manchmal arg übertrieben, aber so was gönnt man keinem.«

»Komm, geschieht ihm ganz recht, diesem Dorftyrannen.«

Der kurze Weg, an den verschlafenen, im blauen Licht erblassten Gesichtern vorbei, war für die Kommissarin bereits sehr informativ. Sie betrat den taghell ausgeleuchteten Vorgarten durch das weiße Törchen, streifte sich die Einweghandschuhe über, von denen immer welche in den Jackentaschen steckten.

Der Notarzt hockte zwischen niedergetretenen Pflanzen, blickte hoch zu ihr, nickte zum Gruß.

»Nichts mehr zu machen. Wollte ihn nicht umdrehen ohne Sie.«

»Dann tun Sie's jetzt.«

Blutrot war das ehemals blütenreine Hemd.

»Tja, das ist mehr was für Ihre Truppe. Da, das sind eindeutig Einstiche, zwei auf jeden Fall.«

Karin beauftragte einen Beamten, eine Menge Leute aus dem wohlverdienten Wochenende zu holen.

»Weckt die Spurensicherung, den Fotografen, und die sollen den Medizinmann nicht vergessen.«

Karin saß völlig übernächtigt vor dem Plastikbecher mit mittelprächtigem Kaffee und ordnete ihre Gedanken. Um zehn war die große Lage einberufen worden. Noch eine Viertelstunde. Staatsanwalt Haase hatte ihr die Leitung übertragen.

»Mord in der Provinz, da kennen Sie sich doch aus, Frau Krafft.«

Sie konnte nie einschätzen, ob Ironie, Ignoranz oder fehlendes Taktgefühl ihn zu derartigen Äußerungen veranlasste. Tatsache war, dass sie die Fakten auf den Tisch bringen musste, systematisch, verständlich, komplett und in exakt zehn Minuten.

Die Geräuschkulisse des Gebäudes aus den Sechzigern am Weseler Herzogenring nervte Karin jedes Mal, wenn sie sich konzentrieren wollte. Keine Tür schloss leise, die glatten Wände, der gebohnerte Boden: Jedes verrückte Holzstuhlbein, jeder Schritt auf dem Flur hallte durch die Räume. Die Büros selbst waren durch multifunktionale Nutzung zu besseren Abstellkammern mutiert. Zu Schreibtischen gesellten sich Computertische, Aktenschränke vermehrten sich über Nacht, und in jeder Ecke, auf jedem Schrank stapelten sich Klamotten, Kisten mit ach so wichtigem Inhalt. Auf den Fensterbänken vegetierten die typischen Behördenpflanzen. Gummibäume, Ficus und Sanseverien träumten in zu kleinen Töpfen von der unendlichen Weite des Urwalds. Alles Lebendige verlor mit der Zeit die Leuchtkraft, passte sich dem grauen Ambiente und der tristen Stimmung an. Erst letzten Dienstag hatte eine Zeugin sie bedauert. In solchen Räumen arbeiten zu müssen, sei eine Zumutung.

Burmeester fiel sofort ein Kommentar dazu ein:

»Wären wir Feldhamster, würde sie den Tierschutz mobilisieren.«

Der Besprechungsraum in seinem Minimalismus bot Karin für ein paar Minuten die nötige Distanz zur Geschäftigkeit auf den Fluren der ersten Etage. Er war ausgestattet mit drei Tischreihen, einer relativ neu installierten Medienwand, Flipchart und Großplan des Kreises Wesel. Davor der Tisch der Leitung. Neonquadrate an der Decke nahmen plingend ihren Dienst auf. Hinten rechts flackerte es schon wieder. Karin zwang sich einen positiven Blickwinkel auf. Schau auf die elf Funzeln, die tadellos funktionieren, redete sie sich ein. Hatte den gleichen Effekt wie die Aufforderung »Sei spontan« und half überhaupt nicht.

Staatsanwalt Haase setzte sich schweigend auf seinen Platz und blickte innerhalb kürzester Zeit mehrfach auf seine flache Movado-Armbanduhr.

Unser Schönling hat es heute eilig, muss bestimmt noch zum Golf, dachte Karin.

Haase hätte als jüngerer Bruder von Wolfgang Joop durchgehen können, braun gebrannt, gestylt. Alles an ihm trug prominente Namen. Schlüsselanhänger, Visitenkartendöschen, Kugelschreiber, von Kopf bis Fuß war dieser Akademiker ausgestattet mit Accessoires, die in großzügig bemessenen Geschäften mit spärlich dekorierten, raffiniert beleuchteten Vitrinen zu finden waren. Ein intelligenter Mistkerl mit Stil, dachte Karin.

Sie wurde durch das forsche, offensichtlich gut gelaunte Auftreten von Nikolas Burmeester aus ihrer Betrachtung gerissen. Fünf Minuten vor der Zeit, völlig ungewöhnlich. Der Assistent steuerte nach einer melodischen Begrüßung die letzte Reihe an und packte zwei Tupperdosen aus einem Stoffbeutel auf den Tisch.

»Sorry, habe noch nicht gefrühstückt.«

Wo der Kerl auftauchte, war es vorbei mit meditativer Ruhe. Er verbreitete schlagartig Rüselei und Unruhe. Jetzt knabberte er geräuschvoll an einem Knäckebrot, krümelte auf die Tischplatte. Sein schrillbuntes Outfit hätte eher zu Fastfood gepasst. Nichts harmonierte an diesem Paradiesvogel in Kunstfasern, der vegetarisch lebte, sich jedoch andauernd literweise Chemie in die Haare ätzte, um die natürliche Farbe zu bekämpfen. Fuchsrot mit blonden Strähnchen, dazu Knäckebrot mit Tofuaufstrich und Möhrchen in Scheiben. Krasser ging es nicht.

Der nächste Kollege erschien, still und ergeben. Simon Termaths hellblauer Pullunder stammte entweder aus der Kiste mit der Aufschrift »Wilde 70er«, oder er war bei der letzten Wäsche mit dem falschen Programm fremdgegangen. Er spannte peinlich über dem Bauch, der, durch den zu engen Hosenbund, wie aufgepfropft auf der ehemaligen Taille saß. Seit Jahren kämmte Termath mühselig gezüchtete, schüttere Haarsträhnen von links nach rechts über die Schädeldecke, um das Ausmaß seiner Glatze zu kaschieren. Vorn rechts war sein Platz. Er nahm Block und Kuli aus der Aktentasche, legte sein abgegriffenes Etui mit der Lesebrille parat und wartete. Der korrekte Protokollant.

Fehlten noch Tom und Jerry, Thomas Weber und Jeremias Patalon, das Ermittlerduo. Ein eingespieltes Team, wortkarg, mit berüchtigten Spürnasen. Weber kannte keine andere Farbe als Schwarz. Locker, leger, aber schwarz bis auf vereinzelte graue Haare. Jeremias Patalon, dunkelhäutig, stammte ursprünglich aus Haiti, war bei Adoptiveltern in Wesel aufgewachsen. Er erschien immer korrekt gekleidet in dezenten Farben, Jeans, Hemd, Jackett, stinknormal eben. Die Kollegen rätselten schon lange, ob seine Vorliebe für durchgeknallte, bunte Krawatten durch seine karibische Herkunft quasi genetisch bedingt oder ein extravaganter Spleen war. Auf jeden Fall stellten seine unglaublichen Schlipse den farbigen Blickfang des Duos dar, heute in Gestalt von Lara Croft. Wo er auftauchte, blickte ihm jeder zuerst auf die Brust.

Punkt zehn, mit dem Hinweis auf zügige Arbeit und dass er noch nach Düsseldorf müsse, begrüßte Staatsanwalt Haase die Anwesenden und übergab Hauptkommissarin Krafft offiziell die Leitung der Lagebesprechung. Knack, knirsch, sagte Burmeesters Knäcke.

»Nach jetzigem Stand …«

»Moment, Frau Krafft.«

Haase unterbrach sie unwirsch.

»Herr Termath, bitte übergeben Sie Ihr Amt des Schriftführers für heute an Herrn Burmeester.«

Burmeester blickte fragend zu ihm nach vorn.

»Auch das Protokollführen will von Assistenten beherrscht sein. Das Ergebnis sprechen Sie mit dem Kollegen Termath ab, er zeichnet gegen.«

Jeder sah Simon Termath den Widerstand an, den er nicht äußerte. Stattdessen gab er Block und Stift weiter nach hinten, saß unbeweglich mit verschränkten Armen da und blickte starr aus dem Fenster.

»So sind Ihre Finger wenigstens nicht mehr mit enervierend geräuschvoller Nahrungszuführung beschäftigt, Herr Burmeester. Fahren Sie fort, Frau Krafft.«

Burmeesters Zornesröte passte nicht zu seiner Haarfarbe. So ein Blödmann! Hätte ihm doch sagen können, was ihn stört. Aber nee, jetzt hatte er den Salat. Andererseits musste das Protokoll abgetippt werden. Nicht zu Hause, hier im Büro. Sein Blick klärte sich, die Gesichtszüge entspannten sich. Der Staatsanwalt hatte ihm beiläufig ein perfektes Alibi zugespielt. Gegen erleuchtende Meditationen, die seine Mutter an diesem »Osho Weekend« daheim mit einem Haufen orange gewandeter Freundinnen praktizierte, half nur Distanz. Zufrieden nahm er den Stift in die Hand. Er würde Termaths Ausführlichkeit übertrumpfen, im Detail brillieren. Bezahlte Landflucht.

Karin berichtete vom Auffinden des Toten durch die Zeitungsfrau um 4.45 Uhr. Es handelte sich um den ihr persönlich bekannten Besitzer des Hauses, Alfred Paessens. Laut erster Aussage der Spurensicherung war Fundort gleich Tatort. Zwei Stichverletzungen, eine mit tiefer Fleischwunde, aber eher oberflächlich am Bauch, die andere in der Brust, letztere tödlich.

»Die Spurensicherung konnte nichts Verwertbares in der heruntergetretenen Rabatte finden, zumal bis zum Eintreffen der Streife eine Menge Leute da durchgelatscht waren.«

Und was war mit den Stichwunden? Nikolas kam nicht dazu, seinen Gedanken zu äußern.

Fragen aus allen Richtungen.

»Wer hat ihn zuletzt gesehen?«

»Seine Frau, vermutlich. Ist zusammengebrochen und wurde ruhig gestellt. Kann frühestens morgen befragt werden.«

»Kampfspuren?«

»Nicht offensichtlich, die Pathologie arbeitet dran.«

»Alkohol, Drogen?«

»Nein, garantiert nicht. Am Vorabend war ein großes Fest im Dorf. Paessens betrank sich nie. Er war immer so korrekt, kontrolliert.«

»Also nichts im Vordergrund?«

»Nein.«

»Du sagst, du kanntest ihn. Ist es dir möglich, ein Opferprofil zu erstellen?«

»Klar. Alfred Paessens, Jahrgang 1949, Oberjustizbeamter im Amtsgericht Wesel. Verheiratet, keine Kinder, lebte seit 1975 an der Himmelsstiege. Sehr ordnungsliebend, pedantisch, wenig Kontakt zu den Nachbarn –«

Haase unterbrach sie erneut.

»Vielen Dank für Ihre nachbarlichen Beobachtungen, Frau Krafft, aber ich glaube, hier sollte uns die Kriminalpsychologin über das Opferprofil zum Täterprofil leiten. Informieren Sie diese umgehend. Ein Dorffest, sagen Sie?«

»Ja.«

»Die Nachbarn müssen vernommen werden. Jeder Besucher des Festes wird von Ihnen ausfindig gemacht und befragt.«

Karin schmunzelte.

»Wer übernimmt die Landrätin Mergesheim-Bratzweiler?«

Genervtes Stöhnen, die Frau war bekannt. Sie war im letzten Monat auf einer politischen Goodwill-Tour, gefolgt von einem Trupp Reporter, bei der Kripo, deren Behördenleiterin sie qua Amt war, vorbeigekommen. Innere Sicherheit ist wichtig, wichtig. Sie hatte sich relativ geduldig über personelle Engpässe, den zusätzlichen Objektschutz nach dem 11. September, Überlastung des Dezernats und die maroden Räumlichkeiten informiert, hatte vollmundig versprochen, was selbst mit ihrer Hilfe nicht umsetzbar sein würde. Parteifreundin von Haase, der wie ein aufgescheuchtes Huhn reagiert hatte.

»Sie werden die Landrätin an ihrem wohlverdienten Wochenende nicht stören. Lassen Sie sich am Montag einen Termin in ihrem Vorzimmer geben.«

Zack, den arroganten Kerl hatte sie breitseits getroffen. Karin lehnte sich zurück, war gespannt auf die Retourkutsche.

»Wie heißt das Kaff noch mal, um das es geht? Bislich Büschken. Klingt ein wenig wie Bullerbü. Ich appelliere an Ihre Objektivität, Frau Krafft, schließlich betreten Sie bei den Ermittlungen bekanntes Terrain. Achten Sie auf gebotene Distanz. Entdecke ich nur den Hauch eines Interessenkonflikts, sind Sie den Fall los. Viel Erfolg in der Provinz, wir sehen uns Montag, zur gewohnten Zeit. Vorher habe ich Ihre Berichte auf dem Tisch.«

Haase stürmte hinaus. An seinem Platz lag ein Kugelschreiber, den Karin kurz in die Hand nahm. Gewichtiges Teil, Horn mit Silber. Die Tür sprang auf, Haase stand hinter ihr.

»Ich vergaß meinen Stift. Genau den, Frau Krafft. Steht Ihnen gar nicht, bleiben Sie lieber bei Kunststoff.«

Sagte er süffisant und entschwand.

Weber schüttelte den Kopf.

»Das grenzt ja an Mobbing.«

Karin überhörte diese Bemerkung und vereinbarte einen Treffpunkt in Büschken, um die Nachbarschaftsbefragung von dort aus zu koordinieren.

»Also, Kollegen, kleine Änderung in der Wochenendplanung: Statt auf dem Sofa herumzulümmeln, fahren wir aufs Land.«

Als sie sich beiläufig die Haare aus der Stirn strich, bemerkte sie einen fremden Geruch. Schwer, teuer, Männerparfüm mit einem Hauch Moschus. Musste von Haases Kugelschreiber stammen. Ist ja völlig daneben, fand Karin, seinen eigenen Geruch mit einer Essenz zu übertünchen, die aus Analsekreten von Tieren gewonnen wird.

Sie wusch sich die Hände, bevor sie losfuhr.

Die Festtagsstimmung war verflogen. An diesem Samstag, gegen dreizehn Uhr, erinnerten lediglich die zusammengestellten Biertischgarnituren und der Toilettenwagen an die ausgelassene Feier vom Vorabend. Büschken hatte aufgeräumt, und die Fahne in Bert Schreibers Garten hing auf Halbmast.

»Egal was für einen Mist er manchmal verzapft hat, unser Nachbar war er, der Alfred.«

Bert, in seiner Funktion als Fahnenwart, sorgte für das Einholen der restlichen Beflaggung. Rote Grablichter brannten vor weißen Zaunlatten. Das Dorf wirkte leer gefegt, war leise vor Trauer und Entsetzen.

Karin erklärte Wilmas Schankstube zur Einsatzzentrale und schickte die drei Kollegen in Richtung Goldenes Eck, bis hinauf zur Grenze nach Bislich. Sie selbst übernahm, Burmeester im Schlepptau, die alte Siedlung.

»Hier bist du aufgewachsen?«, fragte er.

Karin blickte wohlwollend herum.

»Ja. Und es hatte in der Tat was von Bullerbü. Hier gab es alles, was Kinder brauchen: Wiesen, Wald, die Rheinaue, das Flussufer. In meiner Erinnerung war die Welt sehr heile.«

»Mama, Papa, Geschwister?«

»Einzelkind.«

Burmeester blickte versunken die Straße hinauf.

»Nachbarn, die man kennt, Freunde nebenan, was für ein Traum.«

»Wo bist du denn aufgewachsen?«

»In Wohngemeinschaften und Camps, teilweise in Indien und auf Gomera. Meine Mutter suchte schon vor meiner Geburt die Erleuchtung in Poona. Regelmäßig fuhr sie dahin. Später schleppte sie mich mit. Es gab da ein Kinderhaus, in dem der weltliche Nachwuchs abgeliefert wurde, während die Erwachsenen ihre Seelen reinigten. Wir konnten tun und lassen, was wir wollten. Eine international zusammengewürfelte Kinderschar, die in den Tag hinein lebte, zügellos, ohne Grenzen.«

»Klingt spannend.«

»Spannend. Du hast ja keinen Schimmer. Du erahnst nicht, wie das heimliche Lünkern in die Schulungsräume mein Erwachsenenbild erschüttert hat. Nackte Körper. Die kreischten, verprügelten sich, lagen sich erschöpft in den Armen, heulten, trieben es miteinander. So bin ich wohl auch entstanden, beim Ausleben der Sexualität, Vater unbekannt.«

»Du liebe Zeit, so wie du es erzählst, hört sich das fast nach Therapie an.«

»Bingo. Mein Therapeut verdient seit Jahren sehr gut an mir. Im

Gegenzug bin ich mit neunundzwanzig schon in der Lage, angstfrei eigene Entscheidungen zu treffen. Weißt du, wenn du meine Mutter um Rat fragst, bekommst du nie eine konkrete Antwort. Plattitüden, wie »Alles wird sich finden« oder »Zur rechten Zeit wirst du es wissen«. Scheiße, ich hätte was anderes gebraucht.«

»Aber du lebst noch immer bei ihr.«

»Ja, bei ihren orangefarbenen Vorhängen, den penetranten Räucherstäbchen und den Osho-Freundinnen. Kein klassisches Hotel-Mama-Syndrom, sagt mein Psycho. Ich erwarte von ihr heute noch eindeutige Stellungnahmen.«

»Darauf kannst du lange warten, wenn sie in anderen Sphären lebt.«

»Ja, im Kopf weiß ich das, aber ...«

»Oh, Mann, bestimmt nicht einfach.«

»Nee.«

»Komm, lass uns arbeiten. Gleich hinter dem Parkplatz liegt Kaldeweis Haus, da fangen wir an.«

Gertrud und Friedrich empfingen sie freundlich, boten, gemeinsam am Esstisch sitzend, ein Bild der Eintracht. Gertrud wischte kaum sichtbare Stäubchen von der aprikotfarbenen Damastdecke. Derbe Hände mit abgenagten Fingernägeln zupften hektisch das Blumenbukett zurecht, das die ungehinderte Sicht auf jegliches Gegenüber verhinderte. Karin setzte sich an ihre Seite, Nikolas hielt sich dezent zurück.

Alles sei bestens gewesen am Vortag. Ein schönes Fest mit Aussicht auf Golddorf-Ehre. Vor Monaten gab es Querelen wegen der Vereinssatzung, aber kein böses Wort darüber im Anschluss. Ein gelungenes Fest, ja, viele Gäste. Friedrich würde eine Liste der auswärtigen Gäste anfertigen. Es hätte kaum direkte Berührungspunkte zu Alfred gegeben.

Gertrud verhielt sich still. Karin wandte sich ihr zu.

»Ist dir was aufgefallen?«

»Mir? Nein. Ich bin vorzeitig zu Bett gegangen. Migräne. Mein Kopf ist jetzt noch ganz dumpf.«

»Und Alfred, was weißt du von ihm?«

Gertrud rutschte unruhig auf ihrem gepolsterten Stuhl herum.

»Nichts weiter. Friedrich hat schon alles gesagt. Weißt du eigentlich, wie es Herta geht? Wo hat man sie hingebracht?«

»Ins Marienhospital in Wesel. Schau doch mal, ob du sie morgen besuchen kannst. Wird ihr bestimmt gut tun.«

»Ja. Mal sehen.«

Nikolas tippte Karin auf die Schulter, während beide auf Alma Argonds Eingang zusteuerten.

»Heile Welt? Heiliges Blechle, das waren ja Gestalten aus meinen besten Alpträumen. Völlig dicht, und keiner kannte den Weg aus dem Moor.«

»Moor? Schräge Metapher.«

»Gar nicht schräg. Entweder man findet den Weg zur Wahrheit, oder man versinkt im Modder. Die beiden sind schon bis zu den Knien weg.«

Karin lachte.

»Für den Tagesbericht formulieren wir das nachher um. Magst du ein scharfes Eukalyptusbonbon?«

»Nee, danke, ich steh mehr auf Schoko-Riesen.«

Bei Alma wartete Burmeester vor der Tür, weil er gegen Katzenhaare allergisch war. Nach knapp zwei Minuten hatten sich bei ihm die alarmierendsten Symptome gezeigt: Rote Augen, Kratzen im Hals, Niesreiz, und er musste das Haus verlassen.

Alma berichtete von Gesprächen zwischen Alfred, Werner, Bert und Friedrich. Einen Streit mit Wolle Kaschewski hatte sie beobachtet. Alles zwar stimmungsmäßig nicht ganz in der Reihe, jedoch nichts von außergewöhnlicher Brisanz.

Bert Schreiber war mit Rocky unterwegs. Isolde bot den beiden einen Platz in der Küche, auf der blauweiß karierten Eckbank, an.

»Tässchen Kaffee?«

»Gerne.«

»Furchtbar, nicht? Ich schwör dir, so schnell werde ich nicht mehr allein im Dunkeln unterwegs sein. Siehste ja, kann einem selbst hier auf dem platten Land passieren. Milch und Zucker?«

»Milch ja, und hast du Süßstoff?«

»Klar doch. Und dann noch vor der eigenen Haustür. Mein Gott, hab ich zu Bert gesagt, direkt gegenüber, während wir hier im Festtagskoma lagen. Nichts, rein gar nichts haben wir gehört. Selbst Rocky hat erst Terz gemacht, als die Zeitungsfrau schrie. Da ist Bert dann raus. Hat ihn da liegen sehen. Schrecklich, schrecklich.«

Karin und Nikolas schauten sich an, drehten die Augen nach oben, ließen Isolde einfach weiter reden, während sie die Spülmaschine ausräumte.

»War sonst ein tolles Fest gewesen. Ich hatte mir das rote Stretchkleid angezogen, sah total irre aus. Hat selbst dem Bert gefallen. Sagt er ja nicht, aber wie der dann guckt. Dann noch die Haare so strubbelig hochgesteckt, die Fingernägel …«

Zeit zum Themenwechsel.

»Isolde, uns interessiert, ob dir irgendwas aufgefallen ist.«

»Aufgefallen? Nö. Alle haben sich amüsiert. War ja auch viel los. Ich hab mir ein Autogramm von einer echten Landrätin geholt, da, steht da oben hinter Glas.«

Sie wies auf eine Hängeschranktür mit Glaseinsatz, aus der einige prominente Gesichter von bunten Postkarten herablächelten, Unterschriften quer über das Antlitz tragend. Sah der Landrätin ähnlich, verteilte doch glatt Autogrammpostkarten. Karin überlegte kurz, aus welchem Etat die wohl stammten.

»Isolde, noch mal, hast du irgendwas Besonderes um Alfred herum beobachtet?«

»Nö, der war wie immer, knochentrocken und humorlos, nippte den ganzen Abend an einem Bier, aß die Grillwurst mit Messer und Gabel. Ach ja, Zoff mit Wolle hatte er. Weiß nicht, worum es da ging. Bert hat auch kurz mit ihm diskutiert. Später war er mal längere Zeit nicht zu sehen.«

»Wann ungefähr?«

»Ich schätze so zwischen zehn und elf. Danach saß er nur noch miesepetrig und allein am Tisch.«

Karin trank ihren Kaffee aus und bat Isolde, ihren Mann in ungefähr zwei Stunden zu Wilma zu schicken. Dann wären sie wohl so weit durch.

»Sieh an, sieh an, Friede, Freude, Eierkuchen und mittendrin ein Miesepitt. Dein Paradies bekommt zarte Risse.«

»Hör auf zu unken. Jetzt kommen die Steinbrinkbrüder. Etwas minderbemittelt, aber supernett und garantiert ehrlich. Die haben mich früher immer beschützt.«

Johanna sah ihre Tochter bei Maria verschwinden. Sie war blass, traurig, aufgebracht, alles zugleich. Sie entschied sich dazu, mit Henner Jensen zu telefonieren.

»Wirklich! Heute Nacht, irgendwann nach dem Fest.«

»Gnädigste, wenn Ihnen nach Schutz oder Trost ist, nehme ich die nächste Fähre.«

»Ach, Henner, das ist lieb gemeint, aber …«

»Gut, dann bis gleich.«

»Henner?«

Er hatte tatsächlich gehört, was sie nicht aussprechen wollte.

Johanna hielt den Hörer an die Brust gepresst, schloss die Augen und lächelte. Trost wäre jetzt genau richtig. Trost von einem warmherzigen Seebären das Allerbeste. Sie legte auf.

Er mochte Tee. Sie packte den Ostfriesentee aus, den sie eigens für ihn besorgt hatte, und fand auch noch braunen Kandiszucker. Das feine Geschirr kam auf den Tisch. Erdbraunes, hauchdünnes Tongeschirr aus der Töpferei Serocka in Xanten. Sie liebte die Zufallsmuster in der Glasur, die jedes Teil zum Unikat machten. Über die bauchige Teekanne spannte sie den Tropfenfänger aus Schaumstoff. Sie schob mit routinierter Bewegung den Plastikschmetterling zur Tülle, wodurch sich das Gummi fest spannte.

Als Jensen eintraf, war *tea for two* gedeckt.

Er blieb zunächst vor der Haustür stehen.

»Gleich nebenan?«

»Ja, direkt hinter dem Zaun, wo die roten Lichter stehen.«

»Ist unfassbar. Weiß man schon Näheres?«

»Eben nicht. Karin ist mit ihren Leuten unterwegs. Zeugenbefragung. Eben ist sie zu Steinbrinks ins Eckhaus.«

Er kam in die Diele.

»Plötzlich ist es hier so unheimlich. Da glaubst du dich aufgehoben und sicher im Kreis langjähriger Nachbarn, und dann ersticht jemand deinen Nächsten. Nichts ist wie vorher. So schnell werde ich nicht mehr nachts eben kurz durch den Garten schlendern, wenn ich nicht schlafen kann.«

»War das ernst gemeint?«

»Was?«

»Das Du im drittletzten Satz.«

Johanna überlegte nicht lange.

»Ja, ich habe sowieso das Gefühl, dich schon sehr lange zu kennen. Ich bin die Johanna.«

»Gestatten, Henner. Jetzt muss ich wohl ›Gnädigste‹ austauschen. Weißt du was, ab heute sage ich ›meine Liebe‹.

Jetzt wurde sie wieder rot. Der Mann schaffte das.

Nach zwei Tassen Tee war die Welt noch nicht in Ordnung, jedoch erträglicher. Alles eine Frage von Vordergrund und Hintergrund.

Karin würde das schon machen, da draußen.

Burmeester unterhielt sich lebhaft mit den Zwillingen, die ihn, wie einen alten Bekannten, sofort belagerten. Die Sichtweise der beiden bestand aus gut und böse, und Burmeester gewann in den ersten Sekunden einen Ehrenplatz im Gut. Sie lachten miteinander, hielten ihm die Tageszeitung unter die Nase, und er tat alles, um auf die beiden einzugehen. Der bunte Kommissar saß zwischen ihnen, ein neues Gesicht in ihrer Welt. Genial, dachte Karin.

Maria wusste nicht viel zu erzählen. Sie war nach dem offiziellen Teil gegangen, war vom Fotografen der RP noch mal rausgeklingelt worden. Die originellste Fassade mit den Künstlern und ihrer Mutter sollte abgelichtet werden. Wie eine Diva tänzelte der Lichtbildner um das Motiv seiner Begierde herum, dirigierte gestenreich hierhin, dorthin, palaverte, wechselte Objektive und entschloss sich am Ende genau zu dem Blickwinkel, den er ganz zu Anfang schon ausprobiert hatte. Kamera-Künstler sind so. Dann stieg er in seinen alten, heiß geliebten silbernen 911er-Porsche und rauschte davon. Aber es hatte sich gelohnt, was auch heute im Lokalteil zu besichtigen war. Die Burschen konnten sich den ganzen Morgen nicht davon lösen, waren so stolz.

»Und gegenüber diese Tragödie.«

Maria schüttelte seufzend den Kopf. Karin rückte ihren Stuhl ein Stückchen näher.

»Ich kann mich erinnern, dass er ständig an den Jungens herummeckerte.«

»Genau. Wir hatten nie ein herzliches Verhältnis zu einander. Die beiden haben nicht viel im Kopf, aber vergessen nie, wenn jemand ihnen unsympathisch ist. Und das war Alfred. Aber du kennst sie ja, können keiner Fliege was tun.«

»Fällt dir noch was zu ihm ein?«

»Eine Menge, aber über Tote soll man ja nicht schlecht reden.«

»Komm, Maria, erzähl.«

Burmeester folgte den Zwillingen nach draußen, wo er ihre Dinos bewundern sollte.

»Das Amt hat er uns auf den Hals gehetzt.«

»Wie?«

»Na, das Ordnungsamt kam kontrollieren, ob wir ungenehmigte Anbauten im Garten haben.«

»Einfach so?«

»Einfach so, aus heiterem Himmel und ohne Vorwarnung. Inzwischen weiß ich, dass noch mehr Nachbarn ungebetenen Besuch hatten. Der hat nur noch rumgestänkert in den letzten Monaten. Aber das ist doch kein Grund, ihn gleich umzubringen.«

»Hast du eine Ahnung.«

In Karins Informationen über ihren früheren Nachbarn Paessens unterstrich sich das Wort Pedant rot, signalrot mit vielen Ausrufezeichen.

Burmeester war mit Puzzlestücken eingedeckt worden, die er nicht zusammenfügen konnte.

»Wie ein Rätsel haben die es aufgebaut und mich mit der Auflösung in die Wüste geschickt. Wer ist mit Lämpchen und Schüppchen in den dunklen Wald gegangen? Nachts, heimlich, wenn Mama schon schlief und sie, das darf ich nie, nimmer verraten, sich im Garten eine rauchten?«

»Haben die das so gesagt?«

»Ja, und jetzt testen sie wohl an, ob ich Wort halte, bevor sie mir den Rest erzählen. Männergeheimnis, nennen sie das.«

»Au weia, dann brauch ich gar nicht erst bei ihnen anklopfen. Die meinen, was sie sagen. Tja, Burmeester, da hast du eine individuelle Befragung an der Backe, die viel Feingefühl und Zeit erfordert.«

»Alles klar, ich häng mich gleich morgen wieder da rein. Super, ein ganzes Wochenende bezahlte Arbeit statt Osho-Meditation und Mantrasingen!«

Karin blickte ihn fragend an.

»Meditation, okay, kenn ich, aber was ist Mantrasingen?«

»Das sind buddhistische Gesänge, die zu innerer Erleuchtung führen und die Verbundenheit mit dem Universum bewusst machen.«

»Alles klar.«

Bei Lürsens rührte sich nichts, waren wohl ausgeflogen.

Uhlenbooms gaben sich außergewöhnlich bestürzt, wussten nur Gutes über ihren Nachbarn zu berichten. Nein, kein Grund zur Kritik, man habe sich so viele Jahre aufeinander eingestellt, kein Anlass zur Klage. Im Übrigen werde er, Werner Uhlenboom, bei der Beisetzung einer der Sargträger sein. Das sei man ihm schuldig, ihn angemessen zu bestatten.

»Ein aufrechter Mensch hat uns verlassen.«

Mit einem kurzen Seitenblick registrierte Karin die Bauzeichnung von einer Art Unterstand, der Umgebung nach in Wassernähe zu errichten und versehen mit einem Kostenvoranschlag, der daneben lag.

Im Hausflur stapelten sich Vogelkästen in Übergröße. Karin erinnerte sich an Werners Arbeit für den Naturschutz.

»Die sind ja riesig. Wen wollt ihr damit anlocken?«

»Verschiedene heimische Eulenarten. Es fehlt an geeigneten Niststellen, da werde ich, besser gesagt, wird der BUND ein wenig nachhelfen.«

Schäfchenwolken verloren ihre trügerische Leichtigkeit, verdichteten sich zum Westen hin. Vorbei mit Sonnenschein und aufkommenden Sommergefühlen. Das Wetter passte sich der dumpfen Stimmung auf der Himmelsstiege an.

Auf dem Weg zu ihrer Mutter versuchte Karin, den zerknautschten Rand ihrer Bonbontüte zwischen Daumen und Zeigefinger zerbröselnd, das eben Erlebte zu deuten.

»Weicht von den anderen ab, richtig?«

»Genau.«

»Warum haben die eine ganz andere Meinung? Das sind keine anthroposophischen Menschenfreunde. Die wissen ganz genau, mit wem sie können und mit wem nicht. Warum diese Heuchelei?«

»Für mich sah das echt aus.«

»Meinst du?«

»Klar, die Sache mit dem Sargträger klang nach aufrichtiger Anteilnahme.«

»Nikolas, da merkt man, dass du nicht hier aufgewachsen bist. Das hat Tradition. Man hat früher als Nachbarschaft um eine Wasserpumpe herum gelebt und aufeinander geachtet. Nachbarn brauchten sich. Heute gibt es keine Pumpen mehr, aber in alten Siedlungen schließt man sich zu Nachbarschaften zusammen. Sie feiern miteinander, kränzen, singen und trinken, aber sie richten auch den Beerdigungskaffee aus und tragen den Sarg. Das ist so Sitte. Wer dazugehört, hält sich daran, ohne Wenn und Aber.«

»Hm. Ansonsten sah es wie in einer Vogelwarte aus, bei denen im Treppenhaus.«

»Dabei habe ich Uhlenbooms als knauserig in Erinnerung. Nein, anders. Die gaben jährlich eine Menge Geld für Bildungsreisen aus. Da war für Anschaffungen nie viel übrig. Hast ja das Wohnzimmer gesehen.«

»Mann, original sechziger Jahre, abgenutzt und muffig.«

»Eben. Mutter sagt immer, die Kostüme, die Käthe trägt, wären hochmodern. Gewesen. Vor dreißig Jahren.«

Johanna begrüßte ihre Tochter überschwänglich.

»Wisst ihr schon, wer es war?«

»Nein, Mutter.«

»Habt ihr schon einen Verdacht?«

»Nein, Mutter.«

»Komm, sonst erzählst du mir auch immer alles.«

Karin blickte unsicher zu Burmeester, der breit grinsend hinter ihr stand.

»Mutter, das ist mein Kollege Burmeester.«

»Ach, der Sportradflitzer vom Fest. Habe Sie kaum wiedererkannt. Obwohl, schön bunt sind Sie heute auch gekleidet.«

»Genau der. Wir sind zu einer offiziellen Befragung der Nachbarschaft hier.«

Johanna verstand den Wink mit dem Zaunpfahl und bat die beiden umgehend ins Wohnzimmer, wo Henner Jensen bereits gemütlich mit einer dampfenden Tasse Tee im Ohrensessel saß.

Burmeester wurde Zeuge eines vertrauten, jedoch sachlichen Gesprächs zwischen Mutter und Tochter, die sich Einzelheiten des Festabends ins Gedächtnis riefen. Sie ergänzten sich, warfen sich Stichworte zu, kramten ernsthaft und konzentriert in ihren Erinnerungen. Gelegentlich meldete sich Jensen aus dem Hintergrund, nett, höflich, bemüht, ohne weltbewegend Neues. Karin brachte mit keiner Silbe die Inhalte der anderen Befragungen ins Spiel.

Beeindruckend, dachte er, die professionelle Kripofrau und die engagierte Amateurdetektivin. Wie ähnlich sie einander waren. Er schaute sich im Zimmer um und blieb bei einer Reihe gerahmter Fotos hängen, die allesamt nur eines zeigten: eine kleine, harmonische Familie. Ja, Bullerbü, nickte er in sich hinein.

Während der Tee in ihrem Becher kalt wurde, resümierte Karin. Passierte ihr immer und überall. Warme Getränke und Ermittlungsarbeit passten eben nicht zueinander.

»Ein bewegtes Fest, alle uns bekannten Nachbarn sind wir durchgegangen. Ich zermartere mir den Kopf, ob Herta einen Grund zu so einer drastischen Tat hatte.«

»Herta? Kann ich mir nicht vorstellen. Von der habe ich in all den Jahren nicht viel gehört oder gesehen. Hinten im Garten hab ich die Paessens nur in Eintracht erlebt, entweder beide beschäftigt mit Gartenarbeit oder sie bei der Wäsche und er am Tisch über

Papieren. Nein, diese schüchterne Frau kann keiner Fliege was zuleide tun.«

»Und Fremde? Hast du unbekannte Gesichter bemerkt?«

»Natürlich, es kamen viele vorbei. Auf Inlinern, oder wie dein Kollege auf dem Rad. Die haben geschaut und sind weiter. Aus den neuen Straßen waren auch einige da. Mir ist aber nichts besonders im Gedächtnis haften geblieben.«

Karin blickte zu Burmeester, der sich in der familiären Atmosphäre suhlte und seine Tasse mit beiden Händen umfasste.

»Vielleicht sollten wir noch mal einen Blick in das Haus des Opfers werfen. Ich habe den Schlüssel mit.«

»Gut, wir haben noch eine halbe Stunde.«

Beim Hinausgehen fiel Johanna ihre nächtliche Beobachtung ein, und sie schilderte so detailliert wie möglich die Begebenheit mit dem alten Saab.

»Weißt du noch, Karin, das war das Auto, in dem man sich auch hinten anschnallen musste. Der erste Wagen auf der Welt, bei dem das so war. Ja, die Schweden haben schon gute Ideen. Du hast immer gemeckert, weil das völlig ungewohnt war. Unser 96 GL, den haben wir liebevoll ›das Osterei‹ genannt. Na ja, unser Wagen war blau. Der in der Tatnacht war hellgelb. Ich glaube, diese Lackierung hieß Maisgelb. Mochte dein Vater nicht leiden. Ich schon. Gibt nicht mehr viele heute, überhaupt sieht man dieses Ei nur noch sehr selten. Ach, war dein Vater begeistert von diesem Auto. Fuhr hundertfünfzig km/h, damit gewann Saab in den Sechzigern zwei Mal die Rallye Monte Carlo. Heutzutage ist das Schneckentempo auf der Autobahn.«

Schau, schau, dachte Karin. Johanna als Autoexpertin. Ja, die Erinnerung an das erste neu gekaufte Auto saß tief. Offensichtlich ein einschneidendes Erlebnis im Wirtschaftswunder-Deutschland. So war das damals.

Karin kehrte in die aktuelle Welt zurück. Es hieß, sachlich einen unglaublichen Mordfall zu analysieren und alle Fakten zu sammeln, die damit zusammenhingen.

»Schauen wir mal, ob das von Bedeutung ist. Danke für den Tee.«

»Von dem hast du doch wieder nur einen Schluck getrunken.«

»Kennst mich doch.«

Karin drückte ihre Mutter herzlich.

»Einen geruhsamen Nachmittag noch, ihr zwei Hübschen.«
»Und euch viel Erfolg. Angenehm ist das nicht mit einem Toten nebenan und einem Mörder, der frei rumläuft.«

Ein merkwürdiges Gefühl, das Heim der Nachbarn zu betreten. Karin konnte sich nicht erinnern, jemals die Türschwelle überschritten zu haben. Ein gespenstisches Haus. Steril, unpersönlich, Karin überkam ein leichter Schauer. Alles düster, angegraut und superordentlich aufgeräumt. Kein Stäubchen haftete am Bildschirm des alten Grundig-Fernsehers im Wohnzimmer. Das Fenster zum Garten hinaus ohne die leichteste Schliere. Zeitschriften in Reih und Glied lagen auf dem nierenförmigen Couchtisch. Die exakt eingeordneten Weingläser und Sektkelche in der Vitrine des Nussbaumschranks blinkten im spärlichen Licht. Im offenen Schrankfach in Augenhöhe lag wie ein Fremdkörper die Hülle eines ultramodernen Nachtsichtgeräts. Gegenüber eine altmodische Kredenz mit einer Schale aus Bleikristall, die mitten auf der Ablage residierte. In der Ecke eine Stehlampe mit Stoffschirm. Über der abgenutzten samtigen Couch ergötzte eine Waldlandschaft mit Hirsch.

Karin verweilte einen Moment, Auge in Auge mit dem gewaltig gehörnten König hiesiger Wälder.

»Genau, wie Hanns-Dieter Hüsch es immer beschrieben hat. Kredenz und Hirsch in niederrheinischen guten Stuben. Nur, dass hier stilvolles Gelsenkirchener Barock vorherrscht und keine Brücke schräg davor liegt.«

Nebenan in der Küche bot sich ein ähnliches Bild. Es stand einfach nichts herum. Die Tassen im Schrank wiesen alle mit dem Henkel in die gleiche Richtung. Überall das gleiche nüchterne Bild. Im Treppenhaus eine gerahmte Ahnengalerie, abgelichtete, meist ernst blickende Gesichter. Burmeester blickte sinnierend auf sepiafarbene Köpfe, die ältesten in klassischer Fotografenposition. Sie saß, und er stand schräg hinter ihr, die Hand besitzergreifend auf der Schulter abgelegt.

»Überall *family first*. Diese Exponate sind ja richtig alt.«

Im Obergeschoss befand sich das Schlafzimmer in weißem Schleiflack mit Bettvorlegern mit persischem Teppichmuster. Eine Bettseite war benutzt, die andere nicht. Ein Herrenpyjama lag gefaltet am Fußende.

»Er ist also gar nicht schlafen gewesen.«

Nebenan gab es einen Wirtschaftsraum mit Bügelbrett und leeren Wäschekörben. Eine Schneiderpuppe war, abgedeckt mit einem geflickten Bettlaken, in der Ecke hinter der Tür abgestellt. Hinter ihrem Metallständer war die Nähmaschine in der Schutzhülle verstaut.

Im Bad flohen verirrte Keime freiwillig. Es roch nach WC-Reiniger und Desinfektionsmittel. Burmeester rümpfte die Nase.

»Sagrotan.«

»Erinnert an Krankenhaus.«

»Hier gibt es nichts außer penibler Ordnung. Komm, wir sind noch nicht im Keller gewesen.«

»Was erwartest du dort? Wandschmierereien? Mach dir keine Illusionen.«

Unten weiß gekälkte Wände. Kein Weberknecht würde es wagen, sich hier niederzulassen. Verhungern würde er. Lustlos blickte sich Burmeester um. Karin drückte die Klinke der letzten Tür. Ihre Erwartung, die Hand widerstandslos senken zu können, wurde enttäuscht. Die Türklinke rührte sich nicht. Hinter dem Heizungskeller lag versteckt ein verschlossener Raum. Merkwürdig.

»Sieh an, mal etwas Neues. Das passt nicht.«

»Oben, neben der Tür zum Gästeklo, hab ich einen Schlüsselkasten gesehen, ich guck mal eben.«

Schon hechtete Nikolas schwungvoll die Treppe hoch.

»Bingo. Beschriftet mit ›Archiv‹, das muss er sein.«

Leicht ließ sich der Schlüssel im offensichtlich häufig genutzten Schloss drehen. Die Tür schwang nach mäßigem Druck auf. Ein Raum mit schlichten Regalen voller Aktenordner und Gesetzestexte in gebundener Form.

»Du liebe Zeit, schau mal hier: aktualisierte Bauvorschriften, Vereinswesen, Vereinsrecht und hier reihenweise Präzedenzurteile zu Nachbarschaftsstreitigkeiten. Ausgedruckt, ausgeschnitten und mit Quellenhinweis aufgeklebt, thematisch und alphabetisch geordnet. Nikolas, wir befinden uns hier in dem unglaublichen Archiv eines notorischen Querulanten.«

»Aber nichts Persönliches, auch oben, gar nichts. Kein Urlaubs-
foto, kein Brief, weder von ihr noch von ihm.«

»Klare Rollenverteilung. Sie hat oben für Ordnung gesorgt und
er hier unten. Schau mal, was da im Papierkorb ist.«

Burmeester krabbelte unter den spartanischen Schreibtisch und
wollte gerade seine Hand in den braunen Kunststoffbehälter versen-
ken.

»Halt!«

»Wie? Was?«

»Wie wäre es mit Einweghandschuhen?«

Burmeester nahm die Plastikhüllen wortlos an, die Karin ihm
entgegenhielt. Er fischte mehrere zerknüllte Briefumschläge aus dem
Behälter und strich sie glatt.

»Da schau her! Drei Schreiben, die an eine Postfachadresse gerichtet sind. Unser pedantischer Paragraphenhengst war vielleicht
doch nicht ganz koscher. Das müssen wir überprüfen«

Mittlerweile setzte ein feiner Sprühregen ein. Die Luft hatte sich
deutlich abgekühlt, und Wilma, die Kippe im Mundwinkel, servier-
te den Kripoleuten im Hinterzimmer Kaffee. Die Ergebnisse wurden grob umrissen zusammengetragen. Jerry berichtete von Wut,
Gezeter und Imponiergehabe bei Wolle Kaschewski.

»Soll dich grüßen von ihm. Hörte sich an, als hättet ihr zusammen im Sandkasten gebuddelt.«

»Quatsch, ich hab ihn mal verhaftet vor Jahren. Vorstrafe wegen
mittelschwerer Körperverletzung. Der stammt ursprünglich aus
Dinslaken. Ein Zugezogener.«

»Der driftete dann ganz schnell ab und wollte partout eine Geschichte über seinen Sohn und einen Friedrich Kaldewei erzählen.
Ein total ungeschickt eingefädeltes Ablenkungsmanöver. Den sollten wir im Auge behalten. In dem Haus gab es mehrere Parteien, die
froh waren, den, ich zitiere, ›Saftsack‹ los zu sein. Weiter oben, in
Richtung Bislich, wohnen noch ein Landwirt und ein Hundezüch-
ter, die ihm ebenfalls nicht nachtrauern.«

»Die Härte war der Pastor.«

Tom schüttelte grinsend den Kopf.

»Da fragt Simon ihn freundlich, wie denn der nette Dackel heiße, der an seinem Hosenbein kratzte und die Hüften schwang. Da sagt der Pastor: ›Der heißt wie du.‹ Unser Kollege bückt sich, krault ›Simon‹ hinter den Ohren. Da lacht der alte Mann und erklärt uns, der Dackel heiße nicht Simon, sondern Wiedu.«

Simon Termath verstand nicht, warum alle anderen schmunzelten. Karin winkte ab.

»Kenn ich schon. Ist sein dritter Hund, der so heißt. Der Name beschert dem Pastor lebenslang humorvolle Momente. Und, wusste er was?«

»Nur, dass Paessens nicht sehr beliebt war.«

Es klopfte energisch, Bert Schreiber erschien mit einem großen Pils im Türrahmen und schaute unsicher in die Runde.

»Ist ja wie bei ›Tatort‹ hier. So viele Kripoleute auf einem Haufen hat Büschken noch nie gesehen. Isolde sagt, ich soll mich hier melden. Ist das wirklich nötig? Sonst geh ich wieder. Unsereins hat ja immer was zu tun. Wer rastet, rostet. Haha.«

Karin entdeckte das Unbehagen hinter den lockeren Sprüchen.

»Komm, wir suchen uns vorne einen ruhigen Tisch. Ihr sammelt weiter.«

Bert Schreiber benötigte drei große Pils, um sich halbwegs geadelt zu fühlen. Mit jedem Schluck wurde er ein »König« und seine Zunge lockerer. Hemmschwellen lösten sich im Bierschaum auf. Eine halbe Stunde später zog der Halbmast flaggende Nachbar über Paessens her, was das Zeug hielt.

»Diese alte Sau hat uns den Parkplatz für das Wohnmobil weggenommen. Acht Knöllchen hab ich gekriegt. Hab mir einen Anwalt engagiert, um dagegen Widerspruch einzulegen. Kannst du dir denken, wie teuer das wird? Alles, weil der Scheißer sich von meinem Hymer gestört fühlte. Boh, war ich stinkig.«

Beim vierten Glas brach Karin die Befragung ab. Sie hatte genug gehört, und Berts Zustand nahm unzuverlässige Formen an.

Auf dem Weg zurück ins Hinterzimmer stieß sie fast mit Burmeester zusammen, der es eilig hatte.

»Bitte gib mir eben den Schlüssel zum Haus. Ich habe was übersehen. Ist mir jetzt klar geworden. Will ich eben überprüfen. Oder kommst du mit?«

Karin warf ihm den Schlüsselbund zu.
»Denk an die Handschuhe.«
»Logo, bin schließlich lernfähig.«

Genau konnte Burmeester nicht definieren, was seine Aufmerksamkeit im Nachhinein beschäftigte. Er ließ sich von seiner Intuition lenken, ging den gleichen Weg wie am Nachmittag durch das Wohnzimmer und die Küche. Er ließ seine Augen systematisch die Räume abtasten. Keine Reaktion.

Der Hausflur hüllte jedes aufkommende Gefühl in Mausgrau. Burmeester suchte den Lichtschalter. Eine kristallene Deckenlampe bewirkte keine Wunder, ließ jedoch seine Augen unweigerlich zu der Galerie der alten Fotografien schweifen. Er stutzte. Etwas hielt ihn fest. Burmeester wagte kaum sich zu bewegen, um die aufkommende Spannung nicht wieder zu verlieren. Das Hochzeitsfoto der Paessens, zu beiden Seiten vielleicht die jeweiligen Eltern, dann die Großeltern. Die Rahmen, alle aus Kiefernholz und gleich groß, hingen in exakten Abständen vor der Tapete mit verstaubter Leinenstruktur. Was stimmte hier nicht? Mensch, geh professionell vor. Stell dir eine W-Frage nach der anderen. Was hält dich hier fest? Ein Unterschied, ein winzig kleiner Unterschied in der Reflexion des Lichtes auf dem glänzend lackierten Rahmen. Er beugte sich vor, beobachtete den Lichteinfall aus verschiedenen Blickwinkeln. Eindeutig. Auf der unteren Holzleiste des Rahmens, der links außen hing, erkannte er verwischte Fingerspuren. Burmeesters Wangen glühten vor Aufregung. Seine eingehüllten, verschwitzten Hände nahmen das Bild behutsam von der Wand. Jetzt erkannte er die Abdrücke ganz deutlich. Er drehte das Bild vorsichtig um. Die rückwärtige Pappe wurde durch zwei Metallschienen hinter das Foto, somit vor das Glas gedrückt. Hinter der oberen Schiene klemmte ein zusammengefalteter Zettel. Auf dem Papier, in akkurater Handschrift, eine Reihe von Zahlen. Kein Name, nichts, lediglich eine Telefonnummer. Ein Festnetzanschluss mit der Vorwahl 0281. Weseler Vorwahl.

Am Sonntag plätscherte es unaufhörlich. Dauerregen, der sich auf die Gemüter legte, fiel eimerweise aus den Wolken. Nur waschechte Niederrheiner sind in der Lage, die einzige positive Begründung für so ein Mistwetter zu formulieren. Simon Termath war bekannt für erbauliche Sinnsprüche aus der Region.

»Das Land ist trocken. Kommt genau richtig, ehrlich, die Bauern brauchen den Regen.«

Er stand mit seiner Kaffeetasse am Fenster und blickte in die Kronen der alten Linden am Herzogenring. Dohlen bauten erste Nester.

Seit Stunden saßen sie im Büro, tippten Berichte, fassten die Aussagen zusammen, diskutierten über Widersprüchlichkeiten, brüteten über den spärlichen Fakten und schauten missmutig durch die ungeputzten Scheiben. Auch so eine Sparmaßnahme. Wie hatte Frau Doktor van den Berg gesagt?

»Meine Herrschaften, in New York putzt man die Fenster zweimal im Jahr. Da werden drei Einsätze für Wesel reichen. Schauen Sie mehr in die Akten als hinaus ins Universum.«

Irgendwann fiel Karin das System der Argumentation ihrer Chefin auf. Die Leiterin der Kreispolizeibehörde schickte ihre geballten Erkenntnisse aus diversen Auslandsaufenthalten ins Rennen, wenn sie Veränderungen präsentierte. In London sagte man dies, in Melbourne tat man das, in New York brauchte man keinen klaren Durchblick.

Karin graute es vor Montagmorgen. Klar würde Haase die Berichte pünktlich auf dem Schreibtisch haben. Die van den Berg auch. Beide würden hereinrauschen und ihnen die Unzufriedenheit über den Stand der Ermittlungen in die Ablage knallen. Obendrauf. Äußerste Priorität, wir haben einen beispielhaften Stand in der Aufklärungsstatistik, und das soll so bleiben, meine Herrschaften!

Karin widerstrebte es, zum x-ten Mal die Köpfe ihrer Kollegen rauchen zu lassen, zumal viele Informationen erst am Montag einzuholen waren. Die Ergebnisse der kriminaltechnischen Untersuchung, des Pathologen, wichtige Details, alles wegen Personalengpässen auf morgen vertagt.

»Kommt, wir machen Schluss für heute.«

Simon drehte sich um.

»Das geht doch nicht, wir sind doch mitten im Denkprozess.«

Konnte nur von ihm stammen. Manchmal stand er stundenlang

am Fenster, starrte hinaus, drehte sich urplötzlich um und gab einen entscheidenden Hinweis von sich. Nur heute klappte es nicht.

»Mensch, Simon, wir haben eine Leiche, zwei Stichwunden, eine tiefe, aber nicht tödliche, eine tödliche, keine Tatwaffe und kein präsentierfähiges Motiv. Wenn dir der bahnbrechende Gedanke kommt, kannst du mich gern anrufen.«

Burmeester schaute von einem der Bildschirme auf.

»Ich bleibe noch etwas. Das Protokoll muss fertig werden. Außerdem will ich weiter versuchen, den Chris von der Telekom zu erreichen. Der sucht mir ganz bestimmt raus, zu wem die geheime Telefonnummer gehört. Auch sonntags.«

Karin stand auf und schlüpfte in ihre knallroten Regenstiefeletten.

»Ich fahre raus nach Büschken. Vielleicht fällt mir ja noch irgendwas ins Auge. Wir sehen uns morgen. Große Lage um zehn, mit allem, also seid pünktlich.«

Auf dem Rückweg würde sie Moritz mitnehmen, der seine Oma heute in das Geheimnis der Pokemonkarten einweisen wollte.

Jerry schaute ihr lächelnd nach.

»Mit allem heißt, auch mit unserer Frau Doktor.«

Tom zog sich die dunkelgrüne Wachsjacke über und klopfte Jerry beim Hinausgehen auf die Schulter. Die Türklinke in der Hand, drehte er sich noch mal um.

»Jau, Zickenalarm. Nimm eine gediegene Krawatte ohne frauenfeindliche Aspekte, nicht zu sehr Macho, mehr dezent, aber auch überzeugend intellektuell. Reich-Ranicki hatte letztens eine um, auf der bunte Bücher, in Regalen eingereiht, abgebildet waren.«

»Ach die, die gibt's bei ›Pro Idee‹. Hast du eine Ahnung, was die kostet?«

»Nee.«

»Ist mehr was für Literaturkritiker, nichts für unterbezahlte Kripobeamte.«

Karin parkte ihren Flitzer in Johannas Einfahrt. Sie stieg aus, ging zögerlich zum Bürgersteig und schaute auf die Siedlungshäuser.

Eine saubere, aufgeräumte Straße. Ehrbare, rechtschaffene Bürger, nun gut, mit ein paar dunkelgrauen Schafen, aber im Großen und Ganzen einfach eine nette Nachbarschaft, in der man sich gut aufgehoben fühlt. Zum ersten Mal kamen ihr Zweifel an der Idylle. Irgendwas stimmte nicht, zu viele gegensätzliche Aussagen. Fast alle hatten Grund genug, auf Paessens sauer zu sein. Sauer, ja, aber mordswütend? Der kleine unscheinbare Mann entpuppte sich plötzlich als Geheimnisträger: Postfach, versteckte, geheime Telefonnummer. Vordergründig beschäftigte sie das Gefühl, bewusst belogen worden zu sein.

»Kind, was machst du da im Regen? Komm doch rein.«

Das Wasser tropfte Karin aus den Ponyfransen, als sie sich im Hausflur die Jacke abstreifte.

»Mutter, was ist hier los? Die lügen doch. Ich bin verunsichert. Das ist doch unsere Straße, das sind die Menschen, die ich schon so lange kenne.«

»Ach, Karin, du siehst schon Gespenster. Das kommt von deiner Arbeit. Wer täglich mit Verbrechern zu tun hat …«

»Nein, Mama, glaub mir, einige deiner lieben alten Nachbarn haben gehörig Dreck am Stecken.«

Montagmorgens sind Schulkinder verschlafen und schlecht gelaunt, die im Kindergarten reagieren aufgekratzt und aufgedreht. Erwachsene benehmen sich nicht wesentlich anders, gehören in eine der beiden Kategorien, wirken dabei vielleicht ein wenig subtiler. *Bloody monday morning*, dachte Karin, als alles berichtet war, was es bis jetzt gab.

Die Besprechung wurde nach zehn Minuten mangels neuer Erkenntnisse und mit offenen Vorwürfen an das ermittelnde Team auf Dienstag vertagt. Das aufdringliche Parfüm von Frau Doktor van den Berg stand in der Luft wie eine gerade geäußerte Beleidigung. Natürlich hatte Staatsanwalt Haase mit allen Einwänden Recht. Natürlich, Herr Staatsanwalt, raunte sie bei jeder Silbe von ihm, die rot geschminkten Lippen leicht geöffnet.

Jerry baute sich vor Karins Schreibtisch auf. Sie wollte eigentlich nur einen Moment in das frische Grün der Linden am Ring schauen.

»Komm, Karin, lass die Federn nicht hängen, wir kriegen das hin, flott und gründlich, wirst sehen. Der Pathologe sagt, gegen drei Uhr kann er uns die ersten Ergebnisse rüberfaxen.«

Aus der Jackentasche holte er einen Schlips mit Uli-Stein-Motiv. Ein Pinguin auf einsamer Eisscholle mit hoch erhobenem Demoplakat, auf dem ein Wort stand: dagegen.

Einverstanden, dachte Karin, gegen negative Beeinflussung durch geltungshungrige Vorgesetzte, und rief den Kollegen von der Spurensicherung an.

Burmeester erreichte nichts bei der Telekom, sein Kumpel war bis Dienstag zur Fortbildung. Da hätte er gleich den offiziellen Weg gehen können.

Karin knallte den Hörer auf die Gabel.

»Nichts, absolut nichts. Keine verwertbaren Fußspuren, keine außergewöhnlichen Fasern auf der Kleidung, auf den Briefumschlägen fünf verschiedene Fingerabdrücke, darunter natürlich die vom Opfer.«

Genetisch verwertbares Material, klar, allein schon durch die Speichelspuren an den Bierflaschen, sei vorhanden. Aber der Abgleich dauere, und ob der was bringe, wisse der Himmel. Karin nahm einen kräftigen Schluck Kaffee, blickte angewidert in den Becher. Klar, kalt, wie immer.

»Ich fahr nach Duisburg und klopfe dem Pathologen auf die Finger. Personalmangel hin oder her, ich versteh nicht, warum der so lange braucht.«

Burmeester kramte eine Plastikbox mit Möhren in Scheibchen aus seiner Tasche und ging zur Tür.

»Komm, ich fahre. Du lehnst dich zurück und entspannst dich ein paar Kilometer.«

Einfühlsames Entgegenkommen hätte sie ihm nicht zugetraut, wie er so dastand, in seiner knallgrünen Kunstlederhose, dem diagonal gestreiften, türkisfarbenen, verknautschten Seidenhemd und dem gestylten Durcheinander auf dem Kopf.

»Dann los. Ich hoffe, der Kutscher kennt den Weg.«

»In der Nähe vom Innenhafen habe ich ein halbes Jahr in einer WG gelebt, als meine Mutter unbedingt mal allein nach Indien musste. Das Schuljahr durfte ich zwar wiederholen, dafür kenne ich mich in Duisburg aus.«

Auf der B 8 hinter der Einmündung zum Lippeglacis standen sie bereits im Stau, ohne Wesel verlassen zu haben. Die Lippebrücke wurde aufwendig ausgebessert und war nur einspurig befahrbar.

»Mann, hab ich total vergessen, komm, fahr raus und wende bei dem Autohaus. Wir fahren über die A 3, das hier kann dauern.«

»Was ist mit dem Weg über Krudenburg?«

»Kannst du vergessen. Da gibt es auch eine Brücke über die Lippe, und dreimal darfst du raten, was mit der gerade geschieht. Da, jetzt kannst du rüber.«

Also radikal gewendet unter missbilligenden Blicken der wartenden Autocracks, zurück an der Wagenschlange vorbei und ab Richtung Hollandlinie. Es dauerte eine Ewigkeit, sich über den Ring zur Schermbecker Landstraße zu schlängeln. Alles dicht, und auf der Autobahn folgte sogleich eine Baustelle im Bereich der Abfahrt Hünxe. Sie brauchten nervend lange, bis sie in Duisburg ankamen.

Gerade als sie über den Flur zur Pathologie eilten, klingelte Karins Handy.

»Karin, das Ergebnis aus Duisburg ist da. Neuigkeiten.«

»Ach nee, dann lass hören, Jerry.«

»Es wurden zwei Messerstiche untersucht. Der eine am Oberbauch, eher oberflächlich, hat ihn lediglich verletzt. Eine ordentlich tiefe Fleischwunde, nicht mehr. Ein Stich von einer einschneidigen Klinge wie ein herkömmliches Küchenmesser. Jetzt halt dich fest.«

»Mach's nicht so spannend.«

»Der zweite Stich ging direkt ins Herz. Der Stichkanal ist ziemlich breit, also, äh, eigentlich unerklärlich breit. Und rissig an den Kanten, nicht geschnitten scharf und glatt. Eine zweischneidige Stichwaffe, die ziemlich stumpf gewesen sein muss und kleinste Partikel einer Metalllegierung in der Wunde hinterlassen hat. Niemand kann sich einen Reim darauf machen.«

»Und?«

»Der Heierbeck von der Kriminaltechnik ist dabei, es herauszufinden.«

»Was? Jerry, du nervst, erzähl jetzt mal am Stück.«

Inzwischen standen die Kommissarin und ihr bunter Assistent vor der milchig verglasten Tür mit der Aufschrift »Pathologie«.

»Also, diese Legierung ist nicht mehr gebräuchlich und von der Zusammensetzung her ziemlich exotisch. Ist nirgendwo zu finden. Der Heierbeck interessiert sich privat für altertümliche Schwerter und Degen, verfügt über entsprechende Literatur. Er sagt, es muss ein verdammt altes Stück gewesen sein, mindestens aus dem Mittelalter. Das schätzt er zumindest. Er bleibt dran und gibt sofort durch, wenn er Genaueres weiß.«

»Dank dir. Sonst noch was?«

»Klar, van den Berg kocht vor Wut. Hat Termath in den Boden gestampft, in Ermangelung deiner Person. Die Frau Doktor will Ergebnisse.«

»Dann schreib schon mal in den Bericht, dass es mit aller Wahrscheinlichkeit Hagen von Tronje gewesen ist.«

»Haha.«

»Bis nachher.«

Burmeesters Blässe passte nicht zu seinem Outfit.

»He, das ist erst die Tür. Ekelig wird es dahinter, aber da müssen wir gar nicht mehr hinein. Während wir die Tour de Ruhr gemacht haben, sind die Ergebnisse im Büro angekommen.«

»Na, das nenn ich assistentenfreundlich.«

»Wir fahren zurück und beschützen die Crew vor der übereifrigen van den Berg. Ich erzähl dir unterwegs vom Stand der Dinge.«

Tiefschwarze Nacht. Eine dichte Wolkendecke hing niedrig über dem Niederrhein. Tiez und Köbes standen stumm an der Gartenpforte hinter dem dichten Fliederbusch verborgen und pafften ihr geheimes Abendzigarettchen. Tiez wandte sich zu seinem Bruder und flüsterte ihm ins Ohr:

»Geisterstunde, nicht?«

Köbes flüsterte zurück:

»Huhu, ich bin das Schlossgespenst. Sind viele unterwegs heute und alle ganz ohne Licht und ohne Gepäck.«

»Komisch. Komm, wir rauchen noch eine.«

Die nächste Figur schlich an Johannas Grundstück vorbei.

Ein Wagen hielt auf dem Parkplatz der Gaststätte.

Wieder beugte sich Tiez vor zu Köbes Ohr.

»Kennst du das Auto?«

»Nee, gehört nicht zu uns.«

Es waren drei Männerstimmen, die sich im Wald hinter der Siedlung nicht gerade freundlich unterhielten.

»Du hast gesagt, alles wäre ein Kinderspiel. Und jetzt?«

»Sei mal vorsichtig mit dem, was du sagst, aber ganz vorsichtig. Was habe ich, bitte schön, mit dem Tod von Alfred zu tun, he?«

»Jetzt streitet euch nicht, so ist effektives Planen der nächsten logischen Schritte nicht möglich. Lasst uns die Fakten sammeln. Also …«

»Du mit deinem hochgeistigen Geschwafel bringst hier auch keine Lösung. Die Karre sitzt im Dreck.«

Zweige knackten unter unvorsichtigen Schritten.

»Aber wieso denn? Wer bringt denn schon die Stücke mit dem Toten in Verbindung? Du hast sie doch inzwischen angeboten, oder?«

»Natürlich. Ich halte mich an unsere Abmachung.«

»Du kannst mir viel erzählen. Kann doch keiner von uns kontrollieren, was du machst oder nicht.«

Ein Käuzchen rief.

»Was war das?«

»Weiß ich nicht, Mensch, nimm die Pfoten von meinem Hemd!«

»Habt ihr das eben gehört? Strix aluco, der Waldkauz. Er hat sich doch wieder hier angesiedelt. Erstaunlich.«

»Mann, hör doch auf mit deinem blöden Viehzeug. Wir haben jetzt andere Sorgen.«

»Wieso eigentlich?«

»Hast du noch nicht mitgekriegt, dass die Kripo in Person von Karin Krafft hier herumschnüffelt?«

»Ach, Karin, die wird hier nichts und niemanden finden. Von un-

serer kleinen Abmachung wissen doch nur wir. Von uns hat keiner
was mit Alfreds Tod zu tun, oder?«

»Was soll die Frage? Drehst du jetzt völlig durch, oder was?«

Köbes fiel fast über das altersschwache Gartentor, weil noch eine
Person in der fahlen Laternenbeleuchtung auftauchte.

»Guck mal, kenn ich nicht.«

»Ein neuer Arbeiter?«

»Konnte nicht viel sehen. Hut auf, hat langen Mantel an, der
Riese.«

»War hasenschnell, nicht?«

»Jetzt spielen schon Fremde mit. Hab Angst vor hasenschnellen
Ungetümen. Komm, lass uns reingehen.«

Tiez legte den Arm um die breiten Schultern seines Bruders.

»He, immer cool bleiben, ich beschütz dich. Wir müssen uns
gründlich die Finger waschen und die Zähne putzen.«

»Sonst merkt Mama was.«

Die Männer hörten von weitem eine Bewegung, die ungeschickt auf
sie zukam, und verstummten abrupt. Etwas Großes, etwas Gewalti-
ges brach sich keuchend den Weg über den engen Pfad.

»Guten Abend, meine Herren.«

Die Stimme gehörte einem Bassbariton, donnerte den Männern
kraftvoll entgegen. Der Unbekannte schien hünenhaft zu sein. Er
kam so nah, dass sein Atem ihnen entgegenschlug, warm, kurz und
mit dem unverkennbaren Aroma von Pfeifentabak.

In der Ferne riefen Wildgänse warnende Schreie ins Dunkel.

»Nur nicht so schüchtern, gerade ging es hier viel lebhafter zu.
Lassen Sie mich teilhaben an Ihrer kleinen Runde. Ich glaube, unsere Interessen liegen ganz nah beieinander.«

Henner Jensen brauchte nicht viel Schlaf. Noch völlig beseelt von dem abendlichen Telefonat mit Johanna saß er lächelnd am Küchentisch und hatte das große Kreuzworträtsel aus dem Stern vor sich, an dem er seit dem Vortag arbeitete. Der erste Preis war eine Kreuzfahrt durch die Karibik für zwei Personen. Da kannte er sich aus, als Kapitän. Das türkisfarbene Meer, die weißen Strände, Kokospalmen unter strahlendem Himmel und Menschen, die ihr Leben mit einer einzigartigen Gelassenheit lebten. Würde er Johanna gern zeigen. Barbados, wo sie immer den Trinkwasservorrat der MS Ocean Queen aufgefüllt hatten. Tropisches Regenwasser, durch das Korallengestein der Insel natürlich gefiltert, schmeckte einfach köstlich. Flying Fish an den Markthallen essen und abends den Zauber karibischer Tänze erleben. Er setzte seine Lesebrille auf und legte das dicke Lexikon für Kreuzworträtselfans griffbereit. Hafenstadt in Venezuela mit neun Buchstaben? Klar, Maracaibo, kannte er.

Im Hintergrund begann die Nachtsendung von Radio KW. Er mochte die klare, eindeutige Stimme der Moderatorin.

Neugier, ebenfalls neun Buchstaben. Natürlich, Interesse. Henner Jensen nahm einen kräftigen Schluck Tee mit Milch und bereitete sich auf eine erfolgreiche Nacht vor.

Die Musik wurde sanft ausgeblendet.

»Sehr einfühlsam und passend zu ›Seelentalk nach Mitternacht‹: Rio Reisers ›Junimond‹. Die nächste Anruferin wartet schon in der Leitung. Guten Abend, hier ist Fee von Schlarenberg.«

Räuspern.

»Hallo? Mit wem spreche ich?«

»Guten Abend, Fee, ich bin's.«

»Nora? Wie geht es dir? Unser letztes Gespräch war sehr aufwühlend für dich, richtig?«

»Das können Sie wohl sagen. Ich möchte mich dafür entschuldigen, dass ich so laut wurde.«

In Noras Stimme schwang der Nachhall alkoholisierter Schwere, ganz knapp vor dem Verwaschen einzelner Laute. Fee setzte sich aufrecht vor das Mikrofon.

»Brauchst du nicht, Nora, alle Gefühle sind erlaubt. Was hast du von unserem letzten Gespräch mitgenommen?«

»Was meinen Sie?«

»Ich hatte das Gefühl, du würdest dich von einer Last befreien.«

»Na ja, wenn Sie es so nennen. Sagen wir mal, man erlangt neue Erkenntnisse. Aber die haben sich nicht durch unser Gespräch entwickelt.«

»Oh, was ist passiert?«

»Eine ganze Menge. Meiner Freundin geht es besser. Ich hab sie heute besucht. Morgen kommt sie wohl raus.«

»Raus?«

»Ja, sie ist im Krankenhaus. Die hat es richtig gemacht.«

»Das ist jetzt rätselhaft, Nora.«

»Sie hat einen kleinen Nervenzusammenbruch erlitten.«

»Hoffentlich nichts Ernsthaftes?«

»Nein. So eine Befreiung, wie Sie es nennen, kommt manchmal schneller als erwartet. Sie ist seit dem Wochenende Witwe.«

»Ihr Mann lebt nicht mehr?«

»Nein.«

»Was ist passiert?«

»Ach, egal, da hilft kein Reden. Der Tod, manchmal ist er die Erlösung.«

»Du klingst ja furchtbar, Nora. Sollen wir unser Gespräch ein anderes Mal fortsetzen?«

»Der Ausweg aus dem Jammertal. Ohne Heckmeck, ohne Anwalt. Ich glaube, ich weiß jetzt, was ich machen werde.«

»Was ist deine Erkenntnis, Nora?«

»Es gibt immer mehrere Wege, um aus einem Dilemma zu entkommen. Meine Freundin hat das richtig gemacht. Und ich schaff das auch. Trinken Sie mit mir auf die Zukunft, Fee. Auf meine Zukunft.«

Die Anruferin nahm mehrere geräuschvolle Schlucke, hustete kurz und heftig, dann wurde es still.

»Nora, ich glaube, du hast zu viel getrunken. Was schaffst du, was willst du schaffen? Das klingt verzweifelt. Bist du noch da?«

»Und wie ich da bin. Wissen Sie was? Ich werde mich von meinem Gatten befreien. Jawohl, das werde ich, ihn loswerden. Vielen Dank, Fee, dass Sie sich so rührend um mein verkümmertes Selbstbewusstsein bemüht haben. Es ist wieder da.«

Fee verstand. Öffentlich über den Sender eine Tat anzukündigen, und sei es auch nur vage, war eine heikle Sache. Auch für sie, die Moderatorin. Sie wusste, hier war eine Grenze überschritten, selbst wenn die Anruferin etwas getrunken hatte. Das Telefonat abbrechen? Nein, das wäre Flucht, das machte das Gesagte nicht ungeschehen. Niemand an den Radios würde das verstehen. Sie musste einschreiten, für sich und für Nora.

Fee sprach eindringlich: »Nora, du legst dir da eine Geschichte zurecht. Du hast etwas in der Zeitung gelesen, und jetzt identifizierst du dich mit der angeblichen Rolle deiner Freundin. Weil du glaubst, dass sie so leidet wie du und sich befreit hat. Nora, das ist nur eine Vorstellung. Denk noch mal nach, komm zur Ruhe.«

»Ach, was wissen Sie denn …« Nora schluchzte. Bevor Fee reagieren konnte, hatte sie aufgelegt. »Tears in heaven« von Eric Clapton ertönte, als Ingo das Studio betrat.

»Hab ich das richtig verstanden? Die eine hat ihren Kerl abserviert und die andere plant es auch? Sehr makaber.«

Fee atmete tief durch.

»Ingo, wenn die sich nächste Woche wieder meldet, will ich sie allein sprechen, hörst du? Halte sie auf jeden Fall hin, und schick sie nicht auf Sendung, egal ob angetrunken oder nüchtern.«

Das Stück war zu Ende.

»An alle Nachtschwärmer, die vor schweren Entscheidungen stehen: Macht nichts Unüberlegtes, tut nichts, was ihr später bereuen könntet. Nora, überdenk deinen Plan, wir sprechen nächste Woche noch einmal darüber.«

Henner Jensen hatte Fees Radio-Talk nachdenklich verfolgt. Abgründe, Leidenschaft und Tod am Niederrhein. Gedankenschwer schüttelte er den Kopf und wandte sich seinem Kreuzworträtsel zu. Ein anderer Begriff für Rache mit zehn Buchstaben.

Genau: Vergeltung.

Johanna erwachte durch ein undefinierbares Stimmengewirr. Laute Männerstimmen. Hinter ihrem Garten. Sie saß senkrecht im Bett, hellwach, alle Sinne aufnahmebereit.

Nichts zu hören.

Doch ein übler Traum? In dem Moment, als ihr Pulsschlag sich normalisierte und sie wieder gemütlich zurücksinken wollte, das Kopfkissen passgerecht unter ihrem Nacken platziert, den Kopf zur Seite geneigt, die Arme entspannt seitlich des Körpers über der Bettdecke, in dem Moment schrie jemand.

»So nicht! Hau bloß ab und lass dich hier nie wieder blicken!«

Die Stimme kam ihr bekannt vor. Das war doch der aufbrausende Bert. Johannas Neugier trieb sie ans Küchenfenster. Irgendwo schlug eine Haustür zu. Auf Wilmas Parkplatz flammten Scheinwerfer auf. Ein Wagen startete, fuhr an ihr vorbei. Sie wollte zunächst nicht glauben, was ihre Augen ihr mitteilten. Da war er wieder, der alte Saab. Dieses gelbe Ei, das an Mandarinencreme erinnerte, schimmerte leicht in der laternenbeschienenen Dunkelheit. Es fuhr mitten in der Nacht durch die Siedlung. Geheimnisvolle Szenen im Dunkeln.

Bevor sie große Furcht packen konnte, redete Johanna sich ein, dass die letzten Gäste von Wilma angetrunken und lautstark ihren Heimweg gesucht hatten.

Sie schaute auf die Uhr. Viertel vor zwei.

Wilma hatte schon lange geschlossen.

Jetzt brauchte sie eine Wärmflasche. Aus Furcht wurde Angst.

Karin Krafft hatte ihn auf der Hinfahrt gewarnt.

»Das ist einfach zu heftig, neongrün, die Leopardenhose und knallrote Cowboystiefel. Dazu deine Sturmfrisur. Hoffentlich macht dir überhaupt jemand die Tür auf. Mensch, wir befinden uns hier auf dem Land und nicht in San Francisco, vielleicht kannst du deine Kleidung mal ein wenig seriöser gestalten.«

Burmeester zog pampig eine Schnute.

»Meine Güte, sind wir heute schlecht gelaunt. Prämenstruelles Syndrom, oder was?«

Wenn jemand keine Kritik vertrug, dann der junge Assistent, der sich umgehend in sein Schneckenhaus verkroch und aus dem Beifahrerfenster starrte.

Karin reagierte in solchen Situationen völlig kompromisslos und ließ ihn dort schmoren. Sie trennten sich, nach exakter Absprache, die sachlicher ausfiel als gewohnt. Karin ließ nur eins deutlich erkennen: Es war klar, wer hier der Boss war.

Burmeester hatte ein Versprechen einzulösen in Büschken und schellte bei den Steinbrinks. Maria wich sichtlich zurück, als sie den Meister der gewagten Herrenmode erblickte, und schickte ihn kurz angebunden zu den Zwillingen in den Garten.

»Hallo, ihr zwei, hier bin ich zu unserem Gespräch unter Männern.«

Köbes fiel der Unterkiefer fast auf den Kragen, Tiez kam näher und musterte Nikolas von oben bis unten.

»Die Hose sieht aus, als könnte sie beißen.«

»Leuchtet dein Hemd im Dunkeln so wie die Zeiger von Mamas Wecker?«

»Und wie passen Füße in so enge Dinger?«

Innerlich, aber nur dort, sah Burmeester ein, dass Karin Recht hatte. Er brauchte lange, um sich als der zu outen, mit dem die beiden Geheimnisse teilen wollten. Schließlich saßen sie hinter dem letzten Schuppen auf gestapeltem Holz. Eine Zigarette musste als Friedenspfeifenersatz die Runde machen.

»Gestern ist es wieder passiert.«

Köbes sprach leise, lünkerte immer wieder zum Haus und durch den Zaun zu Schreibers.

»Was ist passiert, erzähl!«

Hinter dem windschiefen, selbst konstruierten Gartenpavillon, an dessen Wand die Stangen für die Bohnen lehnten, steckte ein verschworenes Trio die Köpfe zusammen.

»Gestern waren sie wieder unterwegs.«

»Immer erst, wenn es dunkel ist.«

»Einer nach dem anderen.«

»Diesmal ohne Ausrüstung.«

»Ja, sogar ganz ohne Licht. Wir haben noch aus dem Dachfenster geguckt, alles stockfinster im Wald.«

Burmeester versuchte, sich einen Reim auf diese Kleinhinweise zu machen.

»Langsam, Jungs, ich komm gar nicht mit. Wer war wann mit wem wohin unterwegs?«

»Hä?«

»Wer ist so spät hier unterwegs?«

»Sind immer die Gleichen. Köbes, ob wir die Namen verraten dürfen?«

»Weiß nicht. Vielleicht besser nicht.«

Das Vertrauen schlich sich leise davon. Ruhig bleiben, gelassen und humorvoll, das mögen sie.

»Ist ja nicht schlimm. Obwohl, mir könnt ihr ruhig vertrauen. Ich bin doch ein Polizist. Und ein Mann dazu.«

Die beiden bulligen Burschen grinsten breit.

»Tragen Männer Hosen, die beißen können?«

Kurz vor der inneren Kapitulation erfuhr Nikolas doch noch interessante Einzelheiten, die detailliert in den Köpfen seiner Gesprächspartner gespeichert waren. So kam zum Vorschein, dass drei Männer aus der Nachbarschaft regelmäßig mit Taschen, Beuteln oder Rucksäcken im Wald verschwanden. Nachts, wenn rundherum alles schlief und die beiden nur kurz paffen gingen, aber pst, nicht der Mama verraten. Einer der Männer wurde sogar mit Grubenhelm gesichtet, umschrieben als Lämpchen auf dem Kopf, was bewegliche Lichtreflexe erklären konnte, die von den Zwillingen zwischen den Häusern hindurch beobachtet wurden. Sie kamen vorsichtig nach Hause geschlichen, trugen manchmal was, wie rohe Eier, so vorsichtig. Nur die Namen verrieten sie nicht, müssten sich erst beraten, eventuell beim nächsten Mal.

Jau, dachte Nikolas, noch so ein zweistündiges Gespräch und ich falle zurück in kindliche Verhaltensmuster.

Im Krankenhaus hatte Karin erfahren, dass Alfreds Frau entlassen worden war. Die Kriminaltechniker hatten der Kommissarin eine Plastiktüte mit den Küchenmessern aus dem Haus des Opfers auf den Tisch gelegt. Sie waren alle peinlich gesäubert, so wie es sich in einem ordentlichen Haus offensichtlich gehörte. Keines davon kam als Tatwaffe in Frage.

Karin saß mit Herta Paessens an ihrem Küchentisch und trank Kaffee. Fahrig wirkte sie, die Haare schlecht frisiert, dunkle Ränder unter den Augen, die Hände in emsiger Aktion. Sie zupften, strichen glatt, stellten die Tasse übervorsichtig und ohne den geringsten Laut auf dem Unterteller ab. Huschig, schüchtern. In Karins Kindheitserinnerungen fand sich kein Bild zu der Frau, der sie gegenübersaß. Sie entschied sich, Frau Paessens zu siezen, konnte sich das vertraute nachbarschaftliche Du nicht vorstellen.

»Sind Sie sicher, dass Sie allein hier bleiben wollen? Gibt es Verwandte, zu denen Sie ein paar Tage ziehen können?«

»Nein, es ist schon in Ordnung. Es wird gehen. Ich habe doch so viel zu tun. Mit der Beerdigung und so. Wann kann ich ihn beerdigen?«

»Keine Ahnung, aber ich werde gern für Sie nachfragen. Ansonsten würde ich Ihnen raten, einen Bestatter mit der gesamten Organisation zu beauftragen. Die übernehmen alles, vom Aussuchen der Grabstelle bis hin zu den Anzeigen und gedruckten Karten.«

»Karten, wem soll ich wohl welche schicken?«

»Na, Freunden, Verwandten, der Arbeitsstelle, den Nachbarn.«

»Alfred hatte keine Freunde. Die einzigen Verwandten haben wir seit zwanzig Jahren nicht mehr gesehen, und mit den Nachbarn hat er sich dauernd angelegt. War nun mal kein umgänglicher Mensch, mein Mann.«

»Ihre Ehe war nicht einfach, was?«

»Kann man so sagen. Aber versprochen ist versprochen. Wissen Sie, wir haben kirchlich geheiratet.«

»Ich habe das Bild im Flur gesehen.«

»Da fehlt auch eins.«

»Ja, keine Sorge, Sie bekommen es unbeschädigt zurück.«

Karin kramte eine kleine Kunststofftüte mit dem Zettel aus der Jacke.

»Den haben wir hinter dem Bilderrahmen gefunden. Kennen Sie die Telefonnummer?«

»Nein.«

»Wessen Schrift ist das?«

»Alfreds.«

»Warum hat er die Nummer dort versteckt?«

Herta blickte abrupt auf.

»Woher soll ich das wissen?«

Sie wirkt niedergeschlagen, aber nicht traurig, dachte Karin, als sie Herta dabei beobachtete, wie sie die blasse Stickerei der Tischdecke mit den Fingern nachfuhr. Schlagartig wurde Karin ein Fehler bewusst, der ihr eben passiert war. »Warum« tötete als Fragewort jedes emotionsbegleitete Gespräch, war nur sachlich zu beantworten. Mist.

»Ihr Mann verfügte über ein Postfach. Im Weseler Hauptpostamt am Berliner Tor. Können Sie sich vorstellen, wofür er das nutzte?«

»Ein Postfach? Was bedeutet das?«

»Ihr Mann erhielt postlagernde Briefe. Zwei Umschläge haben wir unten im Archiv gefunden.«

»Da hab ich nichts mit zu tun. Das war sein Raum, wo er den ganzen rechtlichen Kram ordnete. Keine Ahnung, welche Post er bekam. Er sprach mit mir nicht darüber. Ich war ihm zu blöd dafür.«

Karin verharrte einige Momente. Depression, Resignation, lauter unangenehme Beschreibungen fielen ihr beim Anblick der kraftlosen Frau ein. Sie hatte noch ein paar wichtige Fragen zu stellen.

»Wer könnte das getan haben?«

»Weiß ich nicht. Er hatte mit fast allen Streit, aber ich trau es hier niemandem zu, so was. Wenn er auf der Arbeit genauso gehandelt hat wie hier, hat er sich dort bestimmt Feinde gemacht.«

»Als Tatzeit wurde vier Uhr früh festgelegt. Wo waren Sie zu der Zeit?«

»Wo wohl? Im Bett natürlich. Ich bin gegen Mitternacht schlafen gegangen und erst durch die Sirenen des Polizeiautos wach geworden.«

»Tut mir Leid, aber die nächste Frage muss ich stellen. Frau Paessens, haben Sie Ihren Mann getötet?«

Herta blickte ihr in die Augen, atmete eine Spur schneller.

»Gut, dass Sie sich vorher entschuldigt haben, sonst müssten Sie es jetzt tun. Nein, habe ich nicht.«

Sie stand auf und räumte ihre Kaffeetasse auf die Spüle. Somit war das Gespräch beendet.

Erst als Karin wieder auf dem Bürgersteig stand, wurden Details des Gesprächs deutlicher, schoben sich übergroß in den Vordergrund.

»Wir haben kirchlich geheiratet.« Das schien von großer Bedeutung zu sein. Was Gott zusammengeführt hat, darf der Mensch nicht trennen. Bis dass der Tod euch scheidet.

Wo hatte Herta Paessens ihre Trauer und ihren Ehering versteckt?

Burmeester war noch nicht in Sicht. Karin beschloss, eben ein paar Einkäufe im Supermarkt zu tätigen, da es heute bestimmt wieder spät werden würde. Brot fehlte, und die Lieblingsmarmelade von Moritz war alle. Aufschnitt wäre auch gut, bis zur Eingangstür war die Liste erheblich gewachsen.

An der Kasse stand Wolle Kaschewski in tarnfarbener Freizeithose mit einem Zehnerpack auf dem Fließband.

»He, Frau Krafft, altes Haus, na, wie isset? Knackig sieht se aus.«

Wolle gehörte zu den Leuten, die nie einschätzen konnten, ob sie ihre Mitmenschen mit Lautstärke und Wortwahl überfallen sollten. Sie taten es einfach.

»Na, Herr Kaschewski, alles fit? Habe schon gehört, dass Sie meinen Kollegen von unserer kurzen Bekanntschaft erzählt haben. Besten Dank für die Grüße.«

»Aber immer. Und? Habt ihr die Sau schon?«

»Nein, noch nicht. Ich dachte, Sie könnten mir was Neues erzählen.«

»Nee, kann ich nich. Außer, dat der Teufel immer auf den gleichen Haufen kackt. Irgendwie is hier Knete am Rollen. Schreiber pflastert die Einfahrt, beim Oberlehrer stehen dauernd Lieferwagen, die schleppen irgendwas für die Ökos ran. Und unser Graf Rotz hatte heute Besuch von Linie Rosa oder wie die schweineteuren Möbel heißen, die nich normal aussehen. Wollte mich schon mit 'nem Hut an die Ecke stellen und gucken, ob wat reinfällt. Aber unsereins scheißt höchstens 'ne Taube wat rein. So, ich muss, gibt viel zu tun.«

Rennen wir also weg, dachte Karin. Soso, Geld in der Siedlung, das den aufmerksamen Augen eines Kaschewskis nicht entgeht.

Sie brauchte nur knappe zehn Minuten für den Einkauf, jedoch mindestens drei Tüten und wurde stürmisch von Frau Behle begrüßt, dem inoffiziellen Stadtmagazin im adretten Arbeitskittel an der Kasse. Logisch, wenn hier jemand über alles Bescheid weiß, dann sie, überlegte Karin.

»Könnten wir uns ein paar Minuten unterhalten?«

»Sicher doch, Frau Kommissarin. Was kann ich für Sie tun?«

»Ich meine nicht hier, in aller Ruhe im Büro.«

»Ach, ich verstehe.«

Sie drückte auf den Knopf des kleinen Standmikrofons, beugte ihren Kopf hinunter, und schon erschallte ihre Stimme im ganzen Laden.

»Heidi, übernimm mal schnell die Kasse. Ich bin eben mit der Kommissarin im Büro.«

Karin seufzte. Ihr blieb auch nichts erspart heute.

Entgegen aller Erwartungen wusste Frau Behle nicht viel beizutragen. Sie gab Karin vorsichtig zu verstehen, dass die Meinung im Dorf dabei war, einen Schwenk um hundertachtzig Grad zu vollziehen. Gegen sie und ihre Ermittlungen. Die Leute hier mochten keine Fragen über ihr Privatleben. Schon gar nicht im Zusammenhang mit dem Tod.

»Die fühlen sich von euch belästigt. Man schiebt die Verantwortung wohl auf irgendwen, den Herr Paessens beim Gericht unpassend behandelt hat. Von hier kann es ja niemand sein, also kommt das schwarze Schaf aus seinem Arbeitsumfeld. So sagt man doch, oder?«

»Haben Sie gut ausgedrückt, Frau Behle.«

»Heute Morgen stöhnten einige, als Sie ihr Auto hier abstellten. Da schnüffelt sie schon wieder, hieß es, und soll sie uns bloß in Ruhe lassen, wir haben hier nix zu verbergen und nix verbockt.«

»Frau Behle, eine Frage noch. Bleibt aber unter uns.«

Karin blickte sie verschwörerisch an.

»Sie kennen sich doch mit den Einkaufsgewohnheiten Ihrer Kunden aus.«

»Sicher doch.«

»Beschreiben Sie mir mal die Paessens aus Ihrer Sicht.«

»Jetzt versteh ich, Sie können sich auf mich verlassen, bleibt wirklich unter uns.«

Sie rückte näher und knipste, als Zeichen der Verschwörung zwischen Einzelhandel und Kripo, ein Äugsken zu.

»Also, Frau Paessens kauft manchmal wochenlang immer mittwochs und samstags ein, dann mal wieder eine Woche gar nicht. Wissen Sie was, ich glaube, sie ist krank. Läuft teilweise sehr schwerfällig und langsam. Sie kauft beständig das Gleiche ein, kann man Wetten drauf abschließen.«

»Das heißt?«

»Na, gleiche Brotsorte, zwei Sorten Aufschnitt, zwei Sorten Käse, immer Aprikosenmarmelade, und was den warmen Speiseplan angeht, da herrscht auch nicht die große Abwechslung.«

»Ist bei mir ähnlich.«

»Sie haben auch ein Kind, da ist es so. Erwachsene ohne Kinder sind da in der Regel abwechslungsfreudiger.«

»Alkohol?«

»Gott bewahre, niemals, nicht einmal einen kleinen Eierlikör, kein Sekt zu Sylvester.«

»Sie kommt also unregelmäßig?«

»Ja, aber ich glaube, sie hat so viel im Vorrat, dass Sie gut zwei Wochen aus Gläsern, Dosen und aufgetaut leben kann.«

»Und er?«

»Nie. Der hat den Laden nie betreten. War schon unsympathisch, nach dem, was die Kunden so erzählten. Wissen Sie, was er mit den Schnecken gemacht haben soll, die er in seinem Garten gefunden hat?«

»Ich will es gar nicht erst wissen. Zu wem hat Frau Paessens näheren Kontakt?«

»So richtig eng? Quasi befreundet oder so? Nicht dass ich wüsste.«

»Danke, Frau Behle. Ich verlasse mich auf Ihre Verschwiegenheit.«

Einen Satz mit mehr Widersprüchlichkeit hatte sie seit Tagen nicht formuliert.

Im Eingangsbereich standen einige Kunden, reckten die Köpfe und beobachteten anscheinend etwas Interessantes da draußen. Satzfetzen drangen zu Karin.

»Wem et gefällt.«

»Wenn dat meiner wär, würd der nich so rumlaufen.«

»Und die Haare, dabei isser doch kein Jüngelchen mehr wie Kaisers Marcel, der immer de Büx in de Kniekehlen hängen hat.«

Es konnte nur um einen gehen. Nikolas Burmeester stand draußen an Karins Flitzer gelehnt und schaute in seiner ganzen Pracht träumend in die Ferne.

»Steig ein, du hast für genügend Gesprächsstoff gesorgt. Das muss lange vorhalten.«

»Was soll das schon wieder bedeuten?«

»Das bedeutet, dass du ab sofort nur noch im Innendienst tätig sein wirst, wenn du deine Klamotten nicht zähmst.«

»Immer schön angepasst! Bullerbü lässt grüßen, alles steril und fein sauber und bloß nicht aus der Reihe tanzen.«

»Burmeester, wenn du die große Freiheit suchst, dann bewirb dich doch auf der Reeperbahn, da fällst du nicht auf. Hier bist du am tiefsten Niederrhein, und dir wird, abgesehen von den Steinbrink-brüdern, niemand sein Vertrauen schenken, wenn du so vor der Tür stehst. In dem Laden hast du soeben den Ermordeten von der The-menliste verdrängt. Das halbe Dorf hat sich über dein Aussehen mo-kiert. Da kannst du noch so nett und fähig sein, der erste Eindruck zählt.«

»Aber ich …«

»Nein, hör auf, sonst erlebst du gleich in natura eine meiner hor-monell gesteuerten Reaktionen. Dabei wird es sich wahrscheinlich eher um Adrenalin als um Östrogen handeln!«

»Mann, du bist so, so intolerant.«

Wegen meiner, dachte Karin, bin ich eben so wie die Leute hier. Intolerant, zweifarbig, manchmal einsilbig, aber liebenswert. Sie gab energisch Gas.

Im Büro tat sich rein gar nichts, was ihre angeknabberte Laune hät-te verbessern können. Simon Termath hatte sich krankgemeldet. Ihm war die Begegnung mit Frau van den Berg offensichtlich auf den Magen geschlagen. Jetzt dezimiert sie mein sowieso schon win-ziges Team noch durch gesundheitsgefährdende Verbaleinsätze, dachte Karin.

Das Ergebnis der Metalluntersuchung vom Kollegen Heierbeck lag nicht vor. Tom und Jerry befragten Paessens Arbeitsumfeld ge-genüber am Amtsgericht. Das konnte dauern.

Nach zwei weiteren im Ansatz gescheiterten Versuchen, mit Karin zu kommunizieren, gab Nikolas auf und vergrub sich schmollend in seine Arbeit mit Telefon und PC.

Was mache ich hier? Der Fall stagniert und wird nicht flotter gelöst, wenn ich schlecht gelaunt aus dem dreckigen Fenster starre, dachte Karin.

»Ich bin über das Handy zu erreichen.«

»Aber ich muss dir noch was sagen. Der …«

»Nikolas, jetzt nicht, es sei denn, du willst dich bei mir entschuldigen.«

Eisiges Schweigen.

»Dein Bericht liegt morgen früh auf meinem Schreibtisch.«

Schnell raus hier, lüften, genau, den Kopf lüften, Gedanken sortieren. Da half nur eins, in Xanten auf dem Marktplatz sitzen und Cappuccino trinken.

Sie bog von ihrer Dienststelle nach links in den Hansaring ab, fuhr weiter über den Südring am Nikolaus-Stift und an der ihn umgebenden Hafen-Szenerie vorbei und dann rechts über die Rheinbrücke, zog ihren CRX an der Kreuzung rasant in Richtung Xanten und ließ die Landschaft an sich vorbeifliegen. Vereinzelte Gänsepaare hatten die Frist ihres Winteraufenthaltes verlängert. Kleine Gruppen, die aufkeimende Getreidesaat zupften. Hinter Ginderich der neue Deich, der als grüne Wand rechts neben der Straße verlief. Kahl gefressen, wo Schafe geweidet hatten, saftig grün der unangetastete Vorrat. Weit im Hintergrund ragten die Zwillingstürme des Domes bestimmend auf. Von der B 57 aus der Blick auf den Altrhein, kilometerweite Auenlandschaft. In jedem Jahr fragte Moritz, wann der alte Rheinarm mal wieder zufrieren würde, damit sie Schlittschuh laufen könnten. Vielleicht im nächsten Winter, antwortete sie dann, Skepsis in der Stimme mitschwingend.

Karin parkte am Meerturm und schlenderte durch die Fußgängerzone zum Marktplatz. Ihr fielen zum ersten Mal die in Ton gebrannten Fußabdrücke auf, die in regelmäßigen Abständen in das graue Kopfsteinpflaster eingelassen waren. Sie sollten auf verschiedenen Routen die Wege zu touristischen Attraktionen weisen. Winzig, dachte sie, an einem kleinen Fuß mit asiatischem Autogramm verweilend. Manchmal musste sie ihre Stadt mit den Augen einer Touristin betrachten, damit ihr die Besonderheiten wieder bewusst wurden. Um sich auf die Feinheiten des gotischen Hauses am Markt zu konzentrieren, die vielen mehrsprossigen Fenster, ummauert von Mustern aus Ziegeln und Kalksandsteinen zu entdecken. Die lebhaften Farben der Hausfassaden am Marktplatz zu bewundern oder das Mosaik mit dem Siegfriedmotiv an der Front des Stadtcafés.

Die Eisdiele hatte die Stühle schon lange rausgestellt. Karin suchte sich einen Platz mit guter Sicht auf das Treiben in der Fußgängerzone. Schade, dass dieses große Ladenlokal noch immer leer stand. Man konnte zwar überall Brötchen in der Innenstadt kaufen, den Belag musste man sich aber mühsam zusammensuchen, da der letzte Supermarkt ins Gewerbegebiet gezogen war. Karin kramte ihre Sonnenbrille aus der Tasche und entschied sich nach einer Reise durch die Eiskarte doch wieder für Cappuccino. Versonnen löffelte sie den Schaum aus der Tasse.

So, Geld im Dorf. Kaschewski konnte drei Familien benennen. Kaldeweis, Schreibers und Uhlenbooms. Gab es da einen Zusammenhang zu Paessens? Nicht erkennbar. Wahrscheinlich plagte Wolle der Neid, da die anderen Geld zum Ausgeben verdienten, während er seine Familie mit der Stütze durchbrachte. Vielleicht waren sie ja auf der ganz falschen Fährte, und Büschken war unschuldig. Andererseits würde sie die drei im Auge behalten.

Karin entdeckte ihre Nachbarin Sandra von weitem, die mit Kinderwagen und dem dreijährigen Joshua an der Hand langsam vorwärts kam. Der Junge war in der Trotzphase, warf sich brüllend auf den Boden. Wahrscheinlich gab es kein Eis. Er tobte. Passanten liefen kopfschüttelnd vorbei, kommentierten den kindlichen Gefühlsausbruch.

»Wer weint denn da? Ein Indianer kennt keinen Schmerz.«

»Ein paar hintendrauf und der steht freiwillig auf.«

»Früher hätte es das nicht gegeben. Da haben die Kinder pariert, hören konnten die.«

Sandra reagierte unbeeindruckt, liebevoll und geduldig. Diese Mama kümmert sich vorbildlich um ihre Kinder, dachte Karin. Moritz ist in der Hausaufgabenbetreuung, und ich sitze hier in der Sonne.

Auf einmal wurde es ihr zu voll, kein Tisch blieb unbesetzt, Unruhe machte sich breit. Manchmal möchte ich nicht die ganze Verantwortung allein tragen, dachte Karin, überall soll ich entscheiden und tunlichst richtig. Hier konnte sie nicht mehr denken.

Sie zahlte und betrat durch das Tor der Michaelskapelle die Domimmunität. An der Ecke zum Hauptportal des Viktordomes pfiff immer ein unangenehmer Wind. Auf der gegenüberliegenden Seite, durch die schmale Kapitelgasse schlendernd, sah sie schon ihr Ziel, die Kriemhildmühle am Ende der Brückstraße. Wenn sie es zeitlich schaffte, kaufte sie hier frisches Vollkornbrot. Manchmal holte sie es in Wesel auf dem Wochenmarkt, wo der Öko-Bäcker einen festen Stand hatte. Heute hatte sie ein anderes Ziel. Mit einer duftenden Tasse Kaffee die enge Stiege hinaufklettern. Vorbei am knarzenden Mahlwerk nach draußen, auf der Empore unterhalb der rotierenden Flügel sitzen. Ein Tisch mit Sitzbänken stand mutterseelenallein vor dem Absperrseil zum gefährlichen Bereich. Die flatterige Segeltuchbespannung der schwungvoll hinabsausenden Flügel knatterte im Wind.

Karin schaute auf die Dächer der Stadt von ihrem garantiert nicht überfüllten, leisen und angenehm luftigen Platz. Lüften.

Johanna war viel zu früh an der Beek. Gegen vier, hatte Henner gesagt. Sie war entgegen ihrer Befürchtungen gut durchgekommen, hatte mit höherem Verkehrsaufkommen in Wesel an der Kreuzung zur Brücke gerechnet. Ihr alter Kadett kannte den Weg fast von selbst, schließlich fuhr sie die Strecke schon so lange, wie Karin in Xanten wohnte. Sie musste immer noch lächeln, wenn sie daran dachte, wie ein alter Nachbar aus Bislich ihr damals den Weg erklären wollte. Nach Xanten käme sie vorbei an den Gewächshäusern und Feldern von Büderich, den sich im Hintergrund duckenden Flecken Perrich und Werrich sowie dem neben der Bundesstraße sein Eigenleben führenden Ginderich. Straßenbezeichnungen kannte er nicht, aber die Dörfer, an denen man vorbeifuhr.

An der ersten Ampelkreuzung bog Johanna nicht, wie üblich, nach links, Richtung Stadt, sondern nach rechts zur Rheinfähre ab. Am Feld prangte ein Transparent. Es gab noch Altrheinspargel. Spontan einem kulinarischen Impuls folgend, hielt sie an und kaufte ein Kilo dieser Köstlichkeit bei dem kauzigen Spargelbauern. Für ihn schien die Unterhaltung mit den Kunden fast wichtiger als das Geschäft.

»So, aus Bislich kommen Sie. Extra wegen meinem Spargel, das ehrt mich. Es gibt auch keinen besseren in der Region. Ich tu noch eine Hand voll grünen dazu. Ganz eben kochen, schmeckt leicht wie Broccoli. Am Wochenende wird es schon knapp werden mit der Ernte. Geht zügig dem Ende entgegen. Dann bestellen Sie am besten vorher.«

Johanna zog es weiter. Noch eine halbe Stunde. Vor dem Restaurant »Zur Rheinfähre« bog sie links ab, fuhr zum Anleger hinunter. Wohnmobile parkten in Wassernähe. Die Besitzer saßen auf Campingstühlen vor ihren Fahrzeugen in der Sonne und schauten aufs Wasser. Ich könnte nirgendwo leben, wo der Rhein nicht vorbeifließt, dachte Johanna. Er ist mächtig, manchmal unberechenbar. Meistens ging etwas Beruhigendes, Entspannendes von ihm aus. Sie blickte hinüber auf das Bislicher Ufer. Wie weit mochte das sein? Fünfhundert, sechshundert Meter vielleicht. Schwer abzuschätzen. Zwischen Mai und Oktober schnell mit der Fähre zu überwinden. Jedenfalls an den Wochenenden und mittwochs.

Vom Heißluftballon aus sah der Fluss beeindruckend aus, erinnerte sie sich. Kiesgesäumtes Rinnsal, die Ausmaße riesig im Vergleich zu den Schiffen, die weiße Schaumspuren hinter sich herzogen. Bei Hochwasser bekam selbst das Restaurant hier nasse Füße, und drüben bangte man zwischen überfluteten Wiesen um das Qualmwasser, das durch den Boden stieg, die Fundamente anhob und Kellerwände aufweichte. Und jetzt? Friedvolle Wasserstraße, vereinzelte Angler am Kiesufer, Frachtschiffe, die sich dumpf tuckernd tal- oder bergwärts schoben. Kleine Kinder, die an Bord in Drahtkäfigen spielten, Männer, die in ölverschmierten Overalls das Deck schrubbten.

Noch fünf Minuten. Sie fuhr auf den Eyländer Weg, rechts von ihr die Altrheinwiesen mit den Pappelreihen, sah von weitem das flache Haus auf Stelzen am Ufer. Es hatte äußerlich gewonnen durch die neue Holzverkleidung. Johanna hatte sich jahrelang gefragt, was für eine Bedeutung dieser Bau hatte. Jetzt wusste sie es. Eine ganz große. Für sie.

»Herzlich willkommen, meine Liebe.«

Henner Jensen zog eine imaginäre Kappe vom Kopf und machte eine tiefe Verbeugung, als Johanna die Stufen zu seinem Wasserwachtposten erklommen hatte.

»Hier arbeitest du also. Mensch, das ist wohl der attraktivste Arbeitsplatz am Rhein mit der schönsten Aussicht.«

»Ja, aber das muss ich mir täglich neu erzählen, weil ich es sonst schon nicht mehr sehe. Das ist mein bescheidenes Reich hier, du siehst, alles da, der Ventilator für den Sommer und die Heizung für den Winter. Technisch auf dem neuesten Stand, Computer, Funk, Telefon.«

»Und was genau machst du hier?«

Henner setzte sich und nahm das Fernglas an die Augen. Dann griff er sich das Funkgerät.

»Elias, Frachtschiff Elias, bitte kommen.«

»Hier Elias.«

»Wohin geht die Fahrt?«

»Heute mit Steinkohle nach Duisburg und morgen mit Schrott weiter nach Straßburg.«

»Danke, gute Fahrt.«

Mit flinken Fingern suchte er auf dem Bildschirm den Namen des Schiffes und trug Fracht und Zielorte neben entsprechenden Daten ein.

»Ich vervollständige diese Listen. Dann können Frachtunternehmer sich die Infos über freie Kapazitäten holen. Die Partikuliere können besser planen, wenn sie sehen, wer wann wohin unterwegs ist, und das Schifffahrtsamt bekommt einen Überblick. Zudem versorge ich noch alle Interessierten mit den neuesten Wasserständen. Ich bin sozusagen ein Koordinator unterschiedlicher Daten, die für verschiedene wirtschaftliche Bereiche von Relevanz sind. Ein Logistikunternehmen.«

»Alles in diesem unscheinbaren Häuschen und ganz allein?«

»Nein, meine Liebe, nicht ganz. Ich habe eine angelernte Aushilfe, einen jungen Mann, der hier seine Freizeit und seinen Urlaub investiert, um das mal zu übernehmen, wenn ich keine Lust mehr auf Kontakte mit Kapitänen und einem Teil der großen Welt habe. Moment mal eben.«

Er griff erneut zu dem Funkgerät und begrüßte den Schiffsführer der William, eines babyblauen Küstenmotorschiffs. Es wurde laut, sie schienen sich zu kennen, und Henner schwelgte sichtbar in dem Dialog über das Hier und Jetzt, das Ziel und die alten Zeiten. Schön, dachte Johanna, er schaut nicht mit Wehmut auf das Wasser, sondern genießt den Kontakt zur Vergangenheit.

»Entschuldige, aber wenn man sich im chinesischen Meer aus der Patsche geholfen hat, verbindet das fürs Leben. Jetzt ist er auch zur Binnenschifffahrt. Kaum einer bleibt mehr draußen, bis er in Pension geht. Zu stressig, zu gefährlich.«

Er stand auf, holte seine Thermoskanne mit Tee und schenkte ihr ein.

»Gestern Nacht, als ich gerätselt habe, lief wieder diese Seelensendung im Radio, du weißt schon, die Frau, die immer Ratschläge gibt.«

»Du hast davon erzählt, ja.«

»Ich hab nur mit halbem Ohr hingehört, aber ich glaube, das wäre was für deine Tochter.«

»Die braucht keinen nächtlichen Trost aus dem Radio, Karin braucht einen Freund.«

»Das mein ich nicht. Beruflich wäre das was für sie. Habe heute viel drüber nachgedacht, weil ich gestern nur mit halber Kraft dabei war. Du, ich glaube, da hat eine Frau erzählt, ihre Freundin hätte ihren Mann ermordet. Vielmehr: versucht zu erzählen. So, als wäre etwas stellvertretend für sie geschehen. Vorstellung und Wirklichkeit – das war nicht zu unterscheiden.«

»Nein.«

»Doch, die Radiofrau konnte nur ganz schlecht damit umgehen. Und weißt du was? Die Anruferin will das nachmachen.«

»Ist ja unglaublich. Die Ankündigung einer Straftat, öffentlich im Radio?«

»Na ja, die Frau wirkte durcheinander, ich hatte das Gefühl, sie lallte ein bisschen wie unter Alkohol. Da weiß man nie, wie ernst etwas gemeint ist oder einfach emotional hervorbricht. Aber wo Rauch ist, ist auch Feuer. Die hat vielleicht doch etwas geredet, was sie sich nie zu denken, geschweige denn zu sagen traute. Also diese Schlarenberg hat im Anschluss einen Appell an die Besonnenheit losgelassen. Schon merkwürdig, das Ganze.«

»Henner, erzähl es der Karin. Gleich morgen. Vielleicht hat Radio KW das ja auf Band, und sie kann die Stimme noch mal hören.«

»Ich glaub, das mach ich.«

»Mir ist auch was Komisches passiert.«

»Erzähl.«

»Mitten in der Nacht werde ich von Stimmen wach. Mehrere Männerstimmen, ganz unheimlich. Erst dachte ich, ich hätte geträumt. Plötzlich fährt dieser alte Saab, du weißt schon, mit einem Affenzahn durch die Himmelsstiege.«

»Er war also wieder da. Muss deine Tochter erfahren. Fahren wir morgen gemeinsam zum Präsidium?«

»Machen wir.«

»Noch einen Tee, meine Liebe?«

»Gerne. Also, diese Aussicht hier.«

»So, du bist also wegen der Aussicht gekommen, nicht wegen der sympathischen Gesellschaft. Das werde ich mir merken.«

Beide lachten herzhaft, während Poseidon, Antwerpen I und die Franciscus gleichzeitig an dem Wachthäuschen vorbeifuhren. Die Bugwellen schlugen rhythmisch gegen die Uferbefestigung aus dicken Grauwackesteinen. Die Abendsonne tauchte den Fluss in gleißendes Orangerot.

Das perfekte Szenario für einen gewagten Kuss, dachte Henner und schritt zur Tat.

III.

Mit rotem Textmarker hatte er den Zettel auf seinem Bericht beschriftet. Wichtig, stand darauf, dringend lesen.

Burmeester hatte den ganzen Nachmittag lang versucht, Karin Krafft auf ihrem Handy zu erreichen. Erfolglos. Entweder befand sie sich in einem Funkloch, oder das Gerät war schlicht und einfach abgeschaltet.

Dabei wusste er doch jetzt, auf wen der Telefonanschluss zugelassen war, dessen Nummer hinter Paessens' sepiafarbenen Urgroßeltern geklemmt hatte. Franz Kohlweiser, Wesel, Rheinstraße 5. Nur gab es im Register des Einwohnermeldeamtes keinen Eintrag unter diesem Namen. Das hatte er vorsorglich überprüft.

Nikolas Burmeester stand zu Hause vor den geöffneten Türen seines Kleiderschrankes. Dezent. Was Unauffälliges. Nein, er würde sich nicht anpassen, nein. Ihm war halt nach einem etwas gefälligeren Outfit. Schwarz, wie sein Kollege Tom Weber ständig trug. Irgendwo hatte er ein schwarzes T-Shirt. Dazu die olle dunkle Jeans.

Morgen früh vor Dienstbeginn würde er zur Rheinstraße gehen und vor Ort überprüfen, was es auf sich hatte mit Franz Kohlweiser.

Die Tür sprang auf, seine Mutter erschien in wehendem Batikkleid mit seidenem Stirnband.

»Wie oft habe ich dich schon gebeten anzuklopfen, bevor du reinkommst.«

»Himmel, bist du spießig drauf. Stress bei der Arbeit? Soll ich meinem Augenstern den Nacken massieren?«

»Nee, lass mich einfach nur in Ruh.«

»Magst du noch was von den leckeren Auberginenschnitzeln, Schatz?«

»Nein, du fragst mich ständig aufs Neue, dabei kennst du meine Meinung zu diesen verdammten Dingern. Ich mag die nicht.«

»Sind aber so gesund.«

Grund genug, um wieder Fleischfresser zu werden, dachte Nikolas und kaute am Daumennagel, als sie fortgerauscht war.

»Und betitel mich nicht andauernd mit peinlichen Kosenamen. Ich bin erwachsen! Auch wenn wir beide meine Kindheit verpasst haben. Es geht kein Weg daran vorbei, hörst du? Aus mit Augenstern!«

Sphärische Klänge drangen aus dem Wohnzimmer. Mutters Art, Tatsachen zu ignorieren, ähnelte ihren Gewändern, bunt, flatterhaft und seidig zart. Nichts blieb daran haften.

Der Sonnenaufgang versprach einen prachtvollen Tag zu inszenieren. Emsiges Treiben auf dem Großen Markt. Händler bauten ihre Stände auf, Fahrzeuge rangierten in engen Reihen, Tauben saßen auf der Dachrinne der Trappzeile und warteten bereits vor Beginn des Verkaufs auf Feierabend. Die Händler flachsten untereinander, sonore Stimmen, kraftvolles Lachen, humorige Anzüglichkeiten mischten sich in das Geläut des Willibrordi-Domes. Der Duft von frischem Obst und Gemüse breitete sich aus.

Nikolas kam vom Ring und bog gegenüber dem berühmten Brautportal des Domes in die Rheinstraße ein. Lauter Mehrfamilienhäuser, gesichtslose Backsteinbauten, schnell hochgezogen auf den Kriegstrümmern. Die Innenstadt hatte in den letzten Tagen des Zweiten Weltkriegs bis auf ein paar Mauern in Schutt und Asche gelegen. Zu achtundneunzig Prozent zerstört, sagen manche, andere sprechen von sechsundneunzig Prozent, egal, einfach unvorstellbar. Überall die funktionale Bauweise, viel Wohnraum, schnell konzipiert. Keine Zeit, wenig Geld, Ästhetik ein Fremdwort. Hauptsache, ein neues Dach über dem Kopf.

Da, die Hausnummer fünf. Auf den Klingelschildern, wie erwartet, überschriebene, überklebte Namen unter brüchiger Folie, kein Franz Kohlweiser. Er betrat den türkischen Laden nebenan, ignorierte das orientalische Flair, das ihn auf Anhieb ansprach, erntete Kopfschütteln. Nein, niemand kannte Kohlweiser. Nie gehört. Vorsichtshalber klingelte er sich ins Haus. Kaum jemand da. Eine ältere Frau bestätigte noch einmal, es habe in den letzten fünfundzwanzig Jahren hier keinen Mieter mit diesem Namen gegeben. Oh, Mann, dachte er, jetzt habe ich was rausgefunden, und jede Silbe entpuppt sich als Flop.

Zurück auf der Straße bemerkte er, dass jemand das Rolltor zum

Hinterhaus offen gelassen hatte. Er schlenderte hindurch, befand sich in einem rummeligen Hof. Mülltonnen säumten die Wände, gestapelte Holzkisten hier, abgestellte Fahrräder dort. Ein halbverfallenes, flach bedachtes Gebäude nahm die Mitte ein. Auffällig der riesige Schornstein. In den Rissen des schnell vergossenen Bodenbetons grünten Pionierpflanzen. Spierige Birken wuchsen aus feuchten Mauerfugen. Vereinzelte klare Flecken in verdreckten Scheiben gaben den Blick in eine heruntergekommene Werkstatt, auf altes Mobiliar und Plakatwände frei, die auf breiten Tischen lagen. Alles verstaubt. Im Hintergrund stand unverrückbar ein schwerer Backofen. Eine alte Bäckerei, bloß gab es hier schon lange keine frischen Brötchen mehr. Rundherum auf den Balkonen aufkeimende Sommergefühle. Sonnenschirme, Geranien in Plastikkästen, Zimmerpflanzen auf Freigang. Dazwischen Leinen mit verwaschener Herrenunterwäsche in altmodischem Feinripp. Pavarotti konkurrierte mit türkischer Musik, eine Mischung, die nach einem Kontrapunkt schrie. Hausfrauen palaverten von Balkon zu Balkon. Man kannte sich. Innenstadt- und Hinterhofmilieu, das hatte was.

Burmeester sah sich um. Der komplette Innenhof war erbarmungslos zubetoniert. Offensichtlich durften die Reste vom Bau nicht schlecht werden. Er prokelte mit der Fußspitze einen lockeren Brocken aus der rissigen Steinwüste, die den Kampf gegen anspruchsloses Grünzeug Fuge um Fuge verlor. War nicht einfach, den Stein zu lösen, ohne die Hände aus den Taschen zu nehmen. Kurzer Fußwechsel, links, rechts, links, ein kraftvoller Kick, Tonne getroffen. Der Knall ließ Spatzen schimpfend auffliegen, die im Efeugestrüpp verborgen saßen, das einen Teil des Nebengebäudes umrankte.

Ein nicht greifbares Bild aus dieser verstaubten Backstube hatte sich in sein unbewusstes Gedächtnis gegraben, wollte aber nicht zum Vorschein kommen. Genau wie in Paessens' Haus. Er tigerte nervös von einer Scheibe zur nächsten, wischte sich die Gucklöcher größer, wurde von Balkonen aus skeptisch beäugt. Nichts als die alte Einrichtung einer Backstube, Ofen, Tische, Regale, Teigknetmaschinen, in der Ecke eine alte Spekulatiuswalze. Staub und Sperrmüll. Nikolas wollte sich endgültig abwenden, als er fündig wurde. Auf dem Boden neben dem Regal stand es, halb verdeckt durch einen Stapel weißer Kunststoffstühle. Ein schwarzes Telefon aktueller

Bauart. Er kannte es, Gigaset 1015 von Siemens, mit integriertem Anrufbeantworter in der Ladestation. Das rote Lämpchen blinkte kaum merklich in kurzen Intervallen. Offensichtlich befand sich eine Nachricht auf dem Band.

Natürlich, zumindest er versuchte seit Sonntag, den Teilnehmer zu erreichen. Er hatte die Nummer noch in seinem Handy gespeichert, nahm es aus der Jackentasche, wählte sich ein. Dann hielt er sein Ohr an die Scheibe. Drinnen klingelte es. Bingo. Was tun? Karin informieren. Worüber? Ein Telefonanschluss im Chaos, ein Name, den niemand im Haus kannte. Ein blitzblankes Gerät in einer verstaubten alten Backstube. Und?

Burmeester schlenderte betont belanglos zurück durchs Rolltor auf die Straße. Ratlos stand er vor dem Gebäude auf dem Bürgersteig. Gegenüber notierte sich ein älterer Herr mit wehendem grauen Haar offensichtlich Einzelheiten von einer Metallplatte an der Hauswand. Jetzt oder nie.

»Entschuldigung, darf ich Sie kurz stören?«

»Aber sicher doch, junger Mann. Was kann ich für Sie tun?«

»Ich bin auf der Suche nach einem gewissen Franz Kohlweiser, der gegenüber in fünf wohnen soll.«

»Und?«

»Tut er aber nicht. Wissen Sie, wo ich ihn finden kann?«

»Vermutlich in den Dateien des Einwohnermeldeamts.«

»Hab ich durch, da ist er nicht.«

»Aha, haben Sie durch. Mit wem habe ich es eigentlich zu tun?«

»Entschuldigung, Burmeester, Kripo Wesel.«

»Gestatten, Hilarion Warthuysen, Stadtarchivar. Nun, junger Mann, ich kann Ihnen anbieten, dass Sie sich in meinem Archiv ein Bild über die Geschichte des Hauses Nummer fünf verschaffen.«

»Sie meinen, wer der Besitzer ist und so?«

»Ja, Besitzer, Nutzung. Früher und heute. Wissen Sie, das war mal eine vorzügliche Bäckerei, da im Hinterhof. Man konnte sich die warmen Brötchen schon morgens um fünf dort abholen. Es duftete von weitem verlockend nach Frühstück. Ein Genuss, sag ich Ihnen. Krieg ich direkt Hunger. Lassen Sie uns auf dem Markt eine Wurst bei Tepaß essen. Lecker. Ein Klassiker. Man muss den Tagesablauf optimieren, Tätigkeiten verbinden. Schlemmen und Reden, zum Beispiel.«

»Um diese Uhrzeit?«

»Natürlich, da sind die Ersten fertig. Bereitet diese Idee Ihnen Unbehagen? Junger Freund, denken Sie an die Briten. Sind ein erfolgreiches Volk von Eroberern gewesen. Ich vertrete die These, sie bezogen das Höchstmaß an Energie aus dem warmen Frühstück und der bedeutsamen Unterbrechung zum Fünf-Uhr-Tee. Der konstante Salzmangel allerdings führte zu degenerativen Erscheinungen an anderen Stellen. Tepaßens Würste sind aus eigener Herstellung, gut gewürzt. Schreiten wir zur Tat.«

Warthuysen verstaute Klemmbrett und Stifte in einer abgegriffenen Aktenmappe. Burmeesters Neugier erwachte.

»Darf ich fragen, was Sie hier in der Rheinstraße gemacht haben?«

»Sicher doch, Fragen bildet. An dieser Stelle hat bis zur verhängnisvollen Reichskristallnacht, die wir ja heutzutage politisch korrekt Pogromnacht nennen, vom neunten auf den zehnten November 1938 die Synagoge von Wesel gestanden. Da, schauen Sie, die Gedenktafel erinnert daran. Zum nächsten Jahrestag wird die Stadt sie durch eine neue, umfassendere ersetzen. Ich treffe die Vorbereitungen. Dort drüben vor dem Dom erinnert übrigens der liegende Davidstern an die Weseler Juden. Der wurde ja gerade umgesetzt, damit nicht mehr jeder dahergelaufene Hund an das Gedenken pinkeln kann. Jetzt haben die Tugendwächter nur noch das Problem, dass der Davidstern im Schatten des Doms ausgerechnet bräunlich aussieht. Dabei ist das Bronze im Originalfarbton, übrigens extra so gelassen, damit die oxidierten Spuren der Hundepisse nicht sichtbar werden können. Ja, solche Probleme gibt's. Lassen wir das! Nun folgen Sie mir. Das Wasser läuft mir schon im Mund zusammen, Wurst mit Senf, in frischem Brötchen. Ein Gedicht.«

Die halbherzige Vegetarierseele Burmeesters geriet ins Wanken. Selbst wenn sie standhielt, dieser originelle Mann bestach durch sein Wissen. Und durch seine Möglichkeiten. Dann schritten sie vom Dom her vorbei an den Marktständen, vorbei an den Kartoffeln, Salat und Erdbeeren verkaufenden Bauern, dem Ökobrot-Verkäufer und dem allerlei Billigware anpreisenden Schreihals zur Grillwurst an der gegenüberliegenden Seite des Platzes.

»Du kommst spät.«

Karin blickte wohlwollend an Burmeester herab. Jeans, schwarzes T-Shirt, da wirkten selbst die roten Haare zahm. Es geht also doch, dachte sie. Die Diva hat tragbaren Alltag im Kleiderschrank.

»Steht alles in meinem Bericht …«

Das Telefon.

»Moment, Nikolas. Krafft hier. Morgen, Herr Heierbeck. Ja? Ich höre.«

Sie griff zu Stift und Papier. Der Kugelschreiber versagte, landete scheppernd im Papierkorb.

Sie lauschte konzentriert, legte den Hörer auf, lehnte sich zurück und verschränkte die Arme hinter dem Kopf.

»Neuigkeiten. Die Tatwaffe stammt aus dem alten Rom.«

Jerry blickte von seinem Papierberg auf.

»Aus Italien?«

Simon Termath untermalte seinen Gedankenblitz mit erhobenem Zeigefinger.

»Ein Fall für Interpol?«

»Nein, nein, die Legierung ist zweitausend Jahre alt. Hergestellt von Waffenschmieden zur Ausstattung der Legionäre. Alfred Paessens wurde mit einem römischen Schwert getötet. Mit einer Antiquität, einer schwer zu handhabenden obendrein. Ein Römermord sozusagen«

Jerry war perplex. Die Überraschung brach sich Bahn. Er sprang auf, tigerte kreuz und quer durch den Raum, zerrte am Schlips mit den niedlichen Pandabären, die sich, erst auf den zweiten Blick erkennbar, nicht jugendfrei benahmen. Jerry stoppte abrupt ab, dann brachte er es auf den Punkt.

»Das haut mich um. Ein völlig neuer Aspekt. Jetzt geht's wieder los, nur anders. Die Geschichte mit den Nachbarn verlief zu seicht. Da war nichts greifbar, alles an der Oberfläche. In welche Richtung bewegen wir uns ab jetzt?«

Tom brauchte visuelle Gedankenstützen, malte Kringel auf den Notizblock.

»Wir bleiben bei den Nachbarn und schauen uns mal in Antiquitätenkreisen um, die mit Repliken und Originalen handeln. Wer weiß, Erpressung? Dunkle Geschäfte am Rande der Legalität? Rivalität?«

Burmeesters Magen rumorte.

»Sorry, musste gerade mit einem Informanten eine Wurst essen, ist mein Vegetariergedärm nicht gewohnt.«

Grinsende Kollegen neigten die Köpfe in seine Richtung.

»Hühnchen rupfen kennen wir ja, aber Wurst essen …«

»Am frühen Morgen?«

»Mit einem Informanten?«

»War der Stadtarchivar. Wenn es notwendig ist, kann ich mich am Nachmittag im Archiv an der Zitadelle umsehen. Wegen der Adresse des Telefonkunden, der nicht unter der angegebenen Adresse lebt, jedoch zu erreichen ist.«

Karin nickte anerkennend und fragte sich gleichzeitig, ob das selbstständige Handeln ihres Assistenten nicht schon seine Kompetenzen überschritt. Würde sie ihn jetzt darauf ansprechen, hätte sie für immer verloren. Im Auge behalten, ja. Seine Kreativität brachte Informationen, sie war anders als die der Kollegen, jedoch bemerkenswert effektiv. Darauf kam es an bei allem Risiko.

»Du hast also den guten alten Hilarion kennen gelernt. Nicht schlecht. Deine Ausführungen sind etwas verworren. Verfasse deinen Bericht systematischer.«

»Noch was, bei römischen Waffen fallen mir Xantener Funde und Raubgräberei ein. Ich meine, hier wird doch allenthalben was aus dem Erdreich gebuddelt. Kann mich im Internet mal umsehen und Infos über die Szene sammeln.«

Karin stimmte zu.

»Gute Idee, mach das. Ich werde nach Xanten fahren und einen Archäologen ausfindig machen, der mir etwas über Cäsars Stichwaffen berichten kann.«

Schwungvoll streifte sie die leichte Jeansjacke über.

»Ach, Tom, habt ihr gestern auf dem Gericht was Nennenswertes erfahren?«

»Fachlich gibt ihm jeder eine glatte Eins und lehnt sich dabei mit verschränkten Armen im Stuhl zurück. Menschlich wurde Paessens nicht anders als in Büschken beschrieben. Nicht sehr beliebt, eher gemieden. Muss wohl sehr korrekt auf Aktualisierungen im Vereinsregister geachtet haben. Hat sich mit so manchem Vorstand angelegt. Besonders, wenn es um Nachweise der Gemeinnützigkeit ging.«

Jerry blendete sich, auf die Tischplatte trommelnd, ein.

»Ich bin mir nicht sicher, da könnte was zu finden sein. Wir gehen nachher noch mal rüber, um uns die letzten Vorgänge anzusehen, die er bearbeitet hat.«

Karins Hand lag bereits auf der Türklinke.

»Macht das.«

Erneut meldete sich das Telefon.

Tom nahm ab, horchte, hielt die Sprechmuschel zwischen Oberarm und Brustkorb geklemmt.

»Karin, die Pforte. Deine Mutter und ein Mann stehen unten und wollen zu dir.«

»In Ordnung, lass sie raufkommen. Ich bin mit beiden im Besprechungsraum.«

Es war ein anrührendes Bild. Zwei Grauhaarige, die kichernd durchs Treppenhaus kamen. Er hielt ihr galant die schwere Glastür auf, Johanna schwebte über den Flur, verkörperte etwas von Mary Poppins, die allem, was bitter schmecken könnte, ein Teelöffelchen Zucker zumischt. Sie war offensichtlich rotwangig verliebt. Ein Hauch von Neid streifte Karin, verlor sich flott hinter wohlwollendem Lächeln.

»Das ist also dein Büro? Du liebe Zeit, ihr müsst die Blumen dringend mal in größere Töpfe pflanzen. Da, voller Spinnmilben, kein Wunder, falsches Fenster, zu wenig Erde und wahrscheinlich nie Dünger. Stimmt's?«

Nachdem Raumnutzung und Zuständigkeit für das degenerierte Grünzeug geklärt waren, berichteten Henner und Johanna abwechselnd und erstaunlich sachlich von ihren Beobachtungen.

Frau Doktor van den Berg schneite energisch in den Raum.

»Ich suche Sie, Frau Krafft. Zum Glück wussten Ihre Kollegen Bescheid. Kleiner Plausch mit Ihren Eltern statt sachlicher Ermittlung?«

»Nein, kleine sachliche Ermittlung im Mordfall Paessens. Sie entschuldigen uns? Die Zeit drängt.«

»Gut erkannt, morgen früh um zehn große Lage, anschließend Pressekonferenz. Vorher aktueller Bericht auf meinen Tisch. Sie liefern den persönlich ab und lassen die Abgabe von meiner Sekretärin quittieren.«

»Klar, wie immer.«

»Und heften Sie eine Kopie umgehend ab.«

»Logo.«

Da war er wieder. Van den Bergs Kopien-Wahn. Ihre zwanghafte Befürchtung, Akten könnten verloren gehen, sorgte regelmäßig für Gesprächsstoff unter den Kollegen. Angeblich hatte sie als Teenager wichtige Papiere für ihren Vater, einen Richter am Oberlandesgericht, überbringen sollen und die Mappe verloren. Musste sich vom Gepäckträger des Rades verselbstständigt haben und blieb verschollen. Die Reaktion ihres Vaters hinterließ ein Trauma, das mit zunehmender Intensität sichtbar wurde. Immer und überall verlangte sie Kopien. Die verlegte sie regelmäßig und beschuldigte irgendwen, Akten verschlampt zu haben. Der reinste Terror. Trotzdem hatte Frau Doktor Karriere gemacht, Vitamin B sei Dank. Offensichtlich hat aber jetzt ihre Analytikerin Urlaub, dachte Karin, bevor sie das unterbrochene Gespräch wieder aufnahm.

Der Saab war im ersten Bericht schon aufgetaucht. Die erneute nächtliche Beobachtung war ernst zu nehmen. Henners bruchstückhafte Wiedergabe der Mitternachtssendung von Radio KW hörte sich ebenfalls überprüfenswert an.

Knapp zehn Minuten später blickte Karin den beiden kurz nach und stand wieder im Büro. Zum Glück waren alle noch anwesend, und nach kurzer Erläuterung wurden die Aufgabenkarten für den Tag neu gemischt.

»Tom, Jerry, ihr teilt euch auf. Tom durchforstet das Vereinsregister, und Jerry kümmert sich um den beschriebenen Saab. Nikolas surft und macht für den Nachmittag einen Termin bei Radio KW, möglichst mit der Moderatorin der Mitternachtssendung. Danach kannst du Hilarion schöne Grüße bestellen. Morgen kommt Simon zurück, der wird Büschken noch mal aufmischen. Ich fahre zum Archäologischen Park in Xanten und bin, sagen wir, in drei Stunden wieder da.«

Endlich bewegt sich was, dachte sie, dachten alle. Nichts war hundertprozentig greifbar, aber eine Menge unterschiedlicher Wege waren in Sicht. Jetzt galt es, professionelles Kalkül zu beweisen und den richtigen Faden zu finden, um das Knäuel zu entwirren.

Traumhafte Temperaturen ließen Radfahrer und Inlineskater aus dem Boden wachsen. Karin hebelte das Dach ihres Flitzers auf und verstaute es in der Lagervorrichtung unter der Kofferraumhaube. Jacke rein, Sonnenhut raus. Sie schlang einen roten Baumwollschal über den leichten Strohhut und verknotete ihn unter dem Kinn. Wie in alten Doris-Day-Filmen, nur dass die Autos zu der Zeit wesentlich länger waren und Frauen eher pastellige Etuikleider trugen als dreiviertellange Jeans und verknitterte Blusen.

Von der Polizeibehörde kommend wechselte Karin die Rheinseite. In Höhe Unterbirten wurde sie von einem sonnenbebrillten Neffen von Adonis im BMW-Cabrio mit Megasuperpower-Anlage rasant überholt. An der nächsten Ampel wartete sie darauf, dass sich die Schweißnähte des Fahrzeuges unter den Vibrationen lösten und einzelne Blechstücke auf die Straße krachten. Stattdessen legte der Cruiser einen eleganten Kickstart hin. Überschüssiges Testosteron hinterließ dunkle Gummistreifen auf heißem Asphalt. Karin schüttelte den Kopf. Oh, Mann, dachte sie, die Essenz von so einem dürfen sich die Kollegen freitagnachts angucken, wenn die Feuerwehr nach einem Disco-Unfall die Einzelteile aus den Überresten der Karosserie geschnitten hat.

Ein paar Kilometer weiter eröffnete die überdimensionierte Plastikerdbeere der Xantener Obstplantage die Saison der zuckersüßen Früchte. Karin überlegte, auf dem Rückweg die ersten anzutesten und für Moritz welche mitzunehmen. Der mochte sie besonders gern in frischer Quarkspeise. Der Ärmste schrieb heute die verhasste Mathearbeit. Sie drückte ihm die Daumen.

Von weitem war die römische Stadtmauer mit den Wehrtürmen zu erkennen. Sie bog nach rechts ab und gelangte auf den Parkplatz des erstaunlich großen Areals. Bislang hatte Karin wenig Interesse für den Archäologischen Park gezeigt. Freiluftkonzerte in der Arena, ja, aber die alten Gemäuer übten ansonsten keinerlei Reiz auf sie aus. Sie parkte in der Nähe des Kassenhäuschens, zückte ihren Dienstausweis und ließ sich erklären, wo sie einen Archäologen finden würde.

»Sie gehen links, biegen an der Römer-Herberge rechts ab, immer geradeaus, also auch am Spielhaus und der Kletterburg vorbei, und am Ende vom Weg, wo der Zaun zur Straße ist, da finden Sie Herrn de Kleurtje bei der Grabung.«

Karin stutzte.

»Sie meinen, ich muss quer durch den Park laufen, zum anderen Ende? Kann ich nicht reinfahren?«

»Tut mir Leid, das ist nicht gestattet. Ist doch schönes Wetter, und so weit isset nun auch nicht.«

Sie hielt der Kassiererin ihren Ausweis demonstrativ vor die Scheibe.

»Nur zur Erläuterung, ich bin dienstlich hier.«

»Ich auch.«

Gegen Hartnäckigkeit und Dienstbeflissenheit half kein Argument. Kapitulation und Rückzug.

Hinter dem gewaltigen Eichenholztor begann eine andere Welt. Zur Orientierung genügte ein Blick auf den bronzenen Lageplan. Unzählige Quadrate kennzeichneten die ehemaligen Häuserblocks. Einzelne Gebäude, naturgetreu nachgebaut, belebten einen Teil der ehemals dreiundsiebzig Hektar großen Fläche, las Karin auf der Infotafel. Zu ihrer Linken, das musste die Herberge sein. Ein strahlend weißes, zweistöckiges Gebäude mit flach abfallendem Dach und tief einliegenden kleinen Fenstern.

»… Kenntnisse der Metallverarbeitung, sondern schufen sogar Glas.«

Neben ihr erläuterte ein Fremdenführer, Erkennungszeichen roter Schirm, seiner aufmerksamen Gruppe die nächste Attraktion.

»Bedenken Sie, dass es lediglich zwei römische Städte in Niedergermanien gab. Die eine ist die heutige Stadt Köln. Sie befinden sich hier in der nördlichsten, Colonia Ulpia Trajana. Wir bewegen uns nun an der östlichen Stadtgrenze entlang Richtung Norden und werden gleich beim Hafentempel verweilen. Eine bauliche Innovation. Die Rekonstruktion steht auf Säulen, die im Untergeschoss den Blick auf das originale Fundament zulassen. Zur Verdeutlichung der Größe wurde lediglich eine Säule in vollem Ausmaß wieder errichtet. Das korinthische Kapitell ist in Originalfarben ausgestaltet. Auch hier wieder das ungewöhnliche Stufenmaß, welches für unsere Schritte hoch erscheint. Deshalb bitte Vorsicht beim Aufstieg.«

Sehr fürsorglich. Die Truppe älterer Herrschaften mit variabler Outdoorbekleidung, praktischen Rucksäcken, allzeit bereit die Digitalkameras im Anschlag, setzte sich in Bewegung. Weiße Beine in Wanderschuhen, stramme Waden auf Tour de Kultur.

Alleebäume beschrieben den Verlauf der ursprünglichen Straßenzüge. Der Weg war angenehm schattig. Die Wärme, der blaue Himmel, dazu die mediterran weiß getünchten Wände der Herberge mit den halbrunden Dachziegeln aus Terrakotta verbreiteten südländisches Flair. Karin setzte ihre Sonnenbrille auf. Wenn schon Rom, denn auch richtig.

Mehrere Schulklassen befanden sich auf dem weitläufigen Gelände. Der Ausflug schien den Kindern zu gefallen. Wäre vielleicht mal was für Moritz, dachte Karin, während sie Jungen und Mädchen beobachtete, die unterschiedliche Hindernisse in der riesigen hölzernen Kletterburg meisterten.

Vor einem Zaun lagen Berge von Erde und Tonziegeln, ein kratzendes Geräusch kam aus der circa zehn mal zehn Meter großen Grube. In zwei Metern Tiefe saßen junge Leute auf dem Erdboden und kratzten, fegten, kratzten wieder, lösten minimale Erdpartikel, siebten, pinselten. Mauerreste waren erkennbar. Auf einem Tisch neben der Grube standen Kisten mit Scherben, kleine, größere. Durch einen Sonnenschirm geschützt saß ein Mann vor einer Schlüssel mit Wasser und wusch die Tonfragmente. Er blickte auf.

»Kann ich helfen?«

Wer weiß, dachte Karin, was für ein schnuckeliger Niederländer, und musterte, hinter dunklen Gläsern verborgen, das verwegene Grübchen im Kinn, die kräftigen Oberarmmuskeln, die verschwitzt glänzten, blaue Augen, die ihr freundlich entgegenstrahlten. Ihr Herz machte einen Hüpfer, bevor sich ihr Kopf des eigentlichen Grunds für diesen Parkbesuch erinnerte.

»Krafft, Kripo Wesel, ich suche Herrn de Kleurtje.«

»Das bin ich, einen Moment bitte.«

Er trocknete die Hände, nahm seinen Block und zeichnete mit schnellen Bewegungen. Karin sah eine Mappe, in der offensichtlich Skizzen einzelner Funde lagen, daneben Formulare mit Eintragungen.

»So, jetzt bin ich für dich da.«

»Ich suche jemanden, der mir Auskunft zu römischen Stichwaffen geben kann.«

»Schieß los.«

Sie schilderte kurz den Sachverhalt.

»Erstaunlich, das muss, nach Breite der Klinge, ein Gladius gewesen sein. Relativ kurzes, schweres Kampfschwert. Nur etwa vierzig Zentimeter lang. Was mich stutzig macht, sind zwei Fakten. Erstens muss es sich um ein sehr gut erhaltenes Stück handeln, da es lediglich abgesplittert hat und nicht durch die Wucht eines solchen Hiebes abgebrochen ist. Und zweitens, wo existiert in der näheren Umgebung so ein phantastisch erhaltenes Exemplar außerhalb von Museumswänden?«

»Wenn ich das wüsste. Ist das für Sie von Interesse?«

»Maarten, ich bin Maarten. Du weißt, wir Holländer können nicht Sie sagen, jedenfalls nicht im ordentlichen Kontext. Natürlich interessiert mich jedes Prachtstück aus der expansiven Ära Roms. Komm, wir gehen ein Stück.«

Er nahm seinen Block und wandte sich an die Gräber.

»See you in perhaps one hour. You know what to do.«

Die jungen Leute verständigten sich kurz. Eine Frau mit langem blondem Zopf kletterte die Leiter hinauf und nahm de Kleurtjes Platz an dem Tisch ein.

Karin konnte sich keinen Reim darauf machen.

»Was war das? Wieso Englisch?«

»Das hier ist eine internationale Gruppe von Archäologiestudenten, die im Rahmen der Sommerakademie hier graben. Für diese euphorischen jungen Leute ist das immer ein wahnsinniges Erlebnis, und ich freue mich jedes Jahr darauf, tatkräftige Hilfe bei der Grabung zu bekommen. Die putzen das Planum in Rekordzeit. Kopje Koffie in der Herberge?«

»Gerne. Was putzen die?«

»So nennen wir das Säubern der Erdschichten von lockeren oder ausgetrockneten Flächen, damit unterschiedliche Verfärbungen erkennbar werden. Durch sie können wir deuten, ob eine Mauer dort gestanden hat oder wo sich eine Feuerstelle befand. Zudem gibt die Fundtiefe von Scherben Auskunft über den Zeithorizont, den wir betreten. Schau, unter vielen Flächen habe ich schon gebuddelt.«

»Und überall was gefunden?«

»Ja, aber nicht jedes Mal kommt Spektakuläres zum Vorschein. Erst beim Freilegen kann man erkennen, welches Handwerk wo angesiedelt war, wo sich Tempelbezirke befanden und wie das Leben vor eintausendneunhundert Jahren ausgesehen hat. In Spitzenzeiten haben hier circa zehntausend Menschen gelebt.«

»Eine antike Großstadt.«

»Klar, wollten alle irgendwo untergebracht werden und versorgt sein. Die Nord-Süd-Achse des Imperiums lief exakt hier lang, mit Hafenanlage. Die paar Touristen heute sind nichts gegen das Gedränge, das vor zweitausend Jahren hier auf den Straßen geherrscht haben muss. Dazu Reiter, Kutschen, Sänften, in denen Wohlhabende sich tragen ließen. Eine riesige Leistung, diese Stadt, mit Wasserleitungen und Kanalisation. Während es in Germanien zum Himmel stank, verfügten die Fremden über ein Abwassersystem. Ein nicht zu unterschätzender Fakt waren billige Arbeitskräfte aus eroberten Ländern, die tonnenweise Steine schleppten. Die haben prunkvoll gebaut. Damit niemand Heimweh bekam und jeder Fremde wusste, wer hier herrschte, mussten alle offiziellen Gebäude aussehen wie im alten Rom.«

»Wozu diese riesigen Kisten mit Tonscherben, wie auf dem Tisch da hinten?«

»Jede Scherbe ist von einem Gefäß, jedem Gefäß oblag eine bestimmte Funktion. Die reicheren Leute aßen von anderen Tellern als einfache Dienstleister. Das war schon immer so. Alles, was wir finden, erzählt uns Geschichten über die Menschen, die es benutzt haben. Jedes Teil wird gesäubert und mit einer Kennnummer versehen. So wissen wir, was wann und wo gefunden wurde, und können zuordnen, manchmal rekonstruieren. Da alles von überragender Bedeutung sein könnte, wird zudem noch an Ort und Stelle in Grabungstagebücher skizziert.«

»So viel Frickelskram, meine Güte, wie ein riesiges Puzzle.«

»Nichts anderes machen wir hier. Die Geschichte aus kleinsten Überbleibseln wieder zusammensetzen.«

»Braucht man viel Geduld zu.«

»Zur Aufklärung eines Mordes dürfte vergleichbar viel davon notwendig sein. Ihr setzt doch auch einen Hergang aus vielen kleinen Stückchen wieder zusammen. Sind bloß noch frischer, eure Happen, und manchmal sehr unappetitlich, könnte ich mir vorstellen.«

Zwischen den Reihen des duftenden Kräutergartens stand auf niedrigem Steinsockel eine zierliche Metallskulptur. Ein junger Mann mit gelocktem Haar in Bewegung, nackt dargestellt.

»Wer ist das?«

»Das ist unser Lustknabe. Siehst du den blank polierten Hintern? Da fassen ihn die Touristen am häufigsten an. Zum Glück ist das eine Nachbildung. Nicht auszudenken, wenn das Original so betatscht würde.«

»Und wo ist das Original?«

»Der echte Lüttinger Knabe steht im Museum.«

»Das hört sich aber nicht römisch an.«

»Doch, doch, bloß zogen Lüttinger Fischer ihn drüben bei Bislich mit dem Netz aus dem Rhein. Die Finder tauften ihn.«

Sie setzten sich in den Hof der Herberge, in dem es vor Besuchern schwirrte. Die Servierin, römisch gewandet in einer Toga, zollte der Gegenwart in Form von Sportschuhen und Armbanduhr ihren Tribut. Schräge Mischung. Karin ging zu einem geöffneten Fenster, spähte in eine eingerichtete Stube. Wände und Decke waren kunstvoll in kräftigen Erdtönen bemalt, schlichte Eichenmöbel mit eisernen Beschlägen und breite Liegen an den Wänden bildeten die Einrichtung. Maarten de Kleutje stand hinter ihr.

»So entspannten sich die reichen Gäste von der strapaziösen Reise. Gespeist wurde im Liegen, sehr kommunikativ mit mehreren Personen. Hat Vorteile und ist äußerst sinnlich. Wir haben alles schon angetestet, um zu wissen, worüber wir reden. Drüben ist das Badehaus mit Fußbodenheizung und herrlichsten Deckenmotiven. Kann ich dir nachher noch zeigen. Probieren wir in Abständen immer mal wieder aus.«

Karin drehte sich um und befand sich in minimalem Abstand zu de Kleutjes Gesicht, das sie anlächelte. Nein, dachte sie, ich turtel hier rum wie ein Teenie. Sie schaute demonstrativ auf ihre Uhr.

»Vielen Dank, aber meine Zeit ist knapp. Ein anderes Mal. Du weißt also nichts von einem Gladius in Privatbesitz?«

»Ich weiß definitiv von Sammlern, die ihr letztes Hemd für so ein Stück geben würden. Verrückte, denen das Wissen und Anschauen in Vitrinen unserer Museen nicht reicht. Potenzielle Anfasser sind das. Krankhafte Besitzer von Geheimnissen. Eine mysteriöse, manchmal kriminelle Szene. Wir müssen unsere Grabungsstätten doppelt und dreifach sichern, damit uns morgens nicht eine völlige Verwüstung erwartet.«

»Moment, willst du sagen, dass euch die Gruben geplündert werden?«

Maarten zeichnete schnelle Striche auf sein Papier, während der Kaffee gebracht wurde.

»Genau das. Wir kennen die Gesichter, die immer wieder auftauchen, wenn wir graben. Was meinst du, warum wir die Fundkisten nicht aus den Augen lassen und abends kein Krümelchen mehr gelockert in den Gruben liegt? Findet alles nachts statt. Über den Zaun und losgehackt. Können nichts nachweisen. Irgendwann tauchen Angebote bei den Internet-Börsen oder geheimen Treffs auf. Wir gucken uns an, was vielleicht hier aus dem Boden geholt wurde, und stehen manchmal fassungslos vor der dilettantischen Zerstörung wochenlanger Arbeit. Fatalerweise hat das meiste, was wir hier ans Licht holen, gar keinen materiellen Wert. Alles römischer Müll. Für uns aufschlussreich, aber sonst? Schätze sind selten. Dieses Gladius, eure Mordwaffe, ist garantiert so einer. Ein außergewöhnlicher Fund.«

Maarten de Kleutje machte eine Kunstpause, bevor er das Thema wirkungsvoll wechselte.

»Vielleicht machen wir demnächst hier ein Experiment und setzen die Wachtiere der Römer offiziell ein.«

Der Kaffee schmeckte gut. Karin schmunzelte über ihre Phantasien zur Originalbewachung.

»Woran habt ihr gedacht? Tiger? Löwen? Wilde Gladiatoren? Das waren doch die altertümlichen Kampfsportler, richtig?«

»Viel einfacher. Stinknormale Gänse. Die machen einen gewaltigen Lärm, wenn sie gestört werden. Mit denen haben unsere wanderlustigen Südländer den Limes bewacht. Hast du deinen Koffie auf? Komm, zehn Minuten bleiben dir bestimmt noch. Ich zeige dir, wo die Löwen lebten.«

Er ließ die Getränke anschreiben, und sie verließen leichtfüßig die Herberge, um in Richtung Amphitheater zu gehen.

»Da bin ich schon gewesen, zum Beispiel bei BAP.«

»Du auch? Ich habe keins verpasst. Ich fand die umwerfend.«

»Ich wusste gar nicht, dass BAP in Holland so populär gewesen ist.«

Maarten neigte sich lachend zu ihr.

»Ich bin schon als Jugendlicher mit meinen Eltern nach Xanten gezogen und quasi hier aufgewachsen.«

»Dafür ist dein Akzent noch sehr ausgeprägt.«

»Hat seinen Grund.«

»Und welchen?«

»Ich mag ihn und kenne viele Menschen, die ihn ebenfalls schätzen.«

Eine Spur eingebildet ist er, dachte Karin. Vermutlich genau in dem gewissen Maß, das Frauen mögen. Er schürzte die Lippen.

»Wenn ich will, kann ich klares Hochdeutsch. Möchte aber meine Herkunft nicht verleugnen, deshalb mische ich, ganz gepflegt, den Akzent dort hinein. Da wären wir. Bist du in den Gewölbegängen gewesen?«

Karin sah den Sandboden im Innenraum, den sie durch ein hohes Tor betraten.

»Nein, die Arena verbinde ich mit hemmungslosem Abrocken.«

»Schau, links und rechts sind Zugänge zur Unterwelt, komm.«

Kalte Gewölbe mit winzigen Lichtscharten durchzogen das Bauwerk. Vereinzelte Ausbuchtungen ins Innere verrieten die Orte, an denen Tiere oder Kämpfer auf ihren Einsatz gewartet hatten. Auf den Balkonen die Herrscher. Daumen hoch oder nach unten weisend. Auf das Leben oder den Tod.

»Du hast vorhin von Raubgräbern gesprochen. Es ist also strafbar, irgendwelche Altertümer vom Gelände des APX mitzunehmen?«

»Richtig. Hier haben wir Hausrecht. Wenn du etwas auf dem Feld findest, gibt es eine uralte Regelung. Das Hadrianische Recht. Es besagt, eine Hälfte gehört dem Finder, die andere dem Besitzer der Fundstelle. Wenn du etwas Besonderes findest, wäre es gut, uns zu informieren, damit wir den Fund in unsere Datei aufnehmen und dokumentieren können. Er gehört jedoch weiterhin dem Bauern oder sonst wem und dir als Finder. Ihr müsst euch einigen. Oder du nimmst den Fund selbst mit. Dann bist du ein Raubgräber«

Sie standen in Höhe des anderen Tores wieder in der prallen Sonne.

»Jetzt müssen wir noch kurz in die Mitte der Arena.«

Frag jetzt bloß nicht, warum, beschwor sich Karin.

»Wozu?«

»Singen, wir müssen singen, um den Touristen die Akustik vorzuführen, wusstest du das nicht? Pflichtprogramm für jeden, der wieder ins Germanische überwechseln will. Denk dir was aus.«

Er hatte sie wie selbstverständlich an die Hand genommen und zog sie in den gelben Sand. Frau Kommissarin blickte sprachlos hoch in das steinerne Rund des Amphitheaters.

»Komm schon, zu zweit schaffen wir das. Wie wäre es mit ›Que sera‹, das passt zu deinem Outfit.«

Erst jetzt wurde Karin bewusst, dass sie vergessen hatte, Hut und Schal im Auto zu lassen. Ihre Wangen glühten vom stärksten Verlegenheitsrot, das ihr jemals ins Gesicht geschossen war.

Da standen sie nebeneinander, Doris Day und der buddelnde Holländer im staubigen Römerrund. Zwei volle Stimmen ertönten und drangen, unplugged, bis zur obersten Sitzreihe vor.

»*When I was just a little girl, I asked my mother, what will I be …*«

Ein starkes Duo. Touristen applaudierten begeistert. Die Künstler verbeugten sich, und Maarten legte, kurz und kräftig, seinen starken Arm um Karins Schultern. Sie ließ es mit Wohlbehagen zu.

Er begleitete sie zum Ausgang, reichte ihr einen gerollten Bogen aus seinem Block und begab sich im Laufschritt in Richtung Ausgrabung.

Sie schaute auf das Papier. Eine Porträtzeichnung von ihr, keck den Kopf mit Hut und Tuch neigend. Weiblich, weich. Karin war beeindruckt. Er hatte es unten links signiert und seine Telefonnummer dazugeschrieben. Xantener Vorwahl.

Die Kiloschale Erdbeeren auf dem Beifahrersitz leerte sich rapide. Auf dem Parkplatz am Präsidium langte es nicht mehr für Moritz' Quarkspeise. Waren auch zu köstlich, saftig, aromatisch, sinnlich rot.

Verdammt schwer war es, auf der Rückfahrt wieder auf taffe Kripofrau umzuschalten. Mal einen Nachmittag keine fordernden Gesichter mit Fragezeichen in den Mundwinkeln im Nacken zu haben tat einfach gut. War es nur das? Sei ehrlich, Karin, scharfer Kerl, nicht?

Auf dem Schreibtisch lag eine riesige Botschaft von Nikolas. »Liebe Karin«, stand drüber, und sie endete mit »Dein Nikolas«. Was bildete der sich ein? Das Wichtigste war die Telefonnummer der Moderatorin Fee von Schlarenberg verbunden mit der Nachricht, sie sei bis achtzehn Uhr zu erreichen, ansonsten wieder morgen Vormittag. Karin wählte die Nummer. Eine sympathische Stimme, ging es ihr durch den Kopf, als Fee sich meldete.

So knapp wie möglich schilderte Karin ihr Anliegen. Frau von Schlarenberg sprach ihr Misstrauen direkt aus.

»Woher weiß ich, dass Sie mir keine fingierte Geschichte erzählen, Yellow Press oder Konkurrenz sind?«

»Rufen Sie unter der offiziellen Telefonnummer unten an der Pforte an und lassen Sie sich verbinden, oder sagen Sie mir, wo ich Sie treffen kann.«

»Gut, gut, noch mal, Sie vertreten die These, die Anruferin der letzten Woche könnte in direktem Zusammenhang mit ihrem Fall stehen? Wäre schon möglich, wissen Sie, die war vom ersten Gespräch an undurchsichtig, ja, richtig unheimlich. Sprach in Rätseln. Schob das Schicksal einer angeblichen Freundin vor, wenn sie von Quälereien berichtete.«

»Was meinen Sie mit Quälereien?«

»Na, Gewalt in der Ehe. Sie ist nicht mehr jung, schätze ich, und, wenn die Geschichte stimmt, Ehefrau und Hausfrau und wird regelmäßig verprügelt.«

»Sie hat öfter mit Ihnen gesprochen?«

»Dreimal.«

»Wie war das letzte Gespräch?«

»Sie hatte sich Mut angetrunken. Wirres Zeug redete sie, wirkte aufgedreht, auf dem Weg, als habe sie eine Offenbarung erlebt. Wieder eine Geschichte mit ihr und der Freundin. Ich habe versucht, sie für die Realität zu sensibilisieren, zumal ich rausgehört habe, dass sie ihren Gatten loswerden will. An dem Punkt sind einige Zuhörer wach geworden, das können Sie mir glauben. Es gab eine Menge schriftlicher Reaktionen. Ich habe entgegen meiner Gewohnheit im Anschluss an unseren Dialog einen Appell losgeschickt, damit sie ihren Kopf wieder einschalten kann.«

»Gibt es Bandaufzeichnungen von Ihren Sendungen?«

»Nein, keine Aufnahmen. Wozu die Momentaufnahmen der individuellen Befindlichkeiten konservieren? Viel zu viel Aufwand. Und dann das Archivieren. Wir wissen auch nie, von wo aus wir angerufen werden. Alles bleibt anonym. Meistens stimmt der Vorname. Nicht einmal den wollte diese Frau nennen. Um sie ansprechen zu können, heißt sie bei mir Nora.«

»Wann ist Ihre nächste Sendung?«

»Immer montags, ›Seelentalk nach Mitternacht‹. Noch nie gelauscht?«

»Da schlaf ich meistens.«

»Viele Leute bleiben auf, um die Geschichten zu hören, sich an Schicksalen zu weiden. Voyeure des Lebens.«

»Ist es möglich, bei Ihrer Sendung im Studio zu sein? Die Frau könnte sehr wichtig für uns sein. Wenn wir eine Fangschaltung installieren oder ich sie nach Ihrem Gespräch übernehmen könnte, das würde uns weiterhelfen.«

»Müsste technisch machbar sein. Sie gehört zuerst mir. Und Sie bleiben hinter der Scheibe. Macht mich nervös, wenn jemand neben mir atmet.«

»Ihre Spielregeln. Hauptsache, wir können ihre Identität lokalisieren. Was machen Sie eigentlich noch, ich meine außer dieser Sendung?«

»Ich bin freie Journalistin und arbeite für diverse Frauenzeitschriften. Sie haben bestimmt schon was von mir gelesen. Ich bin die Frau Beate oder finde die Antworten für Doktor Webers Ratsuchende. Bei mir landet der Herzschmerz der Nation. Seit neuestem betreibe ich einen Chat. Sie glauben gar nicht, wie viele Menschen Rat suchen, ohne jemandem ins Auge schauen zu müssen. Einsamkeit macht anspruchslos. Und Gewalt macht klein.«

Interessante Frau, dachte Karin. Schaut ihren Klienten ebenso wenig ins Gesicht. Das wichtigste Wort in ihren letzten Sätzen? Einsamkeit.

Tom und Jerry schleppten sich ins Büro. Für diese Hitze waren beide unpassend gekleidet. Tom hielt sein verschwitztes Gesicht über dem Waschbecken kurz unter Wasser, und Jerry lockerte den Knoten seiner obszönen Pandabärshow.

Das Straßenverkehrsamt bemühte sich, eine Liste der angemeldeten Saabs älterer Baujahre zusammenzustellen. Außerdem war Jerry mit seinem Kollegen gemeinsam das Vereinsregister durchgegangen. Paessens' rote Liste sah vier eingetragene Vereine vor, bei denen der Nachweis der Gemeinnützigkeit zum wiederholten Male angemahnt werden sollte. Ein Verein bestach durch ständige Veränderungen im Vorstandswesen, in Kleinstversammlungen ordnungsgemäß von fünf auf zwei reduziert, war mit gültiger Satzung überfällig und besagtem Nachweis ebenso. Paessens' Notiz dazu war kurz und eindeutig: Grobe Eigenmächtigkeiten, Verdacht auf Steuerhinterziehung und Ausnutzung des Gemeinnützigkeitsstatus. Er hatte wohl florierende Geschäfte unter karitativem Deckmantel vermutet. »Brückenschlag e. V.« arbeitete mit obdachlosen Jugendlichen, erhielt Fördergelder aus unterschiedlichen Töpfen. Die von Paessens gesetzte Frist endete am Montag nach seinem Ableben. Karin horchte auf.

»Was macht dieser Verein? Wer ist dieser Zwei-Personen-Vorstand? Fragt mal beim Betrug nach, ob da schon irgendwas läuft. Bringt das zu Papier, damit die van den Berg morgen früh gut was zu lesen hat.«

»Aber nur wenn du die Entgegennahme quittierst.«

Allgemeines Schmunzeln.

Burmeester tauchte erst auf, als alle schon im Aufbruch waren.

»Tut mir Leid, Warthuysen kann erzählen wie ein Buch, aber interessant.«

»Und? Was Neues?«

»Eigentlich nicht. Auch unter den Vorbesitzern ist kein Kohlweiser zu finden.«

»Hat sich ja gelohnt, dein Arbeitstag.«

Nachdem die anderen sich verabschiedet hatten, knallte Karin dem verdutzten Burmeester den Zettel mit seiner Notiz vor die Nase.

»Tu mir einen Gefallen und schick mir nie wieder solche Briefchen. Wir sind hier nicht im Häkelkurs, sondern bei der Mordkommission. Netter Umgang mit den Kollegen endet knapp vor *Liebe* Karin und *Dein* Nikolas! Auch von dir liegt morgen früh was Anständiges auf meinem Schreibtisch, sonst beantrage ich deine Versetzung nach Timbuktu.«

Sie war schneller weg, als er den Mund wieder schließen konnte. Auf dem Flur begegnete ihr Staatsanwalt Haase. Ausgerechnet der.

»Ich wollte mich kurz nach dem aktuellen Sachstand erkundigen. Heiß geworden.«

Er fischte ein Stofftaschentuch aus der Jackentasche und wischte sich die unschönen Schweißtröpfchen von der Stirn. Selbst das Taschentuch hatte einen Namen.

»Ich muss dringend los zu einem Termin, keine Zeit. Hat sich viel getan, ermitteln in unterschiedliche Richtungen. Morgen früh liegt der Bericht vor. Muss echt lospurten, bis dann.«

Sie ließ ihn einfach stehen.

»Frau Krafft?«

Sie antwortete nicht und rannte summend die Stufen hinunter, raus zum Parkplatz.

»When I was just a little girl, I asked …«

Dreimal hatte er seinen Computer aktiviert und wieder ausgestellt. Völliges Unverständnis über Karins Reaktion bohrte kleine Hohlräume in seinen Kopf. Morgens noch alles easy, abends Brass. Es war nicht auszuhalten, mit den Frauen in seinem Leben. Seine Mutter brauchte wieder Sphärenklänge, weil ihr Bubsi auch Tofugeschnetzeltes nicht mehr anrührte, und die Chefin drehte bei nett gemeinten Worten ab.

Neugier und Ehrgeiz überwogen. Das Licht des Bildschirms spiegelte sich in seinem Gesicht. Er brauchte fast zwei Stunden, um Ansätze zu finden, um endlich in Kontakt zu treten mit der dunklen Seite des Internets. Illegale Geschäfte im WWW, getarnt als Altertumsclub, zugänglich mit Passwort nur für Mitglieder. Mitglied wurde man durch Empfehlung. Ein waghalsiges Spiel, die Liste zu knacken. Namen und Adressen taten sich auf, mehrere Seiten lang. Bevor er speichern und drucken konnte, wurden die Seiten vor seinen erstaunten Augen gelöscht. Morgen würde er das noch einmal probieren, vom Büro aus.

Seine Mutter hatte wieder das Anklopfen vergessen.

»Das kostet dich deine Gesundheit. Die ganzen Strahlen, das ungute blaue Licht, du verdirbst dir die Augen, Niko.«

»Und du verdirbst uns den innigen Kontakt, den wir haben

könnten, wenn du mich einmal in Ruhe lassen würdest. Sollen wir mal bei der VHS nachschauen, ob es Kurse in Anklopfen gibt?«

Sein Therapeut hatte Recht. Er musste hier weg, schleunigst.

Erst noch bei Buy Watch nachschauen, ob es interessante Angebote im Bereich der Antikbörse gab.

Obwohl man mit dem Rad in gemütlicher Geschwindigkeit vom Mauritiusweg zur Walter-Baader-Realschule maximal zehn Minuten brauchte, startete Moritz um Viertel nach sieben, wenn der Unterricht um acht begann. Karin verstand ihren Sohn sehr gut. Er nutzte seine Zeit, musste trödeln, quatschen, auf dem Schulhof toben.

Am Vorabend hatten sie eine ungeheure Erdbeerorgie gefeiert, von der Speedy, die schnellste aller Weinbergschnecken, mit gefräßiger Zustimmung profitierte. Satt und zufrieden in einer Ecke des Kingsize-Sofas lümmelnd, hatte Karin die Gelegenheit genutzt, das mütterliche Wissen auf den neuesten Stand zu bringen. Freunde, Erlebnisse, Probleme in der Schule, Neues von Henner, alles ließ sich mit vollem Bauch entspannter besprechen. Kurz vor dem Schlafengehen erzählte Karin vom APX, erwähnte beiläufig ihre Gedanken zu einem gemeinsamen Besuch.

»Och, nö, war ich schon zweimal mit der Schule. Voll uncool, die ollen Steine. Nur die Kletterburg ist voll geil. Hab null Bock auf Tempelterror.«

Noch rechtzeitig, bevor ihr sensibles Sprachempfinden die Sätze ihres Sohnes gerade rücken wollte, fiel Karin ein, wie vehement ihre Eltern gegen »Toffte und Co«, den codierten Pubertätsslang ihrer Generation ankämpfen wollten. Völlig erfolgloses Unterfangen, nicht zur Nachahmung geeignet. Bleib cool, beruhigte sich Karin, Mütter können echt krass sein.

Bis Mitternacht arbeitete sie an ihrem Bericht und speicherte ihn auf einer Diskette ab. Die landete umgehend mit fast mechanischer Bewegung in ihrer Handtasche.

Auf der Kommode gegenüber ihrem Bett stand seit heute ein blank gewienerter Wechselrahmen mit einer ausdrucksstarken Bleistiftzeichnung. Noch nie hatte jemand ein Bild von ihr gemacht, auf dem sie sich wiederfinden konnte. Auf Fotos fand Karin sich generell blöd, immer falsch getroffen. Maartens Zeichnung berührte sie.

Am Morgen blinzelte sie als Erstes wieder zum Rahmen. Offensichtlich kein Traum, sondern Realität mit Telefonanschluss.

Um zwanzig nach sieben saß Karin, top gestylt für das kritische Auge der Öffentlichkeit, in ihrem Flitzer und fuhr der aufgehenden Sonne entgegen. Bei Büderich, im Rückstau der Ampel zur B 58, blieb genügend Zeit für Landschaftsimpressionen. Im dichten Kornfeld rechts der Straße wogte ein Teppich roter Mohnblüten im morgendlichen Gegenlicht. Ein meditativer Moment gegen aufkeimende Nervosität.

Simon Termath saß bereits, noch blass um die Nase, an seinem Platz. Neben ihm die Thermoskanne. Es duftete nicht nach Kaffee, sein Magen verlangte Kamillentee. Vor ihm verstreut lag eine Menge Papier.

»Guten Morgen, Kollege. Geht's dir wieder besser?«

»Geht so. Ich habe es zu Hause nicht mehr ausgehalten. Das ganze Betütern, Zwieback hier, Wärmflasche da, noch einen Tee, leg dich doch hin, hab ich nicht ertragen. Meine Frau hat das volle Programm aufgefahren, sogar unsere Enkelkinder mussten leise sein und dem Opa was vorlesen. Heute früh bin ich geflohen. Seit sechs sitze ich hier. Schließlich muss ich den aktuellen Stand kennen, um einsteigen zu können.«

»Ganz brandneu wird er, wenn meine Erkenntnisse sich dazu gesellen.«

Karin wedelte mit der Diskette. Ihr PC brauchte ewig, um hochzufahren. Zum Ausgleich arbeitete der Laserdrucker unbürokratisch flott.

»Den alten Saab kenn ich, den kannst du von der Liste streichen.«

»Wie, den kennst du?«

»Gehört einem schmierigen Privatdetektiv. Georg Plonski. Dürfte mittlerweile die Gewichtsklasse von Helmut Kohl erreicht haben, weiter Mantel, Hut, das ist er. Säuft wie ein Loch, hat mindestens einen Leberschaden und einen chaotischen Ein-Mann-Betrieb, linksrheinisch in Kalkar. Wirbt im Internet mit ›gut und günstig‹. Wenn du mich fragst, drittklassig und überbezahlt.«

»Wie kamst du zu so einer netten Bekanntschaft?«

»Plonski hat uns vor zig Jahren mal den entscheidenden Tipp zur Aufklärung eines Bankraubs gegeben. Damals war die Filiale in Birten zum dritten Mal überfallen worden. Der langjährige, recht erfahrene Kassierer starb an einer Schussverletzung. Der Täter war in Panik geraten, als die neu installierte Alarmanlage losging. Das gesuchte Fluchtfahrzeug gehörte einem Nachbarn von Plonski. Der bewies genügend Respekt vor dem Täter und schaltete uns ein. Kassierte auch eine stattliche Belohnung. Wo was zu kriegen ist, steckt Plonski seine Nase rein. Auch wenn es zum Himmel stinkt.«

»Übernimmst du den?«

»In Ordnung.«

»Ich habe dich außerdem zur zusätzlichen Befragung der unmittelbaren Nachbarn eingesetzt.«

»Gut. Diese Zwillinge wissen mehr, als sie preisgeben. Mir sind Ungereimtheiten aufgefallen, über die wir sprechen sollten. Ich geh noch mal mit wachen Sinnen durch das Dorf. Burmeester hat herausgefunden, wem die Telefonnummer gehört. Franz Kohlweiser. Der existiert nirgendwo. Zur Fahndung rausgeben?«

Karin musste sich eingestehen, die Berichte von Nikolas seit Tagen nicht gelesen zu haben.

»Außer, dass es ihn nicht gibt, hat er nichts verbrochen, oder?«

»Und die Sache mit der Recherche im Stadtarchiv. Sollen wir die Namen der Vorbesitzer mal mit den Familiennamen, Geburtsnamen, Verwandten der Nachbarn abgleichen? Vielleicht tun sich da Zusammenhänge auf.«

»Du meinst, Kohlweiser verbirgt sich hinter einer Person, die uns bekannt ist? Genialer Gedanke.«

Guter alter Simon, schreiend unmodisch, grau und pomadig, aber das Hirn der Abteilung.

»Noch eins, Karin, versteh mich nicht falsch. Du bist die Chefin hier, und genau deshalb muss ich was loswerden. Gibst du unserem Assistenten nicht ein wenig zu viel Freiraum? Der arbeitet anscheinend schon wie ein vollwertiger Kollege mit. Gut, er ist nicht so naiv und blutjung wie die Kleinen, die wir sonst kriegen, aber er ist ein Assistent, mehr nicht.«

»Lass ich mir durch den Kopf gehen.«

Au, Mist, wenn Simon das in den Berichten gelesen hat, was entdeckt die van den Berg erst. Was lief da ab zwischen diesem Bengel und ihr? Nikolas übte Widerstand aus wie bei seiner Mutter. Natürlich, das war's. Sie reagierte genau wie seine Mama, wenn er Extratouren fuhr: knatschig, verletzt, oberflächlich. Klassische Gegenübertragung, schoss es Karin durch den Kopf, schnellstens zu klären. Nicht jetzt, kurz vor dem Fanal im Besprechungsraum.

Die Lagebesprechung begann, wie sie endete, in einem Fiasko. Einen Herrn Doktor der Staatsanwaltschaft lässt man nicht ungestraft auf dem Flur stehen, Karin Krafft, das hättest du bedenken müssen. Haase und van den Berg waren sich einig. Die Mordkommission hatte bis dato zu lasch ermittelt, es lagen zu wenig Fakten auf dem Tisch, die Mitteilungen für den Pressesprecher Nurmann waren schütter wie dessen Haupthaar.

»Bedenklich dünn, meine Herrschaften. Dies ist eine Provinzposse erster Klasse! Der Mann ist seit fast einer Woche tot. Und? Es gibt weder begründbaren Verdacht noch ein Motiv, es gibt lauter vage Spuren. Splitter einer römischen Waffe, eine schlechte Fotokopie der Sorte Schwert, die es gewesen sein könnte! Nachbarn, die vor Harmonie strotzen und eine herrenlose Telefonnummer, die ein kleiner, unerfahrener Student gefunden hat. Gratuliere, Herr Burmeester, wenigstens einer, der rational denkt. Sorgen Sie dafür, dass es baldmöglichst vorwärts geht. Haben Sie unsere psychologische Fachkraft mit einbezogen, Frau Krafft?«

Haase vertiefte sich in seinem staatsanwaltlichen Plädoyer, lief wie ein Oberlehrer mit verschränkten Armen vor versammelter Mannschaft auf und ab, blieb hinter Karin stehen, blickte auf sie herab.

»Nein.«

»Warum nicht?«

»Die bisherigen Ermittlungen verlaufen in unterschiedliche Richtungen, sind viel versprechend und keineswegs aussichtslos. Wir kommen vorwärts.«

Frau van den Berg zupfte an ihrem Dekorschal, blickte wimpernklimpernd zu Haase auf, sah sich zur Solidarität genötigt.

»Im Schneckentempo lösen Sie diesen Fall bestenfalls kurz vor Weihnachten. Herr Doktor Haase hat Recht. Was wir brauchen, sind schnelle Erfolge, die sichtbare Zeichen von Qualität nach außen vermitteln.«

Abgebügelt verließen sie den Raum. Geplättet, aber nicht kleinzukriegen. Jerry tauschte den karibischen Sonnenuntergang auf seiner Brust gegen schlichtes Quittengelb mit eingewobenem Kaffeefleck. Selbst wenn die Welt vor dem Untergang stünde, könnte er den passenden Schlips aus der Tasche ziehen und für humorvolle Momente sorgen.

Karin stand die Pressekonferenz noch bevor. Verdammt, warum heute? Morgen würde es garantiert mehr zu berichten geben.

Wie eine Trutzburg wirkte der postmoderne Backsteinbau der Kreispolizeibehörde an der Reeser Landstraße auf die Kommissarin, als sie auf den Eingangsbereich zusteuerte. Drei vor elf, wie zum Hohn wolkenloser Himmel, Affenhitze. Sie würde den Berichterstattern des Volkes Rede und Antwort stehen müssen, damit sie sie anschließend in ihren Gazetten zerrissen. Die Aussicht, keine Rückendeckung erwarten zu können, wirkte wie eine Überdosis Koffein, erhöhte die Herzfrequenz. Unruhe in Beinen und Fingerspitzen, aufgedrehte Wachheit. Kurzer prüfender Blick ins Spiegelbild der Eingangstür. Okay. Nicht hinreißend oder überwältigend, einfach in Ordnung. Vor der Aufzugtür zogen leichte Fluchttendenzen verlockend durch ihr Hirn, reichten nicht bis zum alles entscheidenden motorischen Zentrum.

In der fünften Etage raunte ihr ein Stimmengewirr entgegen und vervielfachte sich auf dem Weg zum Konferenzraum, den sie gemeinsam mit Pressesprecher Nurmann betrat.

»Kopf hoch.«

Er flüsterte und strich ihr kollegial über den Oberarm. Karin zuckte leicht zurück, erstaunt über diese körperliche Reaktion. Sie mussten sich den Weg entlang der Wand bahnen, nahmen auf den unbequemen Stühlen am Pressetisch Platz, überprüften die Funktion der Mikrofone. In dem gerappelt vollen Raum stand die Luft, flirrten Männerschweiß und Herrenparfüms, Papier raschelte, digitale Kameras wurden hochgehalten, in der Ecke beim Fenster ein lautstarkes Telefonat. Karin kletterte eine Gänsehaut über den Rücken. Nurmanns Finger an ihrem Arm wurden ihr bewusst. Beim neurolinguistischen Programmieren hatte sie gelernt, dass Fachleute mit dieser schlichten Berührung die vorhandene Befindlichkeit verfestigen, im körperlichen Gedächtnis verankern. Sie schaute auf sein markantes Profil. Er lächelte, blinzelte ihr kurz zu, nickte leicht mit dem Kopf. Gespenster, Stress hieß der Konstrukteur absurder Gedanken.

Van den Berg und Haase trafen gemeinsam ein, Mister und Mistress Wichtig, unschlagbar, Joop und Chanel im Focus des versammelten Journalistentums.

Nurmann begrüßte, die Meute verstummte. Er gab weiter an Haase. Der Staatsanwalt setzte an. Er holte aus, minutiös, vergaß keinen Fakt zu erwähnen, gab Kopien der Gladiusabbildung rund. Mitarbeit der Bevölkerung gewünscht, Bitte um Veröffentlichung. Hörte sich an wie ein ganz normaler, routiniert bearbeiteter Fall. Die Jäger der Schlagzeile ließen sich nicht in die Irre führen. Es hagelte Fragen und offene Kritik. Karin bemühte sich, nicht hinter dem Tisch zu versinken. Ihr Deo gab endgültig auf.

»Warum erst jetzt die Informationen für die Öffentlichkeit?«

»Volksverdummende Hinhaltetaktik.«

»Verschleierung interner Inkompetenzen.«

»Der Presse ein Knöchelchen hinwerfen in Ermangelung des Bratens.«

»Hohn, bei derart dünner Kenntnislage zur Konferenz zu laden.«

»Lahmste Ermittlung seit Jahren.«

»Seit Jahrzehnten.«

»Noch nie erlebt.«

»Die niederrheinische Entdeckung der Langsamkeit.«

Van den Berg schob sich die goldenen Armreifen geräuschvoll zurecht und rang sich zu einem Statement durch.

»Die Mordkommission arbeitet mit Volldampf. Wenn Sie die Tatsache berücksichtigen, dass wir mit minimaler personeller Besetzung einen prozentual großen Teil des Kreises zu versorgen haben, erscheint mir Ihre Kritik unangemessen. Meine Herren und die Dame, wir vertrauen dem Team um Hauptkommissarin Krafft, die effektive Ermittlungen in unterschiedliche Richtungen angeordnet hat. Wir stehen kurz vor der Aufklärung. Nicht, Frau Krafft?«

Karin war sprachlos. Ihr Kopf nickte mechanisch. Ich bin im falschen Film, dachte sie, ich war auf Action und Folterszenen vorbereitet, gelandet bin ich in einer Schnulze. Uns scheißt das Dreamteam zusammen, und hier werden zuckersüße Pfannkuchen gebacken. Aus ungelegten Eiern, von Frau Hauptkommissarin Krafft erst noch zu produzieren. Am besten bereits vorgestern.

Der Raum leerte sich erstaunlich schnell. Haase und van den Berg ergingen sich vor dem Aufzug in verbaler Selbstbeweihräucherung.

»Gut gelaufen. Sie sind ein blendender Rhetoriker.«

»Ihre verbalen Schachzüge sind vom Feinsten, werte Frau van den Berg. Brillant gesetzt, schlagfertig, meine Hochachtung.«

Karin bevorzugte spontan das Treppenhaus.

Viele flotte Formulierungen waren ihr pfeilschnell um die Ohren geflogen. Eine eher leise gestellte Frage haftete in ihrem Hinterkopf. Was war so ein Gladius wert? Wie viel musste ein Sammler für gut erhaltene Stücke auf den Tisch legen? Ob Maarten außer dem ideellen auch den materiellen Wert kannte? Sie würde es im Rahmen ihrer »effektiven Ermittlungen« herausfinden.

Auf dem Weg zum Präsidium wünschte sie sich nichts sehnlicher als ein Eis. In Xanten am Marktplatz. Malaga, Aprikose und Banane. Dekadent mit Sahne. Doppelte Portion. Serviert von Antonio, der es verstand, gelassen, mit fließenden Bewegungen, die Wirkung auf weibliche Gäste einkalkulierend, seinen knackigen Hintern zur Theke zu befördern, um die Bestellungen abzuholen. Seufzend aktivierte sie ihr Handy. Ein lang gezogener Piepston kündigte eine Nachricht in der Mailbox an.

»Frau Krafft, hier ist Fee von Schlarenberg. Ich denke, es wird Sie brennend interessieren, dass mein Tontechniker versehentlich unsere Nora aufgenommen hat. Er vergaß, das Band abzustellen, auf dem er einen Musikzusammenschnitt des Abends machen wollte. Per Zufall konnte ich verhindern, dass er es löscht. Ich bin bis vierzehn Uhr im Sender, Rheinstraße in Rheinberg.«

Die muntere Sommerillusion zerplatzte. Zwölf Uhr sieben. War spielend zu schaffen.

Verdeck runter, Hut, Tuch, Sonnenbrille, ab über den Rhein. Auf der Karnickelinsel, dem grünen Dreieck zwischen Lippemündung und Rhein, standen Rinder bis zum Bauch im Wasser des kleinen

Flüsschens. In der Ferne lag die River Lady, der Ausflugsraddampfer, malerisch am Promenadenufer. In den Nischen des metallenen Brückengerüsts, das sich wie ein lang gestrecktes Fachwerk aus Eisen über den Rhein legte, bauten Tauben spartanische Nester in luftiger Höhe. Bestimmt eine prima Aussicht auf den Strom, dachte Karin, nur die Luftqualität ist mangelhaft.

Durch Büderich, das gradlinig geschnittene Polderdorf, wälzte sich auf der Bundesstraße zäh der gesamte Berufsverkehr. Lärm und Gestank ignorierend, flanierten Fußgänger unter der schattigen Platanenarkade neben der Hauptstraße. Links vor dem Deich lag Haus Elverich, ein malerischer alter Gutshof zwischen hohen Pappelreihen. Rechts ragte in der Ferne das neueste Objekt dörflicher Rebellion unerschütterbar in den Himmel. Ein Windrad rotierte im Zeitlupentempo, angetrieben vom schlappen Sommerlüftchen. Im Hintergrund die geflickten Wellblechdächer der lang gestreckten Hallen, die zum Salzbergwerk Borth gehörten. Dessen Stollen reichten bis unter Xanten. Um halb zwei mittags und abends um halb zehn rumpelte dort die Erde, weil das weiße Gold gesprengt wurde. Moritz würde eine Stolleneinfahrt bestimmt »voll cool« finden. Räume, so groß wie Kirchenschiffe, siebenhundert Meter unter dem Acker. Sie würde sich informieren.

Momentan hielt das Salz in Form weißer Berge in unendlich erscheinender Waggonkette hinter den Schranken den Verkehr auf der B 58 auf.

Frauen in Cabrios beflügeln Männerphantasien, sommerliche Mittagshitze gibt ihr Eigenes dazu. Der Lkw-Fahrer hinter ihr sah sich zu multikultureller Anmache veranlasst, untermalt von einem becircenden Hupkonzert.

»Ey, du. Du und ich, ja? Ey, du bist so geil, ey. Ich bin gut, weißt du. Ein Fuffzehn-Minuten-Mann, ey. Sach, welche Parkplatz?«

Als er nicht lockerließ, stieg Karin aus und hielt ihm den Dienstausweis vor die Nase.

»Ey, wenn du mich weiter anbaggerst, hol ich die Kollegen, und du kannst dir auf dem Revier überlegen, wie du deinem Chef die Verspätung erklärst. Ich werde dafür sorgen, das sie wesentlich länger dauert als ein Nümmerchen im Grünen. Verstanden, ey?«

Hinter der Kreuzung links bei Grünthal führte die Straße schnurgerade nach Rheinberg. Der Salz verarbeitende Betrieb der

Solvay dominierte mit hohen Industriegebäuden aus Backstein, dem markanten Schornstein und einem Gewirr aus Rohrleitungen das Landschaftsbild.

Wie immer waren die Parkplätze an der Rheinstraße in Rheinberg rar. Karin fragte sich in dem unspektakulären Gebäude zu Schlarenberg durch. Sie fand eine in sich gekehrte Frau mit traurigen Augen und einer Stimme, die im Original noch vertrauenerweckender klang als am Telefon. Ja, so musste sich die Frau aus dem Radio anhören. Angenehm, klar, sicher.

»Ich habe Sie mir anders vorgestellt, Frau Krafft.«

»Wie denn?«

»Härter, so wie Ihr Name. Eine Kripofrau hat in meiner Vorstellung überwiegend männliche Anteile.«

»Da müssen wir wohl beide unsere Bilder revidieren. Ich hatte die Vision, eine liebevolle grauhaarige Dame unter Ihrem Namen zu finden. So mit Lesebrille, dem weisem Blick. Dazu ein sanftes, verständnisvolles Lächeln.«

»Sie kreieren gerade das Double von Brigitte Lämmle. Ich fasse das als Kompliment auf.«

Fee griff hinter sich, nahm ein winziges Bandgerät vom überfüllten Sideboard und legte es auf einen Stapel Papiere mitten auf den Schreibtisch.

»Soll ich?«

»Klar.«

»Im vorhergehenden Telefonat hat sie ihren Mann in einem explosiven Ausbruch als Arschloch bezeichnet, aufgelegt und sich wochenlang nicht mehr gemeldet. Das hier klingt wesentlich lockerer und selbstbewusster als in den Sendungen davor. Aber vielleicht hatte sie sich Mut angetrunken. Sie klang so. Ich wusste nicht mehr, was echt war und was nicht.«

Karin schloss die Augen, konzentrierte sich auf den Dialog, wusste nach den ersten Sätzen genau, dass sie diese Stimme kannte. Sie war abgespeichert, bloß unter welcher Datei? Sie konnte sich Gesichter merken, Zahlen, Grundrisse von Räumen aus dem Gedächtnis zeichnen, aber Stimmen zuverlässig zuordnen, nein, das war keinesfalls Karins Spezialgebiet.

»Sehr einfühlsam von Ihnen. Ist es Taktik, die Frau zu duzen, während Sie sich von ihr siezen lassen?«

»Nora hat es so gewollt. Mein Du ist üblich in der Sendung, schafft Nähe. Ich bin da konsequent. Nora ebenfalls.«

»Deshalb der Appell an die Vernunft am Schluss?«

»Ich habe ihn extra nicht herausgeschnitten. Nora ist stark. Sie versteckt ein enormes Potenzial an unverarbeiteter Aggression in ihrer Seele. Wenn Menschen lange genug misshandelt werden, verwandeln sie sich in Pulverfässer.«

Fee von Schlarenberg wickelte gedankenverloren ihren langen dünnen Zopf um den rechten Zeigefinger, dessen Kuppe rot anlief.

»Kann ich eine Kopie haben?«

»Ist schon überspielt.«

»Das Gerät, ich meine, leihen Sie es mir bis nächste Tage?«

»Okay, aber Sie müssen es zurückbringen. Ich komme selten nach Wesel. Wissen Sie, Brücken erzeugen Furcht in mir.«

»Heißt das, Sie leiden unter Panikattacken?«

»Früher einmal. Daher die durchorganisierte Erwerbstätigkeit in Form von Heimarbeit. Brücken sind meine nächste Hürde, schaffe ich zum jetzigen Zeitpunkt nur mit feuchten Händen und flauem Magen. Ich arbeite dran, Frau Kommissarin. Sie entschuldigen mich bitte jetzt, ich habe zu tun.«

Eine hilflose Helferin berät in verschiedenen Medien Menschen in Lebenskrisen. Absurd. Auf der Rückfahrt fand Karin eine Reihe von Argumenten, die für Schlarenbergs Tätigkeit sprachen. Jemand, der die Hölle erlebt hat, kann besser verstehen, wie sich Feuer anfühlt.

Das Wiedergabegerät auf dem Beifahrersitz tat sein Bestes. Mit jeder Wiederholung wurden die Labyrinthgänge ihres Gedächtnisses heller, die Scheinwege, die ins Nichts verliefen, waren mit hilfreichen Sackgassenschildern gekennzeichnet, dann gaben die Batterien auf. Karin kaufte an der Tankstelle in Büderich Nachschub. Nicht, um das Band weiter zu malträtieren. War nicht mehr nötig. Es galt, technisch in der Lage zu sein, die Frau mit ihrer Stimme zu konfrontieren.

So viel war klar, sie kannte Nora. Jetzt galt es, sie zu finden.

Simon Termaths Magen rebellierte. In jedem Haus in Büschken gab es nur eine Chance, mit den Leuten ins Gespräch zu kommen. Man durfte den angebotenen Kaffee nicht ablehnen. Der war überall ähnlich, niederrheinisch gut gemeint, grenzwertig stark. Der Versuch, das Gebräu mit der guten, fetthaltigen Kaffeesahne zu verdünnen, bewirkte Gegenteiliges, führte zu latenter Übelkeit. Eigentlich ging es ihm gar nicht gut. Nur die Aussicht auf häusliche Bemutterung ließ Termath seine Runde stoisch weiterführen.

Maria Steinbrink führte ihn in die Küche. Über der abgewetzten Eckbank hingen Fotos der Söhne, Zwerge mit riesigen Schultüten, im Kommunionanzug, zum Schulabschluss mit Fliege und akkuratem Seitenscheitel. Die Steinbrinkbrüder polterten durch den Flur, die frisch gewaschenen Hände an den Hinterteilen ihrer geflickten Overalls trocken wischend. Sie fragten zunächst nach dem bunten Mann, gaben sich enttäuscht. Als ihre Mutter sich fürsorglich anbot, Tee für den blassen Kommissar zu kochen, wurden sie zugänglicher, genossen Simons uneingeschränkte Aufmerksamkeit und gaben sich schlagartig gesprächig.

Lange hätten sie nachgedacht, ob sie es wagen könnten, die Namen der nächtlichen Spaziergänger preiszugeben, trauten sich nicht recht, flüsterten miteinander. Nein, sie fürchteten unheimliche Übergriffe. Nein, niemand könne sie beschützen, wenn plötzlich starke Hände sie hinterrücks meucheln würden, nein, nein, Herr Kommissar. Sie würden schweigen, selbst wenn sie auf die Wache kommen müssten. Nie kämen die Namen der Wanderer mit Gepäck über ihre Lippen, die Licht im Wäldchen machten.

»Und wir verraten auch nicht, dass der Bert Schreiber immer die Schnecken tottritt, die nachts über den Bürgersteig kriechen. So.«

Köbes drehte seinen Absatz kraftvoll auf der Stelle.

Simon erkannte den Hintereingang in das brüderliche Schweigegelübde.

»Ich wette, ihr wisst auch, wer nach Schreiber immer heimlich aus dem Wald kommt.«

»Logo, logo, der Herr Uhlenboom. Aber du weißt nicht, wer als Letzter kommt.«

»Da habt ihr mich kalt erwischt. Darf ich dreimal raten?«

Die Burschen stimmten zu, und Simon ging die Reihe der Männer durch, die zur Siedlung gehörten.

»Wolle Kaschewski?«

»Falsch, ganz falsch, du rätst das nie.«

»Frank Lürsen?«

»Der muss immer ganz früh ins Bett. Da ist schnell dunkel bei denen. Auch falsch.«

Termath legte seine Stirn in Falten, strich sich über die leicht stoppelige Wange, seufzte ratlos.

»Komm, du musst noch einmal raten, los, war so abgemacht.«

»Friedrich Kaldewei?«

»Spielverderber, jetzt hast du's doch rausgekriegt. Aber nicht verraten, dass wir was gesagt haben, sonst …«

Köbes fuhr sich mit ausgestrecktem Zeigefinger quer über die Kehle, ließ den Kopf hängen, starrte mit heraushängender Zunge ins Leere.

»Sie wissen schon, die meisten Spione sterben bei der Arbeit.«

Simon gelang es, die düsteren Vorstellungen der beiden zu entkräften, und er verabschiedete sich, als Teil eines Geheimbundes, zur Tarnung seiner Quelle verdonnert.

Die drei Genannten gingen ihrer Berufstätigkeit nach, würden erst im Laufe des Abends erreichbar sein. Simon entschied sich zu einem Spaziergang, überquerte die Straße und bog in den Trampelpfad ein, der leicht gebogen durch das wilde Gestrüpp am Feldrand in Richtung Wald führte. Ein breiter Streifen Holunder und dichte Haselsträucher trennten die Grundstücke der Siedlung von einem wilden Mischwald. Hier wurde keinerlei Holzwirtschaft betrieben. Dichtes Unterholz bot Kleintieren Schutz, moosüberwuchertes Astwerk lag kreuz und quer unter aufstrebenden Farnen. Emsige Spechte hämmerten in luftiger Höhe Nisthöhlen in Baumstämme, Eichelhäher kreischten warnend. Der Weg war undeutlich, nicht angelegt, offensichtlich wenig genutzt und führte parallel zu den Grundstücksgrenzen durch das schattige Grün. Was suchten drei Männer mit Taschenlampen und anderem Gepäck in diesem unwirtlich dichten Wald?

Simon musste an seine Urlaubserlebnisse in der Steiermark denken. Mit Pickel und Rucksack, ausgestattet mit Bergsteigerausrüstungen kletterten Pensionsgäste waghalsig in den Bergen herum, um Edelsteine zu finden. Edelsteine in einheimischen Wäldern? Nein, nichts von Wert. Die auffälligen Spuren der Nutzung des Weges ließen bei der Wurzelscheibe eines umgestürzten Baumes nach, die Umgebung wirkte nicht mehr urwüchsig. Zu aufgeräumt, gleichmäßig verteiltes Laub, in einem Umkreis von mehreren Quadratmetern fehlten zur perfekten Täuschung entscheidende Kleinigkeiten. Hier das kraterförmige Loch, aus dem ein Sturm den Baum gelöst hatte. Unter halbverrottetem Herbstlaub lugte eine Steinspitze hervor.

Simon ging in die Knie und berührte mit dem Fuß die felsartige, mosaikhaft zusammengefügte Oberfläche, schob Blätter zur Seite, erkannte eine Struktur, die einer Mauer ähnelte. Gebäudeüberreste, die dem Wurzelwerk getrotzt hatten. Daneben normale Waldbodenfläche. Simon sah sich den Baum näher an. Eine bereits stattliche Eiche, deren Krone junge, vertrocknete Blätter trug. Vor kurzem erst gefallen. In der Grube, in der sie gestanden hatte, lag ebenso viel Laub wie rundherum. War es hineingeweht worden?

Im Umkreis wuchsen, im Gegensatz zum benachbarten Boden, keine Waldanemonen. Kein Schössling, nicht ein Brombeerstängel im Ansatz. Hier war der Boden bearbeitet worden. Warum wühlten ehrbare Männer nachts im Waldboden? Indianische Rituale? Suchen? Verbergen? Finden? Heierbeck musste her. Simon Termath besaß aus Prinzip kein Handy. Er würde erst zu Plonski fahren und am Nachmittag alles mit der Chefin besprechen.

Finden. Ein guter Gedanke.

Jerry meldete sich, als Karin gerade beim Supermarkt an der Reeser Landstraße parkte, um sich mit Wasser zu versorgen. Ausgetrocknete Gehirne verweigern effektive Denkprozesse.

Der Kollege klang euphorisch.

»Wir haben was Greifbares in den Akten gefunden. Stell dir vor, der Paessens hat den Vorstand des Vereins Brückenschlag e.V. angezeigt. Der Vorgang liegt bereits bei der Staatsanwaltschaft Duisburg. Da sollen sich zwei Männer, warte, Schlüter und Steinhauer, gehörig was beiseite geschafft haben. Alles auf Kosten der obdachlosen Jugendlichen und vor den Augen der gutgläubigen Öffentlichkeit. Die haben überall Fördergelder kassiert, Stadt, Land, Bund, und jahrelang müssen nette Worte gereicht haben, um offizielle Kontrollen zu verhindern. Steinhauer neigt zum Jähzorn, wie Kollegen vom Paessens berichteten. Hat ihn mal am Kragen gepackt und vor den Aktenschrank gestellt.«

»Klingt viel versprechend. Bleib dran. Hast du die Adressen?«

»Sucht Tom gerade heraus. Schlüter ist frisch umgezogen. Wir werden beide besuchen, gleichzeitig, um Absprachen zu verhindern.«

»Viel Erfolg. Ach, Jerry, wie hältst du das bei exotischen Temperaturen mit deinem Stoffwürger aus?«

»Ganz easy. Du weißt doch, ich hab Sonne in den Genen, und den Schlippes mach ich locker.«

Mineralwasser wirkte belebend.

Noch konnte Karin nicht klar definieren, wieso. Fakt war, dass es sie magisch nach Büschken zog. Folgen Sie Ihren Intuitionen, Frau Kommissarin, lassen Sie sich nicht von abschweifenden Gedanken irritieren, hatte einer der ersten Supervisoren ihr mit auf den Weg gegeben. Karin dachte einen winzigen Moment lang an die gemischte Eisportion, bevor ihr in Richtung Flüren der Fahrtwind erfrischend durch das Gesicht wehte.

Über Rees nach Kalkar zu fahren zog sich in die Länge. Von der Brücke aus, der ehemals wunderbar blauen Brücke, der man ein nichts sagendes Grau verpasst hatte, konnte Simon auf den Fluss schauen. Schmal wurde er. Der Regen vom Wochenende hatte nichts an der Tatsache des Niedrigstandes geändert. Die hellen Uferstreifen verbreiterten sich täglich, Halbinseln und Sandbänke entstanden. Erste Sonnenanbeter lagen im Sand oder hielten ihre Beine ins Wasser. Warm konnte das noch nicht sein.

Auf dem abgelegenen Hof vor den Toren Kalkars meldete sich ein geifernder Rottweiler, sprang gegen den Gitterzaun und beruhigte sich erst, als Termath wieder im Auto saß. Von Plonski keine Spur.

Ein Traktor mühte sich über den unbefestigten Weg, Termath stieg wieder aus, stellte sich in den Weg, verschränkte die Arme hinter dem Rücken. Der Bauer hielt kopfschüttelnd an.

Ja, er würde den Schnüffler kennen. Der sei um diese Uhrzeit entweder auf Fährtensuche oder im Jenseits.

»Wie meinen Sie das? Im Jenseits?«

»Das ist eine Kneipe, wo nur die Durchgeknallten hingehen. Nix für unseren Stammtisch. In Kalkar, hinter der Kirche, können Sie gar nicht verfehlen. Wenn Plonski da ist, steht seine Karre in der Nähe.«

Der maisgelbe Saab stand schräg eingeparkt am Rand des Kirchplatzes. Klar, dieses Auto fiel auf. Was macht ein Koloss mit solch einem zierlichen Fahrzeug, überlegte Termath. Eine sanfte Neigung zur Fahrerseite dokumentierte ernsthafte Mängel. Dieses Auto stellte für seinen Fahrer bestimmt ein sentimentales Überbleibsel aus besseren Zeiten dar. An manchen Dingen hängt man, bis sie auseinander fallen, dachte Termath.

Im Inneren der Kneipe eine Hand voll Gäste, Plonski am Tresen beanspruchte Platz für zwei. Termath erschrak. Er hatte diesen Mann stattlich in Erinnerung, nicht unnatürlich aufgedunsen, fett, richtig tranig. Er verstand, warum der zarte Saab einseitig in die Knie ging.

Plonski, bierselig vertieft in ein Selbstgespräch, breitete die Hände aus, hob mühsam den Kopf, schien auf Antwort zu warten. Termath blickte er in dem Moment kopfschwankend an. Nein, der Blick fixierte nichts, ging eher durch ihn hindurch. Die Muskulatur seiner Augen schien ihm nicht zu gehorchen, war außer Kontrolle. Simon trat einen Schritt zurück, verließ die Aura aus Körpergeruch und Alkoholfahne.

»Herr Plonski, wir kennen uns. Termath, Kripo Wesel, Sie erinnern sich?«

Garantiert nicht, dachte Simon, in dem Zustand weiß er momentan nicht einmal, ob er Männchen oder Weibchen ist. Plonski stierte aus blutunterlaufenen Augen. Völlig falscher Zeitpunkt, dachte Simon, jedes Wort glatte Verschwendung, schrieb die Aufforderung zum Rückruf auf seine Karte und heftete sie in das Band des abgewetzten Hutes, der neben Plonksi auf dem Tresen lag. Beim Hinausgehen traf er den Wirt, der mit einem Stapel Zeitschriften aus dem Nebenraum trat, kramte seine Legitimation hervor. Er wies auf das menschliche Wrack.

»Wie lange macht der das schon?«

»Weiß nicht, Jahrzehnte sehr wahrscheinlich und meiner Einschätzung nach nicht mehr lange. Bevor der Deckel zugeht, hat dieser Mann die einheimische Bierindustrie hinreichend unterstützt. Jeder Bestatter kann nur hoffen, dass der auf eine Industriepalette fällt, wenn es ihn dahinrafft.«

»Hat er in letzter Zeit mehr Geld zum Rauswerfen?«

»Getarnter Witz, oder? Plonski erwartet ausstehendes Honorar, begießt es seit Tagen. Auf Pump. Hoffentlich ist der zahlende Kunde schneller als seine Leberzirrhose.«

Termath verschwand missmutig aus dem Blickfeld und aus dem Jenseits. Plonski drückte dem Wirt einen Zwanziger in die Hand.

»Die Vorstellung war filmreif. Wo hast du diese theatralische Ader her?«

»Ich bin verheiratet und Kneipenwirt. Da musste schon mal die richtige Mimik zu überzeugenden Worten bieten, um Migräne, Krach oder Scheidungsgedanken im Keim zu ersticken.«

Plonski wischte sich den Bierschaum aus dem speckigen Zwölf-Tage-Bart und rülpste, trocknete die Hand an seiner breiten Brust. Der Wirt verzog angewidert das Gesicht.

»Bah, Dicker, du bietest heute auch wieder alle Widerlichkeiten, die eine versoffene Hauptrolle ausmachen. Stinkst wie 'n Eber auf Brautschau und könntest deine Klamotten mal regelmäßiger austauschen. Die stehen schon ohne dich.«

Plonskis Lache schallte bis auf die Straße.

»Sei nett zu deinem Ernährer, du Wurm. Ohne mich könntest du dichtmachen. Und jetzt noch einen Kurzen auf den ausgetricksten Bullen.«

Burmeester lächelte den Bildschirm an. Novalis. Ein Kennwort als Legitimation! Wie damals, in einer der harmlosen Kinderbanden. Zeichen der Zugehörigkeit, infantiles Geheimnis.

Das Passwort, um der geschlossenen Gesellschaft nahe zu kommen, die sich zur Antik- und Sammlerbörse in der Wuppertaler Stadthalle traf, lautete Novalis. Burmeester hatte es geschafft. Ja! Machte sich doch bezahlt, sein früher autodidaktischer Kontakt zur technischen Welt der Wunder. Gelinkt, die Fachleute im Internet hatte er nach allen Regeln der Kunst überlistet. Die waren blind und gierig auf ein getürktes Angebot hereingefallen. Das Foto aus einem Fachbuch gescannt, einen Ring mit eingelassener Gemme. Ein wenig grafisch dran rumgebastelt, bis keine Übereinstimmung mehr zu finden war, und dann ab zu Buy Watch. Knappe vierundzwanzig Stunden und dieses verlockende Kleinod war bereits fünfzehnhundert Euro wert. Wichtiger, ja enorm bedeutungsvoll war die Einladung unter Preisgabe des Kennworts.

Der Drucker brauchte ein paar Sekunden, um das Bild zu vervollständigen, das ihn eine schlaflose Nacht gekostet hatte. Die Abbildungen für die Pressekonferenz, deren Reste neben dem Kopierer lagen, zeigten ein ähnliches Objekt. Im Net bot jemand ein Schwert an, eine römische Waffe. Das Bild auf Höchstmaß zu vergrößern, um Einzelheiten erkennbar zu machen, fiel ihm heute erst ein. Allein im Büro und ohne Aufträge oder ohne Austausch kommt ein Assistent schon mal auf geniale Gedanken. Er wollte kurz probieren, Karin zu erreichen, damit sie nachher einen Blick auf seine Entdeckung werfen könnte. Wieder hatte sie ihr Handy ausgeschaltet. Nur die Mailbox sprang an.

»Hallo, Karin, hier ist Nikolas. Bin noch bis sechs im Büro. Habe was Interessantes im Internet gefunden. Ich lege dir die Ausdrucke und Kopien in die Ablage. Kurze Erläuterung liegt bei.«

Nein, Nikolas, kein Gruß, keinen Wunsch, nichts anderes als blanke Sachlichkeit. Frauen verstanden einfach seine Sprache nicht.

Um sechs ging er unverrichteter Dinge nach Hause zu Grünkernsuppe mit guten Energien für die Welt.

Mist, er hatte vergessen die Anzeige aufzugeben: Suche zwei Zimmer, KDB, Wesel Ortsmitte, Chiffre. Morgen würde er dran denken.

Die Kommissarin schlenderte resigniert an Paessens' Haus vorbei. Scheißaktion. Büschken lag wie leer gefegt unter der sengenden Sonne, niemand zu Hause bei dem Wetter. Überall stand sie vor verschlossenen Türen. Selbst Karins Mutter war ausgeflogen, Frau

Behle von der Supermarktkasse genoss irgendwo ihren freien Tag. Nur bei Lürsens tobte das Leben im Garten. Die Kinder spielten im Schatten eines riesigen Marktschirms, matschten mit Wasser und Sand. Die junge Mutter in luftigem Leinenkleid zeigte stramme weiße Waden, trug barfüßig ein Tablett in den Garten. Sie lachte beim Anblick der beiden Schmutzfinken.

»Ihr seht ja lustig aus. Eigentlich müsste ich euch fotografieren, für den Papa. Der sieht euch heute erst, wenn ihr schon bettfertig seid. Na, kommt her, ein wenig Limonade trinken. Merle, komm, Bauchi ist ganz durstig.«

Karin nutzte die Gelegenheit, blendete sich über den Zaun in dieses friedliche Bild, wurde ebenfalls zu einem Erfrischungsgetränk eingeladen. Sie nahm den lauschigen Platz im Schatten dankbar an und holte das immer noch ausstehende Zeugengespräch nach. Die Lürsens hatten, um die Zubettgehzeit ihrer Kleinen einzuhalten, das Brunnenfest früh verlassen. Sie waren nach allen familiären Ritualen, Baden, Einölen, Gute-Nacht-Geschichte, Lied, ab zwanzig Uhr abwechselnd noch einmal dazu gekommen. Nein, hatten nichts Besonderes bemerkt. Außer der schlechten Aura, die sie bei einigen Nachbarn gespürt hatten. Dazu hätte wohl unter anderem die völlig ungesunde Kost des Abends beigetragen.

»Vegetarier werden nirgendwo wirklich ernst genommen. Die ganze Nacht in Fleisch- und Bierdunst sitzen, das wollten wir uns nicht zumuten und gingen letztlich früh zu Bett.«

Am nächsten Morgen seien sie schnell zu ihren Eltern gefahren, damit die Kleinen von dem furchtbaren Erlebnis unbelastet blieben. Nun überlegten sie, diesen Ort wieder zu verlassen, denn selbst Plätze und Gebäude hätten ein Gedächtnis als Zeugen von Gewalt, ganz zu schweigen von beteiligten Menschen.

Klar, dachte Karin, Kripoleute, Pathologen und Bestatter dürfen wegen ihres schlechten Karmas keine Kinder kriegen, oder was? Sie spielte der aufmerksam lauschenden Frau die Stimme vom Band vor. Silke Lürsen schüttelte den Kopf.

»Tut mir furchtbar Leid, da kann ich Ihnen nicht weiterhelfen. So gut kenne ich hier niemanden, um eine Stimme identifizieren zu können. Moment bitte.«

Sie wandte sich den Kindern zu, die in einen Disput über die anscheinend heiß begehrte rote Sandschaufel gerieten. Silke Lürsen klärte den Konflikt im Ansatz, langatmig, geduldig, freundlich lächelnd, für beide Kinder gab sie eine Lösung vor. Der Klang dieser gefühlvoll säuselnden Stimme löste bei Karin den starken Drang aus, sich zu verabschieden. Die ist so zuckersüß zu den Kleinen, fast schon klebrig, dachte sie, eine pädagogisch wertvolle Elternzeitschrift-Vorzeige-Mama. Ob ihre Kinder jemals lernen, eigene Bedürfnisse zu erkennen? Quatsch, die brauchen einen Lehrgang in Überlebensstrategien, wenn Mama sie jemals loslässt.

Karin hörte die liebliche Stimme von weitem, als sie in ihren Flitzer steigen wollte, bemerkte im letzten Moment, dass sie gerufen wurde.

»Frau Krafft, da war noch was. Ich erinnere mich an einen fürchterlichen Schreck, der mich überkam. Eine richtige Gänsehaut am ganzen Körper hat der Kerl verursacht.«

»Wer?«

»Wer das war, weiß ich nicht. Er kam wutschnaubend aus Paessens' Einfahrt gestürmt, als ich gerade den Frank ablösen ging. Ein riesiger, feister Mann mit Hut und Mantel. Der lief hastig zur Gaststätte hoch. Ich habe mich noch gewundert, denn auf dem Fest habe ich ihn nicht bemerkt, da verschwand er schon auf dem Parkplatz.«

»Gegen wie viel Uhr war das?«

»Ungefähr zweiundzwanzig Uhr, ja, wir haben uns stündlich abgewechselt. Frank blieb bis elf, dann war es genug für uns. Husch ins Bettchen, wir brauchen einen geregelten Schlaf zur Regenerierung des Energiehaushalts.«

Karin atmete tief durch. Kein Fleisch, selbst gemachte Limonade im Bauchi und im Bett nur Schlaf. Karins Bild von Leinen und kratziger Naturwolle vervollständigte sich nach allen Regeln von plumpen Vorurteilen.

Wer war dieser Unbekannte? Um diese Zeit lebte Paessens noch. Silke Lürsens Beobachtungen ergänzten die nächtlichen Erlebnisse ihrer Mutter. Georg Plonski schob sich in Karins Gedankenwelt in den Vordergrund, stand provokativ breitbeinig in seinem langen Mantel mitten auf der Himmelsstiege, schlug betont lässig den rechten Schoß zur Seite, entblößte einen glänzenden Colt. Verharrte regungslos, eine rauchige Stimme rief nach seinem Duellgegner.

Termath war bereits dran an ihm. Gut.

Kein Lüftchen wehte, die flirrende Hitze stand über der Straße und lähmte jegliches Leben. Vom Sommer wurde man in jedem Jahr aufs Neue überrascht am Niederrhein. Hier rechnete man mit allem, nur nicht mit plötzlich auftretenden Sommergefühlen. Man braucht Zeit, sich einzustellen. In Uhlenbooms Einfahrt saß eine Amsel mit gespreizten Flügeln, die Federn aufgerichtet, und hielt den Kopf mit geöffnetem Schnabel in die Sonne. So geht es auch, dachte Karin, und mir zerschmilzt mein letzter Hauch von Intuition. Keinen Millimeter weitergekommen. Nein, doch, der Hinweis auf Plonski, vielleicht … Mürrisch knallte sie die Wagentür ins Schloss.

Zurück im Büro rief Karin bei Maarten an, erreichte ihn per Rufweiterleitung irgendwo in geselliger Runde draußen. Er vermochte keinen aktuellen Preis zu nennen, den ein Gladius in ordentlichem Zustand erzielen konnte.

»Hängt bestimmt mit davon ab, ob es komplett ist.«

»Was meinst du mit komplett, Griff und Klinge?«

»Nein, die Römer achteten gut auf ihre Waffen. Die waren schließlich lebensnotwendig. Ein Gladius wird durch eine lederne Schwertscheide komplettiert, die, mit bestanztem Silberrand beschmückt, Auskunft über die Waffenschmiede gibt.«

»Hält sich denn Leder über zwei Jahrtausende hinweg? Ich meine, verwest das nicht wie menschliche Haut?«

»Kommt drauf an, wo es lagerte. Es gibt auch hier bestimmte Bedingungen, welche die Zersetzung wichtiger Funde verhindert haben könnten. Einlagerung zwischen Ziegeln oder Holz. Manche Materialien wurden durch feuchten Boden im wahrsten Sinne taufrisch erhalten. Denk an das Boot, das kürzlich am Rheinufer bei den Kieswerken hinter Lüttingen gefunden wurde. Wunderbar erhalten zwischen den Steinchen. Es darf jetzt bloß nicht austrocknen, sonst fällt es zusammen.«

Im Hintergrund ertönten Rufe, Maarten lachte herzhaft.

»Du, ich würde dich gern einladen. Wie wär's mit morgen Abend? Du kommst zum Haupttor so gegen acht, und ich zeige dir ganz individuell unsere Kostbarkeiten. Bis dahin hab ich auch den derzeitigen materiellen Wert eines Gladius. Okay? Ich freu mich.«

Karin blieb keine andere Antwort als herzklopfende Zustimmung.

»Ich muss. Wir spielen unsere wöchentliche Partie Boule. Geht gut auf den sandigen Wegen hier. Mannschaftsspiel, ich bin dran. Also bis morgen und, bitte, bitte, setz den Hut auf. Du siehst so schön damit aus. Daag.«

Ein begnadeter Charmeur. Wusste genau den eitlen Punkt zu finden und, ach, Schluss mit Denkprozessen und Interpretationen. Solche Sätze gehörten in duftendes Rosenöl eingelegt, um damit bei Bedarf die Seele zu benetzen.

Feierabend. Morgen früh würden die Karten neu ausgegeben. Der Joker war im Spiel, in welcher Hand er sich verbarg, würde sich zeigen.

Freitagabend eine Bleibe für Moritz zu finden, war relativ einfach. Karin blickte kritisch in den Rückspiegel. Haare noch mal frisch tönen? Überhaupt, was zieht man zu einem Date zwischen alten Mauern an?

»Que sera, sera, whatever will be, will be ...«

IV.

Die Männer betraten die alte Bäckerei im Hinterhof nacheinander. Zu glauben, am frühen Abend gäbe es in der Weseler Innenstadt freie Parkplätze, grenzte an Naivität. Aus Richtung Goldstraße kam einer, der Nächste hatte sein Fahrzeug auf der Pastor-Janßen-Straße abgestellt. Friedrich Kaldeweis Benz stand auf dem Entenmarkt hinter dem Marienhospital. Kaldewei schwitzte wie ein Tier in der aufgestauten Wärme des verstaubten Raums. Bert Schreiber trug unter dem Muskelshirt einen gewaltigen Sonnenbrand auf Schultern und Nacken, tupfte sich vorsichtig einzelne Schweißperlen von der hochroten Stirn, klemmte seine verspiegelte Sonnenbrille mit einem Bügel in den Ausschnitt. Er ließ sich auf einen der weißen Plastikstühle fallen. Staub wirbelte auf, vollführte wilde Kaskadenspiele, bei jeder Bewegung die Richtung wechselnd, teilte im letzten Lichtstreifen der Abendsonne pfeilförmig die alte Backstube.

»Zu viel draußen gearbeitet heute. Hab gar nicht bemerkt, wie es mich erwischt hat. Ich hätte wissen müssen, wie kräftig die Sonne Anfang Juni ist, meint Isolde.«

Werner Uhlenboom lockerte den Hemdkragen, fächerte sich mit einem gefalteten Blatt Papier Luft zu in dem alten Backraum, der für Konferenzen denkbar ungeeignet war.

»So eine stickige Luft hier drin. Wieso müssen wir uns hier treffen, was soll das?«

Friedrich, nicht an der Befindlichkeit seiner Nachbarn interessiert, drängte mit offener Ungeduld:

»Weil ich unsere gemeinsamen Interessen von meinem Haus getrennt wissen will. Jetzt kommt zur Sache.«

»Die Kripo ist wieder aktiv. Zwei von denen sind heute nacheinander durchs Dorf.«

»Ja und? Die werden so lange in Büschken herumschnüffeln, bis sie den Täter haben. Was ist daran so erstaunlich? Viel bedenklicher finde ich euer Verhalten. Kaum haben wir ein paar Euro mit dem alten Krempel eingenommen, macht ihr gleich einen auf Lottogewinn. Bert, war das nötig, so flott mit der Einfahrt anzufangen? Und unser intelligenter Oberstufenpauker muss aller Welt zeigen, wie viel ihm der Naturschutz in diesem Jahr wert ist. Häng doch gleich ein Schild an jeden Eulenkasten! Sponsored by Rom! Mann, seid ihr blauäugig. Hätte ich mich bloß nicht darauf eingelassen.«

Betretenes Schweigen. Werner Uhlenboom wischte gedankenverloren mit dem Zeigefinger durch die dicke Staubschicht auf dem Arbeitstisch, an dem das Trio hockte.

»Wer soll denn unser gemeinsames Interesse entdecken? Niemand ist in der Lage, die Geschichte zusammenzufügen, geschweige denn, uns mit irgendwas in Verbindung zu bringen. Die Wahrscheinlichkeit ist äußerst gering. Fakt ist, sie suchen wen, aber unser kleines Hobby ist bis dato außen vor und hat nichts mit dem bedauerlichen Ableben unseres Nachbarn zu tun.«

Friedrich sprang nach einem vehementen Faustschlag auf die marode Tischplatte auf, baute sich in seiner stattlichen Größe vor den beiden verdutzten Männern auf.

»Verdammt noch mal! Kapiert ihr denn gar nichts? Wir reden hier nicht von dummen Schülern, sondern von ausgebildeten Kripobeamten, die sehr wohl über ungewöhnliche Kombinationsgaben verfügen. Die Tochter von der Krafft ist nicht zu unterschätzen. Ich habe keine Lust auf Überprüfung meiner Konten, auch nicht auf eine Anzeige wegen Unterschlagung, ach, denen fällt schon was ein. Und die bringen uns garantiert mit dem Mord in Verbindung. Wie auch immer, Scherereien, Unannehmlichkeiten, wüste Verdächtigungen. Wenn ich in dem Zusammenhang irgendwo in der Presse auftauche, kann ich meinen Laden dichtmachen, also haltet euch gefälligst zurück.«

Bert duckte sich kleinlaut vor dem imposanten, lärmenden Schatten im filigranen Staubgeflirre.

»Wie viel kann denn noch kommen?«

»Ja, das ist alles, was euch interessiert, was? Die Kohle, bloß nicht zu kurz kommen, als Trittbrettfahrer nicht aus der Kurve kippen. Schmarotzer seid ihr, elende Aasgeier.«

Friedrich fingerte ein Stofftaschentuch aus der Hosentasche, gebügelt, gestärkt und bündig gefaltet. Erst sein abgewischter Schweiß brachte es aus der Form. Unwirsch griff er zum Kragen und lockerte mit einer groben Bewegung seinen Krawattenknoten.

»Im Angebot stehen noch mehrere gut erhaltene Gefäße und die drei Münzen, die Bert letztens gefunden hat. Wir warten noch ein wenig. Na, für jeden von uns winkt da ein sattes Taschengeld, schätze ich. Reicht für einen kleinen Ausflug ins Rotlicht. Wie wäre es, vom letzten Gewinn machen wir mal eine richtige Männersause, oder?«

Werner Uhlenbooms Begeisterung versteckte sich hinter seiner strengen, wehrhaften Fassade, als hätte er eben einen Schüler beim heimlichen Anprobieren eines Kondoms im Umkleideraum der Turnhalle erwischt.

»Was soll das? Du weißt genau, dass ich es ablehne, persönlich zu profitieren. Abgesehen davon lehne ich Vergnügungen dieser Art aus moralischen Gründen ab.«

Bert schlug sich lachend auf die Schenkel.

»Du und Moral. Die ist doch wohl bei der ersten Geldübergabe ohne Rettungsring über Bord gegangen. Bleibste eben zu Hause bei deiner Gattin. Uns treibt es gelegentlich fort von Mutti, zu den echten Schlampen. Fritz, du kennst dich bestimmt aus. Nicht das Übliche, so 'n richtig feiner Club mit feschen Mäuschen, das wär schon was. Also, ich mach mit.«

»Wenn wir mit heiler Haut da rauskommen, unterhalten wir uns noch mal drüber. Und wie gehen wir zukünftig mit der Kripo um? Die haben heute ganz offensichtlich bereits nach uns dreien gefragt. Und dann kreist noch dieser Schnüffler über uns wie ein Aasgeier. Wenn wir jetzt nicht vorsichtig sind, haben die uns am Kragen, kapiert?«

»Komm, Friedrich, du siehst schon Gespenster.«

Kaldeweis Kopf nahm die ungesunde Farbe einer überreifen Feige an, blauviolett mit abperlender Feuchtigkeit und hervortretenden Adern. Mit zittrigem Zeigefinger stand er zu nah bei Bert, der jedes einzelne Speicheltröpfchen auf seiner empfindlichen Gesichtshaut spürte.

»Erzähl mir nie wieder, was ich sehe und was nicht! Ich weiß genau, wovon ich rede. Gertrud sagt, die Krafft ist bei dir an der Haustür gewesen. Und bei Werner. Einmal in ihrem Leben hat meine Alte richtig reagiert und nicht aufgemacht. Da seid ihr sprachlos, wie? Also, keine Suchgänge mehr durch den Wald, egal zu welcher Uhrzeit. Und protzt nicht so verdammt offensichtlich mit dem Geld rum. Wir wissen von nichts. Ist das klar?«

Nervös blickten seine zwinkernden Augen von einem zum anderen.

Drei Hasen, die schlagartig ihre Namen vergaßen und die eigene

Großmutter nicht kennen würden, trennten sich nachdenklich. Mit sichernden Blicken hoch zu den Balkonen und geöffneten Fenstern verließen sie einzeln die Backstube, zogen die Tür sachte hinter sich zu. Eilige Schritte huschten über den groben, brüchigen Betonboden, ohne die vom Wetter aufgesprengten Muster zu beachten. Sie verschwanden durch die schmale Toreinfahrt.

Als Friedrich Kaldewei durch das ramponierte Rolltor schritt, blinkten gegenüber blaue Augen unter grauem Schopf hervor. Hellwach, mit geweckter Neugierde vergaß der Stadtarchivar das Anpassen der Probetafel für die Synagoge an der Hauswand. Der dritte Mann, der sich dilettantisch duckend fortschlich wie in einem billig produzierten Krimi eines Privatsenders, verließ den harmlosen Hinterhof. Geistesgegenwärtig verfolgte Hilarion Warthuysen den Gehetzten bis zu seinem Wagen. Er notierte sich die Autonummer mit dem guten Vorsatz, seinem neuen jungen Freund von der Kripo hilfreich unter die Arme zu greifen.

Gleich in der Frühe würde er ihn anrufen. Den netten jungen Mann vom Morddezernat. Wie hieß der noch gleich? Name und Nummer befanden sich im Klemmbrett, das auf seinem Schreibtisch in der Ablage ruhte.

Kurz vor halb sieben wuselte Gertrud mit der Kaffeekanne um den Esstisch herum, schenkte Friedrich nach, der seinen Toast mit Frischkäse bestrich. Die Börsendaten waren nicht zum Jubeln, und innenpolitisch schien alles aus dem Ruder zu laufen. In dem Moment, als er zum Lokalteil griff, schellte es, penetrant, den Finger anscheinend ununterbrochen auf den Klingelknopf pressend. Friedrich sah keinerlei Veranlassung, sich zu erheben. Wozu war er verheiratet? Erst als Gertrud mit weinerlicher Stimme auf den morgendlich desolaten Zustand ihrer Kleidung verwies, knallte er die Zeitung neben den Teller und erhob sich schwerfällig.

»Wie oft hab ich dir schon gesagt, du sollst morgens nicht so schlampig rumlaufen? Ist ja eklig. Ungekämmt, im verknautschten Nachthemd. Von deinem Gesicht ganz zu schweigen. Fehlen bloß noch Lockenwickler. Wage es ja nicht, mir jemals mit diesen Scheißdingern unter die Augen zu treten, sonst lernst du mich kennen. Ja, ja, ich komme schon, verflixt, bin doch kein Intercity.«

Vor der Tür stand Werner Uhlenboom mit dem Lokalteil in der Hand, hinter ihm gähnte Bert Schreiber, der sich verschlafen durch die Haare raufte.

»Heute Morgen schon gelesen, Herr Nachbar? Was wird hier gespielt? In was für einen Sumpf hast du uns da hineingezogen, du, du Verbrecher.«

Friedrich ging hinaus, zog die Tür hinter sich zu.

»Moment, immer schön nett bleiben. Worum geht es?«

Werners Stimme setzte zu einer Erklärung an, die man bei der Lautstärke bis zur Rheinfähre gehört hätte, Friedrich unterbrach ihn.

»Los, wir machen einen kleinen Morgenspaziergang, und beherrsch dich, oder willst du von hier bis Wesel alle schlafenden Hunde wecken? Zeig mal her.«

Zügig schritt er zum Wäldchen, die anderen hinterher. Immer mal wieder warf er einen Seitenblick auf die Zeitung. Was war mit dem Gladius, mit seinem Schwert? Mit äußerster Mühe verbarg er seine Unruhe, die mit jedem Atemzug wuchs.

Am Treffpunkt schlugen sie gemeinsam und hektisch die Zeitung auf. Friedrich verstummte angesichts des Artikels. »... klar erwiesen, dass Stichführung und abgesplitterte Metallpartikel zu einer altertümlichen Waffe gehören.« Im Großformat die Abbildung eines römischen Schwertes. Gesucht wurde ein Gladius. Sein Nachbar war mit aller Wahrscheinlichkeit mit dem Kleinod umgebracht worden, das er voller Entdeckerstolz freigelegt und aus zusammengepressten Holzfragmenten gepellt hatte. Jetzt nur keine Panik, ruhig bleiben, alter Junge, die beiden Luschen können dir nichts.

Der Eichelhäher warnte keckernd vor den ungebetenen Eindringlingen.

»Was hat das mit mir zu tun?«

Werner ereiferte sich nun im Flüsterton, wobei er Unmengen Speicheltröpfchen auf seine Gesprächspartner regnen ließ.

»Das fragst du noch so scheinheilig? Dir trau ich mittlerweile alles zu. Du wirst uns gehörig betrogen haben, den größten Batzen der Einnahmen verschweigst du uns. Hier geht es um Mord!«

»Bist du noch ganz bei Trost? Ich und Mord! Ungeheuerlich. Und ich habe nichts verkauft, was ihr nicht vorher gesehen habt. Sei

180

vorsichtig mit deinen Unterstellungen, Lehrer. Hab so ein Ding noch nie gesehen. Aber, wer sagt mir, dass nicht einer von euch hier heimlich absahnt?«

Bert Schreiber wurde schlagartig wach, ballte die Fäuste.

»Pass auf du, sonst polier ich dir gleich hier deine teuer parfümierte Fresse! Wer hat denn mit der Erdwühlerei angefangen, he, und wer hätte denn ganz allein verdient, wenn wir uns nicht eingeblendet hätten, he, he?«

Ein farbenfroher Fasan stob kollernd aus dem Unterholz, jagte flach gebückt und flatternd an dem Trio vorbei. Friedrich erschrak, Blässe überzog sein Gesicht, er rang für einen Moment nach Luft. Scheißaufregung.

»Und? Herr Oberlehrer, immer schön moralisch und heilig. Wie laufen die Geschäfte für den Naturschutz? Wie viele Kröten hast du in diesem Jahr von den Straßen gekratzt? Oder lässt du nur noch kratzen, jetzt, da du die dicke Kohle eingestrichen hast?«

Werner wedelte hektisch mit den Händen um seinen Kopf, um einer Attacke beutewitternder Bremsen zu entkommen.

»Eine bodenlose Unterstellung! Hätte ich dein primitives Niveau im Vorhinein erahnt, wäre ich nicht im Traum auf den Gedanken gekommen, mich auf halbseidene Geschäfte einzulassen. Ich traue niemandem mehr und verzichte hiermit auf die letzte Zahlung.«

Werner riss Friedrich die Zeitung aus der Hand und bahnte sich mit energischen Schritten den Weg zurück, drehte sich kurz vor dem Feld um.

»Ich kenne Sie nicht mehr, habe nie etwas mit Ihnen zu schaffen gehabt!«

Bert nahm den Abgang pragmatisch, rieb sich geräuschvoll das unrasierte Kinn.

»Wehe, du teilst nicht haarscharf durch zwei. Ich brech dir deine Geldadelnase, wenn ich dahinter komme, dass du mich bescheißt.«

Er zerklatschte eine Bremse. Rund um die Einstichstelle an seinem linken Oberarm bildete sich ein kleiner Blutfleck, bevor er das tote Tier wegschnippte.

Bert eilte davon. Friedrich blickte auf den Stiernacken, die modellierten Muskeln an den Armen, erahnte den Jähzorn, der ähnlich einem Vulkanausbruch von diesem Mann ausgehen könnte.

Wenn die beiden wüssten.

Nachdenklich schellte Friedrich, bemerkte nicht, dass Gertrud sich innerhalb der kurzen Zeit in eine vorzeigbare Ehefrau verwandelt hatte, ging ins Bad, ließ sich kaltes Wasser über den Kopf laufen. Wenn die wüssten, was sich bis zu diesem Zeitpunkt bereits hinter ihren Rücken ereignet hatte, würden sie ihm garantiert die Polizei ins Haus schicken. Das Schwert. Wieso war ein Gladius die Mordwaffe, wieso nur? Er lief hastig in den Keller, fingerte nach dem Schlüssel und öffnete seinen Safe. Leer, eine Höhle. Es war verschwunden. Einfach weg. Friedrich Kaldewei taumelte zurück. Wie versteinert stand er da. Gertrud.

»Gertrud!«

Burmeester schaffte es in Rekordzeit, sein lärmendes Handy von der Hosentasche zum Ohr zu befördern. Ihm war klar, dass er sich über eine Tischregel seiner Mutter hinweggesetzt hatte. Mitten im Fall verlor Ballast an Bedeutung. Basta. Stimmen gleichen am Telefon nur selten dem Original, und Burmeester reagierte mit minimaler Verzögerung.

»Spreche ich mit dem jungen Kommissar?«

Nikolas richtete sich auf.

»Ja.«

Schmeicheleien am frühen Morgen machten den Frischkornbrei ohne Zuckerzusatz und mit Sojamilch gegen Magenübersäuerung zur Nebensache, während er mit Argusaugen von seiner Mutter beobachtet wurde, deren Löffel in der Luft verharrte. Keine atmosphärischen Störungen der Mahlzeiten hieß die Regel, gegen die ihr Sohn soeben verstieß.

Am anderen Ende des verpönten Objekts eine sonore Stimme.

»Warthuysen, Sie erinnern sich? Ich störe nur ungern am frühen Morgen, habe jedoch gestern eine interessante Beobachtung in der Rheinstraße gemacht, die ich Ihnen unbedingt mitteilen muss.«

Er straffte seine Beobachtungen des ungewöhnlichen Trios und endete mit Durchgabe der Autonummer, die sich Nikolas auf den Rand der TAZ notierte.

»Und Sie sind sicher, dass die verdächtigen Personen aus der alten Bäckerei kamen?«

»Jedem von denen lauerte die Angst, entdeckt zu werden, im Nacken. Da sind zumindest windige Hinterhofgeschäfte gelaufen, wenn nicht gar Übleres. Ich bin beruflich des Öfteren hier in der Gegend, habe diese Köpfe noch nie bemerkt.«

Burmeesters Mutter verließ den Esstisch mit versteinerter Miene und knallte die Tür ihres Schlafzimmers mit Wucht ins Schloss.

»Durchzug?«

»Nein, meine Mutter ist beleidigt, weil ich mit aktiviertem Handy am Tisch sitze. Das versaut die positiven Energien der Nahrung, verstehen Sie? Vielen Dank für Ihren Einsatz. Ich muss mich eben um meine privaten Probleme kümmern, bevor es eskaliert. Ich gebe das Kennzeichen zur Dienststelle durch.«

»Viel Erfolg und halten Sie mich bitte auf dem Laufenden. Ach, noch was. Falls Sie auf der Suche nach eigenen vier Wänden sein sollten, könnte ich Ihnen eventuell etwas vermitteln. Schließlich komme ich viel herum im Stadtgebiet und bin mit halb Wesel per Du. Ich will Sie jetzt nicht länger aufhalten.«

Typisch, wenn es nicht nach Mutters Kopf ging, steckte sie ihn erst in den Sand, um anschließend über die groben Körner zu lamentieren, die sich dabei in ihre Augenwinkel verirrt hatten.

»Mutter?«

Keine Reaktion. Nikolas widmete sich schulterzuckend Brei und Ei, ließ sich mit der Leitstelle verbinden, gab das Kennzeichen durch und staunte nicht schlecht, als der Kollege ihm den Namen des Fahrzeughalters durchgab.

»Ein gewisser Friedrich Kaldewei, wohnhaft Himmelsstiege 41, das ist in Büschken.«

»Ortsteil von Bislich, ich weiß.«

Zaghaftes Schluchzen drang aus dem Nebenraum.

»Mutter! Nicht schon wieder deine Heultour. Diese Nummer ist zu abgegriffen. Zieht nicht mehr, hörst du? Rede mit mir oder meditier drüber, auch gut! Ich werde ausziehen, so schnell es geht. Dann hast du deine Ruhe. Und ich erst recht.«

Die Tür öffnete sich, Burmeesters Mutter tupfte mit einem Seidentuch unsichtbare Tränen von den Wangen.

»Aber Niki, Schatz, ich bin besorgt um dich, hab's doch nur gut gemeint.«

»Ich auch. Bevor wir uns zerfleischen, werde ich gehen. Muttermörder bekommen zwar relativ schnell eine positive Sozialprognose bescheinigt, aber ich will lieber auf der anderen Seite stehen.«

Nikolas rief Karins Handynummer aus dem Telefonspeicher ab, lief zur Wohnungstür, öffnete sie, wurde ruckartig festgehalten.

»Nikolas, warte eben, deine Laune ist so düster wie die schwarzen Sachen, die du heute wieder trägst. Mit so vielen negativen Energien können wir nicht positiv in den Tag –«

Er geriet ins Straucheln, balancierte sich aus, ließ sein Mobiltelefon für einen Moment locker, schaute dem Gerät verdutzt nach, wie es in unzähligen Salti durch das Treppenhaus flog und krachend auf den Terrazzofliesen im Erdgeschoss zersplitterte.

»Na prima. Hältst du es für besonders erleuchtet, mich von meiner Arbeit abzuhalten? Scheiße, ich brauche mein Handy. Falls du es vergessen hast, ich habe mit Mördern zu tun, nicht mit Gurus. Ohne Handy bin ich nicht erreichbar, kann keine Infos weiterleiten, gar nichts! Wann kapierst du endlich, dass nicht der Fortschritt uns schadet, sondern dein Starrsinn?«

Zitternd lehnte er neben der Haustür, fingerte die Simcard aus dem Technoschrott und schob den Rest in den Briefkasten, der seinen Namen trug. In Orangerot und mit verschlungenen Buchstaben sehr individuell gestaltet. War nicht seine Schrift, nein, war die seiner Mutter. Alles musste weich und fließend sein, bloß nicht geradlinig.

Er würde sich ein neues Gerät kaufen. Die alte Simcard garantierte ihm Erreichbarkeit. Mit viel Pech müsste er den gesamten Speicher neu eingeben. Frickelskram. Telefonläden öffneten frühestens um neun. Eine verdammte Stunde Zeit. Zu lang, um untätig und allein im Büro zu hängen. Auf zum Frühstück bei MacMutters Konkurrenz.

Johanna war passionierte Frühaufsteherin, immer die Erste, gut gelaunt dem Tag ins Auge blickend. Mit der zweiten Tasse Kaffee auf ihrer Terrasse sitzend, die morgendliche Stille genießend, wurde ihr erst nach mehrmaligem Klingeln bewusst, dass es sich um ihr Telefon handelte.

Karin kam ohne Umwege direkt zur Sache.

»Ich bin gerade im Büro angekommen und muss etwas überprüfen. Du erinnerst dich an die Radiosendung, die Henner nachdenklich gestimmt hat?«

»Du meinst, mit der merkwürdigen Frau, die so tat, als plane sie, ihren Ehemann ums Eck zu bringen?«

»Genau die. Ich habe einen Mitschnitt auf Band, und ich glaube, dass diese Stimme in Büschken lebt. Ich spiele dir einen Teil vor. Hör bitte genau hin. Vielleicht erkennst du die Frau.«

Der Anfangsdialog kam klar bei Johanna an. Nach weiteren Sätzen der Frau, die Nora genannt wurde, standen ihr die Nackenhaare zu Berge. Natürlich wusste sie, wer diese geheimnisvolle Anruferin war.

»Karin, ich weiß es, kann's überhaupt nicht glauben.«

»Mach es nicht so spannend, Mutter, es geht um die Aufklärung eines Mordes. Und? Wer?«

»Das ist Gertrud Kaldewei, hundertprozentig.«

»Bist du ganz sicher?«

»Natürlich.«

»Gut. Du rührst dich bitte nicht aus dem Haus. Ich werde in ein paar Minuten drüben bei ihr sein. Mal sehen, was sie dazu sagt.«

Johannas gute Laune verflüchtigte sich wie der Kaffeeduft im lauen Juniwind. Ihre Gedanken standen nicht mehr geordnet hintereinander, sondern rangelten um den Platz in der ersten Reihe. Überlagert von Zweifeln traten These und Antithese in den Ring, spalteten sich in Fragen und Vermutungen, arteten in wilde Phantasien aus. Ihre Nachbarin, die sie seit Jahrzehnten kannte, eine Frau mit verklausulierten, unverständlichen Mordplänen und gewalttätigem Potenzial? Im Haus gegenüber eine Rächerin? Johanna stand wie gelähmt in der Tür zum Garten. Furcht machte sich breit. Da half nur eins.

»Henner?«

»Johanna, was ist passiert? Du klingst bedrückt.«

»Kannst du kommen?«

»So schnell es geht, meine Gute.«

Unglaublich. Nicht der leiseste Versuch, nach den Gründen zu fragen. Sie setzte sich hinter die Küchengardine und wartete.

Der größte Kelch ging an Burmeester vorüber. Sein Speicher mit zig Nummern war erhalten geblieben. Er stand in der Fußgängerzone, testete das eben erworbene Handy. Sein öffentlicher Jubelschrei sorgte für vereinzelte skeptische Blicke. Zuerst im Büro anrufen und die Verspätung erklären. Jerry war dran, wirkte ungehalten und kurz angebunden.

»Karin ist nach Büschken gefahren. Mensch, wir haben den Schreibtisch voller Berichte und brauchen jede Minute, also lass die Profis in Ruhe arbeiten. Ich denke, du hast mit Karin deinen Einsatz abgesprochen!«

Wenn heute alle so mies drauf waren, musste er den Kopf einziehen.

Das Bedürfnis, sich auszutauschen, war noch nie so stark wie jetzt, schnürte ihm die Kehle zu, lag als Stein im Magen. Kaldewei war aus der Hofeinfahrt gekommen, in dessen Hintergrund ein neues, angemeldetes Telefon in einem heruntergekommenen, ungenutzten Gebäude stand. Die Nummer dazu klemmte bei einem pedantischen, superordentlichen Menschen hinter einem biederen Bilderrahmen. Dieser Mann war tot. Wo war die Verknüpfung?

Kollegen nicht erreichbar, Mutter hysterisch, Therapeut auf einem internationalen Kongress in Singapur. Hilarion Warthuysen. Der alte Kauz hatte ihm Unterstützung jeglicher Art zugesagt. Nikolas machte sich umgehend auf den Weg zur Weseler Zitadelle, wo das Stadtarchiv kürzlich ins historische Gemäuer der Alten Baeckerey eingezogen war.

Georg Plonski parkte in der Weseler Innenstadt, direkt vor dem neuen Supermarkt der technischen Wunder an der Ecke Kreuzstraße und Esplanade. Der Backsteinkasten war ein allseits geächteter Versuch, mittels moderner Architektur die City optisch zu bereichern. Fünfzehn Minuten Parkzeit mussten reichen. Plonski achtete peinlichst darauf, niemals Anlass zum kleinsten Knöllchen zu geben. Unfallfrei, keine Punkte in Flensburg. Erpressung, Gewalt, schmutzige Geschäfte, sein Ding, aber niemals das kleinste Verkehrsdelikt. Nicht mit seinem heiß geliebten Saab. Ehrenkodex.

Am Eingang des hässlichen Klotzes lungerten einheitlich verkleidete Türsteher. Der Herr in seiner Fülle passte millimetergenau durch die Sicherheitsbarriere und ohne Gegenverkehr bequem durch den Hauptgang.

In Lichtgeschwindigkeit erschloss sich Plonskis Hirn der Sinn des Werbeslogans dieser Ladenkette. Nicht das Aufreizende der Sparsamkeit war gemeint. Nein, angesichts des adretten, züchtig gekleideten Personals wurde ihm klar, wer hier mit Reizen geizte. Nichts sollte ablenken von Konsum und Kaufrausch. Unwichtig, alles blanke Kulisse. Plonski wusste, hier würde er ohne fachkundige Beratung fündig werden.

Vorbei an neuesten Digitalkameras, Fernsehern, Kaffeemaschinen, Sonderangeboten, schnurstracks sein Ziel im Auge haltend, von weitem eine Auswahl treffend. Fest installierte Spielkonsolen mit Bildschirmen lockten die spielhungrigen Kids, die Loser, Schulverweigerer, die mit dem programmierten häuslichen Ärger, den strengen Vätern, wenn es sie gab, den weinerlichen Müttern vor posterverklebten Türen zu chaotischen Kinderzimmern. Plonski kannte sich aus, entdeckte die unruhigen Blicke, die flinken dürren Beine, ständig auf dem Sprung, falls sie, beim Blaumachen erwischt, türmen mussten. Er suchte sich das Alphamännchen aus der Truppe, nahm es zur Seite und griff in seine Manteltasche.

»Pass auf, hier ist ein Umschlag, und das sind zwanzig Euro. Kleiner Nebenverdienst?«

Der Junge schob seine Kappe in den Nacken, nickte.

»Du bringst diesen Umschlag zur Mordkommission am Herzogenring, das Gebäude gegenüber vom Amtsgericht. Kennst du bestimmt. Siehst aus, als wären Sozialstunden kein Fremdwort für dich.«

Der Junge nickte, blickte nebenbei auf sein Handy. Busy, busy.

»Neben der Tür ist ein Postkasten. Wirf ihn einfach nur ein.«

»Mehr nicht?«

»Mehr nicht, aber genau das und zügig. Sollte der Brief nicht ankommen, erscheine ich dir überall, auf dem Klo, im Schlaf und reiß dir den Arsch auf. Haben wir uns verstanden?«

»Klar, bin schon weg.«

Der schmuddelige Eastpack hing dem verpickelten Knaben zusammen mit dem Gesäß seiner weiten Hose fast in den Kniekehlen, als er mit wippenden Schritten den Laden verließ. Sah unbequem aus. Jugendlicher Widerstand besaß schon immer einen eigenen Stil.

Erledigt. Niemand versaute einem Plonski das Geschäft. Wer es trotzdem wagte, bekam es mit geballter Niedertracht zu tun. In vier Minuten lief die Parkuhr ab. Hundertfünfzig Kilo Lebendgewicht in Eile glichen einer schnaufenden Dampfwalze auf Beinen.

Noch bevor sie einen anderen Kollegen auch nur gesehen hatte, saß Karin bereits wieder in ihrem Flitzer. Im Rückspiegel testete sie die Wirkung ihres neuen Lippenstifts. Völlig ungewohnt. Vielleicht würde sie ihn gar nicht benutzen am Abend. Verschmierte immer so unästhetisch beim Küssen. Sah aber klasse aus. Noch Stunden Zeit. Moritz würde bei Henner übernachten und am Samstag mit ihm nach Büschken fahren. Alles organisiert. Nur das Wetter schwächelte. Bedeckt, leicht abgekühlt, laue Brise.

In Flüren fiel Karin ein, ihr Handy mit der Welt zu verknüpfen. Kaum bestätigte das Gerät die Richtigkeit des Pincodes mit einer einfallslosen Tonfolge, säuselte auch schon Mozarts unklassischer Nachfolger »Stars shining bright above you« elektronisch verfremdet und ließ eine unromantische Botschaft erahnen, da der eingehende Anruf von einer Dienstnummer der Polizeizentrale ausging.

Jerry berichtete kurz von den Erfahrungen, die er und Tom mit den verdächtigen Vorstandsmitgliedern des Brückenschlag e.V. gesammelt hatten. Schlüter und Steinhauer, unsympathische Zeitgenossen, großmäulig, cholerisch, unangenehme Charaktere und natürlich völlig unschuldig unter Verdacht. Leider konnten beide ein unschlagbares Alibi für die Tatnacht nachweisen. An besagtem Wochenende weilten die Herren auf Kegeltour in Winterberg im Sauerland. Gebeizt mit Aftershave, eingelegt in zig Runden Kleiner Feigling waren die Prachtkerle Freitagnacht heiß verspeist worden. Samstag auch. Und Sonntag früh. Von zwei Kegelschwestern der »Rollenden Wuchtbrummen« aus Castrop-Rauxel Bladenhorst.

»Ohne mit den Wimpern zu zucken, rückten beide die Adressen der rolligen Damen raus, nicht ohne den verklärten Blick zu kriegen, den guter Sex auslöst. Muss verdammt beeindruckend gewesen sein. Gibt es nicht auch eine Kegeltruppe in unserem Betriebssport-angebot? Na, jedenfalls erfolgte die verkaterte Rückkehr aus dem Sündenpfuhl Sonntagmittag. Keine Chance, Karin, falsche Fährte. Wir vertiefen uns noch mal in die Berichte.«

»Macht das. Wo ist Termath?«

»Auf der Suche nach diesem Privatdetektiv.«

»Was stellt Burmeester gerade an?«

»Keine Ahnung, noch nicht gesehen.«

»Ich habe übrigens die Stimme aus der Radiosendung und werde sie mit ihren Aussagen konfrontieren.«

»Was? Endlich geht es vorwärts. Um wen handelt es sich?«

»Um eine Nachbarin des Toten. Wohnt schräg gegenüber.«

»Brauchst du Unterstützung?«

»Geht schon. Ich melde mich.«

Das Symbol für eine Nachricht auf der Mailbox fiel ihr ins Auge. Sie wählte die Box an und hörte Burmeester über seine Entdeckungen reden. Dieser Tüftler, alle Achtung, dachte sie mit einem versöhnlichen Lächeln.

Nikolas traf den Stadtarchivar, als er, den vierten Ausdruck der neuen Gedenktafel im Klemmbrett, gerade die ausgetretene Steintreppe der Alten Baeckerey herunterkam, um sich auf den Weg zur Rheinstraße zu machen. Gemeinsam schlenderten sie am Preußenmuseum vorbei, bogen auf den Südring, um hinter dem Schulneubau den Fußweg zur Esplanade und geradeaus die Straßen an der Rückseite des Marienhospitals weiter zum Ziel zu nehmen. Hilarion Warthuysen hörte sich Burmeesters Sorgen mit der gleichen Ernsthaftigkeit an, die er jedem Gesprächspartner zukommen ließ, weshalb er allgemein geschätzt wurde.

»Und Ihre Vorgesetzte versteht Sie ständig falsch? Unterschätzen Sie Ihren eigenen Anteil an kommunikativen Problemen nicht, junger Mann, beginnen Sie rechtzeitig, Ihre Dialoge zu kontrollieren, um sicherzustellen, dass ankommt, was Sie wirklich meinen. Da sind wir. Schauen Sie, das Tor steht wieder offen.«

Vogelgezwitscher hallte durch den kleinen Tunnel der Hofeinfahrt, als die Männer sich anblickten, ohne Kommentar in den Hof schritten und vor der alten Backstube stehen blieben.

Burmeester schaute in die Runde der Balkone. Bewölktes Wetter, geschlossene Türen, keine Musik. Ein Blick durchs Fenster, der rote Knopf am Festanschluss leuchtete intervallartig auf.

»Würde zu gern den Anrufbeantworter da drinnen mal abhören.«

Warthuysen musterte mit fachmännischem Auge die alte Tür, deren Lackfarbe schichtweise abblätterte.

»Alles ist vergänglich, Asche zu Asche, Staub zu Staub, stabiles Holz zu morschem Gebrösel.«

Bei den letzten Worten stieß Warthuysen mit unvermuteter Kraft, kurz und gezielt mit Oberarm und Schulter vor das Türblatt. Kein großes Geräusch, kein Krachen, nichts, nur Gebrösel aus dem Türrahmen, das auf den Boden fiel, während der Archivar das herausgelöste Schließblech geschickt festhielt, damit es nicht auf den Beton schepperte.

»Verflixt, bin ich doch glatt ausgerutscht und vor die Tür gestoßen. Schauen Sie nur, was mir passiert ist. Himmel, ist mir das peinlich.«

»Und mir erst. Kann man nichts machen, müssen wir durch. Sie bleiben hier und passen auf.«

Burmeester glitt durch den schmalen Spalt ins Innere. Spuren im Staub auf dem Fußboden bestätigten Warthuysens Theorie von einem konspirativen Treffen. Sollte er jetzt nicht besser die Spurensicherung anfordern? Der Anrufbeantworter blinkte verlockend, und eine Fußspur endete vor dem alten Backofen. Burmeester folgte ihr vorsichtig, bedacht, nichts zu zerstören, nahm ein Tempo aus der Hosentasche, legte es auf den abgegriffenen Hebel und öffnete damit die Ofentür. Drinnen, nachlässig abgelegt, eine Diskettenhülle, entrückter Gegenstand in diesem Ambiente.

Er ummantelte die Hülle, fühlte zwei Disketten, packte kurz entschlossen zu und ließ den Ofen zuschnappen. Er beugte sich, während er die Trophäen in einer Gesäßtasche verstaute, hinunter zu dem Anrufbeantworter. Burmeester hielt inne. Wenn er ihn jetzt abhören würde, könnte von draußen jeder erkennen, dass er nicht mehr blinkte. Scheißegal, würde er ihn eben durch einen kurzen Anruf wieder aktivieren. War sowieso unerheblich, da er gerade nichts anderes als einen Einbruch verübte. Ohne Legitimation. Mit einem väterlichen Stadtarchivar als Komplizen, dessen äußere Erscheinung gewisse Ähnlichkeiten mit Albert Einstein aufwies. Ein Philosoph mit praktischen Ideen.

»Haben Sie Papier und Stift für mich?«

Warthuysen hielt ihm beides entgegen. Nur zwei Anrufer, die um Rückruf baten. Offensichtlich Reaktionen auf Angebote. Irgendwas wurde von hier aus gehandelt. Burmeester lief es eiskalt den Rücken runter.

Drogenhandel? Mafia? Zur Tarnung eine harmlose Existenz in Büschken? Wo war die Verbindung? Bestimmt auf den Disketten zu finden. Die mussten dringend ausgewertet werden. Zu Hause? Unmöglich. Im Büro. Guter Gedanke. Als er sich zum Gehen umwandte, hielt Warthuysen ihn auf.

»Da, neben dem Ofen, schauen Sie, der schlichte Rahmen.«

Eine dünne Holzleiste, mit einer ebenmäßigen Staubschicht bedeckt, zierte anscheinend seit Generationen diese Stelle.

»Wischen Sie drauflos, junger Mann. Das ist bestimmt ein Meisterbrief. So erfahren wir den Namen der Bäckerei, ohne dass ich in meinem Archiv wühlen muss.«

Burmeester nutzte sein Papiertaschentuch zum finalen Einsatz. Schranz, Hubert Schranz, Bäcker und Konditormeister. Irgendwo war dieser Name in den Akten aufgetaucht. Die würde er sich am Abend vornehmen. Mutterfluchtinstinkt.

Die alte Tür sah oberflächlich unversehrt aus, als die Männer lässig vom Hof scharwenzelten.

»Ungewöhnliche Umstände erfordern manchmal spontane Handlungen, junger Mann. Wie sagt die Jugend doch gleich? Immer schön cool bleiben.«

Warthuysen testete seelenruhig und gewissenhaft die Probetafel, während Nikolas sich auf den Weg zum Herzogenring machte. Wie viele Kompetenzüberschreitungen ließen sich auf seinem Konto verbuchen? Alle, die frei waren. Wenn man ihn schon allein ließ, musste man mit unkonventionellem Handeln rechnen. Steine lagen nicht als Hindernisse im Weg, sondern als kreatives Baumaterial.

Der Beamte an der Pforte reichte ihm einen braunen Briefumschlag mit der Aufschrift »Mordkommission«. Oben im Büro hockten Tom und Jerry über Bergen von Papier. Der Umschlag landete im Postkorb. Etwas war anders als sonst. Der obligate Blick auf die Männerbrust enthüllte Unfassbares. Jerry trug einen einfachen schwarzen Binder, schmal, sich nicht verbreiternd, ohne jegliches Muster.

»Was ist los, Trauerfall in der Familie?«

»Nein, buddhistischer Feiertag. Der Sieg über den schlechten Geist.«

Noch so ein Spinner, dachte Burmeester. Er erinnerte sich an unzählige Stunden zitierter Verse und Reden des Weisen unter tropischen Palmen und prallte innerlich zurück.

»Du bist Buddhist?«

»Manchmal. Keine Sorge, es reicht nicht zum Missionieren. Übrigens, Karin wollte wissen, wo du dich rumtreibst.«

Jetzt oder nie. Frechheit siegt.

»Hab ich schon mit ihr geklärt. Habe einen Auftrag mitgebracht, den einer von euch erledigen soll. Karin sind zwei Disketten in die Hände gekommen, die im Zusammenhang mit der geheimen Telefonnummer stehen. Sollen dringend ausgewertet werden. Oberste Priorität sozusagen.«

Er legte sie auf Jerrys Schreibtisch. Tom nahm sich beiläufig den braunen Umschlag, riss ihn mit dem kleinen Finger auf, schüttelte. Heraus fiel ein Foto, digital, per Computer auf einfachem Papier gedruckt, gefaltet ein zweiter Bogen. Tom nahm das Bild zur Hand, stutzte und legte es behutsam mit zwei Fingern an der äußersten Ecke haltend vorsichtig wieder ab.

»Wenn das nicht ein römisches Schwert ist, bin ich ab heute die blaue Elise.«

Die anderen kamen näher, lugten ihm über die Schulter.

»Nee, nee, heiß ruhig weiter Tom. Das ist ein Gladius.«

»Und die Mordwaffe offensichtlich ebenfalls. Allerdings wirken die Schattierungen des Metalls hier völlig anders, verfärbt, dunkler. Eine Aufnahme, die nach dem Mord gemacht wurde? Das wäre voll dreist. Ich hab das gleiche Schwert schon total edel präsentiert bei Buy Watch gesehen. Guck nicht so, steht alles in meinem Bericht. Müsste bei Karin auf dem Tisch liegen. Wo kommt das Bild her?«

»Aus dem Umschlag, den du vorhin in die Ablage gelegt hast.«

»Den hat mir der Diensthabende an der Pforte gegeben.«

Burmeester rief unten an, erfuhr, man habe ihn mit der anderen Post aus dem Briefkasten geholt. Jerry blieb gelassen.

»Ich ruf Heierbeck an, er soll ihn auseinander nehmen. Da ist noch ein Bogen.«

Tom öffnete ihn mittels stäbchenartig eingesetzter Bleistifte.

»Große Computerschrift, vermutlich Arial zwanzig. Text: Es klebt schon Blut an dieser Klinge. Ein Stich reichte. Wer Geschäfte versaut, dessen Blut gesellt sich dazu. Finger weg und Abstand halten!«

Burmeester griff impulsiv nach dem Bogen, musste Wort für Wort mit eigenen Augen lesen. So eine Dreistigkeit.

»Burmeester! Na, toll, jetzt sind auch noch deine Fingerchen darauf verewigt.«

Er ließ das Papier aufgeschreckt los. Es segelte zurück auf den Schreibtisch.

»Was soll das? Ich blick da gar nicht mehr durch.«

»Da ist jemand ganz mutig und droht uns, damit sein Geschäft nicht platzt. Das hat ja was naiv Gefährliches. Wer ist denn so blöd, sich mit der Kripo anzulegen?«

»Ein Irrer. Vielleicht wird es jetzt langsam Zeit zur Erarbeitung des Täterprofils.«

Jerry lehnte sich zurück, legte die Beine auf den Tisch.

»Mal schauen, was Karin dazu sagt.«

Burmeester stand bereits wieder an der Tür.

»Genau, und vergesst nicht die Disketten. Detaillierte Auswertung, notfalls zu zweit, sonst reißt sie euch den Kopf ab.«

»He, Kleiner, mit wem hast du gesprochen, mit unserer Chefin oder mit Lara Croft?«

»Mach keine Witze, Jerry. Du weißt, wie sie ist, wenn man sie reizt. Ich hole eben mein Auto und mach mich dann auf den Weg. Bis nachher.«

»Nicht so flott. Wohin fährt er denn, falls wir wieder über seinen Aufenthalt Auskunft geben müssen?«

Nikolas ging aufs Ganze. Er brauchte Zeit, musste Kaldewei zur Rede stellen.

»Ich fahr zu Karin. Bin ja schließlich ihr Assistent.«

»Grundgütiger! Ihr Assistent. Gibt es da nicht einen amerikanischen Thriller von Jeffery Deaver, ›Die Assistentin‹ oder so? Wühl nicht in alten Bahnhöfen und hüte dich vor Kanalisationen, Kleiner, sonst ergraust du vorzeitig.«

Unten in der Pforte blätterte Burmeester kurz durch das Branchenbuch. Investmentberatung, da, Kaldewei, am Nordturm. Kurzer Blick auf den Stadtplan hinter der Tür. Gewerbegebiet in Friedrichsfeld.

Es dauerte lange, bis Gertrud sich räusperte und zunächst einsilbig auf Karin reagieren konnte. Verlegenheitsröte war ihr ins Gesicht gekrochen, als sie ihre Stimme auf dem Band erkannte. Sie war, während sie die Hände vor den Mund hielt, auf einen Stuhl gesackt. Ihre Augen bewegten sich unruhig, während sie die Fingernägel der linken Hand geräuschvoll abknabberte. Sie schrumpfte innerlich, bis ihre belegte Stimme leise aufbegehrte.

»Schluss. Mach aus.«

»Gertrud, du bist Nora, nicht?«

»Ja.«

»Erklär mir, was du mit Frau von Schlarenberg besprochen hast.«

»Ist ja wohl auf dem Band.«

»Auf dem Band ist ein Dialog, den ich nicht nachvollziehen kann. Was ist dir lieber? Magst du erzählen, oder soll ich gezielte Fragen stellen?«

Die Röte wich einer unnatürlichen Blässe. Gertrud zitterte am ganzen Körper. Wie ein Kind, das bei verbotenen Spielen erwischt worden war, dachte Karin. Hängende Schultern, krause Stirn, schräger Kopf, gesenkter Blick.

»Lass mich reden, aber mach das Gerät aus.«

»Komm, ich mach uns einen Kaffee. Kann man sich an der Tasse festhalten, geht leichter. Wo finde ich Kaffeefilter?«

Gertrud lief ihr nach, schob sie sanft zur Küchentheke, an der zwei gepolsterte Hocker standen.

»Setz du dich, ich mach das. Ist schließlich meine Küche, da kenne nur ich mich aus.«

Die Frauen hockten schweigend nebeneinander. Karins Kaffee wurde kalt, während jeder Schluck bei Gertrud die Rückkehr der Gesichtsfarbe bewirkte. Karin ergriff die Initiative.

»Erzähl mir von dir und Friedrich.«

»Damals, als wir geheiratet haben, war er ein fescher Kerl. Das Einzige, was meine Mutter mir über die Ehe beibrachte, war, ich hätte die Faust in der Kitteltasche zu ballen und zu tun, was der Mann will. Das habe ich befolgt. Er ist kein schlechter Mensch, weißt du. Er ist nur manchmal ein wenig rücksichtslos. Und nie zufrieden. Ich kann machen, was ich will, alles ist falsch. Und dann …«

»Dann passiert es, nicht wahr? Dann schlägt er zu.«

»Wie kommst du darauf? Nein, er hat immer damit gedroht, aber angefasst hat er mich nie. Friedrich würde sich nie die Hände schmutzig machen. Er wird ausfallend. Schimpft, schreit. Immer beleidigt er mich, immer macht er mich runter, immer hält er mich klein. Nie Respekt, nie ein nettes Wort oder eine liebe Geste, nichts. Ich bin seine Alte, die ihm auf der Tasche liegt und nichts kann. Hat er ja Recht. Meine Lehre hab ich abgebrochen, als wir geheiratet haben. Ich kann wirklich nichts. Nicht mal Kinder kriegen. Alles halb so wild, wenn da nicht die anderen Frauen wären.«

»Was heißt das?«

»Er geht zu irgendwelchen Weibern, andauernd. Immer riecht er fremd, wenn er nach Hause kommt, duscht sich nicht einmal. Mich fasst er ja nicht mehr an, weißt du. Fällt neben mir ins Bett, schnarcht wie ein Holzfäller und stinkt nach fremden Körpern. O Gott, das ist mir so peinlich.«

Karin tätschelte Gertruds Hand. Bloß nicht aufhören, mach weiter, ermutige sie.

»Schau, du hast den anonymen Weg über das Radio gewählt, um mit dem Reden zu beginnen, jetzt mach ruhig weiter. Es wird dir gut tun.«

»Das ging alles los, als der Arzt mir sagte, ich könne machen, was ich wollte, ich würde niemals eigene Kinder haben. Damals hab ich mich eingeigelt. Er konnte mich nicht trösten, war selber zu enttäuscht. Es würde keinen Sohn geben. Als ich aus meiner Depression wieder auftauchte, war er so weit von mir entfernt, dass ich ihn einfach nicht mehr erreichen konnte. Seitdem leben wir hier nebeneinander her. Ich bemühe mich, tu alles für ihn. Ich will doch einfach nur geliebt werden.«

Gertrud brach in Tränen aus. Karin griff über die Theke zu einer Küchenrolle und reichte ihr ein Tuch.

»Geht's wieder?«

Kantiges Nicken.

»Gertrud, ich muss dich noch etwas fragen. Wer ist deine Freundin, die immer von ihrem Mann verprügelt wird?«

»Wurde, er lebt doch nicht mehr.«

»Gertrud, wer ist es?«

»Kannst du dir doch denken.«

»Herta Paessens?«

Karin konnte es nicht fassen. Nie im Leben wäre sie darauf gekommen, dass hinter der stillen, ordentlichen Fassade ihrer ehemaligen Nachbarn Not und Elend geherrscht hatte, vielleicht noch Schlimmeres geschehen war, während allen rundherum heiliger Frieden vorgetäuscht wurde.

»In der Sendung hast du gesagt, sie hat ihren Mann umgebracht.«

»Nein, nein, nie und nimmer hab ich das gesagt, nein, Herta doch nicht. Ich hab das gesagt? Nein.«

»Doch, und du hast auch angedeutet, dass du deinen Ehemann jetzt auch loswerden willst. Loswerden – verstehst du, wie solch ein Wort nach einem Mord ankommt?«

»Das stimmt, das will ich, hier drinnen will ich das schon sehr lange. Aber ich kann mich doch nicht einfach scheiden lassen. Was sollen denn die Nachbarn von mir denken? Und wovon soll ich leben? Am liebsten würde ich es tun. Vierunddreißig Jahre Demütigung sind genug.«

Karin stand mit bleischweren Beinen auf. Manchmal begegneten ihr Geschichten, die körperlich spürbar wurden.

»Ich muss rüber zu Herta.«

»Karin, bitte, nichts über Fee, ja? Ich musste mit jemandem sprechen, du verstehst das doch, aber ich hab der Herta schwören müssen, niemals etwas über ihre Nöte zu erzählen. Sie ist wie eine Schwester für mich. Wir haben so viel gemeinsam. Dabei war sie doch noch schlimmer dran als ich. Deshalb musste ich erst was für sie tun. Jetzt bin ich dran. Kann ich mitkommen? Bitte. Die vertraut mir nie wieder, wenn sie das erfährt.«

Gertrud wurde bemerkenswert lebhaft in ihrer Sorge.

»Also gut. Unter einer Bedingung. Du kommst mit und überzeugst sie davon, dass es besser ist, alles auf den Tisch zu packen, okay?«

Sie müsse sich erst zurechtmachen, sagte Gertrud, die Haare und überhaupt. Sie sah in der Tat blass und zerzaust aus und verschwand im Badezimmer. Kurze Atempause. Vielleicht auch nicht, denn in der Tiefe ihrer Tasche meldete sich Karins mobiles Telefon.

»Karin? Ist Nikolas schon bei dir angekommen?«

»Nein.«

»Dann kannst du noch nichts von dem ominösen Brief wissen.«

Tom berichtete kurz und präzise von Bild, Botschaft und den Infos, die Nikolas am Vortag erarbeitet hatte. Die Kommissarin geriet außer sich.

»Wieso weiß da einer mehr als wir? Welcher Psychopath legt sich bewusst mit der Kripo an? Was ist das jetzt schon wieder für ein Mist? Ich hoffe, Heierbeck findet irgendwas Brauchbares. Bleibt dran und gebt aktuelle Ergebnisse durch. Und noch was. Wieso reichte ›ein Stich‹?«

»Der tödliche Stich stammte doch von dieser Waffe.«

»Schon recht, aber es waren trotzdem zwei Stiche. Also tatsächlich zwei Täter. Der eine hat nichts vom anderen gewusst. Kurze Zeitspanne, Dunkelheit, zwei unabhängige Täter. Hoffentlich bringen uns die Drohgebärden dieses merkwürdigen Briefeschreibers zu ihm.«

»Ja, hoffentlich. Oder doch ein Täter mit zwei Waffen. Nein, nein, unwahrscheinlich, denn die Stiche wurden mit unterschiedlicher Wucht ausgeführt. Selten, aber möglich. In diesem Fall ist alles möglich. So, wir machen uns jetzt an die Auswertung der Disketten. Wir sehen uns sicherlich nachher noch, oder?«

»Klar.«

Gertrud stand frisch frisiert in der Diele.

»Ich wäre dann so weit.«

»Gut, gehen wir.«

Moment, was hatte Tom mit Disketten gemeint? Karin hatte vergessen zu fragen. Sie musste unbedingt zurück ins Büro. Später.

Von Wesel aus war der Weg nach Friedrichsfeld kurz. Am Lippeschlösschen vorbei und über den Kanal, links in die Alte Hünxer Straße und dann Richtung Gewerbegebiet. In einer kleinen Nebenstraße mit wenigen Firmen und einem Hotel wurde Burmeester fündig. Tatsächlich befand sich in dieser unwirtlichen Gegend ein Hotel mit Ausblick auf eine wilde Schrebergartenansiedlung. Bohnenstangen, Wellplastik und blaue Kunststofftonnen. Burmeester mochte nicht darüber nachdenken, wer hier abstieg. Und Kaldeweis Investmentfirma? Außen funktional, Zinkverkleidungen und gebrannter Ziegel, innen hui. Noble Ausstattung. Da standen Möbel, die der Kriminalassistent aus der Therapeutenpraxis kannte, Bauhausstil. Dezente Originale in Acryl zierten die Wände, Palmen in Lebensgröße sorgten für Leichtigkeit.

»Sie wünschen?«

Eine ansehnliche junge Frau mit dem unglaublichsten Wimpernschlag, adrett in grauem Kostüm, kam auf ihn zu. Mit dem größten Ausschnitt des Tages. Und den höchsten Absätzen der Saison. Burmeester spürte aufkeimende Unsicherheit.

»Burmeester, ich möchte, äh, zu Herrn Kaldewei.«

»Haben Sie einen Termin?«

»Nein, aber einen guten Grund. Bestellen Sie ihm, Burmeester von der Kripo Wesel möchte ihn sprechen.«

»Nehmen Sie bitte einen Moment Platz.«

Sie verschwand mit einem noch beeindruckenderen Gang, der ganz knapp zwischen reizvoll und Anmache balancierte. Er folgte ihr mit den Augen, die an der Tür haften blieben, hinter der sie verschwand. Sesam öffnete sich, und heraus eilte mit geschäftigen Schritten Friedrich Kaldewei.

»Wer sind Sie, und was wollen Sie hier?«

»Äh, Burmeester, Kripo Wesel.«

»Ich kenne Sie doch, natürlich, Sie sind mit Karin Krafft bei uns gewesen. Der kleine Assistent auf Abwegen. Ein Assistent ist so was wie ein Auszubildender, richtig? Haben Sie irgendeine offizielle Befugnis für das, was Sie hier vorhaben?«

»Nein. Ich ermittle …«

»Verlassen Sie mein Gebäude auf der Stelle, bevor ich Ihre Chefin informiere und Sie sich eine neue Stelle suchen können. Nicht mit mir. Raus.«

»Und nicht mit mir!«

Burmeester zerplatzte fast vor Anspannung, gab aber den Selbstbewussten. Ein begnadeter Schauspieler, der jetzt um eine entscheidende Nuance die Stimme senkte und sich konspirativ zu Kaldewei herüberneigte.

»Aber ich muss mit Ihnen über die alte Bäckerei an der Rheinstraße reden …«

Ein minimales Flackern in Kaldeweis Augen verriet, dass er ihn getroffen hatte. Das Flämmchen erlosch sofort wieder, der taffe Geschäftsmann blieb auf dem teuren, geschmackvollen Tretford stehen und wies zur Tür.

»Raus.«

Rückzug war manchmal klüger. Eine Steigerung von Ärger konnte es für Nikolas sowieso nicht mehr geben.

Johanna beobachtete durch die halbe Häkelgardine, wie Karin mit Gertrud Kaldewei das Haus verließ.

»Henner, da! Jetzt nimmt sie Gertrud mit. Was hat das zu bedeuten?«

Henner Jensens Augen verfolgten die Frauen.

»Nein, Teuerste, schau, sie gehen rüber zu deiner Nachbarin. Karins Auto steht beim Schützen, genau in der anderen Richtung.«

»Was machen die wohl bei Herta?«

»Keine Ahnung. Hab ich kriminalistisches Blut in den Adern oder du?«

»Wieso ich?«

»Na, wer so eine ordentliche Kripobeamtin zustande bringt, muss schon selber ein bisschen Agatha Christie in den Adern haben.«

Johanna musste endlich wieder lächeln.

»Du sagst immer so nette Sachen.«

»Jawohl, und ansehnlich und liebenswert ist er noch dazu, oder? Pass auf, was du jetzt sagst.«

Lachen war schon eine gute Medizin, half aber nicht immer, schon gar nicht bei Mordermittlungen in der direkten Umgebung. Vielleicht ein wenig. Eventuell ein kleines bisschen.

»Henner, überleg mal. Wenn Gertrud die Stimme aus dem Radio ist, hat sie nicht auch von einer Freundin gesprochen?«

»Klar, die Freundin, die ihren Mann los ist. Du meinst, das ist die Frau von der Leiche?«

»Obwohl, nein, so dicke hatten die beiden es nie. Herta ist ja kaum aus dem Haus gegangen.«

»Nichts zwischen Himmel und Erde bleibt auf Dauer verpackt, meine Liebe. Überall lauern Überraschungen.«

Selbst bei durchschnittlicher Körpergröße zog man beim Betreten des Paessens'schen Hauses automatisch den Kopf ein. Das verstaubte, beigebraune Innere verklebte jedes lebendige Gemüt. Sie unterhielten sich im Wohnzimmer. Herta Paessens wirkte zerbrechlich und desolat. Zu Beginn überlegte Karin kurz, ob es nötig wäre, einen Arzt zu verständigen. Herta hyperventilierte, anscheinend eine bekannte Reaktion, da Gertrud ihr versiert mittels einer Plastiktüte half. Was hier zutage kam, überstieg die gesunde Grenze von Karins Aufnahmebereitschaft. Heikel war gar kein Begriff für die Entwicklung, die das Gespräch nahm. Die Kommissarin knipste ihrem Telefon das Licht aus, um ungestört zu bleiben. Herta saß auf dem Sofa, Gertrud neben ihr, beide in Tränen aufgelöst. Eine Phase der relativen Beruhigung nutzte Karin für einen neuen Ansatz.

»Frau Paessens, ich möchte verstehen, was hier los war. Das klappt nur, wenn Sie es mir erklären.«

Gertrud nickte ihr ermutigend zu. Herta verkroch sich, schrumpfte, begann mit leiser Stimme, fast flüsternd.

»Geschlagen hat er mich. Manchmal wochenlang gar nicht und dann tagelang, immer wieder. Aber man soll ja über Tote nichts Schlechtes sagen.«

»Papperlapapp. Uralter Spruch. Natürlich dürfen Sie sich alles von der Seele reden, was der Tote an Unheil angerichtet hat.«

»Da sagen Sie was. Unheil, ja. Es gab Tage, da konnte ich mich nicht bewegen, weil mein ganzer Körper schmerzte. Wissen Sie, er schlug nie so, dass andere es sehen konnten, traf den Brustkorb oder den Bauch. Den Bauch, wie oft habe ich mich gekrümmt, bin durchs Haus gekrochen, weil es aufrecht nicht ging. Prellungen am Brustkorb brauchen Monate, bis sie weg sind, da hat er längst wieder draufgehauen. Gezielt und immer wieder.«

Sie wippte, mit verschränkten Armen wiegte sie sich vor, zurück, vor, zurück. Hospitalismus nannte man das bei emotional vernachlässigten Kindern, fiel Karin ein. Herta war eine geschundene Seele in einem misshandelten Körper. War sie auch eine Mörderin?

»Wann hat er damit angefangen?«

»Schon bald nach der Hochzeit. Ein Klaps für einen Fehler, eine Kopfnuss, wenn er unzufrieden mit mir war. Ich dachte, das gehört sich so. Alles nur zu meinem Besten. Bei meinen Eltern lief das so ähnlich. Ich glaubte, das sei normal, dass der Mann grob werden darf, verstehen Sie? Da spricht auch niemand drüber. Keiner sagt einem, was in der Ehe sein darf und was nicht. Alle geben sich vor der eigenen Tür anders als dahinter, dachte ich. Später hab ich mich nicht getraut, darüber zu reden, weil ich keine Menschenseele kannte, der ich vertraute. Hab mich so geschämt. Die Schuldgefühle, man gibt sich die Schuld für jeden Ausbruch. Man fragt sich, was man falsch gemacht hat. Man ist schnell davon überzeugt, dass man nichts richtig machen kann.

Irgendwann hat Gertrud mal gesehen, wie mir der Mülleimer aus der Hand fiel, weil ich den Arm nicht hoch genug heben konnte, um ihn ordentlich auszuleeren. Von da an hat sie mir geholfen, wo sie nur konnte. Das hat mich getröstet, aber nicht vor weiteren Schlägen bewahrt. Es wurde immer schlimmer, blutige Wunden. Und immer diese Angst. Angst verlernt man nicht. Angst wird nicht zur Gewohnheit. Angst ist einfach da, ob Sie wollen oder nicht.«

Sie konnte nicht weitersprechen. Gertrud holte sich per Blickkontakt stumm eine Sprecherlaubnis, berichtete vom zerschundenen Rücken. Karin war gefangen von dem geballten Leid in diesem kargen Raum. Luft, sie musste dringend an die Luft. Es half nichts, eine entscheidende Frage noch.

»Frau Paessens, haben Sie Ihren Mann umgebracht oder jemanden beauftragt, ihn zu ermorden?«

Plötzlich war Herta Paessens ganz klar, anwesend, schniefte, sah Karin in die Augen.

»Das haben Sie mich schon mal gefragt. Als Sie zum ersten Mal hier waren. Meine Antwort ist die gleiche. Nein, hab ich nicht.«

»Auch nicht versucht? Zwei verschiedene Stiche, zwei Waffen, zwei Täter, einer davon der Mörder. Der andere Stich war nicht lebensbedrohlich.«

Herta Paessens rückte einen Hauch näher zu ihrer Freundin, ließ sich die Hand halten, schaute unsicher zu ihr, zur Kommissarin. Drei Sekunden zu lang.

»Frau Paessens, haben Sie versucht, sich gewaltsam gegen Ihren Mann zu wehren?«

Da war sie wieder, die Opferhaltung, hau mich nicht, bitte, bitte tu mir nicht weh, sprach jede Geste, die verzerrte Mimik.

»Wie können Sie so was fragen?«

Winzige Körperreaktionen, angespannte Finger, schnelle Blicke. Da stimmt was nicht, dachte Karin. Ich kann es nicht beschreiben. Meine Intuition, ich soll auf meinen EQ, meinen emotionalen Quotienten, hören, sagt der Supervisor. Alles an diesen beiden Frauen drückt etwas anderes aus als ihre Worte. Doppelbotschaft.

»Ich kann noch fieser. Ich bin die Frau von der Kripo und warte auf eine zufrieden stellende Antwort. Die sind Sie mir schuldig, Frau Paessens.«

Schweigen.

»Bei allem Respekt vor Ihrer furchtbaren Geschichte, die mich sehr anrührt, brauche ich eine Antwort.«

Gertrud legte den Arm um ihre bebende Freundin.

»Siehst du nicht, dass sie fertig ist? Herta kann nicht mehr antworten. Sie hat nichts verbrochen. Der Verbrecher war ihr Mann, ein Schläger, verstehst du das nicht? Der hatte bestimmt noch andere Sachen auf dem Kerbholz. Los, Herta, erzähl von den Briefen.«

Herta richtete sich auf.

»Da war ein Briefumschlag in seiner Jackentasche. Postlagernd an die Hauptpost in Wesel adressiert. Ich bin mit Gertrud hin. Der Schalterbeamte wollte erst nicht. Da musste ich weinen. Er gab uns zwei Briefe, die noch da lagen. Waren noch nicht eingeordnet, als Ihr Kollege tags zuvor nachgefragt hat.«

»Und? Was stand drin?«

»Haben wir nicht verstanden. Fotokopien von merkwürdigen Gegenständen, so runde Plaketten mit ungleichmäßigen Mustern.«

»So ein Zeug, das Friedrich auch manchmal bei sich im Keller liegen hat. Der meint ja, ich wüsste von nichts. Ich weiß schon lange Bescheid, wo er die unanständigen Filme versteckt hat. Und was in seinem Safe liegt.«

»Etwas Erwähnenswertes?«

»Also, am Abend des Dorffestes, da hat er mich wieder beleidigt. Den anderen Frauen schöngetan und mich als welkes Mauerblümchen angemotzt. Da bin ich nach Hause gerannt und gleich nach unten mit einer Stinkwut. Ich wollte auf ihn warten, ihm das Schwert vor die Füße knallen, das er so liebevoll verpackt in seinem Wandsafe hütete.«

»Was für ein Schwert?«

»Sah ganz furchtbar aus, völlig verrostet und zerfurcht, aber er hütete es wie den wertvollsten Besitz seines Lebens. Ich wollte seinen Schatz zerstören, aber er war nicht mehr da. Der Safe war leer.«

Herta Paessens sprang auf und rempelte gegen Gertruds Beine. Die verstummte umgehend.

»Ich hol die Briefe. Dann können Sie sehen, um was es sich handelt.«

Herta stakste wackelig zum Wohnzimmerschrank und nahm Papiere aus einer Schublade, reichte sie der Kommissarin. Karin starrte auf die Abbildungen. Stark vergrößerte Münzen. Geschliffene Steine mit Gravuren. Erkennbare Figuren. Nein, unmöglich. Doch. Römische Funde mit Preisvorstellungen. Alfred Paessens, heimlicher Sammler? Händler? Unter den Kopien eine Telefonnummer. Weseler Vorwahl. Und ein Kürzel. F.K. Karins Stirn legte sich in Falten. Sie durchforstete angestrengt die Infos der letzten Tage. Es gab da die ominöse Nummer, die Burmeester gefunden hatte. Franz Kohlwieser, der Unbekannte. Oder Gertruds Mann Friedrich Kaldewei? Über allem schwebte das Gladius als Angebot, Drohung und als Waffe. Das Schwert des Damokles, dachte Karin, als Hertas schrille, zittrige Stimme sie zurück ins ernüchternde Beigebraun holte.

»Ich weiß nicht, wie ich mit all dem fertig werden soll, verstehen Sie, Frau Krafft?«

»Doch, doch, ich kapier das. Ehrlich.«

Sie verstand auch, dass solche Kerle im Affekt sterben. Die Frage war nur, durch wessen Hand. Ein Blick in die Frauenrunde versetzte Karin einen gewaltigen Schreck. Blasse Gesichter mit dunkel umränderten Augen. Wenn sie selbst so aussah, wie sie sich fühlte, würde der nette Holländer sie nicht wiedererkennen. Für heute wollte sie nichts mehr erfahren. War schon schlimm genug. Schluss für jetzt.

»Bitte kommen Sie morgen zur Mordkommission. Sie wissen schon, Ecke Herzogenring und Reeser Landstraße. Sagen wir, gegen zehn. Gertrud, du kannst sie begleiten, wenn du möchtest.«

»Hast du gar kein Wochenende? Morgen ist Samstag, da muss ich einkaufen, die Treppe ist dran, und …«

»Wie war das mit der Loslösung, Gertrud? Fang damit an, dass die Küche kalt bleibt, bis dein Kerl zumindest die Zauberworte gelernt hat. Bitte und danke können selbst Männer aussprechen, glaub mir. Morgen um zehn. Sonst muss ich Sie mit Blaulicht holen lassen, Frau Paessens.«

Nach aufwühlenden Gesprächen musste Karin allein sein. Sie lief schnurstracks zum Parkplatz und fuhr ihren Flitzer hinunter zum Bisicher Fähranleger, der verwaist im grauen Wetter lag. Ein einsames Wohnmobil parkte am rechten Rand der gepflasterten Fläche. Gegenüber schlüpfte Karin gelenkig durch die beiden oberen Drähte des Weidezaunes und ging durch saftiges Gras vorbei an dichten Trauerweiden zum Uferstreifen. Sie stakste durch den Ufersand, bückte sich. Kieselsteine ins Wasser werfen. Hatte ihr schon damals als Kind gegen Kummer geholfen. Orakelsteine finden. Dreieckig oder völlig rund, bestimmte Farben, auf den ersten Blick entdeckt, bedeuteten alles oder nichts. Flache Steine suchen und geschickt über das bewegte Flusswasser hüpfen lassen. Fünf, sechs, sieben Mal, bis eine heranrollende Bugwelle sie verschluckte.

Heute würde es etwas länger dauern, den Kopf von den Inhalten ihrer Arbeit zu befreien. Ausgerechnet heute.

Burmeester stand auf dem gebohnerten Flur der Mordkommission und schob allen Mut zur Bürotür.

»Mein Auto streikt.«

Gleich in die Offensive, bevor die Kollegen wieder blöde Bemerkungen formulieren konnten.

»Habe es an der Tankstelle stehen lassen. Ich helfe euch ein wenig bei der Auswertung, ist das in Ordnung?«

Tom blickte erleichtert auf, deutete auf den Diskettenschacht des Computers und nahm Burmeester beim Wort.

»Okay, lass sehen, was du kannst. Ich blick das hier noch nicht ganz. Lauter Zeugs über Angebote auf dem Markt der Antike. Kannst dir die Ergebnisse auf dem PC ansehen, die Notizen zu Telefonaten angucken und aus alldem einen feinen Bericht stricken. In doppelter Ausfertigung. Du weißt ja, wegen Frau Doktors Tick.«

Das lief ja besser als erwartet. Er lieferte die Quelle, die beiden leisteten die Bohrarbeiten, und nun war er wieder dran. Klasse Team.

Fast hätte er laut gejubelt, er, der Assistent, der Paradiesvogel auf der richtigen Flugroute, die selbst ein Kommissar Tom Weber nicht erkannte. Die Disketten sprudelten die Bestätigung seiner bisherigen Ermittlungen hervor. Ein Mekka für Sammler tat sich auf, kein offizielles, nein, anscheinend ein geschickt verborgenes. Wenn das der Fall war, konnte es in der Tat nur um Fundstücke aus illegalen Grabungen gehen, fein säuberlich abgebildet, versehen mit Kürzeln und Zahlenreihen. Chiffrierte Namen und Beträge. Beim Auftauchen des Passworts Novalis erkannte Burmeester den eindeutigen Zusammenhang zu seiner Internetrecherche. Und noch ein Sahnehäubchen. Unter einer abgespeicherten Handynummer, die Burmeester sofort antestete, meldete sich ein Käufer, der bei Erwähnung des Passworts freizügig und voller Erwartung über ein Gladius sprach, welches ihm über einen Kontaktmann angeboten worden war. Er sei schon seit Tagen aufgeregt, weil er bei einem Sammlertreffen im

Schloss Ringenberg hoffte, dieses einmalige Prachtstück im Original betrachten zu können.

»Sie werden bestimmt dabei sein, wie alle Freunde der mittelalterlichen Dichtung, nicht?«

Burmeester, hellwach und konzentriert, entschied intuitiv.

»Aber natürlich. Einmalige Gelegenheit.«

»Ich sitze schon auf gepackter Tasche, weil ich morgen gleich zur Eröffnung da sein will. Sagen Sie, ist das Schloss leicht zu finden?«

Der Mann flüsterte, ein lauerndes, konspiratives Flüstern. Burmeester schloss sich an und zischelte in den Hörer.

»Natürlich. Es ist weithin ausgeschildert.«

»Haben die Organisatoren ja geschickt gemacht. Kauft denen dort im äußersten Westen jeder ab, dass es sich um ein deutsch-niederländisches Künstlertreffen handelt. Haha, ganz schön raffiniert, haha.«

Burmeester verabschiedete sich und drückte den Anrufer weg. Sieh mal einer an. Die Wuppertaler Stadthalle, wo die Antiquitätenbörse nach seinen früheren Recherchen laufen sollte, war wohl nur ein Ablenkungsmanöver. Das Schloss Ringenberg ganz in der Nähe war der geheimnisvolle Treffpunkt. Unauffällig in einem Dorf in der Provinz. Auf der Bundesstraße 473 aus Wesel raus, vorbei an Hamminkeln und dann irgendwann rechts ging's nach Ringenberg. Wo die schrägen Künstler auf die braven Dörfler trafen. Wo erst vor ein paar Monaten ein abgedrehter Kreativer eine riesige rotweiße Pudelmütze in den Farben des 1. FC Köln hat stricken und dann über ein Turmdach ziehen lassen. Mit Hilfe eines Hubschraubers und nur, weil der Künstler Fußballfan war. Die perfekte Tarnung für Antik-Sammler, die noch verrückter waren als die Kunstschaffenden und weit weniger auffällig wirkten.

Der perfekte Einsatzort und ein Heimspiel für die Kripo, um im Fußballbild zu bleiben, dachte Burmeester. Er entwickelte plötzlich Sympathie für die bildenden Künste. Er hoffte auf ein Denkmal als größte Weseler Spürnase, umjubelt von Fernsehen und Presse nach natürlich glänzend vollbrachter Festnahme des Gladius-Mörders.

Während Tom und Jerry am Schreibtisch vor dem Fenster über den Protokollen der Nachbarschaftsbefragung brüteten, setzte sich das Puzzle in Burmeesters Hirn zusammen. Der Schlüssel lag bei Kaldewei. Eine organisierte Raubgräbergruppe schien unter seiner

Leitung zum Treffen eingeladen zu haben oder zumindest daran teilzunehmen. Stichwort Novalis im Internet. Stichwort Novalis auf dem Anrufbeantworter und auf den Disketten, nun bestätigt durch einen anonymen Interessenten. Die Lösung würde am nächsten Tag in Ringenberg zu finden sein. Genug Alleingang. Er musste mit Karin sprechen. Quatsch, die Kollegen saßen greifbar nah.

»Hier verdichtet sich einiges um dieses römische Schwert.«

»Schön, schön. Hier sind deutliche Unklarheiten in den Aussagen der Nachbarn. Lass uns eben den Gedanken zu Ende spinnen.«

»Dann bespreche ich das mit Karin.«

»Versuch dein Glück. Mailbox. Die ist wohl immer noch in der Vernehmung in Büschken.«

»Vernehmung?«

»Ja, die Stimme aus dem Radio. Eine viel versprechende Spur. Komm, lass uns hier eben weitermachen.«

Burmeester wechselte plötzlich das Thema. Offene Fragen quälten ihn. Diesmal dachte er an die alte Bäckerei im Hinterhof.

»Nur eines noch. Ist euch irgendwo der Name Schranz begegnet? Ich komme einfach nicht darauf, wo ich ihn gelesen habe.«

Jerry drehte sich entnervt um.

»Mann, du kannst verdammt aufdringlich sein. Klar, Schranz ist der Geburtsname von Gertrud Kaldewei, Nachbarin schräg gegenüber des Toten. Und jetzt lass die Großen arbeiten, ja?«

Burmeester schaltete sofort. Friedrich Kaldewei nutzte also ein Gebäude aus dem Familienbesitz seiner Frau für hintertürige Geschäfte. Ein Cleverle.

Tom, aus dem Konzept gebracht, wurde neugierig.

»Warum willst du das wissen?«

Burmeester setzte sein kollegialstes Lächeln auf, das verheimlichte, wie er sich durch diese Information bestätigt fühlte.

»Ach, nichts, unwichtig. Ich tippe den Bericht eben fertig und stör euch nicht mehr bei der Arbeit.«

Simon Termath hasste nichts mehr als vergeudete Zeit. Erst hatte er viel davon bei Plonskis Bleibe verschleudert, dem blaffenden Rott-

weiler Aug in Aug gegenüber gesessen. Ohne Erfolg. Der Mann
tauchte nicht auf. Vom Wirt des Jenseits erfuhr er von einem Observationsauftrag für einen Kunsthandel bei Xanten. Dort auf dem
Fürstenberg angelangt, teilte ihm eine sehr charmante Mitarbeiterin
mit, dieser Auftrag sei Plonski bereits vor zwei Wochen entzogen
worden wegen unüberbrückbarer Differenzen, was die Vorgehensweise betraf.

»Der Mann fiel in unserem Umfeld auf wie Immendorf im Römergrill. Schrill statt verdeckt und still.«

Noch ein Versuch bei Plonski in Kalkar. Der Hund war weg.
Diesmal hatte er ihn knapp verpasst. Zurück auf die B 57, an Xanten
vorbei direkt nach Wesel. An Tagen wie diesem dachte er ernsthaft
über die Anschaffung eines mobilen Telefons nach. Bis jetzt ohne
Konsequenzen.

Tom und Jerry, uneins in der endgültigen Auswertung des Papierkrams, vertagten weitere Denkarbeit auf den nächsten Tag. Mitten
im Fall zu wühlen hieß sowieso, das Wochenende vergessen zu können. Ergo ließ sich am nächsten Tag vielleicht etwas frischer weiterarbeiten. Sie verabschiedeten sich vom emsig tippenden Burmeester,
der mit hochroten Wangen vor dem PC hockte.

»Jau, dann bis morgen.«

Gegen sechs trieb Burmeester der Hunger zum Kornmarkt, ein
paar hundert Meter entfernt von der Polizeibehörde. In Gedanken
verschlang er bereits ein riesiges, bunt belegtes Baguette im Müllers,
als er eine leere Diskette suchte. Update machen, immer. Wohin damit, um sicherzugehen, dass bis zu seiner Rückkehr niemand daran
herumspielte? Mit den anderen zusammen in einen Umschlag und
in Ermangelung eines eigenen Schreibtischs in Karins unterste
Schublade, ganz hinten, unter die leeren Mappen. Kurzer Blick in
den Spiegel im Waschraum. Die jugendliche Frische hatte etwas gelitten. Nicht genug getrunken heute, mindestens zwei Liter Flüssigkeit am Tag, und Vitamine hatte er auch noch nicht gehabt, keine
Ballaststoffe, außerdem mit negativen Energien kontaminiert. Verflixt, jetzt dachte er schon wie seine Mutter. An diesem Punkt wur

de ihm schlagartig bewusst, dass er Warthuysens Angebot annehmen würde. Allerhöchste Zeit für weitreichende Veränderungen.

Karin parkte hinter dem Gebäude, schleppte sich die Stufen zur ersten Etage hoch. Niemand da, ein Berg Papier in ihrer Ablage. Die
Notiz über den Inhalt des Briefs, den die Kriminaltechniker noch
unter der Lupe hatten, nahm sie zuerst, fand keinen klaren Gedanken dazu. Bei der Sichtung des vorläufigen Berichtes von Tom und
Jerry hakte sie innerlich einen Punkt nach dem anderen ab. Nein,
hier ging es nicht um nachbarschaftliche Streitigkeiten, Animositäten
oder gekränkte Eitelkeit. Das Motiv lauerte woanders. Sie begann
konzentriert, ihre Gespräche mit den Frauen zu dokumentieren,
und bemerkte nicht, wie Simon Termath eintrat und sich abgespannt
auf einem Stuhl fallen ließ.

»Du bist ja noch hier. Es ist Freitag. Gönn dir wenigstens abends
ein wenig Abwechslung. Eine junge Frau wie du sollte hier nicht
Nachtschicht einlegen.«

Karin drehte sich lächelnd zu ihm um. Da sprach die Seele der
Abteilung.

»Danke für deinen Ratschlag. Mit viel Glück schaffe ich das heute noch mit der Abwechslung.«

»Dann mal ran ans Leben. Karin, glaub mir, es kann so schnell
vorbei sein in unserem Beruf. Denk an Wolfgang. Den schnapp ich
mir, hat er gesagt, wir sind schon mit ganz anderen fertig geworden.
Einundvierzig Jahre alt, ehrgeizig, nett, immer einen flotten Spruch
auf den Lippen, geht raus und ist zwei Stunden später tot.«

Karin erinnerte sich sehr genau. Bei einer völlig irrationalen Gei-
selnahme versetzte ein flüchtiger Täter den ganzen Niederrhein in
Angst und Schrecken. Er wechselte unberechenbar und brutal Fahrzeuge, Geiseln und kreuzte ohne erkennbares System durch das
Land. Die gesamte Kreispolizeibehörde war in Alarmbereitschaft,
und am Morgen fuhr der Irre dann mit dem nächsten erpressten Auto
und einer jungen Frau als Geisel über die Kreisgrenze. Auf der B 70 in
Richtung Brünen wechselte er erneut Fahrzeug und Geisel. Haupt-
kommissar Wolfgang Theußen verließ für einen Moment die Deckung.

Drei tragische Sekunden lang winkte er die Kollegen heran, bevor er tödlich getroffen zusammenbrach. Der Täter flüchtete in Richtung niederländische Grenze und wurde erst Monate später gefasst.

Karin war auf seinen Platz gerückt. Die Kollegen trauerten, jeder auf seine Weise. Es dauerte eine Zeit, bis sie in Karin mehr als Wolfgangs Nachfolgerin sahen.

»Ich habe euch hoch angerechnet, dass ihr nie versucht habt, mich mit ihm zu vergleichen.«

Termath seufzte, rieb sich den schmerzenden Rücken.

»Hätte uns ja nicht weitergebracht. Glaub mir, alle hier waren mit van den Bergs Entscheidung, dich in die Abteilung zu holen, einverstanden. Du bist ihm ähnlich und doch anders. Das passt.«

»Danke.«

»Was für ein Tag. Ich habe heute nichts erreicht. Vielleicht wäre alles ein wenig effektiver gewesen, wenn ich zwischendurch hätte telefonieren können.«

»Kauf dir doch so ein Gerät, ist gar nicht schwer zu bedienen, ehrlich. Ich zeige es dir gern. Und wenn du nicht weiterweißt, fragst du deine Kinder, die beherrschen garantiert alle Tricks und Finessen. Wo bist du gewesen?«

»Auf der Suche nach Plonski. Ich wollte nicht tatenlos auf seinen Anruf warten, muss ihn aber knapp verpasst haben am frühen Nachmittag. Ich will wissen, was der Kerl in der Tatnacht in Büschken gemacht hat. Der fährt nicht einfach spazieren, der bewegt sein altes Auto nur aus gutem Grund. Diese Rheinseite ist nicht sein Revier, also warum?«

»Du hast dich festgebissen, stimmt's?«

»Nenn es so. Seine Erscheinung passt nicht ins Bild. Alles wirkt so homogen in der Geschichte, bloß Plonski sprengt den Rahmen. Den abgetakelten Säufer, den er mir gestern präsentiert hat, kaufe ich ihm nicht ab. Bist du einen Schritt weitergekommen?«

»Ich habe die anonyme Stimme aus der Radiosendung enttarnt.«

Sie erzählte in Kurzfassung, wie sich das Siedlungsleben ihrer Kindheit hinter den Fassaden abgespielt haben musste, während vorn gescherzt und gekehrt wurde.

»Da lebst du jahrelang neben nett grüßenden Nachbarn, glaubst sie zu kennen, und in Wirklichkeit spielen sich Dramen ab, von denen du nichts ahnst. Beide Frauen standen unter enormem Druck, aber ich trau keiner von beiden einen Mord zu. Morgen um zehn lass ich mir die Tatnacht von ihnen noch einmal erzählen. Habe sie herbestellt.«

»Soll ich das übernehmen?«

»Bei allem Respekt, Simon, da muss eine Frau ran.«

Karins Telefon klingelte.

»Hier ist Fee von Schlarenberg. Schön, dass ich Sie erreiche. Ich wollte nachhorchen, ob es etwas Neues gibt.«

Karin wunderte sich. Direkt per Durchwahl zur Leiterin der Mordkommission. Journalistische Spürnasen, die sofort an die erste Quelle gingen, gab es also auch in der Provinz. Fee von Schlarenberg hätte Karin nie dazugezählt. Hochachtung, Frau Moderatorin! Die gute Fee war zwar sehr nett, aber auch eine Medienfrau. Oberstes Gesetz im Umgang mit Presse und Medien hieß, nicht zu viel erzählen. Karin zögerte, entschied sich dann für offensive Information mit ein paar gezielten Bröckchen, die einen Journalisten erfreuen würden. Fein portioniert, aber mehr als nichts. Sie berichtete schließlich von der Identifizierung einer Bewohnerin aus Büschken, von deren Leidensweg, der noch aussichtsloseren Situation ihrer Freundin, blieb jedoch vage und namenlos.

Ob die Frauen mit dem Mordfall zu tun hätten, wollte von Schlarenberg wissen.

»Glaube ich nicht. Nein, sie sind viel zu verunsichert und schwach, ja, nahezu zerbrechlich.«

»Manche Kräfte gedeihen unter widrigsten Bedingungen, Frau Kommissarin. Es gibt Pflanzen in der Wüste und Amphibien in dunkelsten Höhlentiefen.«

Nachdem Karin aufgelegt hatte, schlichen sich die kleinen, diffusen Beobachtungen des Tages zurück in ihr Bewusstsein. Diese haarsträubende Geschichte des verschwundenen Schwertes kreiste und kreiste.

Sie wandte sich an Termath, der seinen kleinen Bericht gerade ausdruckte.

»Ich werde die Frauen morgen intensiv befragen. Ich glaube jedoch eher an die Raubgräberszene. Beweist auch diese postalische Drohung. Da handelt jemand aus Habgier oder krankhaftem Sammlertrieb. Ein starkes Motiv.«

Sie fuhr den PC runter und stand auf.

»Komm, mach Schluss für heute. Ich muss los, damit ich pünktlich bei dem Archäologen im APX bin. Der will mir Infos zu diesen
römischen Kampfschwertern geben.«

Simon lächelte.

»Soso, für sachliche Infos über römische Funde haben deine Augen soeben eine Spur zu hell geleuchtet. Ist er nett?«

Grottenpeinlich, jetzt wurde sie auch noch rot wie ein Teenager.
Sie drehte sich schnell zur Tür und verschwand wortlos, indem sie
über dem Kopf winkte.

»Karin, ich übernehme die Bereitschaft und sage unten Bescheid,
hörst du?«

Vom Treppenhaus her erschallte ein fröhliches Ja.

So klassisch konnte man sich ohne triftigen Grund nicht verpassen,
dachte Nikolas Burmeester, als er gestärkt und gut gelaunt an den
Ort zurückkehrte, der ihm Schutz vor mütterlichen Attacken bot.
Das Faxgerät nahm in leise surrendem Singsang den Betrieb auf. Der
Kollege Heierbeck von der KTU schickte seinen Bericht. Halb acht
und die arbeiteten noch. Alle Achtung oder Krach mit Mutti? Die
Auswertung des Drohbriefes ergab eine Menge Fingerabdrücke.
Ein nahezu lehrbuchreif und wie absichtlich abgedruckter Daumen
ließ sich zuordnen. Georg Plonski, wohnhaft in Kalkar, vor Jahren
wegen Betrugs in die Gesetzesmühlen geraten.

Burmeester brauchte lange, um in den Berichten der vergangenen
Tage auf den Namen zu stoßen. Termath saß dem Mann im Nacken.
Wusste der Kollege von dem Brief? Wussten er und die Chefin, dass
Plonski im Besitz der Mordwaffe war? Morgen würde der sie ver-
scherbeln. Das Gladius würde auf Nimmerwiedersehen in irgend-
einer privaten Vitrine verschwinden, von einem Sammler mit feuchten Augen und Händen ersteigert im Angesicht hehrer Kunst und
zu den begleitenden Klängen alter Musik. Da hatte er, der Assistent,
das kleine Licht, jetzt aber gehörig was zu schreiben.

Ellenlanger Bericht. Würde dauern. Erst die Arbeit und am Morgen stolz den Täter präsentieren. Verpennt, zerknautscht, aber sie-
gessicher auf Plonski deuten. Nikolas klopfte sich auf die Schulter,

den hochgesteckten Vorsatz treffend, seine Vorgesetzte am Abend über die neuesten Erkenntnisse zu informieren. Wahlwiederholungstaste, notfalls Mailbox bis zum Anschlag zulabern.

In Karins Kleiderschrank fand sich nichts Passendes, wie immer. Sie freundete sich mit der zweitbesten Lösung an. Moritz zu Henner bringen, natürlich mit Rennschnecke Speedy im Terrarium, dauerte fünf Minuten. Sich liebevoll zu verabschieden zusätzlich zehn. Zum APX düsen und erschöpft den Parkplatz zu erreichen gelang ihr mit dem Glockenschlag des Doms zur vollen Stunde. Vier Schläge für die Viertel, acht für die Anzahl der Stunden. Kein Lippenstift, nein, und für Strohhut mit Tuch reichte das Wetter nicht.

Maarten winkte von weitem durch das Nebentor des Haupteingangs.

»Ist sehr schön, dich zu sehen.«

Bevor Karin ihrer Freude Ausdruck verleihen konnte, meldete sich ihr Handy. Moritz? Sie überprüfte, erkannte ihre Dienststellennummer als Eingang. Do not disturb, dachte sie, drückte das Gespräch weg. Leute, lasst mich in Ruh und nehmt im Ernstfall Simons Nummer diesen Freitag. Hier bin ich mehr privat als dienstlich.

»Entschuldige, ich musste nur schauen, ob es mein Sohn war.«

»Offensichtlich nicht. Dein Sprössling gönnt seiner Mama bestimmt einen freien Abend. Wie alt ist er denn? Und wie heißt er?«

»Moritz. Wird bald elf. Gar nicht so einfach.«

»Du musst uns bei Gelegenheit miteinander bekannt machen, versprochen?«

»Versprochen.«

Diesen Augen versprach man einfach alles.

Er fingerte ein Telefon aus seiner Tasche.

»Ich kann mir Zahlen nicht so gut merken. Weißt du was, gib deinem Sohn einfach meinen Anschluss durch, dann kannst du dein Handy abschalten.«

Einverstanden. Gesagt, getan. Henner meldete sich, lauschte, verkniff sich jeglichen Kommentar, jedoch erahnte Karin sein wohlwollendes Grinsen. Breit, von einem Ohr zum anderen.

Aus der Kiste der abgelegten, völlig verkitschten Sätze, die sich alle um das eine drehten, drängten sich längst vergessene Worte in Karins Hirn. Sie schmolz dahin, als Maarten mit ihr an der Rückseite der Herberge entlang in die schmale Gasse bog, die zu einem grob plattierten Innenhof führte.

»Hier war das Bad für die Herbergsgäste. Heute würde man Wellness-Center sagen. Natürlich habe ich den Schlüssel, komm.«

Der Geruch von verbranntem Holz lag in der Luft. Ein kleines Fenster bot Einblick in die Ofenanlage, die das Gebäude beheizte. Die alten Römer wussten Bescheid, bauten kilometerlange Wasserleitungen und erwärmten es, sorgten mit ausgeklügelten Fußbodenheizungen für behagliche Raumwärme, dozierte der Fachmann.

»Über Römer unterhält man sich am besten in entsprechendem Ambiente. So versteht man sie besser.«

Er schloss eine schmale Doppelflügeltür auf. Dahinter lag ein Raum mit funktionalen, eichenen Sitzbänken und Ablagen an ornamental schlicht bemalten Wänden. Karin sah sich neugierig um.

»Das ist die Umkleide. Warte, bis du die anderen Räume siehst. Habe ich extra für dich angeheizt. Riech mal, toll, nicht?«

Ein sanft würziger Geruch lag in der Luft, die Wärme des Steinbodens wurde spürbar. Im nächsten Raum, der durch geometrisch gehaltene Wandmalerei optisch vergrößert wirkte, gab es am Fenster eine Badegrotte mit gewölbter Decke. Nautische Motive, Fische, Muscheln, Schnecken und Seevögel zierten die Wände.

»Woher wisst ihr, dass es so ausgesehen hat?«

»Funde auf Mauerstücken und Überlieferungen aus anderen Badehäusern gaben Aufschluss über Motive und Farbzusammenstellung. Hier ist das Kaltbad, komm weiter.«

Hinter der nächsten Flügeltür befand sich eine Borte mit engelsgleichen Wesen längs der Wände.

»Das Warmbad zur eigentlichen Reinigung. Das da oben sind Amoretten, die wirken anregend auf das Gemüt.«

Durch die dritte Tür betraten sie den größten Raum, den schönsten des Hauses. Die leicht gewölbte blaue Decke war liebevoll über und über mit vielgestaltigen Meereswesen bemalt. Spärlich bekleidete Amoretten fingen von einem Boot aus Fische. Ein dunkelrotes, rechteckiges Becken lud geradezu ein, sich darin zu entspannen. Daneben zwei massive Eichenstühle, ein Tisch mit geschwungenen

Beinen, auf dem Tisch tönerne Becher, eine Amphore und ein Teller mit Früchten. Karin war überwältigt.

»Das nenne ich Atmosphäre. Wunderschön ist es hier. Die wussten zu leben, die Römer, alle Achtung.«

Charme meets Ambiente. Sie schmolz dahin. Dieser Niederländer!

Es fiel ihr schwer, den beruflichen Grund des Treffens aus der Tiefe zu angeln, in die sie haltlos hineingestürzt war. Maarten half ihr.

»Bitte, setz dich. Erst die Arbeit und dann das Vergnügen, sagen die Deutschen immer. Ich bin für Arbeit mit Vergnügen. Stelle deine Fragen, Frau Kommissarin. Ich antworte, aber nur bis zehn. Dann müssen wir kurz in der Herbergsküche vorbei und was abholen. Einen Schluck Wein?«

Gerne, dachte sie, nickte, gerne trinke ich Wein mit dir, hier, in dieser verzauberten Welt, ließ spielerisch einen Arm über den Beckenrand baumeln. Badewannenwarmes Wasser.

»Du hast nach dem Wert eines Gladius gefragt. Nun, das hängt vom Zustand des Fundes ab. Und natürlich von der geschäftstüchtigen Vermarktung. Bei geschickter Verhandlung ist ein potenzieller Sammler bereit, seiner Oma die Rente zu klauen. Also, gut erhalten tippe ich auf vierzig- bis sechzigtausend Euro. Oder mehr.«

Ein leichter, fruchtiger Wein und ein besonderes Gefühl, die Lippen an den kühlen, erdigen Rand des Bechers zu legen. Karin nippte genussvoll.

»Woher weißt du das?«

»Selbstverständlich stecken wir unsere Nase regelmäßig in die Internetforen, in denen angeboten wird. Manchmal ist es schwer, miterleben zu müssen, wie besondere Stücke verschwinden, ohne dass wir sie begutachten und dokumentieren konnten. Du glaubst gar nicht, welchen Reiz die Schatzsuche für erwachsene Menschen hat. Raubgräberei ist bestimmt das zweitälteste Gewerbe der Welt. Es wird gewühlt und zerstört, für Geld, Eitelkeit und persönliche Befriedigung. Da gehen uns ungemein wichtige und einmalige Stücke verloren.«

Erdbeeren, der Mann hatte tatsächlich frische Erdbeeren besorgt.

»Mit welchen Höchstsummen wird da spekuliert?«

»Weltweit betrachtet, unermesslich. Ich erzähle dir ein deutsches

Beispiel für horrende Summen. Im Sommer 1999 finden zwei Männer mit einem Metalldetektor auf dem Mittelberg bei Nebra in Sachsen-Anhalt etwas im Boden. Sie hacken mit einem Zimmermannshammer drauflos, finden tatsächlich einen dreitausendsechshundert Jahre alten Schatz. Die Scheibe ist grüngolden, sie zeigt zwei Monde, Bögen und zweiunddreißig Sterne, von denen die Gruppe der sieben Plejaden als einzige identifizierbar ist. Die Schatzsucher denken erst, es wäre ein Deckel, weil darunter im Waldboden Schmuck und Schwerter aus der Bronzezeit liegen. Ein Stück Metall hauen diese Idioten aus dieser Sensation heraus, zeigen es einem Händler, dem sie den Fund dann verkaufen. Der erkennt den Wert. Das geheimnisvolle Stück kursiert eine Weile auf dem Schwarzmarkt, bis der Landesarchäologe von Sachsen-Anhalt es retten kann. Zwei Jahre arbeiten dann Wissenschaftler daran, das Rätsel der Scheibe zu lösen. Dann ist klar: Der Metalldiskus ist die älteste Himmelsdarstellung der Welt. Die Himmelsscheibe von Nebra, wie sie seither genannt wird, ist von unfassbarer Bedeutung. Sie ist zuerst für zweihundertdreißigtausend verscherbelt worden, damals noch D-Mark. Ihr geschätzter Wert ist heute fünfzehn Millionen Euro.«

»Was? Unglaublich!«

»Gut erhaltene römische Münzen kosten so viel wie ein Mittelklassewagen.«

»Also sind Sammler in gut betuchten Kreisen zu finden.«

»Vertue dich nicht. Die Hartgesottenen nehmen Kredite auf, die sie lebenslang abstottern. Wenn die Bank endlich zufrieden ist, hat sich ihr Schatz unter Umständen in seine Bestandteile aufgelöst.«

»Versteh ich nicht.«

»Viele Funde müssen fachgerecht gelagert und präpariert werden. Geschieht das nicht, löst sich zum Beispiel ein Bronzeschwert in seine Bestandteile auf und zerbröckelt dem stolzen Besitzer unter den Händen.«

»Heißt das, ihr wisst gar nicht, was alles im Verborgenen schlummert?«

»Exakt.«

»Und selbst wenn es zum Vorschein käme, könntet ihr vieles nicht retten, weil es kaputtgelagert wurde.«

»Richtig, ruinös geliebt. Unsere einzige Chance ist es, den Hyänen zuvorzukommen.«

»Und so ein römisches Schwert, ist das auch in Gefahr?«

»Na klar. Es besteht aus einer Eisen-Bronze-Legierung. Ist bestimmt schon korrodiert und splittrig. Ein Wunder, dass es bei dem Stich nicht abgebrochen ist. Außerdem ist die Fundstelle für uns von Interesse, weil da mit aller Wahrscheinlichkeit noch mehr im Boden liegt.«

»Jetzt wirkst du ganz aufgeregt. Du bist auch ein Schatzsucher, richtig?«

Maartens Lachen schallte fröhlich durch die Gewölbe.

»Aus keinem anderen Grund bin ich Archäologe geworden. Der Erde Geheimnisse entlocken, Geschichten erkunden, die darum ranken. Mein innerlicher kleiner Junge hat eine Menge Spaß bei meiner Arbeit.«

»Kann ich von mir nicht behaupten. Mein kleines Mädchen muss sich oft die Augen zuhalten, denn was ich erlebe, ist nicht jugendfrei.«

»Glaub ich. Du wirkst auch besonders bedrückt heute. Musst du mir nachher erzählen, ja?«

»Manchmal …«

»… ärgerst du dich und bist furchtbar bedrückt, aber manchmal lernst du bei deiner Arbeit auch bemerkenswert nette Menschen kennen, oder?«

Maarten fasste eine dicke Erdbeere am grünen Stiel, ließ Karin die Hälfte der Frucht abbeißen, bevor er, sie nicht aus den Augen lassend, die andere Hälfte langsam verspeiste.

»Das war die Vorspeise. Du hast bestimmt noch nicht gegessen, richtig?«

»Stimmt.«

»Komm, ich habe in der Herberge numidisches Hühnchen bestellt. Nehmen wir mit zu mir, okay?«

Karin nickte. So was von okay.

»Fahren wir mit deinem flotten Cabrio, oder nehmen wir meine Fiets?«

Keine Frage. Den verlockend duftenden Römertopf auf dem Schoß balancierend fuhren sie in Richtung Innenstadt. Karin folgte der Stadtmauer des Ostwalls am Park entlang, bog rechts in die Orkstraße, die sich selbst im Dunkeln malerisch präsentierte. Alte Giebel in dezenten Farben mit liebevollen Details dekoriert. Im

Rahmen eines Künstlerprojektes hergestellte Fahnentücher mit Motiven nach einer Geschichte von Willi Fährmann hingen, an Drahtseilen gespannt, quer über der Fahrbahn.

»Seit die Bilder hier hängen, mache ich täglich eine Ehrenrunde. Schöne Idee, nicht?«

Maarten wohnte ein Stück weiter auf der Scharnstraße. Die schmalen Einbahnstraßen waren hoffnungslos zugeparkt.

»Mit der Fiets kein Problem.«

Auf dem Parkplatz hinter dem ehemaligen Kino geriet das Hühnchen leicht ins Wanken, wobei Karin bedauerte, dass Maartens Hände voll und ganz damit beschäftigt waren, es in Balance zu halten.

Maarten de Kleurtje lebte über den Dächern von Xanten in einer großzügig ausgebauten Dachwohnung. Die Dachbalken lagen offen in verputzten Wänden, deren Weiß leuchtete. Minimalistisch möbliert mit einzelnen, erlesenen Stücken, wirkten die Räume großzügig, ungemein beruhigend. Panoramafenster zum Nordwesten boten eine Aussicht ins Grüne. Die Wolkendecke hatte sich zum Abend hin geöffnet. Das letzte Abendrot gab sich dem Indigoblau der Nacht hin.

»Du hast eine phantastische Aussicht.«

»Ja, ich kann immer bis zu meinen Römern gucken, und im Sommer öffne ich das Fenster, lehne mich zurück und lausche der Musik der Veranstaltungen in der Arena. Das ist erste Reihe, sag ich dir. Komm, das Essen wird kalt. Erzähl, was dich bedrückt.«

Sie begannen am Esstisch mit Kerzenlicht und Musik von Quadro Nuevo. Das Hühnchen schmeckte ungewöhnlich, der Rotwein auch aus Gläsern fruchtig, und Karin erzählte. Zunächst zögerlich wägte sie ab, ob dieser Mann in der Lage war, Einzelheiten über unerfreuliche Frauenschicksale zu verkraften und nachzuempfinden, wieso sie Karin anrührten. Maarten bemerkte, wie tief diese Geschichte sie einnahm, schleifte riesige Kissen vor die Fenster, und sie zogen mit den eisernen Leuchtern und ihren Gläsern um. Es sprudelte förmlich aus ihr heraus, in die Kissen, in seine Arme versunken, und als die Last an Bedrohlichkeit verlor, entstand ein Moment der Stille mit Blick in den Sternenhimmel.

Maartens Mund an ihrem Ohr, kaum hörbar flüsternd.

»Alles gut?«

»Ja.«

»Ich möchte mit dir weiterschmusen.«

Ja, dachte Karin, als er sie sanft hochzog und zu seiner Schlafempore im Nebenraum führte. Ja, sie schaltete damit die Gedanken aus, überließ sich den zärtlichen Spielen. Schon beim Auskleiden hielten Lust und Genuss einträchtig Händchen.

Nikolas Burmeester kannte keinen anderen Ort in Wesel, der bei seinen zeitweiligen geistigen Ausnahmezuständen alles bot, was er zum Regenerieren brauchte. Ein paar Minuten auf der Aussichtsplattform an der alten Eisenbahnbrücke wirkten manchmal effektiver als eine Stunde bei seinem Therapeuten. Wind um die Nase, Weite im Blick, fließendes Wasser am Fuß der Plattform. Pappelblätter rauschten sanft im Hintergrund an Wesels Rheinpromenade. Die Dunkelheit setzte eigene Schwerpunkte. Lichter krochen über die Brücke, der Perricher Fernsehturm blickte von der anderen Rheinseite mit roten Leuchtpunkten in den Sternenhimmel. Die Positionslichter der gemächlich passierenden Frachtschiffe spiegelten sich in den seichten Wellen. Eine helle Nacht. Gegenüber am anderen Ufer konnte Burmeester die dunklen Umrisse der Brückenpfeiler erahnen. Sie waren altehrwürdige Zeugen der Vergangenheit, die Reste der zerstörten Bahnstrecke über Wesel nach St. Petersburg. Die Vorstellung von nobel ausgestatteten Eisenbahnabteilen mit Sesseln und Dienern, die edel gekleidete Herrschaften bewirteten, faszinierte Burmeester. Hatte was vom Orientexpress.

Dieses Idyll durch dienstliche Gespräche zerstören? Nein, ein paar Minuten noch, dann würde er zu seinem Wagen unten auf dem Parkplatz gehen und telefonieren.

»Karin, hier ist Nikolas. Bitte hör genau zu und ruf zurück. Melde dich, es ist ungemein wichtig. Wir müssen morgen früh schnell reagieren. Alles findet in Ringenberg statt. Das Gladius soll bei einem getarnten Sammlertreff verkauft werden. Ich weiß auch, von wem. Steht alles in meinem Bericht. Also, ich fahr auf jeden Fall dahin. Ich schalte mein Handy zu jeder vollen Stunde kurz an, damit wir in Verbindung bleiben und es ansonsten nicht stört. Ich probier nachher noch mal, dich direkt zu kriegen. Also, ruf bitte so schnell wie möglich zurück, egal zu welcher Uhrzeit.«

Burmeester stöhnte auf. Jetzt wurde es eng. Wieso meldete sich Karin nicht? Eine Chefin, die nicht zu erreichen war, wo gab es denn so was? Selbst wenn er nur Assistent war. Dann eben ohne sie und allein in großer Mission.

Den Mund fusselig geredet hatte er sich, wollte sich noch ein wenig aufs Ohr legen. Er parkte seinen alten Polo wie Oma und Opa an Sonntagnachmittagen in Richtung Fluss. Dösen an der Rheinpromenade mit Blick aufs Wasser. Tuckernde Schiffsmotoren wirkten beruhigend. Er, Nikolas Burmeester, würde es morgen allen zeigen. Verdeckt ermitteln, notfalls mit seinen Kampfsportkenntnissen brillieren. Links, rechts, Bein vor, zack und Schulterwurf. Arme auf den Rücken drehen. Mit gekonntem Griff die Handschellen anlegen, zuschnappen lassen. Handschellen? Hatte er nicht. Irgendwo im Kofferraum lagen Kabelbinder. Unbedingt dran denken. Er würde den Mörder stellen und für seine Verhaftung sorgen. Und wenn Karin nicht hörte, dann eben im Alleingang. X-mal auf die Mailbox quasseln musste reichen, Schluss mit der verkorksten Informationspolitik. Er hatte eine Entscheidung getroffen. Dankbar würden sie ihm sein, seine Hand schütteln, ihm auf die Schulter klopfen.

Mutter würde dumm gucken, wenn er am Montag die ersten Lokalseiten beherrschen würde. Er, der talentierteste Assistent aller Zeiten. Sollte sie sich ruhig Gedanken machen, warum er nicht nach Hause kam. Am Ende des morgigen Tages würde er mit zwei Frauen abgerechnet haben. Zwei auf einen Streich, dazu noch als Held, genial.

Unbequem streckte er sich im Auto aus. Er kostete halt manches Opfer, der Weg zum Ruhm.

Die Domuhr schlug, als Karin lächelnd in die Welt blinzelte. Dieser Traummann, die Haare noch feucht, eng am Kopf anliegend, das markante Kinn glatt rasiert, empfing sie mit einem Strauß zartrosa Heckenröschen.

»Das musst du riechen, das ist Frühsommer. Mein Morgengruß für dich.«

Karin räkelte sich, schnupperte an den kleinen Blüten. Duftende Rosen.

»Wo hast du die her, so früh am Morgen?«

»Zufällig gefunden. Im Park. Die Brötchen hingegen habe ich ordentlich bezahlt, Frau Kommissarin, frag den Bäcker. Frühstücken oder erst duschen?«

»Au ja, warmes Wasser und danach …«

»… Kaffee oder Tee?«

»Kaffee, bitte.«

Der Esstisch glich dem gut bestückten Büfett eines renommierten Hotels, Rühreier brutzelten in der Pfanne. Am Tischende die Samstagsausgabe, darauf ein riesiger Stapel Briefe.

»So früh bekommst du die Post? Was für ein Berg! Krieg ich nicht mal zu Weihnachten.«

»Nein, nein, das ist die Ausbeute der ganzen Woche. Ich leere den Briefkasten nur samstags, weil ich da Zeit und Muße für Post habe. Sind bestimmt wieder größtenteils Rechnungen.«

Er blätterte oberflächlich durch den Wust, stutzte kurz, zog ein braunes Kuvert hervor.

»Nanu, keine Marke, kein Stempel, kein Absender. Hu! Jetzt haben sie bestimmt meine Fiets entführt und wollen Lösegeld für das gute alte Mädchen.«

Er öffnete den Brief mit dem Frühstücksmesser.

»Da schau her. Du, da macht mir jemand ein unmoralisches Angebot, das dich interessieren wird.«

Er reichte Karin zwei Bögen. Alles klar. Karin erkannte das digitale Foto. Das Gladius. Auf dem zweiten Bogen befand sich eine Offerte zum Mitbieten, Start bei einundfünfzigtausend Euro. Die Frist zur Kontaktaufnahme war am Vortag abgelaufen. Karin straffte die Schultern, nahm einen kräftigen Schluck Kaffee und atmete tief durch.

»Womit wir beim Thema wären. Das ist die Tatwaffe, da bin ich sicher.«

»Schon angegriffen vom Zahn der Zeit, aber wirklich gut erhalten. Muss unbedingt behandelt werden.«

»Muss unbedingt gefunden werden. Gestern ging der gleiche Brief bei uns als Drohung ein, da will einer ungestört bleiben. Bekommst du öfter so was ins Haus?«

»Nein. Da muss jemand hinter mir hergeschnüffelt haben. Im Telefonbuch steh ich nicht, und mein Klingelschild gibt keine Auskunft über meinen Beruf.«

Hinterhergeschnüffelt. Ein Schnüffler. Ein Privatdetektiv? Plonski? Karin sprang auf, suchte ihre Handtasche.

Karin wechselte von privat auf geschäftlich. Eine ganz andere Frau kramte ihr Handy aus der Tiefe und überprüfte die Eingänge des Vorabends. Zwei Anrufe aus dem Büro und neun von Burmeesters Nummer. Sie aktivierte die Mailbox. Melde dich, hieß es, melde dich, ich muss dich dringend sprechen, es ist wichtig. So ging es weiter, bis zu einer längeren Botschaft am Schluss, über einen eigenmächtig geplanten Einsatz am Morgen in … Die Speicherkapazität war am wichtigsten Punkt ihrer Existenz erschöpft. Was hatte dieser hyperaktive Kerl in seiner irgendwie genialen Art heute vor? Diesmal entwickelte sich Sorge um Burmeester, der womöglich gerade dabei war, sich in eine gefährliche Situation zu manövrieren.

»Mist, unser Assistent. Hoffentlich stellt der nichts an. Und ich habe nicht reagiert, ich Schussel. Der hat die halbe Nacht versucht, mir was mitzuteilen. Was mach ich? Verzieh mich in mein Schneckenhaus und balsamiere meine Fühler.«

»He, das hat großen Spaß gemacht, dir dabei zu helfen.«

»Du Schmeichler. Trotzdem fühl ich mich wie eine Schnecke. Meine Reaktionen sind verlangsamt, ich kombiniere in Zeitlupe. Der Fall schleicht vor sich hin. Ein Schneckenrennen.«

»Na und? Wie lange bist du da dran?«

»Seit letzter Woche Freitag.«

Maarten lachte herzhaft, wobei er sich fast an seinem Hörnchen mit Salzbutter verschluckte.

»So, das nennst du schleichen? Wir brauchen manchmal Jahre,

um Einzelstücke zu rekonstruieren. Außerdem, was hast du gegen Schnecken? Die haben ihr Ziel vor Augen und überwinden auf dem Weg jedes Hindernis. Etwas langsamer als Rennpferde, klar, aber dafür mit der meditativen Kraft und der Ruhe.«

»Die fehlt mir allerdings manchmal. Tut mir Leid, Maarten, ich muss ins Büro.«

»Versteh ich schon.«

»Ich muss wissen, was er treibt, schließlich trage ich die Verantwortung für ihn. Und ich sollte mich auf die Vernehmung der beiden Frauen einstellen. Mit Abstand betrachtet gab es gestern genügend Momente, die mir Kopfzerbrechen bereiten. Irgendwas verschweigen beide, sprechen sich stumm ab in Sekundenschnelle. Vielleicht getrennt verhören. Ihnen den Weg ebnen. Und, wie gesagt, Burmeester retten.«

»Egal, wo du beginnst, ich wünsche dir Erfolg und, bitte, pass auf dich auf. Auf Körper und Seele, mein ich. Ich würde mich zu gern weiter um deine entzückenden Fühler kümmern. Melde dich, wenn du freihast. Ich freu mich.«

Es gab Abschiedsküsse, und es gab das, was Maarten und Karin zelebrierten. Letzteres machte mit aller Wahrscheinlichkeit auf Dauer süchtig.

Die Frau hielt den Hörer so fest umklammert, dass ihre Fingerknöchel weiß hervortraten. Sie zerknautschte ein Papiertaschentuch in der freien Hand. Krümelige Fetzen bröselten langsam vor ihre Füße.

»Ich habe solche Angst.«

Flüsternd, beschwörend.

»Sei ganz ruhig, dir kann nichts passieren.«

Die Stimme verlor ihre Fülle, wurde kindlich hoch.

»Das sagt sich so leicht. Im Kopf glaub ich das auch, aber der Rest rebelliert. Meine Knie zittern, andauernd muss ich die Hände trocknen. Ich steh das nicht durch.«

Sie konnte nicht so laut werden, wie sie wollte, presste die Worte heftig durch verkrampfte Lippen.

»Reiß dich zusammen. Du musst das schaffen. Fall jetzt bloß nicht um.«

Hellstimmiges Entsetzen.

»Wie redest du mit mir?«

»Ich will dich wachrütteln. Verflixt, wir wissen doch, was wir erzählen. Wir haben das so oft geübt. Das hat doch bis jetzt wunderbar funktioniert. Ich zähl auf dich, hörst du?«

»Ich muss aufhören.«

Sie blickte zu Boden. So eine Sauerei. Sie bewegte sich eilig zur Abstellkammer, kam mit Kehrblech und Handfeger zurück.

Die Sonne verbarg sich hinter einer tief hängenden, gleichmäßig grauen Wolkendecke. Karin reckte ihr Gesicht gen Himmel. Der leichte Nieselregen schaffte es nicht, die geröteten Wangen abzukühlen. Umschalten auf Kommissarin. Erst mal sortieren. Kleine Lage einberufen und vor allem Simon Termath einschalten. Überprüfen, was Burmeester vorhat und wo er steckt. In seiner Dienstbeflissenheit hatte er bestimmt einen ausführlichen Bericht verfasst und in ihrem Fach hinterlegt.

Es konnte Karin auf der L 490 Richtung Wesel nicht schnell genug gehen. Sie wünschte sich Blaulicht, freie Bahn, drängelte, fuhr mindestens mit hundertzehn über die Ginghericher Kreuzung bei der Spedition Imgrund und unbeeindruckt an dem Metallkreuz vorbei, neben dem ein frischer, bunter Strauß lebendiges Gedenken symbolisierte. Siebzig war erlaubt. Zum Glück hielt sich der Rückstau vor der Brücke in Grenzen, der Weseler Ring war frei bis zur Polizeizentrale.

Simon Termath vertiefte sich gerade in den neuesten Bericht von Burmeester, als Karin hektisch hereinstürmte.

»Gut, dass du da bist. Wir müssen schnell und überlegt handeln heute, sonst geht uns der Täter durch die Lappen.«

»Der Täter? Bist du sicher, dass es ein Mann ist? Ich schwanke. Was hat sich hier herauskristallisiert?«

»Ausführlich?«

»Mach es kurz und knapp.«

Simon berichtete vom Raubgräberring, dokumentiert auf Kaldeweis Disketten, dem Zusammenhang zwischen alter Backstube und Gertruds Familie und zu guter Letzt von Plonskis Fingerabdruck auf dem Drohbrief. Der Knackpunkt war Nikolas' Recherche über das als Künstleraktion getarnte Sammlertreffen auf Schloss Ringenberg. Zugang ausschließlich mit Einladung.

»Oder mit Dienstausweis.«

Simon Termath wurde energisch, sprach hart und logisch.

»Der Junge hat gute Arbeit geleistet. Ich kann mir denken, was in ihm vorgeht. Der will uns beweisen, nein, dir will er zeigen, was er kann. Der ist bestimmt nach Ringenberg. Plonski allein stellen, mein Gott, der hat keine Ahnung, mit wem er sich anlegen will. Wir müssen ihn unterstützen, ganz sensibel, ohne ihn zu enttarnen. Wir müssen handeln, ehe ein Unglück passiert. Karin, du musst Einsatzbefehl geben.«

»Für dich steht Plonski auch als Täter fest, oder?«

»Klar, Fingerabdruck, Besitz der Tatwaffe, Anwesenheit in der Tatnacht, was brauchst du noch?«

Das Telefon klingelte. Karin hastete zum Gerät.

»Burmeester. Kann ich meinen Sohn sprechen?«

»Frau Burmeester, das geht im Moment nicht. Er ist im Einsatz.«

»Haben Sie es geschafft, ja? Einen schlechten Einfluss üben Sie auf ihn aus. Schon Ihre Stimme, so schnippisch und hart. Sie sind schuld, wenn ihm etwas passiert. Nicht nach Hause gekommen ist er. Ich habe die Karten des Engelorakels gelegt und Gefahr erkannt. Verstehen Sie, er ist in höchster Gefahr!«

»Frau Burmeester, Ihr Sohn ist erwachsen und hat sich für die Mordkommission entschieden. Und jetzt entschuldigen Sie, wir haben zu tun.«

Aufgelegt. Für einen Augenblick starrte Karin versteinert aus dem Fenster.

»Diese Familie ist seltsam. Seine Mutter überwacht ihn mit Orakelkarten.«

»Egal, wir müssen den Jungen schnell suchen. Wer fährt nach Ringenberg?«

»Kleine Lage fällt aus. Du leitest den Einsatz. Ich mache hier die Koordinationsstelle. Nimm Weber und Patalon mit. Klingel sie raus zum Dienst, und du kriegst mein Handy mit, damit du erreichbar bist. Widerstand zwecklos.«

Termath kannte seine Chefin. Wenn Karin sich an die Nachnamen von Tom und Jerry erinnerte, wurde es ernst. Ein Schnellkurs in mobiler Erreichbarkeit zwischen Tür und Angel. Er stellte sich gar nicht so ungeschickt an, brauchte aber seine Lesebrille, um die kleinen Ziffern der Handytastatur erkennen zu können. Zwei fernmündliche Verabredungen, er würde die beiden Kollegen abholen. Los ging es.

»Seid besonnen. Gebt umgehend durch, wenn ihr Nikolas gefunden habt. Ihr werdet Verstärkung brauchen. Wenn ihr Plonski gesichtet habt, kommt ein Einsatzkommando zur Unterstützung. Das fordere ich jetzt sofort an. Wir kümmern uns lediglich um unser Ding. Seine Verhaftung. Die Kollegen werden alles in Schach halten, bis das Dezernat Betrug zum Einsatz kommt. Die werden alte Bekannte treffen und neue Gesichter kennen lernen. Ich informiere alle Kollegen, hole Staatsanwalt Haase vom Shopping und unsere Frau Doktor van den Berg aus der Beautyfarm. Und melde dich zwischendurch.«

»Genau das wollte ich vermeiden. Jetzt hat mich der Fortschritt auf meine alten Tage doch erwischt.«

Er winkte mit dem Telefon, bevor es in seiner Hosentasche verschwand. Ohne Tastatursicherung. Mit einer einzigen Bewegung entwickelte sich aus Erreichbarkeit ein Nummernchaos. Besetzt.

Burmeester wachte mit dumpfem Schädel auf. Schlecht geschlafen. Irgendwelche Idioten hatten ihn mitten im Tiefschlaf geweckt, gegen die Scheibe gehämmert, sich grölend verzogen. Sein Magen knurrte, und der abgestandene Geschmack im Mund löste sich erst nach einem Kaffee bei MacMutters Konkurrenz auf.

Er hatte die Strecke nach Ringenberg doch dem Sammler beschrieben. Großkotzig hatte er am Vortag behauptet, das Schloss sei ausgeschildert, und nun suchte er die Wegweiser in der Weseler Innenstadt. Vergeblich. Heimatkunde schwach, kein Wunder bei seinem Nomadenleben. Sie rückte offensichtlich näher, seine Nervosität. Zur Vorsicht kaufte er sich an der nächsten Tankstelle eine regionale Straßenkarte. Und ein verlockendes belegtes Brötchen.

Mutierten zu Gemischtwarenläden, die Zapfstellen, Diesel, auf Wunsch mit frisch aufgebrühten Hotdogs. Und pfundweise Kaffee. Demnächst würde es bei Tchibo Benzin geben im dekorativen Nachfüllkanister in Saisonfarben.

Die B 8 lang, kurz vor Flüren rechts ab, Richtung Hamminkeln. Unterwegs die unterschiedlichsten Eindrücke. Blumenkamp mit der Schill-Kaserne zur Linken und den Mietskasernen auf der rechten Seite. Wald, Wiesen, verfallende, verbarrikadierte Häuser mit gähnenden Fensternischen, bizarr die eingeworfenen Scheiben, im Hintergrund alte Eichenalleen.

Da, oh, Mann, Foto, ungekämmt abgespeichert im Starenkasten vor dem Country Café, nicht aufgepasst. Wiesen, Wald, Hamminkeln links ab? Nein, weiter auf der B 473, irgendwo musste doch das Schloss ausgeschildert sein. Vor der nächsten Ampel noch ein Blitzgerät. In die Eisen, Glück gehabt.

Karin würde seine Botschaft gehört haben. Bestimmt. Sie würde ihm zu Hilfe kommen, ihn nicht allein lassen.

Eichenmöbel, Autoservice und Musik-Feldmann stimmten nicht auf Novalis und Co. ein. Verfahren? Nein, dahinter rechts ab nach Ringenberg, immer noch durch das Gewerbegebiet, allgegenwärtiger Discounter Süd. Über die Bahnschienen, unter der Autobahn hindurch, endlich das Ortseingangsschild. An der Hauptstraße einzelne, ansehnlich restaurierte Häuser. Für die wirklich ansehnliche, historische Fassade der alten Brauerei Bovenkerk hatte Burmeester keinen Blick. Endlich sah er das braune Hinweisschild zum Schloss. Er bog in die schmale Zufahrt rechts ab, drehte eine Runde über den spärlich besetzten Parkplatz und entschied sich, in angemessener Entfernung sein Auto abzustellen.

Die anderen Kollegen tauchten bestimmt bald auf.

Nach zwei Runden durch die nähere Umgebung parkte er beim Sportplatz am Wolfsdeich. Gut. Noch eine Dreiviertelstunde bis zur Eröffnung, was hieß, dass die Organisatoren bestimmt schon vor Ort waren. Er verweilte auf der hölzernen Brücke über dem Zulauf zum Wassergraben, verdeckt durch die tief hängenden, dicht belaubten Zweige einer Trauerweide. Schlosszugang und Parkplatz knapp im Blick. Feuchtigkeit von oben, gepaart mit unangenehmem Wind. Die goldenen Wetterfahnen auf den Schornsteinen des Schlosses drehten sich quietschend. Die Autobahn untermalte den prächtigen Anblick des stolzen, historischen Gebäudes mit unpassendem Stakkato.

Was machte er eigentlich hier? Was, wenn Plonski nicht mit seinem Saab erschien? Den Oldtimer würde er mühelos erkennen, den Mann jedoch nicht. Was, wenn Kaldewei ihn hier entdeckte?

Was, wenn Karin seine Nachricht auf der Mailbox gar nicht abgehört hatte? Mutterseelenallein. Zum ersten Mal begriff er den Sinn des Wortes und erkannte schlagartig seinen Anteil an dieser ungemütlichen Situation. Mist gebaut, Mensch, Nikolas, du hast den größten Bockmist aller Zeiten gebaut. Karin wird dich abservieren.

Burmeesters Jackenkragen scheuerte an seinem Hals. Schweißperlen rannen über Schläfen, an Wangenknochen, am Hals entlang und machten den widerspenstigen Jeansstoff hart und rau.

Gertrud Kaldewei und Herta Paessens erschienen eine Viertelstunde zu früh, hockten still und unsicher auf unbequemen Holzstühlen auf dem unwirtlichen Gang. Auf Hertas Schoß eine prall gefüllte Stofftasche, die sie fest umklammerte. Der Inhalt war ihr unangenehm. Nach langem Zögern hatte sie gewagt, das Kellerarchiv ihres Mannes zu betreten. Sie hatte einen Ordner nach dem anderen durchblättert, ganz oben auf dem Regal Dinge entdeckt, die sie nicht fassen konnte. Keine Schriften über Gesetzestexte oder Gerichtsurteile. Ein Ordner war prall gefüllt mit verstärkten Seiten voller Einsteckhüllen. Die meisten belegt mit einer Münze, silbrig, golden, Adler, Gazellen, Köpfe. Hinten eine Seite mit uneben geformten goldenen Münzen mit relativ primitiver Prägung. Am auffälligsten die römischen Ziffern. Hertas Mann, der Sparsame, Strebsame, der Gesetzestreue, entpuppte sich als Sammler wertvoller Münzen. Das müsste Karin sehen, hatte Gertrud am Morgen beschlossen. Die Dinger passten zu den Kopien aus den postlagernden Briefen. Wer weiß, was das zu bedeuten hatte. Herta gehorchte.

Jerry Patalon entdeckte Burmeester auf der Holzbrücke.

»Halt an, ich geh zu ihm, und euch finden wir dann wie besprochen.«

Simon Termath atmete auf.

»Du informierst Karin, in Ordnung?«

Jerry nickte, sprang aus dem Wagen und lief über die Straße, sprach den Kollegen an, der sichtbar zusammenzuckte.

»He, komm, alles klar. Wir sind da und kriegen noch Verstärkung. Dieses Treffen wird in die Geschichte der Sammler eingehen. Na? Hosen bisschen voll, was?«

Burmeester nickte bleich und wortlos. Ihm fiel eine tonnenschwere Last von der Seele. Er war froh, dass Karin ihn nicht persönlich sprechen wollte. Die würde meckern. Kein Weg führte an deutlichen Worten vorbei. Jerry lieferte den Vorgeschmack darauf.

»Was lernen wir aus diesem Solo? Keine Alleingänge. Schreibtischermittlungen, okay, im Vorfeld abgesprochene Vorgehensweisen, okay, aber mach so was nie, nie wieder. Das kann gründlich schief gehen. So, Schluss mit Predigen, jetzt beginnt der spannende Teil. Wer ist schon drin?«

»Keine Ahnung, aber Kaldeweis Kennzeichen steht nicht auf dem Parkplatz, und der Saab fehlt auch noch. Mit viel Glück erleben wir ihre Ankunft. In fünf Minuten geht es offiziell los, mit dem so genannten Austausch der deutschen und niederländischen Künstler.«

»Nicht so spöttisch, einsamer Cowboy, wetten, dass diese kulturelle Veranstaltung tatsächlich stattfindet? In der ersten Etage gibt es regelmäßig Ausstellungen mit jungen Künstlern. Habe ich mir schon mal angeschaut. Musst du erlebt haben. Völlig durchgeknallte Sachen. Da wird bestimmt irgendein Professor Doktor gestelzte Worte zu flachen Werken finden.«

»Und die Sammler?«

Termath schaute prüfend zum Schloss hin.

»Ich tippe auf den Gewölbekeller. Unten ist ein nobles Restaurant und viel Gelegenheit für Gemauschel hinter dem Eckchen. Fakt ist, alle, die ins Schloss wollen, müssen in die gleiche Richtung, weil die Eingänge an derselben Stelle liegen. Die grauen Über-die-Schulter-Gucker werden eiligst unten verschwinden, während die bunten Wallegewandträger dreimal über die Außentreppe flanieren, um gesehen zu werden. Gut gewählter Platz hier. Einflugschneise. Fehlt uns nur noch eine Angel als Tarnung.«

Jerry blickte in das zugewachsene, schwach dümpelnde Brackwasser des Schlossgrabens.

»Vielleicht eher ein Käscher für Froschschenkel. Oder eine Greifzange für Uferschnecken. Habe ich mal in der Bretagne gegessen. Du, die musste man mit einer Stecknadel aus dem Gehäuse pulen.«

Burmeester verdrehte die Augen, presste die verschränkten Arme vor den Bauch.

»Mensch, hör auf, mir ist schon schlecht.«

Herta Paessens legte den Ordner vor Karin auf den Tisch, erläuterte kurz, woher er stammte.

»Gertrud meinte, das müssten Sie sehen. Und die Visitenkarte. Die lag unter den gespitzten Stiften.«

Georg Plonski. Private Ermittlungen, diskret und erfahren. Opfer und Täter kannten sich? In welchem Zusammenhang?

»Was machte Plonski für Ihren Mann?«

»Weiß ich nicht. Ich kenne den Namen nicht.«

Karin blätterte die schweren Seiten des Ordners um und verharrte kopfschüttelnd beim Anblick der römischen Münzen.

»Frau Paessens, Ihr Mann war ein passionierter Sammler. Das muss viel Geld gekostet haben. Wo kam das her?«

»Ich weiß nicht.«

»Wie hoch war denn sein Gehalt? Konnte er sich Goldmünzen erlauben?«

»Ich weiß nicht, was er verdient hat. Das geht mich nichts an, hat er gesagt. Jede Woche gab es Wirtschaftsgeld. Das lag dann in der Küchenschublade im Haushaltsbuch. Wenn mir ein Fehler beim Zusammenrechnen passiert war, hat er den rot angestrichen und vom nächsten Geld abgezogen. Keine Ahnung, was solche Münzen wert sind.«

Karin deutete auf die römischen Münzen.

»Was die anderen wert sind, weiß ich nicht. Die hier, die kosten so viel wie ein gutes neues Auto. Mit Navigationsgerät und Klimaanlage. Jede einzelne.«

Herta Paessens kämpfte mit den Tränen. Gertrud suchte vorsorglich nach Papiertaschentüchern. Gerade noch rechtzeitig lagen sie vor ihrer Freundin.

»Dieser Schuft! Manchmal musste ich mit fünfundzwanzig Euro in der Woche auskommen. Fünfundzwanzig Euro für zwei Personen, wissen Sie, was das heißt? Und wehe, da gab es nicht seine Wurst oder am Freitag keinen Fisch!«

Die Frau war außer sich, heulte, schrie, wischte den Ordner vom Tisch.

»Und der, der gab Geld für hässliche, olle Münzen aus. Warf es aus dem Fenster! Die kann man nicht essen. Wegen dieser Blechdinger hab ich Prügel bezogen, weil das Geld nicht reichte.«

Karin ließ sie gewähren. Vielleicht würde ein reinigendes Gewitter die Zunge lockern. Nach ein paar geduldig abgewarteten Minuten schniefte Herta nur noch leise und beruhigte sich zusehends.

»Frau Paessens, das wollten Sie nicht länger ertragen, richtig?«

»Ich konnte einfach nicht mehr.«

»Und da haben Sie geplant, Ihren Mann zu beseitigen, richtig?«

Keine Suggestivfragen, dachte Karin, was mache ich hier? Doch diese Mordtheorie war einfach schlüssig.

Herta blickte sie aus geröteten Augen an.

»Ich konnte nicht mehr, aber ich hab doch nichts geplant.«

»Wer hat denn geplant? Du, Gertrud? Hast du Alfred Paessens erstochen?«

Karin trieb sie in die Enge. Wenn ein Geständnis fällig war, dann jetzt. Das Telefon im Nebenraum schrillte. Unpassender ging es nicht.

»Entschuldigung, wir sind im Einsatz, ich muss rangehen. Sie rühren sich nicht vom Fleck. Gertrud, du auch nicht.«

Karin bellte ihre Ungehaltenheit in die Sprechmuschel.

»Ja, was gibt's denn ausgerechnet jetzt?«

Tom berichtete hastig, aber bestimmt, dass Plonski und Kaldewei im Abstand weniger Minuten im Schlosskeller verschwunden seien.

»Gut. Gut, dass du angerufen hast. Ihr folgt denen, ich informiere die Verstärkung. Die stehen schon im Gewerbegebiet an der Bahnlinie auf Abruf. In circa drei Minuten sind die da. Viel Erfolg.«

Energisch drehte sich die Hauptkommissarin zu den beiden Frauen um. Sie wollte die Geschichte abschließen. Jetzt.

Jerrys Telefon summte kaum vernehmbar. Eine schriftliche Botschaft.

»Tom und Simon kommen von der anderen Seite. Wir bewegen uns langsam auf die Eingänge zu. Mischen uns unter das illustre Künstlervolk. Da, die Gruppe kommt genau richtig. In drei Minuten trifft Verstärkung ein, dann gehen wir rein.«

Während Kaldewei mit leichter Ledertasche zum Schloss geschritten war, hatten sie beobachtet, wie der gelbe Saab sachte in die zweitletzte Parklücke glitt. Burmeester hatte sich ein kleines, unauffälliges Kerlchen vorgestellt, keinen Hünen mit Krempenhut und weitem Mantel über gewaltiger Körperfülle. Jetzt sah er einen wuchtigen Mann, der nicht anders konnte, als seinen Auftritt zu zelebrieren. Er trug eine riesige Sporttasche.

»Mit dem wolltest du allein fertig werden? Ohne Ausweis, ohne Waffe, ohne Befugnisse. Der hätte dich einhändig in den Graben geworfen.«

Burmeester spielte mit den vier Kabelbindern in seiner Jackentasche. Da würden sie auch bleiben.

Jerrys Telefon summte erneut. Startsignal.

»Jetzt wird es ernst.«

Ältere Herren mit wehendem grauem Haar, gekleidet in Seide und Kaschmir, gestikulierten mit ausladenden Bewegungen. Bunte Frauen auf hohen Absätzen bemühten sich um Gleichgewicht im lockeren Kies. Burmeester und Patalon schlossen sich der Gruppe an.

»Ja, Herr Haase, wir werden den Täter voraussichtlich innerhalb der nächsten Stunde hier im Büro sitzen haben. Ja, ich informiere Sie, wenn die Kollegen zurück sind. Nein, ich kann nicht ermessen, welche Konsequenzen diese Unterbrechung für Ihr Handicap hat.«

Golfen, am Samstagvormittag bei Nieselregen auf dem Green. Karin war wütend. Diese Führungskraft hätte wenigstens ein Wort über den absehbaren Erfolg verlieren können, nein, seine Konzentration war jetzt hin. Handicap! Der hatte doch glatt eins. Mit erhöhter Pulsfrequenz trat sie den beiden Frauen erneut entgegen, lief vor den beiden auf und ab, zum Fenster, zur Wand, stoppte abrupt vor Gertrud, stützte die Arme auf den Tisch.

»Was ist in der Nacht nach dem Fest geschehen? Die Geschichte von gestern, das verschwundene Schwert, mit dem du Friedrich erschrecken wolltest, das nehme ich dir nicht ab, Gertrud. Du hast das Schwert aus seinem Zimmer geholt. Du bist damit zu Herta und dann habt ihr auf ihn gewartet, stimmt's?«

Gertrud starrte auf ihre Hände. Betont ruhig kam ihre Antwort.

»Nein, so war das nicht. Wir haben nichts geplant. Wir haben auch nichts getan. Wir waren das nicht. Ich wollte Herta doch nur helfen. Ich wusste nicht, was passieren würde, ich wollte wirklich nur helfen.«

»Was heißt das, du wusstest nicht, was passieren würde? Wer war noch dabei? Gertrud, rede endlich! Du willst mir sagen, wer noch beteiligt war, oder? Da gab es noch jemanden, richtig?«

»Nein. Gar nichts wollte ich. Wir haben nichts getan. Herta ist bei sich zu Bett gegangen. Ich lag, von einer Migränetablette halb betäubt, in meinem Bett. Das ist alles. Karin, du musst uns glauben. Wir haben nichts damit zu tun.«

Herta nickte zustimmend.

»Wirklich, Frau Krafft, so war es. Glauben Sie uns doch, bitte. Ich weiß noch nicht, wie es weitergehen soll. Ich kann ja nicht mal allein Geld von der Bank abheben, weiß nicht, wie das geht. Ich fühle mich, als wenn ich aus lebenslanger Haft entlassen worden wäre. Ja, so stell ich mir das vor. Plötzlich steht man auf der Straße und ist ganz allein für sich verantwortlich. Gertrud ist mir eine gute Freundin. Die wird mir beistehen.«

Innerlich rief eine beschwörende Stimme, lass sie gehen, jedoch dauerte es ein paar Minuten, bis Karin das artikulieren konnte. Zwei verschüchterte Frauen. Das Bild enthielt viele Facetten. Für die Kommissarin blätterten stückchenweise Zweifel ab wie Rinde von Platanen.

»Ihr könnt gehen. Frau Paessens, achten Sie gut auf die Münzen. Die sind sehr wertvoll.«

Die Frauen schlichen auf den Flur. Leicht gebeugt, leise, nur nicht unangenehm auffallen, die van den Berg nahezu brav grüßend.

»Frau Krafft, kann ich Sie mal eben sprechen? Ich habe ihr Verhör im Nebenraum verfolgt.«

Einen Vortrag über adäquate Verhörtechniken würde es geben. Es sei denn, Karin käme ihr mit dem Ermittlungsfortschritt zuvor. Achtung, fertig, los.

In erstaunlicher Wortgewandtheit, völlig strukturiert, unter Einsatz des Flipcharts zur Visualisierung, verdeutlichte Karin ihrer Vorgesetzten den aktuellen Stand der Dinge. Van den Berg reagierte anders als Haase. Zunächst die Anerkennung, dann die Kritik.

»Warum schüchtern Sie diese harmlosen Frauen dermaßen ein, dass ihnen die Worte fehlen?«

»Da besteht ein Restzweifel an der Unschuld dieser Frauen. Wer jahrelang unter Druck lebt, in Angst, Schrecken und Demütigung, greift unter Umständen zu illegalen Methoden, um sich des Peinigers zu entledigen.«

»Wie auch immer, Frau Krafft, bleiben Sie den humanen Grundsätzen treu. Bieten Sie zwischendurch einen Kaffee an.«

Humane Grundsätze bei Verhören! Was kam als Nächstes? Wahrheit durch Bachblüten?

Drei Einsatzwagen und zwei voll besetzte Mannschaftswagen näherten sich lautlos, blockierten die Zufahrt zum Schloss. Grün Uniformierte verteilten sich um das Gebäude, an allen Eingängen, bewachten die ausgetretene Treppe, die im Schlossinneren zum Keller führte. Die Kollegen veranlassten die Gäste des Künstleraustauschs, das Gebäude ruhig zu verlassen und in sicherer Entfernung zu warten. Ein Hauch von Unsicherheit flammte selbst bei den Künstlern auf, die diese undurchsichtige Aktion für eine gelungene Performance hielten. Die meisten Niederländer äußerten spontane Anerkennung.

»Moj, he? Dat nenn ick en super Idee.«

Zwei Frauen bewegten sich tänzelnd um einen irritierten Beamten und ließen sich dabei von einer dritten digital filmen.

»So viele starke Männer in Grün machen mich ganz wuschig.«

Die Herren mit den grauen, wehenden Frisuren verbreiteten Skepsis.

»Gewagt, politisch sehr gewagt.«

Rückenwind von einem jungen Wilden.

»Kunst ist Provokation!«

Alle gingen brav an den Uniformierten mit den dicken Westen vorbei, die konzentriert ihre Waffen im Anschlag hielten. Tolle Performance.

Jerry flüsterte Burmeester Instruktionen zu.

»Du bleibst schattendicht hinter mir, ich will deinen Atem im Genick spüren, verstanden?«

»Klar.«

Zusammen mit fünf Kollegen, die sich brennend für Hehlerei, Handel mit illegalen Gegenständen der Antike und Schwarzgeldwäsche interessierten, und zehn bewaffneten Einsatzkräften als Begleitung ging es hinab in die gekälten Schlossgewölbe. Die lose verlegten Ziegel des Bodens knirschten unter den energischen Schritten.

So hörte sich Erfolg an. Ausgepowert, atemlos, aufgedreht durch den euphorischen Stress sprach Simon laut und schnell.

»Wir haben Plonski. Mann, hat der getobt. Gut, dass die Einsatztruppe dabei war. Allein hätten wir den nicht gebändigt. Und wir haben das Schwert sichergestellt. Es war zum Glück noch nicht verkauft. Lag fein säuberlich verpackt in einer Sporttasche. Wir bringen es gleich zur Spurensicherung. Ich bin sicher, dass noch Blutreste darauf vorhanden sind.«

Termath berichtete Karin von den entscheidenden Ereignissen, die sich binnen weniger Minuten abgespielt hatten. Und die glücklich ausgegangen waren. Er klang erleichtert. Karin auch.

»Simon, ich bin froh. Und Nikolas?«

»Hat sich bestens bewährt. Du, der hat einen durchgedrehten Sammler daran gehindert, Jerry mit einem Stuhl zu vermöbeln. Der kann was, sag ich dir. Legt den Kerl mit einem Schulterwurf flach und fesselt ihn. Stell dir vor, der hat Kabelbinder in der Jackentasche gehabt.«

»Kabelbinder?«

»Ja.«

»Wann seid ihr hier?«

»Der Wagen mit Plonski ist schon unterwegs, geht zum Erkennungsdienst. Für Kaldewei interessiert sich wer anders, oder brauchst du ihn auch noch mal?«

»Jetzt nicht, Plonski ist wichtiger. Zu zweit. Ich will dich beim Verhör dabeihaben. Bis nachher.«

»Warte eben, Karin, da kommt Tom über den Platz gerannt. Plastiktüte in der Hand. Was ist das?«

Die Kommissarin hörte aufgeregtes Gemurmel, blieb geduldig dran.

»Karin?«

»Ja.«

»Wir haben im Saab eine Digitalkamera gefunden. Tom hat sie eingetütet und aktiviert. Stell dir vor, Plonski hat eine ganze Bilderserie von der Waffe gemacht.«

»Wie kann man so blöd sein. Nein, Plonski ist nicht dumm, der hat sich zu sicher gefühlt. Beinahe schon überheblich. Passt auf, dass ihr nichts löscht.«

»In Ordnung. Bis gleich.«

Karin lehnte sich zurück, verschränkte die Arme über dem Kopf. Das war es also. Der Fall schien gelöst. Jedes Mal wartete sie auf den Kick, den Adrenalinausstoß, innere Jubelchöre, das Glücksgefühl einer Marathonläuferin hinter der Ziellinie. Nichts. Erschöpfung klopfte an, erst jetzt bemerkte sie ihren Durst, ihren Hunger. Spürte den angespannten Nacken.

Noch war nicht Schluss für heute. Der dickste Klops wurde gerade angeliefert. Auf dem Flur hörte sie jemanden unflätig fluchen.

Sie begab sich in die kleine Kammer hinter der verspiegelten Scheibe. Die Tür platzte auf. Plonskis Masse füllte den Raum wie ein aufgehender Hefeteig, nur statischer. Er strahlte Aggressivität aus. Die Hände in Handschellen vor dem gewaltigen Bauch, den Hut tief

in der Stirn ließ er sich auf den primitiven Stuhl im Vernehmungs-
zimmer fallen, der unter seinem Gewicht ächzte und gänzlich verschwand. Kleine Schweinsäuglein, hektisch um sich blickend, den
Radius nutzend, den der unbewegliche Kopf zuließ. Das Kinn ver-
dreifacht saß er keuchend da.

Karin stand auf, als sie die Kollegen auf dem Flur hörte, streckte
sich, verließ die enge, muffige Kammer. Ein unsicherer Blick von
Burmeester. Der erwartet eine Reaktion von mir, dachte sie, sei vorsichtig.

»Nicht schlecht für einen Anfänger, wie du die Spur zum Schloss
entdeckt und verfolgt hast. Über den Rest reden wir nächste Woche,
in aller Ruhe.«

Simon Termath wartete an der Tür. Alles klar für das entscheidende Verhör. Es war keine Absprache nötig.

»Na, dann wollen wir mal.«

Am frühen Nachmittag rief van den Berg Karin aus dem Verneh-
mungszimmer.

»Der Staatsanwalt möchte wissen, wie weit Sie sind.«

Bei Golfturnieren schickte er tatsächlich Frau Doktor vor, statt
selbst zu erscheinen.

»Ein zäher Brocken. Streitet alles ab, lässt sich selbst von Fakten
nicht überzeugen. Er war es. Es gibt einen Berg an eindeutigen Beweisen. Wir werden früher oder später sein Geständnis hören.«

»Reicht das für einen Haftbefehl?«

»Auf jeden Fall. Plonski ist unser Mann. Er besaß die Tatwaffe,
hatte bei seinen ständigen Geldnöten ein starkes Motiv: Habgier. Ich
erinnere an die Blutspuren am Gladius, das er angeboten hat. Er
wurde in der Tatnacht im Dorf gesehen. Und er wurde vom Opfer
als Detektiv angeheuert, konnte also von dessen lukrativem Neben-
job als Raubgräber wissen. Nein, nein, selbst wenn er nicht gesteht,
diese handfesten Indizien lassen sich nicht widerlegen.«

»Gut, dass Sie die Frauen nach Hause geschickt haben. Die Entscheidung, sie vorzuladen, konnte ich nicht nachvollziehen.«

»Ich bin einem intuitiv begründeten Misstrauen gefolgt. Und es gab ein Motiv: Gewalt in der Ehe. Es hat sich aufgelöst. Unser Mann sitzt hinter dieser Tür.«

»Intuition, soso. Ich verlasse mich eher auf Fakten. Auf mich machten die beiden einen völlig harmlosen Eindruck. Ich habe mich durch die Berichte gearbeitet. Es gibt ja Schicksale, die für uns gestandene Frauen nicht nachvollziehbar sind. Wie hält man so ein Leben aus? Furchtbar.«

Solidarität mit Frau Doktor war das Letzte, was Karin jetzt gebrauchen konnte.

»Ich muss wieder rein.«

»Machen Sie nicht mehr zu lange heute. Sie müssen für morgen fit sein. Staatsanwalt Haase hat eine Pressekonferenz eingeplant. Elf Uhr. Sie geben die Ermittlungsergebnisse durch, Frau Krafft. Um Spekulationen vorzubeugen, muss die Trennung der unterschiedlichen Veranstaltungen auf Schloss Ringenberg unbedingt verdeutlicht werden.«

»Was soll da erklärt werden?«

»Ein alter Studienfreund von Herrn Haase, ein international anerkannter Maler und Bildhauer, war beim Zugriff im Schloss anwesend. Haase meint, die Vernissage gehöre ins rechte Licht gerückt. Die Polizeiaktion hat wohl auf niederländischer Seite Unverständnis ausgelöst. Bevor das politisch hochkocht, sollten wir handeln, meint der Staatsanwalt.«

Geht hier irgendwas mal einfach geradeaus, fragte sich Karin. Da zicken ein paar Künstler, und Haase schlägt Haken.

»Eine Stunde noch, dann ist Schluss. Wir haben genug Beweise, und Plonski faucht uns sowieso nur plump an. Oder er kapiert, dass seine Lage aussichtslos ist, und gesteht.«

Frau Doktor van den Berg war beruhigt. Ein geklärter Fall mehr auf ihrer Karriereleiter. Hoffentlich verlegte sie jetzt nicht die Aktenkopie.

Draußen herrschte dämmriges Zwielicht. Karin sackte in ihren Bürostuhl, streifte sich die Schuhe ab, massierte kurz die strapazierten Füße, legte die Beine auf den Schreibtisch. In den letzten Jahren war es ihr zur Gewohnheit geworden, bei einem bestimmten Erschöpfungsgrad liebe Worte von Johanna zu holen, wenn sie allein war. Heute wählte sie eine andere Nummer.

»Hallo, Maarten. Wird leider nichts mit heute. Du, ich bin so kaputt, ich will nur noch nach Hause.«

»Hm, schade.«

»Besser so, bestimmt. Ich falle garantiert ins Bett. Wir haben den Mörder. Dein Brief mit dem Foto stammt nachweislich auch von ihm.«

»Ach, wer ist es denn?«

»Darf ich dir eigentlich gar nicht erzählen. Ein Privatdetektiv der unfeinen Sorte. Weißt du, es hat viel Energie gekostet, dieses Verhör zu leiten. Der Mann ist ein Kotzbrocken. Alles spricht gegen ihn, aber, nein, er ist natürlich völlig unschuldig. Am Morgen habe ich erst noch die beiden Frauen hier gehabt. Einen Moment lang sah ich eine ganz neue Variante der Tat aufflackern. Verrückt, nicht?«

»Die haben dich sehr beeindruckt. Du wolltest ganz sichergehen, nicht? Grund genug für Vergeltung hätten sie ja gehabt.«

»Gründe ja, aber Energien, nein. Kannst du dir vorstellen, dass es heute noch Frauen gibt, die nicht wissen, wie man auf der Bank Geld abhebt? Die sind einfach total abhängig von ihrem Mann, und die leben nicht irgendwo auf einem Einödhof, sondern quasi nebenan.«

»Alles ist möglich. Frag mich mal, ob ich den neuen Fahrkartenautomaten an unserem Bahnhof bedienen kann. Ich schaffe es nie, pünktlich bis zur Abfahrt ein Ticket zu bekommen. Ich muss lauter Fragen beantworten und Nummern eintippen, und wenn der Bildschirm zu warm wird oder die Finger zu kalt sind, bewegt sich nichts. Das Ding hasst mich.«

Karin gähnte schmunzelnd.

»Ich will los. Morgen ist Pressekonferenz. Da soll die Kommissarin glänzen.«

»Das wird sie schaffen. Zum Glänzen braucht es nämlich nicht viel bei dieser schönen Frau. Wir sehen uns morgen?«

»Ja.«

»Sag das bitte noch mal.«

»Ja.«

»Jetzt bin ich beruhigt. Schlaf schön.«

Karin blieb verwundert vor ihrer Haustür stehen. Das Arrangement, auf das sie hinabsah, stammte sicherlich von dem netten buddelnden Holländer. Heckenröschen und eine Flasche Wein lagen auf der Matte. Karin schaute sich um, niemand zu sehen. In den Blumen klemmte ein Zettel.

Ich denk an dich. M.

Ja. K.

An den Wochenenden gab es kein morgendliches Gerangel um die Badezimmernutzung. Um sich in aller Ruhe der Schönheitspflege zu widmen, die im Alltag zu kurz kam, stellte sich Karin den Wecker auf sieben. Ein ausgiebiges, duftendes Bad bildete den Auftakt. So richtig schön eitel sein tat gut. Sie trug eine Gesichtsmaske auf, entfernte die Beinhaare, cremte sich genussvoll mit einer belebenden Körperlotion ein und lackierte sich die Fußnägel weinrot. Sie blickte dem grün verklebten Gesicht mit dem Turban im beschlagenen Spiegel entgegen und prustete los. Wenn die Kollegen sie so sehen könnten ...

Zur Krönung gönnte sie sich ein langes Frühstück mit der Zeitung vom Vortag. Gedanken sammeln. Im Geist bereitete sie ihre Ausführungen nachher vor der Medienmeute vor. Die Haustür wurde aufgeschlossen, Moritz und Henner traten in den Flur.

»Hallo, Mama, ich muss mich kurz umziehen. Wir fahren in den Terrazoo nach Rheinberg. Die haben sogar Riesenschlangen da und Vogelspinnen. Kommst du mit?«

»Geht nicht. Tut mir Leid, ich habe noch eine Pressekonferenz in Wesel.«

»Och, schade.«

Da meldete sich wieder das schlechte Gewissen der berufstätigen Mutter.

Henner horchte auf, setzte sich zu ihr.

»Heißt das, ihr habt den Fall gelöst?«

Karin nickte, während sie Henner eine Tasse Tee anbot. Er lehnte dankend ab.

»Ja, wir haben es geschafft. Du kannst Johanna schon mal ausrichten, dass ihre Beobachtungsgabe uns auf die Spur gebracht hat.«

»Wie das?«

»Es ist der Fahrer des alten Saab.«

Moritz verschwand in seinem Zimmer, Henner neigte sich zu ihr, lächelte verschwörerisch.

»Und sonst? So privat alles im Lot, Mädchen?«

»Ach, Henner, einfach fein ist es. Das könnte was total Schönes werden. Mal schauen, wie es sich entwickelt. Was hast du Moritz erzählt?«

»Dass du arbeiten warst. Ich denke, es ist dein Part, ihm zu erzählen, wenn es Neues in eurem Leben gibt.«

»Gut. Ich könnte mir vorstellen, dass Moritz ihn auch nett findet. Er ist so unkompliziert und einfühlsam.«

Moritz sauste in frischer Jeans und Lieblingsshirt in die Küche, um vor dem Kühlschrank in Bild und Ton eine inszenierte Notbremsung darzubieten.

»Los, komm, ich bin fertig. Mama, die haben eine Python, die man anfassen darf. Cool, nicht? Und Skorpione, die einem über den Arm krabbeln.«

Karin lief ein Schauer durch den Körper. Mit harten Knackis kam sie klar, jedoch bereiteten kleine Krabbeltiere ihr körperliches Unbehagen.

»Klingt ja gruselig. Nichts für mich. Viel Spaß euch beiden. Und, Henner, danke.«

»Dafür nicht. Wir verstehen uns prächtig, und ich habe Spaß daran, den Opa zu machen. Ohne deinen Sohn käme ich nicht auf so ausgefallene Ideen wie Pythons streicheln und so. Was wünsche ich dir für nachher?«

»Einfach Glück und dass es schnell geht.«

Das Wetter wirkte nicht übel, bedeckt, aber trocken und friedlich. Kein Lüftchen wehte. Karin entschied sich dafür, ihr Rennrad und ihre Beine vor dem Einrosten zu bewahren.

V.

Auftakt zum Mediengewitter im Konferenzraum in der fünften Etage der Kreispolizeibehörde. Mikrofone, Kameras, Licht, Aufnahmegeräte, flirrende Energien und erwartungsvolle Gesichter, die für ihren Einsatz zur Frühschoppenzeit mit sensationellen Informationen gefüttert werden wollten. Nicht nur die Lokalreporter waren da, sondern auch die zynischen Jungs vom Boulevard und mehrere Kamera schleppende Zöpfchenträger der Privaten auf der immer währenden Suche nach dem ultimativ spektakulären Mordfall. Mitten im Pulk saß die Berichterstatterin für Radio KW, Fee von Schlarenberg. Karin erkannte sie sofort, sie grüßten sich mit lächelndem Nicken. Pressesprecher Nurmann eröffnete mit knappen Worten und gab weiter an Kommissarin Krafft. Damit begann ein Spießrutenlauf. Nichts lief einfach so, jede Einzelheit wurde kritisch hinterfragt.

»Der Privatdetektiv ist vom Opfer angeheuert worden und ermordet seinen Auftraggeber?«

»Gab es Verdachtsmomente gegen Nachbarn der Siedlung? Wieso wurde so großes Augenmerk auf die Nachbarn gerichtet?«

»Entspricht es den Tatsachen, dass noch gestern zwei Frauen aus dem Ort zur Befragung bei Ihnen waren?«

»Hat der Täter gestanden?«

Auf exakt diese Frage hatte Karin gewartet. So ein junger Kleiner mit fettigen Haaren in der zweiten Reihe musste sie aussprechen. Er blickte sie unverhohlen aus frechen braunen Augen an.

»Nein, jedoch gibt es ausreichend Beweise, erdrückende Beweise. Fingerabdrücke auf der Tatwaffe, Blut des Opfers am Schwert und im Auto, Zeugen für seine Anwesenheit in der Tatnacht. Im Laufe des Tages wird er dem Haftrichter vorgestellt werden. Er wird in U-Haft bleiben.«

»Kein Geständnis also.«

Die Atmosphäre verdichtete sich zu höhnischen Ausrufen, Kopfschütteln, kritisches Raunen lag störend im Raum.

»Ein Schlag gegen die Raubgräberei. In welcher Beziehung stand der andere inhaftierte Bislicher zu dem Opfer?«

»Offensichtlich in geschäftlicher Beziehung. Auch das Opfer war Sammler.«

Noch so eine Frage, die zu Schweißausbrüchen führte.

»Was ist mit der zweiten Stichwunde?«

Erstaunlicherweise blendete sich Staatsanwalt Haase an dieser Stelle ein.

»Wir prüfen derzeit, ob der andere Stich überhaupt im Zusammenhang mit der Tat steht oder ob es sich um eine Verletzung handelt, die in anderem Kontext zu erklären sein wird. Wir prüfen auch, ob es weitere Beteiligte an den Raubgrabungen gab. Das ist ein lukratives Geschäft in einer gewissen Szenerie. Und offensichtlich geht man dabei manchmal über Leichen, wie wir schmerzvoll erfahren mussten.«

Die gesalbten Worte verfehlten die beruhigende Wirkung. Jetzt ging es erst richtig los.

»So ein verschlafenes Nest wie Bislich Büschken. Greift die Verrohung aus den Städten auf das Land über?«

Frau Doktor van den Berg, der unübersehbar hektische rote Flecken den Hals hinaufkrochen, setzte auf die erschlagende Methode Fakten, Fakten, Fakten und bot Theorie zur Praxis.

»Prozentual betrachtet geschahen in 2002 37,5 Prozent aller Raubmorde in ländlichen Bereichen, im Gegensatz zu 29,7 Prozent in großen Städten. Ähnlich ist es mit Sexualmorden und Banküberfällen. Sie sehen, die Idylle trügt. Das harmlose Landleben ist gefährlich, der vorliegende Mord kein besonderer Einzelfall. Wir verfügen Gott sei Dank über fähige Fachkräfte, die unsere Aufklärungsrate beispielhaft hoch halten.«

Karin begann, die Arbeitsstunden der vergangenen Woche im Geiste zu addieren, kam zu einem erschreckenden Ergebnis. Die Fachkräfte sammelten auch, meistens unfreiwillig und oft unentgeltlich, Überstunden.

Noch einmal sah der Staatsanwalt sich zu einem Statement genötigt.

»Der Einsatz in Ringenberg verlief korrekt und bietet keinerlei Anlass zu Kritik. Ein zum selben Zeitpunkt stattfindendes Treffen deutscher und niederländischer Künstler wurde nur kurzzeitig durch die vorsorgliche Evakuierung der Ausstellungsräume unterbrochen. Diese Maßnahme galt einzig und allein dem Schutz der Anwesenden.«

Alles verstummte, schien den direkten Zusammenhang zur Tat

nicht zu finden, nahm Witterung auf. Pressesprecher Nurmann nutzte den ruhigen Moment, um die Konferenz offiziell zu beenden.

Karin nahm Gesprächsfetzen auf, als die Meute eilig den Raum verließ.

»… müssen nachforschen, was in Ringenberg los war …«

»… Skandal vertuschen?«

Haase hatte offensichtlich bei seinem Paradehaken gepatzt. So wurden Eklats geboren, nicht verhütet. So verdoppelten sich Schlagzeilen der einschlägigen Boulevardmagazine und sorgten für astronomische Auflagen. Sein Problem. Er stand mit van den Berg vor dem Aufzug. Frau Doktor schien sich bereits intensiv der Rekonstruktion des blessierten Egos zu widmen, suchte Anerkennung und Bestätigung. Karin nahm das Treppenhaus. Sie resümierte innerlich, Stufe für Stufe, blieb bei ihrem Ergebnis, fand ihren Einsatz bei der Konferenz nicht herausragend, jedoch zufrieden stellend. Gut gelaufen war es für die Frauen aus Büschken. Friedrich Kaldewei würde ebenfalls ausgeschaltet bleiben. Wer weiß, was die Durchsuchung seiner Firmenräume noch ergeben würde.

Aber das große befreiende Gefühl, das Karin nach dem Abschluss anderer schwerer Fälle kannte, blieb aus. Sie betrachtete vom Fenster aus dem fünften Stock ihr aktuelles Problem. Es war noch ebenso friedlich, grau und windstill wie am Morgen, nur dass jetzt vertikale Schnüre ebenmäßigen Landregens erbarmungslos niederpladderten. Und die Regenjacke hing in Xanten an der Garderobe. Ausgerechnet heute war sie mit dem Rennrad unterwegs. Karin seufzte und blickte ausgepowert ins Grau hinter den Fensterscheiben.

Fee von Schlarenberg gesellte sich zu ihr.

»Hoffentlich saut sich das nicht ein. Kennt man ja vom Niederrhein. Wenn es einmal ordentlich regnet, dann unbarmherzig, bis sich Schwimmhäute zwischen menschlichen Zehen bilden. Irgendwann in den Neunzigern habe ich es sogar auf silbrige Schuppen auf den Schultern gebracht. Ich sah aus wie ein Silvesterkarpfen.«

Die Frauen lachten, während schlecht gelaunte Menschen unten vorbeihasteten, um halbwegs trocken zu ihren Autos zu gelangen.

»Ich war zu optimistisch heute. Bin mit dem Rad da.«

»Wo müssen Sie denn hin?«

»Nach Xanten.«

»Wissen Sie was, ich bringe Sie hin. Immer die Vorteile nutzen. Ich brauche nicht allein über die Brücke zu fahren, und Sie werden nicht nass.«

Runter mit dem Fahrstuhl, dann durchquerten sie den gesicherten Eingangsbereich der Polizeibehörde. Ein kurzer Wink zu den Kollegen der Wache. Sie rannten los, vorbei an dem kleinen Teich am Vorplatz und auf den Polizei-Parkplatz zu Schlarenbergs altem roten Kadett.

Das Wasser perlte von ihren Gesichtern, tropfte auf sommerliche Jacken. Karins Frisur war endgültig hinüber. Fee von Schlarenberg verstaute mit gekonnten Verrenkungen ihre Utensilien auf dem Rücksitz.

»Mist, jetzt habe ich die Hülle von dem Aufnahmegerät oben vergessen. Ich muss noch mal raus.«

»Sie Arme.«

Mit einem Griff nach hinten brachte die Moderatorin einen Knirps zum Vorschein, streifte die Stoffhülle ab und zog ihn auf Normallänge aus.

»Nicht ganz arm, auf fast alles vorbereitet. Ich beeile mich.«

Karin beobachtete, wie das Wasser an der Windschutzscheibe hinablief, schaute sich beiläufig im Wagen um. Ein ordentliches Nichtraucherauto. Gepflegt und aufgeräumt, keine Parkscheinsammlungen hinter der Scheibe, kein Sandkasten auf der Fußmatte, alles an seinem Platz.

Im Rekorder an der Mittelkonsole steckte eine Kassette in Startposition. Musik wäre jetzt genau richtig. Karin schaltete das Gerät ein. Mit schnappendem Geräusch verschwand die Kassette im technischen Schlund.

Instrumental, melodisch, unbekannt. Karin lehnte sich in den Sitz, schloss die Augen, driftete zurück zu der Nacht mit Maarten und versank einen tiefen Moment in Erinnerung. Sie würde Fee nach dem Namen der Gruppe fragen.

»Wir sind nicht mehr auf Sendung, niemand hört zu.«

Abrupte Unterbrechung. Karin richtete sich auf.

»… Ich werde dir helfen … Du hast Recht, es muss etwas passieren … Das schaffst du nicht und deine Freundin auch nicht? … Und wie ihr das schafft …«

Gänsehaut. Einseitige Dialogfragmente, Zwischenräume. Karin saß unbeweglich auf dem Beifahrersitz.

»… Wer Schuld auf sich lädt, muss Sühne spüren … Ich komme, versprochen, ich helfe euch …«

Was lief hier ab? Eine Art Hörspiel? Ein realistisch inszeniertes, dokumentarisches Hörspiel.

»… Ich komme, ganz bestimmt … Wie spät? … Wann seid ihr durch mit dem ganzen Tamtam beim Dorffest? …«

Karin konnte nicht klar denken, starrte auf die Regenstreifen an der Scheibe, die langsam beschlug. Was war das?

»… Zweifel sind schlecht, Zweifel nagen wie lästige Maden …«

Wir haben nicht gewusst, was passieren würde. Hatte Gertrud nicht so etwas Ähnliches geäußert?

»… Und ich werde dich auch retten, denn dein Trauma belastet dich stark, das spüre ich …«

Karin hatte nicht auf die eigene Intuition gehört, die ihr etwas völlig anderes erzählen wollte als ihr Kopf.

»… Was besitzt dein Mann? Und du weißt, wo es ist? … Besser kann es nicht laufen …«

Es prasselte auf das Autodach. Regungslos, flach atmend, wie paralysiert hockte Karin da.

Die Autotür sprang plötzlich auf. Karin fuhr herum. Völlig entgeistert realisierte Fee von Schlarenberg, dass ein Band mit ihrer Stimme lief. Sie sackte auf den Sitz, stellte den Rekorder aus, begegnete der Situation mit erstaunlicher Ironie.

»Ich habe das mit der Technik im Studio nie richtig kapiert. Tausend Knöpfe, vierzig Regler und keine richtige Ahnung. Jetzt können Sie noch eine Pressekonferenz einberufen. Kommen Sie, gehen wir wieder rein. Wollten Sie das jetzt hören?«

Karin suchte noch den klaren Gedanken.

»So etwas wie einen Plan habe ich gehört. Was geschah danach?«

Fee von Schlarenberg umschlang das Lenkrad, stützte ihr Kinn auf die Hände. Sie starrte in den niederrheinischen Trübsinn draußen. Dann erzählte sie flüssig, beherrscht und distanziert wie eine Beobachterin von außen, aber irgendwie stimmig mit sich selbst.

»Vermutlich hat die Frau das Schwert entwendet, während ihr Mann betrunken nach dem Fest in Büschken schlief. Wurde ja mächtig gebechert. Die drei standen bei ihrer Freundin in der Küche, streiften Einweghandschuhe über, wollten alles noch einmal durchsprechen, da stand ihr Mann urplötzlich hinter ihnen. Er beleidigte seine Frau. Was Besuch in seinem Haus zu suchen hätte? Um diese Uhrzeit und ohne seine Erlaubnis? Wer dieses fremde Weib sei? Mit jedem Wort wurde diese Frau kleiner, verkroch sich hinter ihnen. Wissen Sie, Frau Krafft, Fee konnte so gut nachempfinden, was da ablief. Alles kochte in ihr hoch. Fee kommt aus einer Familie, in der es mehr Gewalt als geregelte Mahlzeiten gab. Sie hat oft genug im Kleiderschrank gehockt, gehofft, es wäre bald vorbei. Als ihre Mutter starb, blieb alles an ihr hängen. Mit elf Jahren machte sie den Haushalt, kümmerte sich um die Geschwister und kassierte die Prügel. Wenn eine Ärztin heute zur Untersuchung ihren entblößten Rücken sieht, wird sie blass. Fee hat sich geschworen, dass sie nie wieder von jemandem geschlagen wird, nicht ungestraft. Und da geht dieses Ekel in ihrer Anwesenheit auf seine Frau los, erhebt die Hand zum Schlag. Fee ergriff hinter sich das nächstbeste Küchenmesser. Das steckte in so einem Messerblock. Als sie sich damit umdrehte, traf die Klinge seinen Bauch. Nicht schwer, aber schon tief, und das Blut tropfte.

Der Schmerz ließ ihn zurückweichen. Kein Ton, ein entgeisterter Blick, grenzenloses Erstaunen. In diesem Moment erkannte er die Entschlossenheit der Frauen. An dem Punkt gewannen sie Oberwasser. So müssen sich Befreiungskämpfer aus früheren Zeiten gefühlt haben. Stark. Unbesiegbar. Und da lag das Schwert auf der Ablage, das die andere Frau ihrem Mann stibitzt hatte. Fee nahm es. Es wog schwer. Es lag gut in ihrer Hand. Es gab ihr Macht. Die ganze Stärke und der Mut eines römischen Kämpfers schienen sie zu durchströmen. Sie sah die Angst in seinen Augen, spürte die Panik in seinen Bewegungen. Er rannte raus, panisch, schnell, sie folgte ihm, er strauchelte im Vorgarten, stürzte in die Rabatte. Er winselte vor Angst. Fee gefiel das. Sie stach mit aller Kraft zu, zog die Waffe zurück. Er röchelte nur, dann war er weg. In dem Moment kehrte sie zurück in diese Welt, ließ das Schwert fallen.«

»Und Plonski?« Anscheinend nüchtern fragte Karin, die Fahnderin, nach.

»Mit dem hatte sie nichts zu tun. Fee ging benommen ins Haus zurück. Die beiden Frauen warteten schicksalsergeben. Sie hatten keine Tränen. Ja, sie nahmen Paessens' Tod einfach hin. Sie begriffen nur, dass es hatte sein müssen. Sie putzten sogar sofort und wie besessen das blutbeschmierte Küchenmesser, damit es keine Spuren gab. So hatten sie was zu tun. Den anderen Mann hat Fee nicht gesehen. Der muss bis nach Festende auf Paessens gewartet haben. Er hat die Leiche entdeckt, das Schwert gefunden und seine Chance gewittert. Ja, so war's.«

Schlagartig baute sich die ganze Szenerie vor Karin auf: Paessens tot, Kaldewei aus dem Verkehr gezogen, Plonski im Loch, die Frauen befreit. Recht und Gerechtigkeit waren zweierlei. Die Frauen hatten ihre Strafe bereits hinter sich.

»Eigentlich will ich schnell nach Hause. Wissen Sie, ich habe eine verlockende Verabredung. Daraus wird wohl nichts.«

Welch ein Satz für eine Kriminalistin, die gerade einen komplizierten und scheinbar schon aufgeklärten Fall neu entschlüsselt hat, schoss es Karin durch den Kopf. Fee von Schlarenberg blickte konsterniert zu ihrer Beifahrerin.

»Ich habe einen Hang zu theatralischen Hörspielinszenierungen. Sie haben das nicht etwa geglaubt, oder?«

Fee verlor die natürliche Gesichtsfarbe, als Karin sie ernst ansah.

»Frau Krafft, gucken Sie nicht so entsetzt. Glauben Sie mir, diese ganze Geschichte ist erfunden. Die nette, kreative Stimme aus dem Radio hat viele Talente. Einfühlsam bis dramaturgisch brutal. Alles zusammengereimt. Wollen wir?«

Karin schaute die Frau neben sich immer noch kommentarlos an.

»Meine Güte, kann ich ahnen, dass Sie so humorlos sind?«

Fee griff sich blitzartig die Kassette aus dem Fach, riss heftig einige Meter des braunen Bandes heraus und rieb es durch ihre schweißfeuchten Hände, bis die Beschichtung sich ablöste. Die Mordgeschichte und das Geständnis hatten sich in winzige Partikel aufgelöst. Einfach so. Was stimmte nun, dachte Karin.

»Ich gehe in mein Büro, drüben, an der Ecke zum Herzogenring. Meine Telefonnummer haben Sie. Ich gebe Ihnen und mir die nächste Stunde zum Sortieren. Dann werden wir sehen, was diese Geschichte mit uns macht.«

Karin stieg aus und rannte in den Regen. Hinter ihr startete der alte Opel.

Völlig durchnässt und atemlos betrat sie das Büro. Burmeester saß an dem PC in Fensternähe.

»Karin. Was ist passiert? Du bist ja nass bis auf die Haut.«

»Unerheblich. Ich habe nicht damit gerechnet, jemanden hier zu treffen. Ich brauche Zeit, um nachzuvollziehen, was ich gerade erlebt habe. Was machst du hier?«

»Meinen Bericht schreiben. Zu Hause habe ich ja keine Ruhe. Meine Mutter benimmt sich unmöglich. Warte, ich besorge Handtücher.«

Er verschwand auf dem Flur. Plötzlich dröhnten unterschiedliche Einsatzwagen am Gebäude vorbei. Blaulicht zuckte über die verblassten Poster an den Wänden. Das Morddezernat lag an einer Einmündung, an der Feuerwehr und Polizei aufeinander trafen, wenn sie auf dem Ring in südliche Richtung mussten. Das Getöse ließ auf einen Großeinsatz schließen.

Karin rubbelte sich die Haare einigermaßen trocken, horchte dem Einsatzlärm nach. Was machte sie hier eigentlich? Warum vermied sie ernsthaft, über von Schlarenberg als Täterin nachzudenken? Weil sie deren Sache als gerecht empfand, aber es ihr Auftrag war, dem Recht zum Sieg zu verhelfen? Karin sprang auf.

»Hast du dein Auto hier, Nikolas?«

»Ja, klar.«

»Du musst mitkommen, nein, erst telefonieren.«

Karin wirbelte durch das Büro, verwählte sich, schimpfte, schrie fast in den Hörer. Sie informierte die Leitstelle, ließ den Opel zur Fahndung ausschreiben, gab das amtliche Kennzeichen durch.

»Los, komm. Ich habe vielleicht einen riesigen Fehler gemacht. Ich erkläre dir alles unterwegs.«

Sie hasteten zum Parkplatz. Nikolas forderte seinen Polo, startete durch, Vollgas, mit quietschenden Reifen bogen sie nach links auf die Reeser Landstraße ein zur Rheinbrücke, dort, wo Fees Weg langführte. Ein weiteres Einsatzfahrzeug war vor ihnen.

»Häng dich dran, wir müssen auf schnellstem Weg nach Rheinberg.«

Sie berichtete in kurzer Zusammenfassung von ihrem Erlebnis im Wagen der Moderatorin, dem per Zufall entdeckten Band und dem darauf folgenden Gespräch. War das ein Geständnis oder ein Theaterstück? Ihre Unsicherheit. Wie sie sich hatte einwickeln lassen und passiv neben sich stand.

In Höhe des Nikolaus-Stifts staute sich der Verkehr in Richtung Brücke. Alle Fahrspuren waren bis in den Kreuzungsbereich hinein dicht. Für Einsatzfahrzeuge war eine Notgasse entstanden.

»Bleib auf jeden Fall dran. Wir werden Gelegenheit bekommen, den Kollegen alles zu erklären.«

Mit einem Blick auf den Rechtsabbieger wurde klar, warum nichts mehr lief. Die Straße zur Rheinbrücke war gesperrt, der Einsatzwagen stellte sich, als Verstärkung, quer auf die Fahrbahn, der Fahrer hielt Burmeester mit wutentbranntem Gesichtsausdruck an.

»Lass mich das machen.«

Karin öffnete die Wagentür, hielt dem Kollegen mit ausgestrecktem Arm ihren Dienstausweis in den Regen.

»Wir haben Ihren Einsatz unangemeldet zur Mitfahrt genutzt, um schneller über die Brücke zu kommen. Wir folgen einem Fahrzeug, das zur Fahndung ausgeschrieben ist. Was ist passiert?«

»Schwerer Unfall an der Brückenauffahrt. Ein Pkw ist frontal gegen die erste Verstrebung gerast. Da kommen Sie in den nächsten Stunden beim besten Willen nicht durch.«

Die Brücke. Karins Kehle schnürte sich zu.

»Um was für ein Fahrzeug handelt es sich?«

»Soweit ich weiß, um einen roten Kadett mit Weseler Kennzeichen.«

Karin rannte los, in den Regen, erahnte die Präsenz zahlreicher Hilfsfahrzeuge, deren Blaulicht in Höhe der Lippebrücke durch die Sträucher brach, die den freien Blick vor der letzten Kurve verhinderten. Trotz der widrigen Wetterverhältnisse steuerten Schaulustige in die gleiche Richtung, Frauen, Männer, Kapuzen auf dem Kopf, Schirme in der Hand, Kleinkinder in Kinderwagen mit Regenhauben schiebend. Abartiger schaulustiger Sonntagsausflug. Ambulanzfahrzeug und Notarztwagen fuhren in Richtung Stadt. Burmeester folgte der Kommissarin, so gut es ging. Sie war verdammt schnell.

»Karin, warte! Bleib stehen!«

Sie hatte den zweiten Satz des Kollegen der Schutzpolizei nicht mehr gehört, aber er.

Rotweißes Trassierband trennte Neugierige von Helfern. Karin kletterte, den Ausweis in der Hand, drunter durch, befragte den nächstbesten Polizisten. Die erste Verstrebung auf der Gegenfahrbahn. Mit überhöhter Geschwindigkeit aus der Kurve heraus schnurgerade drauf zugerast, hatten Zeugen ausgesagt. Reines Glück, dass nicht mehr Fahrzeuge darin verwickelt waren.

Feuerwehrleute bemühten sich, mit der Hydraulikschere Zugang in diesen Blechhaufen zu schneiden. Weißes Bindemittel verdeckte auslaufenden Kraftstoff. Zerbröckeltes Glas glitzerte auf nassem Asphalt.

»Wie geht es der Fahrerin?«

»Schauen Sie sich an, was von dem Auto übrig ist. Die Fahrerin hatte keine Chance. Sie war schon tot, als wir eintrafen. Alleinunfall. Nicht angeschnallt. Manchmal frage ich mich, ob hinter solchen Unglücken nicht Lebensmüdigkeit steckt.«

Karin hörte nicht mehr zu, starrte auf den Blechklotz, in dem sie, keine halbe Stunde zuvor, mit Fee gesprochen hatte. Geredet und eine Entscheidung getroffen hatte. Um ein Haar wäre sie mitgefahren. Wenn. Aber.

Karin fröstelte, nass bis auf die Haut. Tränen mischten sich in das Regenwasser, das aus ihren Haaren tropfte und über ihr Gesicht lief. Burmeester legte seinen Arm kräftig und bestimmend um ihre Schultern.

Die Lichter krochen wieder über den Fluss, als wäre nichts geschehen, während Burmeester, spät in der Nacht, mit einem Sixpack Diebels auf der Aussichtsplattform an der Promenade stand. Irgendeine Macht ist doch für Gerechtigkeit zuständig, sinnierte er, während sich ein buddhistischer Vers vor seinem Geist aufbaute, intellektuelles Relikt aus rastlosen Zeiten.

Missetat, die vollbracht wurde,
Wirkt nicht alsbald, wie Milch gerinnt.

Am Täter ihre Glut haftet
Aschebedecktem Feuer gleich.

Und sonst?

Bislich Büschkens Chance auf den Gewinn der Golddorf-Ehre glich dem letzten Versuch der deutschen Nationalmannschaft, den Titel des Fußball-Europameisters zu erlangen. Beides erwies sich als hoffnungslos und endete trotz prominenten Beistands mit dem Aus in der Vorrunde. Vielleicht würde es beim nächsten Mal klappen, wenn erst jene bislang unbekannte Ausgrabungsstätte zur Touristenattraktion ausgebaut war.

Dennoch gab es Sieger auf anderen Ebenen, die dem niederrheinischen Dorf einen gewissen Ruhm bescherten. So grinste Wolle Kaschewskis Konterfei mit stolz geschwellter Brust, eine Pranke auf der Schulter des Filius abgelegt, den morgendlichen Lesern der regionalen Zeitungen ins Gesicht. Die zufällige Entdeckung einer römischen Grabstätte, weit von allen anderen bekannten Fundorten entfernt, vermarktete der findige Wenigtuer in diversen Magazinen.

Er wurde daraufhin durch gängige Talkshows gereicht. Am wohlsten fühlte er sich bei »Maria am Mittag«, wo er sich mit Gleichgesinnten zu dem Thema »Basta! Ich bin hier der Boss« ereiferte. Seine wachsende Popularität verhalf ihm schließlich zu drei Monaten hinter Containerwänden, dauerbelauscht und kameraüberwacht. Mit seinem patriarchalischen Verhalten zum Publikumsliebling avancierend, strich er letztlich einen nicht zu verachtenden Geldgewinn ein.

Maarten de Kleurtje, als Archäologe mit der Auswertung der sichergestellten Fundstücke beauftragt, freute sich über die Dokumentation eines Brandschüttungsgrabes auf rechtsrheinischer Seite. Gut erhaltene Gefäße, ein respektables und von Tatspuren befreites Kurzschwert sowie eine Reihe kleiner Grabbeigaben ließen sein Herz höher schlagen. Das filigrane Gehäuse einer Meeresschnecke zwischen Metall und Ton bot Anlass zu Spekulationen in unterschiedliche Richtungen. Ein Symbol der Fruchtbarkeit oder des unendlichen Lebens? Zählte der bestattete Legionär zu den Gourmets und bevorzugte Schalentiere? Oder glich etwa seine Geschwindigkeit der des kriechenden Kleintiers? Da die Vorliebe der Römer für Wortspielereien bekannt war, blieb die endgültige Antwort der Interpretation der Neuzeit überlassen.

Herta Paessens' Haus wurde veräußert. Ein brennend interessierter Käufer zahlte, ohne zu feilschen. Der neue Besitzer hieß Wolle Kaschewski, und die Bewohner der Siedlung verfolgten stumm seinen Einzug und die anschließende Einweihungsfete.

Johanna Krafft wurde von Henner Jensen zu einem spontanen Aufenthalt auf der Nordseeinsel Pellworm eingeladen. Sein Neffe hielt im Gasthaus »Zur Linde« immer ein Zimmer für seinen Lieblingsonkel frei. Bei frischen Krabbenbrötchen am Hafen sinnierten beide über mögliche Konsequenzen, die Kaschewskis Einzug bringen könnte. Zu diesem Zeitpunkt gelang es noch beiden, über ihre Phantasien herzhaft zu lachen.

Und Karin Krafft? Frau Kommissarin hatte Urlaub genommen, nachdem Behördenchefin van den Berg ihre Arbeit zwar gelobt hatte, der Staatsanwalt jedoch die Mordanklage gegen Plonski fallen lassen musste.

Gerade war sie durch die weitläufigen Dünen der niederländischen Insel Texel gefahren, hatte ihr Auto geparkt und war im Strandpavillon »Paal 9« eingekehrt. Im Café mit Blick auf die aufgewühlte Nordsee und den weiten weißen Insel-Strand hatte sie lustvoll eine Fischplatte und einen alten Genever bestellt. Ein windzerzauster Junge an der Hand eines kernig braun gebrannten Mannes trat ein. Der hauchte Karin einen zarten Kuss auf die Wange und begrüßte sie in einem wunderbar charmanten, holländisch-deutschen Tonfall.

Thomas Hesse / Elke Simund
KULTUR AM NIEDERRHEIN
Veranstaltungen, Ausflugsziele,
Gastrotipps
Broschur, 96 Seiten,
mit zahlreichen Abbildungen
ISBN 3-89705-324-1

»Dieser neue Kultur-Guide versammelt alle wichtigen Informationen. Wo gibt es welche Veranstaltungen? Wie kommt man dorthin? Welche wenig besuchten Ecken gibt es am Niederrhein zu entdecken? Wo kann man gut essen? Das Service-Buch informiert über 16 Ausflugsziele. Auch darüber, wie Kultur mit familienfreundlichen Unternehmungen kombiniert werden kann.« NRZ

www.emons-verlag.de

Thomas Hesse / Annette Wozny
INLINESKATEN AM NIEDERRHEIN
Der Routenführer
Broschur, 80 Seiten,
mit zahlreichen Abbildungen
ISBN 3-89705-194-X

»Der Routenführer ist handlich, informativ, der perfekte Begleiter für Orts-Unkundige. Zu jeder Strecke eine große Detailkarte nebst Infos wie Routenlänge, Start/Ziel, Streckenverlauf und -profil, Sehenswürdigkeiten und Gastrotipps. Daran schließt sich eine genaue Beschreibung der jeweiligen Route an.«
Westdeutsche Zeitung

www.emons-verlag.de